HEYNE BÜCHER

SCIENCE FICTION

Ein Verzeichnis aller BATTLETECH®-Romane finden Sie am Schluß des Buches.

Loren Coleman

Trügerische Siege

Achtundvierzigster Roman im
BATTLETECH®-Zyklus

Deutsche Erstausgabe

WILHELM HEYNE VERLAG
MÜNCHEN

HEYNE SCIENCE FICTION & FANTASY
Band 06/6248

Titel der amerikanischen Originalausgabe
ILLUSIONS OF VICTORY
Deutsche Übersetzung von REINHOLD H. MAI

Umwelthinweis:
Dieses Buch wurde auf chlor- und säurefreiem Papier gedruckt

Redaktion: Joern Rauser

http://www.heyne.de
Printed in Germany 2001
Umschlagbild: FASA Corporation
Umschlaggestaltung: Nele Schütz Design, München
Technische Betreuung: M. Spinola
Satz: Schaber Satz- und Datentechnik, Wels
Druck und Bindung: Elsnerdruck, Berlin

ISBN 3-453-17100-4

Für Bryan Nystul und Randall Bills,
für euren Enthusiasmus
und eure Unterstützung.

Ich möchte die folgenden Personen ins Blickfeld rücken, weil sie alle auf ihre Art zu diesem Roman beigetragen haben. Der öffentliche Anschein widerspricht so häufig der Tatsache, dass ein Autor nie allein ist.

Jim LeMonds, Dean Wesley Smith, Kristine Kathryn Rush und Mike Stackpole für ihre abwechselnden Rollen als Lehrer, Geschäftspartner und Freunde.

Bryan Nystul und Randall Bills, die das BattleTech-Universum weiterführen und schon früh auf den ›Zurück-nach-Solaris‹-Zug aufgesprungen sind. Donna Ippolito und Annalise Raziq, die sich noch einen knappen Termin haben aufbürden lassen, um mit mir daran zu arbeiten, dies zum bestmöglichen Buch zu machen. Jordan Weisman und Ross Babcock, immer noch die Macht hinter dem Thron.

Meine Eltern, LaRon und Dawn Coleman, die weiter ein aktives Interesse an meinem Leben zeigen. Überraschenderweise sogar zum Wohle ihres Sprösslings.

›Die Gruppe‹, soll heißen Russell Loveday, Keith Mick, Allen und Amy Mattila, Vince Foley, Matt Dillahunty, Tim Tousely, Tim Huffer und der heimgekehrte Mr. Raymond Sainz.

Die BattleForce-IRC-Gemeinschaft, insbesondere Chas, Ed und Camille. Gruppe W, für die diesmal einfach kein Platz in diesen Seiten war.

Mein Agent, Don Maass, der nie zu beschäftigt für ›nur noch eine Frage‹ zu sein scheint.

Meine Frau, Heather Joy. Meine lebhaften Söhne, Talon LaRon and Conner Rhys Monroe. Meine süße jüngste Tochter, Alexia Joy.

Ach ja, und die Katzen – Chaos, Rumor und Ranger –, die immer genau zu wissen scheinen, wann ich mit einem neuen Buch anfange, und mich anstarren.

VORSPIEL

Solaris-Raumhafen, Internationaler Bezirk,
Solaris City, Solaris VII
Freedom-Theater, Provinz Skye, Lyranische Allianz

21. September 3059

Die Kolonne der Zwischendeckpassagiere schob sich langsam aus dem Landungsschiff durch den überdachten Gehsteg hinab in die Empfangshalle West des Raumhafens von Solaris City. Hinter den Passagieren saß das große Schiff der *Monarch*-Klasse dampfend auf dem Asphalt, während die Resthitze aus dem Eintritt in die Atmosphäre einen zum Scheitern verurteilten Kampf gegen den aus dem verhangenen Himmel fallenden Nieselregen focht. In der Hitze hing der Gestank von verbranntem Stahlbeton und Schweiß schwer in der Luft. Die Leute fluchten, weil der scharfe Wind den Regen unter das überhängende Dach des Gehstegs trieb. Die Böen waren grausam und beißend, brachten keine wirkliche Erleichterung. Leise brummelnd drängten die Passagiere vorwärts, begierig darauf, den Schutz der Empfangshalle zu erreichen, ohne sich um die düsteren Blicke zu kümmern, die sie von vorne trafen, während sie denen hinter sich ihrerseits nicht unähnliche Blicke zuschleuderten.

So traf Michael Searcy auf Solaris VII, der Spielwelt, ein. Jung und voller Energie. Und *entrechtet*.

Er schob sich durch das dichte Menschenknäuel, das den Ausgang des Gehstegs blockierte, Verwandte traf oder den überforderten Angestellten der Monopol-Linie, der hier Dienst tat, mit Fragen nach dem Weg bedrängte, deren Antwort auf etlichen Schildern abzulesen war. Einmal blieb er stehen, um ein älteres Paar vorbeizulassen, damit eine ungeduldige Mutter mit drei sich streitenden Kindern im Schlepptau sie nicht anrempelte. Dann wurde er seinerseits von Sicherheitsleuten zur Seite gedrängt, die für zwei Polizisten einen Weg durch die Menge der Passagiere freimachten. Die Polizisten führten einen an Händen und Füßen gefesselten Mann ab. Michael war an der Spitze der Menge, die hinter den abziehenden Beamten in die freigewordene Lücke drängte, brach durch die Verstopfung am Ankunftsschalter und schaffte es endlich in die eigentliche Empfangshalle.

Wo er sich augenblicklich einem *Kanonenboot* gegenübersah.

Die Nachbildung des überschweren Kampfkolosses war drei Meter hoch, und obwohl sie nur ein Viertel der tatsächlichen Größe des Fünfundachtzig-Tonnen-Mechs erreichte, ragte sie weit über den Köpfen der Menge auf. Einige der Passagiere blieben stehen und starrten die Statue ehrfürchtig an, während Michael sie eingehend daraufhin musterte, wie genau sie einerseits Mechkonstruktionsmerkmale aus der gesamten Inneren Sphäre zeigte und andererseits solche, die von Clan-Maschinen bekannt waren.

Das *Kanonenboot* war ein klassisches Beispiel der Kampfmaschinen, die das Schlachtfeld des einunddreißigsten Jahrhunderts beherrschten. Der breitschultrige Torso des grob humanoiden Stahlriesen saß auf dicken, an Baumstümpfe erinnernden Beinen und seine Arme endeten in den weitkalibrigen Läufen von Gaussgeschützen. Darüber hinaus verfügt der Mech über je zwei mittelschwere Laser in Geschütztürmen, die an den Schultern sitzen – für die Gelegenheiten, bei denen der Kampf persönlich wurde.

Ein Pärchen stand in der Nähe und sah zum Kopf des *Kanonenboot* hinauf, an dem ein helles rotes Licht unter dem Kanzeldach leuchtete. Es verlieh dem Mech ein bedrohliches Aussehen, stellte Michael fest, obwohl er wusste, dass Mechcockpits in Wahrheit düstere, enge Löcher waren, die nur vom gedämpften Licht der Instrumentenkonsolen, ein paar Monitoren und verschiedenen Warnzeichen und -lämpchen erhellt wurden, auf deren Anblick jeder Krieger mit Freuden verzichtete. *Effekthascherei*, stufte er die rote Beleuchtung ein. Passend zur metallisch blauen Lackierung des Standbilds und dem blinkenden Neonschriftzug ›DIE SPIELE SIND ERÖFFNET‹, der darüber von der Decke hing.

»Ich frage mich, was für ein BattleMech das ist.« Die Frau schaute in den Lauf des linken Gaussgeschützes. Sie schauderte. »Er sieht jedenfalls tödlich genug aus.«

Der Ehemann sah zum Cockpit hoch. »*Kreuzritter* vielleicht? Du erinnerst dich, wie der in dem Allard-Liao-und-Cox-Teamkampf gegen das Skye-Tiger-Team vor ein paar Jahren…« Seine Stimme verklang unschlüssig.

Michael hätte fast laut gelacht. Wenn man das Gewicht um zwanzig Tonnen reduzierte und die Offensivbewaffnung auf Raketen statt Direktfeuerwaffen umstellte, dann konnte man diese Maschine mit reichlich Phantasie möglicherweise für einen *Kreuzritter* halten… einen auf dem modernen Schlachtfeld veralteten Mechtyp.

»Es ist ein *Kanonenboot*«, stellte er gelassen fest. »Typenkennzeichnung KNB-1 Doppel-O T. Überschwerer BattleMech, fünfundachtzig Tonnen. Zwei Gaussgeschütze in den Armen und vier Laser auf den Schultern.«

Die beiden musterten ihn mit plötzlichem Interesse. Ihre Blicke wanderten über seine Ausgehuniform, der man seine Herkunft deutlich ansah. Die weiße Jacke, die blaue Hose mit den gold-roten Litzen und die dunkelblaue Schärpe stammten unübersehbar aus den Vereinigten Sonnen, der *Davion*-Hälfte der kürzlich zerbrochenen Steiner-Davion-Allianz. Auf das Cape hatte er verzichtet, weil es ihm im Zwischendeck deplatziert erschienen wäre, aber er war zu stolz gewesen, um seine Uniform aufzugeben.

Und warum sollte er auch? Seine offizielle Entlassung wurde erst in ein paar Monaten rechtskräftig, und auch wenn sie in den Unterlagen als NE erschienen – nicht ehrenhaft –, würde Michael selbst nie akzeptieren, was geschehen war. Sein Mech *war* auf New Canton durch Überhitzung ausgefallen, trotz der Kleinmütigkeitsverdächtigung durch seinen damaligen Kommandeur, was nicht mehr war als eine hochtrabende Umschreibung für Feigheit vor dem Feind. Bei dem bloßen Gedanken daran stieg ihm ein Kloß in die Kehle. Die Wunde war noch zu frisch.

»Lieutenant Michael Searcy«, stellte er sich vor. Er hatte entschieden, dass er besser anfing, die Menschen in seiner neuen Heimat kennenzulernen. Er plante, hier auf Solaris VII einen neuen Anfang zu versuchen.

Die Frau wandte sich mit einem hörbaren Naserümpfen ab. »Ein Davionist«, stellte sie leise fest und verriet damit ebenso deutlich, wem ihre Loyalität gehörte. Dieses Paar stammte mit Sicherheit aus der Lyranischen Allianz, dem ehemaligen Schwesterstaat der Vereinigten Sonnen. Bis vor kurzem hatten diese beiden großen Nationen gemeinsam das Vereinigte Commonwealth gebildet, aber inzwischen hatten sie sich entzweit, und jedes Sternenreich bevorzugte seinen Vertreter der regierenden Steiner-Davion-Linie, Archon Katherine – für ihre Untertanen Katrina – in der Allianz und Prinz Victor im Commonwealth, respektive den Vereinigten Sonnen. Zwischen beiden herrschte reichlich böses Blut.

»VCS, ej?« Dem Mann schien die politische Einstellung seiner Gattin egal zu sein. »Sind Sie gegen die

Clans zum Einsatz gekommen?« Eine naheliegende Frage, da Prinz Victor und das VerCom-Militär derzeit einen Vergeltungsschlag gegen die Clanner anführten. Ein Feldzug, der echtes Schlagzeilenmaterial darstellte, und vermutlich der einzige Grund, aus dem er Michael überhaupt eines Wortes würdigte.

»Nein, Sir, leider nicht. Nur die Kämpfe auf New Canton gegen die Liao-Marik-Offensive von '57.« Er versuchte, sich nichts anmerken zu lassen. »Ich erhielt meine *Entlassung*, bevor der Hauptfeldzug gegen Clan Nebelparder begann.« Er verzichtete darauf zu erwähnen, dass er vor einem Kriegsgericht gestanden und seinen Mech verloren hatte, ein *Entrechteter* geworden war – für jeden MechKrieger ein Schicksal, schlimmer als der Tod.

Aber der Mann schien sich nicht für '57 zu interessieren und noch viel weniger für bescheidene MechKrieger. Nicht hier auf Solaris VII. Er grunzte irgendetwas nicht näher zu Bestimmendes und ließ sich von seiner Frau weiterziehen.

Michael drehte sich wieder zu dem Mechstandbild um. Sein Gesicht glühte vor Scham. *Lektion Nummer Eins*, entschied er. Die Menschen hier verlangten Schau und Glamour. Sie *verlangten* Blendwerk. Er fuhr sich mit der Hand durch das militärisch kurz geschorene Haar. Genau genommen galt für das Militärleben dasselbe, wo erwartet wurde, dass man sich in ein Team einfügte. Wer die Fähigkeit zu eigenständigem Denken besaß, zeigte besser überzeugende Leistungen, um sein Handeln zu rechtfertigen. Was Michael nicht geschafft hatte. Von seinem Kommandeur im Marschweg anrückender Konföderationskräfte alleingelassen, war er ohne Unterstützung in einem wegen Überhitzung abgeschalteten Mech vom Feind erwischt worden. Ihm war gar nichts anderes übrig geblieben, als auszusteigen. Sein kommandierender Offizier hatte die Lage allerdings etwas anders dargestellt. Das Kriegsgericht hatte Michael der Anklage für schuldig befunden und ihm eine zweite Chance verwehrt. Das hatte ihn hierher nach Solaris VII geführt, in der Hoffnung, hier seinen wahren Wert zu beweisen. Er sah wieder zu dem blinkenden Neonschriftzug hinauf.

DIE SPIELE SIND ERÖFFNET.

Und sie waren eröffnet, unmittelbar hinter der *Kanonenboot*-Statue. Eine Zeile von Geldautomaten wurde von langen Reihen mit Wettmaschinen flankiert. Wettscheine bedeckten den Fliesenboden, die Spuren zerschlagener Hoffnungen, von Spielern achtlos weggeworfen, die bereits ihr Glück in der nächsten Wette suchten. Das Raumhafenpersonal fegte das Papier nur wie Staub beiseite und es sammelte sich an den Wänden zu kleinen Bergen, die kleine Kinder mit begeisterten Tritten wieder in alle Winde verstreuten.

Michael beobachtete, wie das Paar, mit dem er gesprochen hatte, sich an einem der Automaten anstellte, um die erste Wette abzugeben. Ohne sich um die Chancen zu kümmern oder auch nur einen Blick auf die neuesten Daten zu werfen. Sie waren hier, um zu spielen, und sich in das Abenteuer der Spielwelt zu stürzen, ihr dunkles Versprechen, ihren Lockruf. Auf Solaris wurden die Kriege der Inneren Sphäre zur Unterhaltung der Zuschauer nachgestellt, wenn die BattleMechs in den Arenen aufeinander trafen. Michael schüttelte den Kopf. Es fiel ihm immer noch schwer, die Idee einer Welt zu akzeptieren, auf der MechKrieger als *Sport* gegeneinander kämpften… und starben. Nirgends sonst in der Inneren Sphäre hätte das funktionieren können.

Aber Solaris City war die Innere Sphäre im Mikrokosmos. Jedes Stadtviertel entsprach einem der Großen Herrscherhäuser. Der Raumhafen lag im Internationalen Bezirk, einem kleinen Sektor in der Südwestecke der Stadt, in der Landungsschiffsverkehr und die höheren Regierungsfunktionen untergebracht waren. Die meisten anderen Aufgaben wurden von den Behörden der einzelnen Stadtviertel geregelt. Das Stadtgebiet wurde vom Flusslauf des Solaris in zwei beinahe exakt gleich große Hälften geteilt. Südlich des Flusses lag die Internationale Zone, gefolgt von Black Hills, Cathay und Schlesien, das teilweise über den Fluss in die Nordhälfte der Stadt reichte. Dort befanden sich auch die Sektoren Montenegro und Kobe.

Ironischerweise war es den Fürsten der Freien Inneren Sphäre endlich gelungen, angesichts der Clan-Invasion den Sternenbund neuzugründen, aber hier auf Solaris VII saßen die alten Rivalitäten zu tief, um sie einfach zu vergessen, und ständig kamen neue hinzu. Rivalitäten, die jeden Abend aufs Neue vorgeführt und ausgespielt wurden, wenn die Kämpfer der den verschiedenen Häusern zugeordneten Mechställe in den Arenen gegeneinander antraten und um die Vorherrschaft kämpften.

Eine Monitorzeile über den Geld- und Wettautomaten zeigte Ausschnitte aus den letzten Kämpfen und Werbung für die Duelle des kommenden Abends. Die Stimmen der Kommentatoren vermischten sich mit den fernen Kampfgeräuschen zu einer lautstarken Kakophonie. Michael trat näher an einen Bildschirm, der die letzten Ergebnisse anzeigte, und fischte tief in seiner Uniformtasche nach seinen eigenen Wettscheinen. Das Landungsschiff, auf dem er gekommen war, hatte beeindruckende Holokinos besessen, in denen die Kämpfe übertragen wurden, und niemand an Bord hatte der Versuchung widerstehen können. Michael hatte gehofft, seine vier Jahre bei den VCS hätten ihm einen Vorteil bei den Wetten verschafft, aber stattdessen zerknüllte er einen Wettschein nach dem anderen, als er den Gewinn im einem Kampf um ein paar Sekunden verfehlte, in einem anderen um eine Tonne Panzerung.

Die Wetten waren alles andere als einfach. Simple Wetten darum, wer ein Duell gewann, wurden nur für die wenigen Kämpfe angeboten, in denen die Kräfteverhältnisse kaum abzuschätzen waren. Auf diese Weise behielt die Unterhaltungskommission das Wettgeschehen im Griff und balancierte alles so haarfein aus, dass nur absolute Könner eine Chance hatten, die Wetten mit den größten Gewinnchancen zu finden.

Natürlich wusste Michael das auch, aber es hatte ihn nicht davon abgehalten, sein Glück zu versuchen. Nichts würde ihn jemals davon abhalten, es zu versuchen. Eine Wette hatte er immerhin gewonnen. Es war die, bei der er darauf gesetzt hatte, dass Theodore Gross, der diesjährige Champion und auf Platz 1 der Rangliste platzierte MechKrieger auf Solaris VII, seinen Titel zwar erfolgreich verteidigen, dazu aber länger als zehn Minuten brauchen würde. Für Gross-Kämpfe war das eine Ewigkeit, aber das Risiko hatte sich ausgezahlt und Michael konnte die Hälfte seines Gesamteinsatzes zurückgewinnen.

Auf dem nächsten Monitor waren Bilder eben dieses Kampfes zu sehen und ein Spielwelt-Vidreporter kommentierte das Geschehen in einem verhältnismäßig lauten Ton.

»Theodore Gross war noch nie zuvor so schnell in die Defensive gedrängt worden, aber es war eindeutig ein Glückstreffer, der die Lücke in seiner Panzerung fand und die Abschirmung des Fusionsreaktors beschädigte. Der *Katana* lief heiß. Im Dschungel kann so etwas das Todesurteil für einen Mech bedeuten.«

Auf dem Schirm wurde die Silhouette der riesigen, pyramidenförmigen Cathay-Arena gezeigt. Michael wusste, dass sich in ihrem Innern ein üppiger Tropenwald befand, und die Temperatur Werte erreichte, die einen BattleMech häufig bis an die Grenzen der Überhitzung trieben. In dieser Umgebung war ein Reaktortreffer von übelster Wirkung. Er erkannte auch den Kommentator. Es war Julian Nero, einer der populäreren Berichterstatter der Spielwelt. Nero kommentierte üblicherweise die Kämpfe im Steiner-Kolosseum, und er war in jüngster Zeit für seine treffsicheren Vorhersagen bekannt geworden. Wenn er von einer ›sicheren Sache‹ sprach, führte das häufig zu augenblicklichen und dramatischen Veränderungen in den Quoten.

»Zum Glück für den Titelverteidiger wurde Stephen Neils übereifrig. Als der jüngere Krieger erst einmal in Reichweite der Sprungdüsen von Gross' *Katana* kam, sodass der in seinen Rücken gelangen konnte, war es vorbei.« Nero zwinkerte in die Kamera. »Tut mir leid, Stephen. Aber ich habe dich gewarnt.«

Dann wurde sein Ton wieder geschäftlich. »Und nun bereitet der Champion sich darauf vor, seinen Titel zum vierten Mal in zwei Monaten in der Steiner-Arena zu verteidigen. Was können wir von Veteran Ervine Rebelke erwarten? Er selbst hatte dazu dies zu sagen.«

Neros kantige Gesichtszüge machten dem grobschlächtigen Gesicht eines kampfgezeichneten Veteranen Platz. Michael fragte sich, in welchem Kampf Rebelke wohl die hässliche Narbe erhalten hatte, die sich von der Stirn bis zum linken Ohr zog. In einer echten Schlacht oder einem Arenaduell? Und bestand wirklich so ein großer Unterschied zwischen beiden?

Rebelke schien nicht dieser Ansicht zu sein, als er verächtlich in die Kamera grinste. »Theodore 'st gut, aber seine beste Zeit ist vorbei. Ich stürze den Drac vom Thron. Im Kolosseum gehört er mir.«

Heiße Luft, dachte Michael. Nero schien derselben Ansicht zu sein und schüttelte kurz den Kopf, als die Kamera ihn zurück ins Bild holte. »Ich kann nur sagen, ich wünsche Herr Rebelke alles Gute. Es verspricht ein schneller, brutaler Kampf zu werden, soviel steht fest. Genau die Art von Kampf, wie sie Theodore Gross mit seiner Erfahrung in der Ishiyama-Arena mag. Ein vielversprechender Abend für diejenigen unter Ihnen, die Karten für die Livevorstellung haben. Das war's von Julian Nero, dem Mann mit dem Durchblick.«

Namen und Orte wirbelten durch Michaels Gedanken. Gross und Rebelke. Ishiyama und Kolosseum. Würde er gegen diese Männer antreten? In diesen Arenen kämpfen? Dazu war er hier – um sein Selbstwertgefühl zu retten und jedem, der bereit war, die Augen zu öffnen, seinen Wert zu beweisen. Er wusste, dass er das Zeug dazu hatte. Alles, was er brauchte, war eine Chance.

Was bedeutete: Er benötigte eine Duell-Lizenz, einen Sponsor und einen BattleMech. Selbst dann würde er sich erst durch die kleineren Arenen hocharbeiten müssen, bevor er Kämpfern wie Gross und Rebelke gleichrangig in den Offenen Klasse-6-Arenen von Solaris City gegenübertreten konnte. Das konnte Jahre dauern – und Karrieren in den Mechspielen wurden oft genug in Monaten gemessen. Monaten! Es sei denn, er fand einen Weg, Aufmerksamkeit auf sich zu ziehen.

Michael Searcy war nicht aus einer spontanen Laune heraus auf die Spielwelt gekommen. Er hatte sich so gründlich auf Solaris VII vorbereitet, wie er nur konnte. Die Teilnehmer, die sich in den Spielen, in der Rangliste, etablieren konnten, zeichneten sich dadurch aus, dass es ihnen gelang, Eindruck zu machen. Ob das Publikum sie liebte oder hasste, spielte dabei keine Rolle. Wichtig war nur, dass man sich an sie *erinnerte*.

Blendwerk, sicher. Aber auf Solaris VII war der äußere Schein wichtig, und wenn Michael seine Chance wollte, musste er sich daran gewöhnen.

Und das schnell.

Reaktor, Reaktor Nummer Neun

1

AD-Studios, Schlesien, Solaris City, Solaris VII
Freedom-Theater, Provinz Skye, Lyranische Allianz

10. August 3062

Auf dem die ganze Wand des Studios 5 von Antenne Donegal ausfüllenden Holovidschirm wanderten zwei Mechs über ein Schlachtfeld, das einem Albtraum entsprungen schien. Mauern hoben und senkten sich in zufälligen Zeitabständen und bildeten ein sich ständig veränderndes Labyrinth. Flammensäulen brachen aus dem Boden und badeten die Kämpfer in flackernd höllischem Licht, bevor wieder schummriges Zwielicht über die Arena sank.

Die Kampfkolosse wirkten weniger wie Maschinen, eher wie Verkörperungen des Krieges, als sie aufeinander losgingen und sich mit einem unglaublichen Arsenal an Waffen beharkten. Laser schlugen aus beiden Mechs und der Widerschein der juwelenbunt glitzernden Lichtbündel spielte grell über die gepanzerten Maschinen. Der *Orion* wankte und zwei frische Schussspuren zogen sich über seine breite Brustpartie. Die Ränder der Narben glühten hell orangerot, aber schnell sank ihre Farbe zu trübem Glutrot herab. Der fünfundsiebzig Tonnen schwere BattleMech gewann die Balance wieder und schlug zurück. Drei seiner vier auf grauen Rauchbahnen aus den Abschussrohren gleitenden Raketen senkten sich in Spiralbahnen auf den anrückenden *Lichtbringer* und unter dem Einschlag der Geschosse regnete ein Hagel von Metallkeramiksplittern zertrümmerter Panzerplatten zu Boden. Dann schlug eine Feuerzunge aus einem an der Seite des Mechrumpfs montierten Geschützlauf, begleitet vom metallischen Kreischen der 80-mm-Autokanone. Unter die Granaten gemischte Leuchtspurmunition zeichnete in einer flackernden Linie giftgrüner Funken den Strom der Granaten aus abgereichertem Uran nach, der den rechten Arm des *Lichtbringer* traf.

Ein neuer Farbeffekt, bemerkte Michael Searcy, dessen Expertenblick kein Detail entging. Er saß zur Linken von Todd Richards, dem Gastgeber der ›Mechrunde‹. Es war der Platz des zweitrangigen Gesprächspartners, aber hier im lyranischen Viertel von Solaris City war er ja auch der Feind. Rechts neben Richards saß der Hauptgast des Nachmittags, Jarman ›Ripper‹ Bauer.

Bauer lehnte sich in seinem Sessel vor. Sein Blick hing wie gebannt am Wandschirm und er zuckte bei jedem Schusswechsel, fast, als würde er seinen Kampf gegen den *Orion* noch einmal durchleben. Er trug die grüne Lederjacke mit den goldenen Litzen des Overlord-Stalls, während Michael im Schwarz und Kupfer von Blackstar ausstaffiert war. Auch körperlich war der Kontrast zwischen den beiden MechKriegern dramatisch und stand dem ihrer Farben in nichts nach. Bauers breite Statur, dunkle Haare und Bart unterschieden sich deutlich von Michaels schlankem, glattrasiertem blondem Äußeren. Der Athlet und der Akrobat. Der Bär und der Fuchs.

Steiner und Davion.

Nicht, dass derlei Unterschiede morgen eine Rolle spielen würden, am ersten Tag des Großen Turniers. Im morgigen Kampf würde der bessere Krieger den Sieg davontragen, gleichgültig, wie er klang oder aussah. In dieser Hinsicht machte Michael sich keine Sorgen. Er hatte keinen Zweifel daran, dass er der Bessere war.

Aber bis dahin spielten Äußerlichkeiten eine sehr große Rolle. Der Verrat auf New Canton und seine darauffolgende Kriegsgerichtsverhandlung hatten Michael eine Lektion erteilt, die die drei Jahre auf der Spielwelt nur noch unterstrichen hatten. »Der Augenschein wird so schnell als Wahrheit akzeptiert«, lautete einer von Drew Hasek-Davions Lieblingsaussprüchen. Nirgends stimmte das mehr als auf Solaris VII.

Todd Richards drehte sich halb zum Studiopublikum und präsentierte den Kameras sein robustes Profil, während er den Kampf auf dem wandgroßen Bildschirm verfolgte. Er zuckte an den geeigneten Stellen, nickte und ließ anerkennende Geräusche hören, wenn Bauer einen Treffer landete. Auch er beugte sich vor, wie in Spannung auf den jeden Augenblick zu erwartenden Entscheidungsschlag. Auch die Zuschauer im Studio waren vom Geschehen in den Bann geschlagen, obwohl die meisten von ihnen, wenn nicht sogar alle, am Abend zuvor zumindest die Höhepunkte des Kampfes gesehen hatten. Michael fragte sich, wie viele der Studiozuschauer durch Bauers Überraschungssieg Geld verloren hatten.

Höchstwahrscheinlich war nicht einer unter ihnen, der nicht auf den Kampf gewettet hatte. Die Leute konnten nicht anders. Obwohl Mechs schon seit sechshundert Jahren die Schlachtfelder der Inneren Sphäre dominierten, hatte die Menschheit ihre Faszination für diese tödlichen Kolosse nicht überwunden. Ebenso wenig wie für die Piloten, die sie steuerten. Und seit über dreihundert Jahren spiegelten die Mechkämpfe auf Solaris VII die Realität endloser Kriege wieder, allerdings in der sicheren Umgebung, die daraus das größte Sportereignis aller Zeiten hatte werden lassen.

Solaris City war sogar vom Aufbau des Stadtgebiets her ein Modell der Inneren Sphäre, mit fünf Hauptsektoren, die jeder einem der fünf Großen Häuser entsprachen. All das hatte Michael auch schon gewusst, als er drei Jahre zuvor hier angekommen war, aber damals hatte er sich die tiefe Verbitterung nicht vorstellen können, die diese Viertel voneinander trennte. Er hatte Black Hills zu seiner Heimat gemacht, den so fest mit Haus Davion und den Vereinigten Sonnen verbundenen Stadtteil, dass die dreißigjährige Allianz mit Haus Steiner dort nie offiziell anerkannt worden war.

Daneben gab es noch Kobe, das die Samuraikultur des Draconis-Kombinats widerspiegelte, und das chaotische Montenegro als Repräsentant der zerstrittenen Liga Freier Welten. Auch das zersplitterte Cathay schien ein Abbild der bedrängten Konföderation Capella Haus Liaos. Es kämpften sogar ein paar Clanner in den Arenen! Aber wenn Michael es richtig verstanden hatte, wurden sie von ihresgleichen dafür verachtet, so tief gesunken zu sein, den Kampf als Sport zu betreiben. Vielleicht waren sie in derselben Lage wie er und auf die Spielwelt gekommen, um ihre Ehre zurückzugewinnen.

Heute war Michael in Schlesien, in Feindesland. Es war noch gar nicht so lange her, da hatte es eine Zeit gegeben, in der sich die Lyraner des Lyranischen Commonwealth und die Crucier der Vereinigten Sonnen in der großen Allianz des Vereinigten Commonwealth zusammengeschlossen hatten, aber heutzutage verband beide Völker nur noch die Intensität, mit der sie sich für oder gegen Katrina Steiner-Davions Machtergreifung auf New Avalon aussprachen, wo sie den Thron ihres Bruders an sich gebracht hatte. Dieser inoffizielle Konflikt entzweite die Menschen in allen Systemen der Allianz – und auch Solaris stellte keine Ausnahme dar, nur waren hier die Fronten besonders deutlich. Auf Solaris VII war Black Hills schon immer der Sammelpunkt für VS-Loyalisten gewesen. Jetzt, da im Universum außerhalb die Emotionen hohe Wellen schlugen, folgte die Unterhaltungsmaschinerie wie gehabt der Wirklichkeit, und die Kämpfer bekräftigten ihre alten Loyalitäten. Duelle zwischen crucischen und lyranischen Kriegern zogen enorme Aufmerksamkeit auf sich und gehörten zu den gnadenlosesten Gefechten der Spielwelt.

Ganz ähnlich dem Duell, das Michael hier beobachtete. Es war ein Kampf zwischen einem *Orion* und einem *Lichtbringer*, in dem zwei lyranische Krieger im Wettstreit um einen der beiden letzten Plätze im Großen Turnier aufeinander trafen, das den diesjährigen Champion küren sollte.

Michael lehnte sich mit verschränkten Armen auf seinem Platz zurück und zeigte sich den Zuschauern gänzlich unbeeindruckt. Das fiel ihm nicht weiter schwer. Es gab mehrere Gründe dafür, dass dieses Duell besonders wild schien, und er hätte sie fast alle aufzählen können. Da waren die Kameraposition knapp über dem Arenaboden, durch die beide Mechs noch größer wirkten, als die dreistöckigen Metallriesen ohnehin waren. Die schummrige Beleuchtung, in der die Lasersalven besonders effektiv zur Geltung kamen. Und die Pyrotechnikeffekte durch die Feuersäulen waren zwar hochwirksam bei der Unterhaltung des Publikums, lenkten aber nur völlig unerfahrene MechKrieger ab. Man stieg nicht bis in den Olymp der Mechspiele auf, ohne etwas davon zu erfahren, wie sie inszeniert wurden.

Oder ohne etwas über Taktik zu lernen. Michael hatte von Anfang an gesehen, dass der Pilot des *Orion* in Schwierigkeiten steckte. Der Mech war bereits in der Anfangsphase des Kampfes in eine Ecke gedrängt worden. Ohne Sprungdüsen hatte er keine Chance gehabt, Bauers angreifendem *Lichtbringer* zu entkommen. Bauer hatte sich auf kürzeste Distanz an seinen Gegner herangearbeitet und jetzt schlug ein Orkan aus rubinroten Energiepfeilen aus den sechs mittelschweren Impulslasern seines Mechs. Die Stakkatosalven gebündelter Lichtenergie verdampften die letzten Panzerreste des *Orion* und gruben sich tief in die Rumpfmitte. Es war genau diese Fähigkeit, seinem Gegner die Panzerung vom Rumpf zu scheuern, die den *Lichtbringer* zu einem so gefürchteten Nahkämpfer und Favoriten der Fans machte. Der *Orion* erschauerte heftig, als die in seinem Innern wütenden Energien den Kreiselstabilisator zerschmolzen. Fünfundsiebzig Tonnen aufrechtes Metall verloren jäh den Kampf gegen die Schwerkraft und stürzten schwerfällig um. Der Arenaboden bebte unter dem Aufprall, dann flammten die Scheinwerfer auf und zeigten den triumphierend über dem gestürzten *Orion* aufgebauten *Lichtbringer*.

Bei dieser Szene fror das Bild ein: der *Lichtbringer*, die Arme in Siegerpose erhoben. Die Kampfgeräusche verklangen unter dem in den Film geschnittenen Beifall, dem auf ein entsprechendes Zeichen der Regie der Liveapplaus des Studiopublikums folgte.

»Nun, das war ein beeindruckender Abschluss dieses Kampfes«, erklärte Todd Richards und leitete wieder zum Studiointerview über. »Und ich bin sicher, die Fans im Steiner-Stadion haben ihn ebenso genossen wie...« Er unterbrach sich, als ein verspäteter, ironisch langsamer Applaus ihn unterbrach.

Michael klatschte weiter in die Hände, während Richards und der Stargast der Sendung sich zu ihm umdrehten und ihn anstarrten. Der Moderator griff die Unterbrechung sofort auf, fast, als wäre sie geplant gewesen. Was in gewisser Weise auch zutraf. Jeder hier im Studio wusste, wie das Interview enden sollte.

»Sie sind anderer Ansicht, Herr Steacy?«

Michael zuckte die Achseln, unterbrach aber den Applaus. Er schob die Hände in die Jackentaschen und sank nach hinten. Er war Bauers Gegner am ersten Tag des Turniers und seine Rolle in dieser Show bestand darin, dem Lyraner einen Gegenspieler zu liefern und die Spannung zu steigern, um die Wetten anzuheizen. *Na, dann.*

»Ach ja, es war ganz amüsant, aber einen echten Kampf konnte man das kaum nennen«, stellte er fest, und Jarman Bauer starrte ihn wütend an. Michael drehte sich zur Kamera und sein Blick begegnete dem seines hinter Kamera Drei wartenden Leibwächters. Der Hühne spannte sich an, dann nickte er, als Michael erklärte: »Hübsche Lichtshow. Miese Taktik.«

Richards nahm den Köder an und hob die Hand, um eine wütende Entgegnung Bauers abzuschneiden. »Miese Taktik auf Seiten William Paulsons, wollen Sie sagen. Immerhin hat Herr Bauer den Kampf gewonnen und wird als Nächstes im Großen Turnier gegen Sie antreten.« Jetzt drehte sich auch der Antenne-Donegal-Moderator zur Kamera um und versuchte, das Gespräch wieder unter seine Kontrolle zu bringen. »Morgen, Tag Eins, Sportsfreunde. Einhundertachtundzwanzig der besten Kämpfer auf Solaris VII starten die Woche, die ihre Ausdauer und ihr Können in den Arenen der Offenen Klasse auf die härteste Probe stellen wird.«

Michael starrte Richards eisig an, der ihm netterweise einen Ansatzpunkt geboten hatte. »Genau um das Können geht es mir. Paulson ist ein weit besserer Kämpfer als Bauer, selbst nach seiner täglichen Flasche Glengarry Reserve.« Ein kleiner Leckerbissen für die Boulevardpresse.

Er stieß mit dem ausgestreckten Zeigefinger in Richtung auf den Bildschirm, auf dem immer noch der triumphierende *Lichtbringer* zu sehen war. »Das war kein Duell. Es war eine Schlägerei. Bauers Vorstellung einer Überraschungstaktik besteht darin, auf den Einsatz seiner mittelschweren Laser zu verzichten – von denen jeder Drittklässler auf Solaris weiß –, bis er seinen Gegner möglichst dramatisch abschießen kann. Dass Paulson darauf hereingefallen ist, lässt in mir die Frage aufsteigen, ob die Steiner-Ställe eine Münze geworfen haben, um auszukungeln, wer in diesem Match gewinnt.« Er beugte sich verschwörerisch vor. »Wie sieht's aus, Jarman? Hat Paulson eine Schwalbe gemacht?«

»Verdammter Davionist!« Bauer sprang auf und warf dabei fast seinen Sessel um. »Was bilden Sie sich eigentlich ein, Searcy?« Er schien drauf und dran, Michael an die Kehle zu gehen. Nur ein strategisch platzierter Tisch, niedrig, aber breit, trennte die beiden MechKrieger. Auch dieses Möbelstück stand nicht zufällig an seinem Platz, sondern war bewusst dort aufgestellt worden, um den erbosten Wortwechsel zu verlängern.

Michael war seinerseits nicht der Typ, eine Herausforderung unbeantwortet zu lassen – nicht ›Stormin'‹ Michael Searcy –, und sprang ebenfalls auf. Er zog die bereits zur Faust geballte Rechte aus der Tasche. Mit der Linken packte er den Tisch am Rand der Platte und kippte ihn beiseite. Er stürzte scheppernd auf den Studioboden.

Bauer blinzelte überrascht. Es war vorgesehen gewesen, dass er den Tisch beiseite trat… aber erst später. Michael nutzte die Überraschung seines Gegenübers aus. »Ich habe die Prüfung in Jaime Wolfs Klasse über Strategie und Taktik auf Outreach nicht in den Sand gesetzt«, schleuderte er ihm ins Gesicht. Das war ein klarer Hieb unter die Gürtellinie. Bauers schmerzliche Miene – und das vor den Kameras! – ließ die Ausgaben für diese Information plötzlich mehr als gerechtfertigt erscheinen. »Aber was kann man von einem Lyraner schon erwarten?«

Bauer trat einen Schritt vor und schien im Begriff auszuholen, dann verließ ihn der Mut und er sah unsicher hinüber zum Gastgeber der Sendung. Richards, der weit mehr für seine Sendung bekam, als er erhofft hatte, ging den beiden MechKriegern aus dem Weg, bis diese bei seinem Stichwort angekommen waren.

»Es wird mehr brauchen als lyranisches Geld, um Sie zum Champion zu machen«, reizte Michael seinen Gegner. Was war denn noch nötig, um Jarman anzustacheln?

Bauer hatte sich anscheinend entschieden, sich an das vor der Sendung locker besprochene Drehbuch zu halten, und zog sich wieder zurück, als stünde der Tisch noch immer zwischen ihnen und verhindere einen körperlichen Schlagabtausch. »Na warte, wenn wir erst in Ishiyama sind«, erklärte er. »Ich werde dich unter dem Eisenberg begraben!«

Jetzt reicht's, entschied Michael. *Wenn das noch lange so weitergeht, wird es zur Farce.* Er trat vor, stieß Bauer mit beiden Händen gegen die Brust und schob den deutlich größeren Lyraner mehrere Meter nach hinten. »Komm, Jarman. Du und ich, jetzt! Lass sehen, was du drauf hast, *Landei!*«

Halbwegs auf das Stichwort hin sprang Todd Richards zwischen die beiden MechKrieger. Von ihrer Position hinter den Kameras stürzten zwei andere Männer heran, um sie zurückzuhalten: Searcys und Bauers Leibwächter. Immer noch Flüche und Herausforderungen ausstoßend, gelang es Michael und Jarman Bauer, sich in Position für eine Nahaufnahme mit Todd Richards zu bewegen, woraufhin die Regie nach einer entsprechenden Ankündigung des Moderators zu einer Werbeunterbrechung schalten würde. So lief das Spiel.

Dann wand sich Michael aus dem Griff seines Leibwächters.

Mit zum Schlag hinter den Kopf gezogenem rechtem Arm warf er sich nach vorne und trieb die Faust in Jarms Bauers Kinn. Der Treffer warf den lyranischen MechKrieger nach hinten und er ging bewusstlos zu Boden.

Mehrere Sekunden lang herrschte schockiertes Schweigen im Studio. Das gehörte nicht zum Skript. Todd Richards starrte entgeistert auf Bauer hinunter und vergaß eine ganze Weile, die Werbepause anzukündigen. Dann kam die Unterbrechung und Michaels Leibwächter zog ihn hastig aus der Dekoration in die Flügel des Studios. Von dort aus gingen sie an ein paar Bühnenhelfern vorbei durch einen kurzen, mit Requisiten vollgestellten Gang zu einem Seitenausgang, an dem im leichten Nachmittagsregen ein Luxusschweber wartete.

Der Fahrer des Avanti hielt die hintere Fahrgasttür auf. Michael blieb kurz stehen, um ein paar Mechhasis zuzuwinken, die von den Wachleuten des Studios zurückgehalten wurden. Es waren in der Hauptsache Teenager, denen ihre Zeit nicht zu schade war, in der Hoffnung, einen bekannten Arenakrieger zu sehen, am Studioausgang herumzuhängen, vielleicht ein Autogramm zu ergattern, oder in Michaels Fall wahrscheinlicher, ihm ein paar ausgesuchte Verwünschungen zu widmen. Einer der lyranischen Teenager warf eine halbvolle Limonadenflasche nach ihm, die an der vorderen Stoßstange der Limousine zerplatzte.

Michael kletterte, immer noch im Adrenalinrausch, in die Kabine des Schwebers, dicht gefolgt von seinem Leibwächter. Er ließ sich in den weichen Ledersitz sinken, als der Avanti auf einem Luftkissen aufstieg und vom Bordstein auf die Straße glitt, fort von der wütenden Menge und durch die Straßen Schlesiens davon. Sein Leibwächter nahm auf der zum Heck des Wagens blickenden Sitzbank Platz, dem korpulenten Mann neben Michael gegenüber, der im Fonds des Schwebers auf sie gewartet hatte.

Es war Drew Hasek-Davion, Michaels Boss. Der übergewichtige Mittvierziger wirkte eher wie ein altmodischer Ausbeuter denn als der Besitzer des Blackstar-Stalls. Darüber hinaus trug er noch einen öligdünnen Schnurrbart zur Schau, der seinem Gesicht ein rattenähnliches Ausehen verlieh. Michael grinste ihn an und erwartete ein Lob für seinen Auftritt.

»Was sollte das mit dem Landei?«, fragte Hasek-Davion scharf.

»Eine Anspielung auf seinen Namen«, erklärte Michael. »Spätestens morgen hat er den Spitznamen weg. Außerdem soll es die Assoziation mit dem Solaris-Slangwort auffrischen. Ein Bauer ist ein Krieger, der einen Trecker steuert.«

Drew verstand. »Ein Mech, der den Arena-Auftritt nicht wert ist. Oder in der Umkehrung ein Krieger, der seinen Mech nicht wert ist.« Er nickte. Gelbe Zähne wurden sichtbar, als er kurz lächelte, aber die Geste erstarb fast im selben Augenblick. »Und die Informationen über Paulsons Sauferei und Bauers Versagen in der Ausbildung?«

»Alles die reine Wahrheit und aus meiner eigenen Tasche bezahlt.«

Drew runzelte die Stirn, nickte aber wieder. »In dem Falle, gut gemacht.« Er klang nicht allzu überzeugt. Dann klopfte er mit dem vergoldeten Löwenkopf, der ihm als Knauf seines Gehstocks diente, an sein Bein. »Trotzdem solltest du die Planung mir überlassen, Michael.«

Searcy zuckte die Achseln. Drews Herablassung ärgerte ihn. »Ich wette meinen Anteil am Preisgeld für Tag Eins, dass Bauer die drei Prozentpunkte Quote wieder verliert, die ihm der Sieg über Paulson eingebracht hat.«

Er sah zu, wie auf Drews Gesicht Selbstgefälligkeit und Gewinnsucht mit der Möglichkeit rangen, über den Tisch gezogen zu werden. In der Zwischenzeit bog der Schweber nach Westen in die Narvikstraße ein, und Schlesien ging ins Liao-Viertel Cathay über. Schließlich zuckte Drew Hasek-Davion die Achseln. »Ich nehme nur Wetten an, auf deren Ergebnis ich Einfluss habe.«

»Soll heißen, Sie haben lieber ein As im Ärmel.«

»Deshalb gehörst du mir, mein Junge.« Drew ließ sich nach hinten in die Polster sinken. »Versuche, das nicht zu vergessen.« Er machte eine Pause, um der verhüllten Drohung mehr Gewicht zu verleihen. »Glücklicherweise hast du dich wieder bezahlt gemacht, indem du Mr. Bauer mit einem Schlag niedergestreckt hast. Jetzt brauchst du den Streit morgen nur noch zu beenden. Und das schnell, so wie heute.«

Michael entschied, sich nicht mit Drew über dessen Ansicht anzulegen, dass der Favorit der Vereinigten Sonnen sein persönliches Eigentum war. Er hatte Michael zur Kämpferpersönlichkeit geformt und trainiert und den jungen Mann – und damit indirekt auch sich selbst – zur großen Hoffnung der Davion-Anhänger auf Solaris VII hochstilisiert. Episoden wie das heutige Interview halfen, dieses Image zu untermauern. Darüber hinaus hatte er Michael unter Vertrag, und für Krieger, die ein Interesse daran hatten, weiterhin auf Solaris VII anzutreten, kam das praktisch einer Besitzurkunde gleich. Und nichts wünschte sich Michael mehr, als zu kämpfen. Dazu war er hier auf der Spielwelt.

Weit beleidigender war für ihn jedoch die Andeutung, er könnte gegen einen Möchtegern wie Bauer verlieren, oder überhaupt gegen einen Lyraner. Soweit würde… konnte er es nicht kommen lassen. Das hätte alles in Frage gestellt, was er sich in den vergangenen drei Jahren erarbeitet hatte. Nein, sein erster ernsthafter Kampf erwartete ihn erst am dritten Tag, wenn er wahrscheinlich gegen Evelyn Czerny vom Bromley-Stall würde antreten müssen. Sie war die beste Kriegerin des Marik-Sektors und stand auf Platz 2 der Rangliste, fünf Plätze über Searcy. Sie konnte ein echtes Problem werden. Was Bauer betraf…

»Hat Ihr Mann eines der neuen leichten Gaussgeschütze auftreiben können?«, fragte Michael, und Drew nickte. »Dann tauschen wir das normale Gaussgeschütz meines *Drachenfeuer* gegen die leichtere Version aus und bauen die ECM-Phalanx aus. Danach wechseln wir die Autokanone gegen den Kaliber-12cm-Lauf einer Defiance Desintegrator aus. Bauer wird keine Zeit verlieren und zum Nahkampf aufschließen. Das ist die einzige Taktik, die er kennt, und ich werde es zulassen. Dann schieße ich seinen *Lichtbringer* zu Schrott.« In seinem Grinsen lag keine Spur von Humor. Bauer hatte bereits verloren, der morgige Kampf würde nur die Bestätigung werden.

War das etwa ein Antwortlächeln Drews? »Ich habe den Eindruck, dass ich nicht der Einzige in diesem Wagen bin, der ein As im Ärmel zu schätzen weiß.«

Michael neigte den Kopf zur Seite, als dächte er nach. Dann warf er die Rolle Münzen auf den Sitz, die er in der Jackentasche versteckt gehabt hatte, während er Bauer im Studio gegenübersaß. Als er die Rechte bereits geballt aus der Tasche gezogen hatte, war sie um die Münzen geschlossen gewesen. Nicht mehr als eine kleine Absicherung, dass ein Schlag genügen würde, seinen Gegner zu Boden zu schicken. Der Leibwächter sah beiseite, sorgfältig darauf bedacht, nichts zu bemerken.

Drew Hasek-Davion stellte die rechte Augenbraue schräg. Es war das einzige Anzeichen seiner Überraschung. Dann nickte er. Einmal. Ein hohes Lob vom Besitzer des Blackstar-Stalls, eines Mannes, dem Kritik weit leichter von der Zunge ging als Komplimente. Respekt. Das war angenehm.

Michael drehte sich zum Wagenfenster und grinste, die schmerzenden Knöchel der rechten Hand reibend, hinaus in den Regen.

Es gab Momente, in denen ihm diese Welt richtig gefiel.

2

Kolosseum, Schlesien, Solaris-City, Solaris
Freedom-Theater, Provinz Skye, Lyranische Allianz

12. August 3062

Die Nickeleisen-Gausskugel des *Caesar* schlug krachend in die linke Schulter des *Sturmwind* ein und zerschmetterte die Metallkeramikpanzerung. Zerborstene Platten fielen in einem Regen aus Schrapnellsplittern herab und verstreuten den Panzerschutz des BattleMechs über den Sandboden der Arena. Ein beachtlicher Prozentsatz der Menge grölte vor Begeisterung, vermutlich, weil sie in diesen Duell des zweiten Turniertags gegen den Piloten des *Sturmwind* gewettet hatten.

Victor Vandergriff hörte den Jubel bis ins Innere des versiegelten Cockpits und knirschte wütend mit den Zähnen, während er den brutalen Schlag des Gausstreffers ausritt. Die Sicherheitsgurte hielten ihn auf der Pilotenliege, während der riesige Kreiselstabilisator in der unteren Torsohälfte des *Sturmwind* gegen die Schwerkraft der Spielwelt ankämpfte, um die achtzig Tonnen schwere Kampfmaschine auf den wuchtigen Metallbeinen zu halten. In den Neurohelm integrierte Rezeptoren verbanden seinen natürlichen Gleichgewichtssinn in einer Rückkopplungschleife mit dem Stabilisator und sorgten dafür, dass der Pilot sich mehr um seinen Gegner sorgen konnte, als darum, wie er einen zweibeinigen Kampfkoloss senkrecht hielt.

Im Augenblick allerdings machte sein Gegner Victor Vandergriff jede Menge Sorgen, obwohl er ein Davion-Hund war.

Die Haupttrennwand der Arena hob sich bereits wieder und würde die beiden Kontrahenten jeden Moment voreinander verbergen. Victor riss an den Knüppeln, zerrte das rote Fadenkreuz über den Sichtschirm und brachte es über Stephen Neils' *Caesar*. Es blinkte abwechselnd rot und golden auf, bevor es stetig goldgelb leuchtete, als der Mechcomputer das Ziel sicher erfasst hatte. Victor stieß beide Daumen auf die Feuerknöpfe und zog zusätzlich den rechten Zeigefinger durch, um alle drei Hauptgeschütze des *Sturmwind* abzufeuern. Die saphirgrüne Strahlbahn des schweren Lasers schnitt in den linken Arm des *Caesar* und schälte eine halbe Tonne Schutzpanzerung ab. Der elektrisch-blaue Blitzschlag der Partikelprojektorkanone fuhr in die linke Seite des gegnerischen Mechs, aber die Autokanonensalve war zu tief angesetzt und hämmerte stattdessen nur auf die emporgleitende Barrikade ein.

Die Temperatur im Cockpit des *Sturmwind* schoss in die Höhe, als der Fusionsreaktor des Mechs seine Leistung steigerte, um der jäh angestiegenen Belastung gerecht zu werden. Doch in dieser Art von Gefecht war das kein Grund zur Besorgnis. Die Temperatur würde beinahe ebenso schnell wieder sinken. In der Zwischenzeit half das durch die dünne Schlauchleitung seiner sperrigen Kühlweste strömende Kühlmittel, seine Körpertemperatur unten zu halten. Victor hätte einen der neuen Kühloveralls bevorzugt, vielleicht sogar einen mit eingebauten Neurorezeptoren, der den antiquierten Neurohelm überflüssig machte, aber das war modernste Hochtechnologie, wie sie sich der Sternenlicht-Stall noch nicht leisten konnte. Außerdem reichte der momentane Hitzeschwall gerade aus, ihn leicht ins Schwitzen zu bringen.

Obwohl die Treffer des *Sturmwind* ihm spürbar zugesetzt hatten, dachte Neils nicht daran, seinen Vorteil so leicht aufzugeben. Unmittelbar, bevor die Wand die beiden Gegner endgültig trennte, streckte er den rechten Arm des *Caesar* zu einem letzten Schuss auf Victor. Die Arm-PPK schleuderte ein weiteres Lichtgewitter künstlicher Blitze über das Feld, das sich in mittlerer

Höhe in den Torso des überschweren Mechs grub und eine neue Schmelzspur über die Brustpartie der Kampfmaschine zog. Noch ein Treffer, und Neils würde die Panzerung durchschlagen. Victor fluchte leise, während der gnadenlose Schlagabtausch das Stadionpublikum zur Raserei steigerte. Im Schutz der voll ausgefahrenen Trennwand gestattete er sich einen Blick in dessen Richtung.

Die Steiner-Arena war der ganze Stolz Schlesiens. Sie erinnerte in ihrer Architektur an ein riesiges altrömisches Kolosseum, mit einem weit offenen Innenbereich, in dem die BattleMechs gegeneinander antraten. Um die Kampfarena herum erstreckten sich Sitzzeilen, von denen aus die Fans das Geschehen statt über Bildschirm live und direkt verfolgen konnten. Die riesige Sandfläche konnte völlig frei bleiben oder, so wie heute, durch sich hebende und senkende Barrieren zerteilt werden. Drei Stockwerke über dem Boden und knapp über Kopfhöhe der meisten BattleMechs zogen sich zwei Etagen mit Privatlogen für die Gäste um das Rund, die reich genug waren, um sich diesen Luxus zu leisten. Über ihnen waren die Ränge dicht mit vierzigtausend tobenden Fans gepackt, die sich völlig im Bann des heutigen Duells befanden, der zweiten Steiner-gegen-Davion-Begegnung im Großen Turnier. Die vordersten Reihen pressten sich die Nasen an den Panzerglaswänden platt und hämmerten mit den Fäusten darauf ein, während sie die MechKrieger-Gladiatoren in der Arena unter ihnen anfeuerten oder beschimpften.

Victor Vandergriff widerten sie alle an.

Die Reichen genau wie die Armen. Stallbesitzer, Adlige, Kaufleute, einfache Arbeiter. Die Spieler, die Geld verwetteten, das sie gar nicht besaßen – ebenso wie die vereinzelten ›Spanner‹, die nur vorgaben, große Summen auf den Ausgang des Kampfes gesetzt zu haben. Nicht einmal die anderen MechKrieger entgingen seinem Zorn. Victor hasste sie, weil er von ihnen abhängig war, und weil er sich an eine Zeit erinnern konnte, als das noch nicht so gewesen war. Eine Zeit, in der er noch auf eigene Rechnung gekämpft hatte, einer der besten Krieger auf Solaris VII, ein Mann mit einer großen Zukunft.

Und dann war irgendetwas grundlegend schief gegangen, ungefähr, als er den großen Kampf gegen Allard-Liao und die Davion-Marionette Galen Cox verloren hatte. Verloren hatte er auch davor schon hin und wieder, aber die Auswirkungen auf seine Karriere waren nie so verheerend gewesen. Die Fans hatten ihn verlassen. Viele hatten sich über Nacht gegen ihn gekehrt, andere waren im Laufe der Jahre allmählich abgedriftet, als sich die Niederlagen häuften. Inzwischen nannten sie Victor einen ›Zombie‹, einen der Lebenden Toten. Es schien keine Rolle zu spielen, dass Theodore Gross, der momentane Solaris-Champion, der seinen Titel im fünften Jahr verteidigte, drei Jahre älter war. Gross stand im Rampenlicht und Victor war abgemeldet.

Vandergriff hatte es vor seinem Abstieg nie weiter als bis zum Platz 12 der Rangliste gebracht. Die Skye-Tiger hatten ihn trotz seiner Einstufung als Fehlinvestition abgestoßen, und Trevor Lynch hatte seinen Vertrag übernommen, weil er dringend einen hochplatzierten Kämpfer brauchte. Inzwischen hielt sich Victor krampfhaft und mit einem unübersehbaren Hauch von Verzweiflung in seinem Kampfstil als Schlusslicht der Top Twenty. Selbst wenn er kaum damit rechnen konnte, es jemals bis ins Finale des Championats zu bringen, hatte er immer noch den Anspruch, unter den besten Kriegern mitzumischen, die auf der Spielwelt zu bewundern waren. Das zumindest blieb ihm, aber es war kein Trost gegen das unablässig an ihm nagende Wissen darum, wie tief er gefallen war.

Er hatte den rechtzeitigen Abgang verpasst, und jetzt blieb ihm nichts mehr übrig, als bis zum bitteren Ende weiterzumachen.

Die X-förmige Barriere, die das Arenarund in ungleiche Viertel aufteilte, sank wieder herab, wenn auch nie so weit, dass die Kontrahenten in den wenigen Sekunden, bevor sie sich wieder hob, eine Möglichkeit gehabt hätten, sie zu überqueren. Um auf kurze Distanz an seinen Gegner heranzukommen, hätte Victor um die Mauer herumlaufen müssen, was Neils Zeit genug gelassen hätte, mit dem *Caesar* davon zu marschieren. Auf die Bitte des White-Hand-Stalls hin hatte die Kolosseumleitung sich widerwillig bereit erklärt, mit Hilfe der Barriere den 10-Tonnen-Gewichtsvorteil auszugleichen, den Victors *Sturmwind* gegenüber Neils' *Caesar* besaß. Ohne Zweifel hätten sie es vorgezogen, Victor als dem lyranischen Kontrahenten einen Vorteil einzuräumen, aber im Großen Turnier verlangte jedes Duell mit einem deutlichen Ungleichgewicht einen Ausgleich.

Die Barrikade senkte sich noch bis zu der mittleren Rumpfhöhe, in der sie ein paar verzweifelte Sekunden stoppen würde, aber Victor und sein Gegner brachten ihre Mechs schon in die beste Schussposition. Der rechte Arm des *Caesar* kam hoch, ebenso wie der linke Mecharm des *Sturmwind*. Neils' löste seine PPK einen Bruchteil schneller aus, und der Schuss geisselte zusätzliche Panzerung vom rechten Arm des lyranischen Mechs. Geschmolzene Metallkeramikpanzerung rann zu Boden und formte siedende Pfützen im Sand. Im Gegenschlag fraß sich die Kaliber-40-mm-Granatensalve aus Vandergriffs Autokanone seitlich in den keilförmigen Kopf des *Caesar*. Es reichte nicht aus, um die Panzerung zu durchschlagen, aber zumindest konnte er sich ein wenig an seinem Gegner rächen, indem er ihn im Innern des Cockpits durchschüttelte.

Die Trennwand blieb in fünf Metern Höhe stehen.

Da die linke Seitenpanzerung des *Sturmwind* nach dem Bombardement durch seinen Gegner nur noch eine Erinnerung war, bewegte Victor den Mech langsam nach links und drehte den Torso gleichzeitig nach rechts, um zu feuern. Diese Bewegung half ihm, die spärlichen Reste von Panzerung über dem Munitionslager seiner Autokanone zu beschützen. Er blieb knapp vor dem Ende der Wand stehen. Wie er es vorausgesehen hatte, reagierte Neils, indem er den *Caesar* in die entgegengesetzte Richtung zog. Es kam zu einem weiteren Schlagabtausch, in dem Victor mit Laser und PPK auf Neils' Gaussgeschütz antwortete, das in Schulterhöhe den rechten Arm des *Sturmwind* abriss. Der plötzliche Gewichtsverlust warf den lyranischen Mech für einen Augenblick aus der Balance. Der Schwerpunkt hatte sich über den Rahmen hinaus verlagert, in dem das Gyroskop die Bewegung automatisch abfangen konnte, und Victor kämpfte mit den Kontrollen, um den Mech aufrecht zu halten.

Bevor er sich wieder gefangen hatte, hob sich die Barriere erneut, und ein Abschiedstreffer aus Neils' Teilchenschleuder zog eine weitere Schmelzspur über die rechte Torsoseite des BattleMechs. Unmittelbar darauf erwachte mit einem lauten Knattern durch die Störstrahlung der PPK die Kommleitung zum Leben, und Neils' Stimme flüsterte über den offenen Kanal in sein Ohr, den sie für den Austausch von Beleidigungen teilten.

»Ist das alles, was du drauf hast, Zombie?«, höhnte Neils.

Die Fans tobten. Auf der Tribüne war eine wilde Schlägerei zwischen VerSon-Anhängern und ihren lyranischen Rivalen ausgebrochen, die schnell auf andere Sektionen übergriff. Victor konnte die Verzweiflung der Steiner-Fans beim Anblick eines Kampfes nachfühlen, in dem er als der heute angetretene Verteidiger der lyranischen Ehre ebenso gnadenlos in den Boden gestampft wurde, wie der verhasste Michael Searcy am Tag zuvor Jarman ›Landei‹ Bauer besiegt hatte.

Schweiß stand auf Victors Gesicht, und er wusste, dass das weniger an der Temperatur im Cockpit lag als an seiner Todesangst. In blanker Wut über seine plötzliche Schwäche hätte er fast die Waffen auf die Zuschauertribüne gerichtet. Ihm war klar, dass er damit nichts ausrichten konnte. Das Detonatornetz der Arena beschützte die Zuschauer, indem es die Leistung von Energiewaffen absaugte und alle Raketen oder AK-Granaten deflektierte, die der Menge hätten gefährlich werden können. Das Netz, ein seltenes Beispiel über die Jahrhunderte erhaltener LosTech, war das Einzige, was die Zuschauerränge des Steiner-Stadiums überhaupt möglich machte.

Victor hielt sich zurück. Es waren schließlich nicht die Fans, die seinen Zorn zu verantworten hatten. Nicht einmal die Davionisten unter ihnen. Es war Neils.

Stephen Neils, der versuchte, ihn zu töten!

Die Bitte um eine niedrige Barriere und das Schema, nach dem die Angriffe des *Caesar* abliefen, schienen ihm passgenau in einen heimtückischen Plan zu passen, der darauf angelegt war, Victor Vandergriff zu erniedrigen, möglicherweise sogar umzubringen. Während die Barrikade sich hob oder senkte, war er im Nachteil, weil er gegen Neils' überlegene PPK nicht mehr ins Feld führen konnte als seine leichte Arm-Autokanone. Wenn sie unten war, verzichtete Neils auf die Energiewaffe und griff mit sorgfältig gezielten Feuerstößen des im Torso montierten Gaussgeschützes an. Ein einziger Treffer mit einer der schweren Gausskugeln würde reichen, die Kopfpanzerung des *Sturmwind* zu durchschlagen und die Sensoren, Kontrollen und… das Cockpit zu zertrümmern. Kein derzeit existierender Mechtyp war in der Lage, seinen Piloten vor der Vernichtungskraft dieser Größenordnung zu schützen.

Blinde Wut schlug über Victor zusammen, als er den *Sturmwind* nach links riss und ans Ende des ersten Auslegers der Barrikade steuerte. Wut und Verachtung für die Heimtücke seines Davionisten-Gegners. Er hörte das dumpfe Gebrüll der Fans, aber es interessierte ihn nicht, ob sie ihn anfeuerten, seinen Gegner warnten oder nur im Tumult der eigenen Prügelei ihre Wut herausschrien. Er stürmte vorwärts, versuchte, so weit wie möglich zu kommen, bevor die Wand sich wieder absenkte. Er würde es nicht schaffen. Der zweite Ausleger war zu weit entfernt, knapp außer Reichweite. Und sobald Neils ihn kommen sah, würde er auf die andere Seite der Arena ausweichen und Victor von dort weiter mit seinem tödlichen Gaussgeschütz beharken.

Falls Victor ihn ließ.

Es war eine Verzweiflungsstrategie, ein Schachzug der Art, die in den letzten Jahren zu einem Vandergriff-Markenzeichen geworden war. Ohne den gestreckten Galopp des BattleMechs abzubremsen, warf Victor sich hastig nach vorne, um über das Neurofeedback seines Helms den Kreiselstabilisator des *Sturmwind* zu destabilisieren. Dann streckte er die Mecharme aus und brachte den Kampfkoloss damit selbst aus dem Gleichgewicht, mit dem Ergebnis, dass er nach vorne auf den Arenaboden stürzte. Der Mech schlug hart auf. Der Aufprall von achtzig Tonnen belebten Metalls auf den unnachgiebigen Boden hatte eine vernichtende Wirkung auf die Frontpanzerung der Kampfmaschine, und ihr Schwung ließ sie in einer grotesken Parodie eines Baseballspielers vorwärts rutschen.

Das Manöver brachte fast zu Ende, was Stephen Neils begonnen hatte. Victor wurde brutal in die Gurte geschleudert. Der Kopf des *Sturmwind* scheuerte über den Arenaboden, pflügte den Sand um und verschaffte seinem Piloten eine noch härtere Fahrt. Victors Neurohelm schlug hart gegen den Sitz, und beinahe hätte er das Bewusstsein verloren. Der Kampfkoloss rammte gegen die abgesenkte Barriere. Seine Brustpartie war nahezu schutzlos.

Victor hatte fünf kostbare Sekunden Zeit, die Nachwirkungen des Sturzes abzuschütteln, und noch einmal fünf, um den *Sturmwind* wieder aufzurichten. Sekunden waren Ewigkeiten in einem Mechgefecht, erst recht in den Arenen der Spielwelt. Sieg oder Niederlage, manchmal sogar Leben oder Tod, hingen häufig von ein, zwei entscheidenden Sekundenbruchteilen ab. Er zog den einen noch verbliebenen Mecharm des *Sturmwind* unter den schweren Rumpf und hebelte ihn erst zurück auf ein Knie, dann wieder auf die Beine, gerade als die Wand wieder ihre volle Höhe erreichte.

Jetzt musste Victor wissen, was Neils getan hatte, als der Mech seines Kontrahenten außer Sicht gehechtet war. Der Magnetische Anomaliedetektor war im Schatten der Barrikade wertlos. Möglicherweise hätte Neils über Infrarot genug Restwärme in der Luft über dem *Sturmwind* erkennen können, um zu sehen, wo Victor war. Doch hatte Neils rechtzeitig daran gedacht und die Ortung umgeschaltet? Auf den Tribünen sah Victor die Fans an der Panzerglaswand stehen und gestikulieren, aber ein Teil von ihnen zeigte auf ihn, während andere in die Richtung deuteten, in die Neils ausweichen sollte. Er ging nicht davon aus, dass sie für seinen Gegner eine sonderliche Hilfe waren.

Das Duell hatte sich in ein Ratespiel verwandelt. Neils musste erwartet haben, dass Victor nach rechts ziehen würde, um seinem *Caesar* zu folgen. Er hatte gekontert, in dem er wieder zurückgekommen war. Das erwies sich jetzt als Fehler.

Als Victor um die Barrikade stürmte, stand er plötzlich Stephen Neils' BattleMech direkt gegenüber. Neils reagierte schnell und drehte den Torso seiner Maschine auf der an eine Geschützturmkupplung erinnernden Hüfte herum, um die PPK im rechten Mecharm abzufeuern, aber es war bereits zu spät. Die Energieentladung peitschte in die rechte Flanke des *Sturmwind,* traf aber keine internen Bauteile, deren Zerstörung Victors plötzlichen Vorteil hätten neutralisieren können.

Der Lyraner erwiderte das Feuer mit seinem Laser. Der grün leuchtende Lichtspeer bohrte sich in den Rücken des *Caesar*, senkte sich durch Panzerung und Titanstahlgerüst bis in die wuchtige Abschirmung des 280XL-Fusionsreaktors. Die Partikelprojektorkanone schlug eine lange Bresche in die linke Wade des Davion-Mechs – aber es war der Autokanonentreffer, der die Entscheidung brachte. Die Granaten aus entreichertem Uran hämmerten knapp hinter dem Lasereinschuss in den Rumpf und zertrümmerten die Kondensatoren des Gaussgeschützes. Mit einem grellblauen Leuchten schlugen die gespeicherten Energien geradewegs zum Herz des *Caesar* durch und weideten die rechte Torsoseite regelrecht aus. Die Reaktorabschirmung kollabierte und die ungebremste Gewalt der Fusionsreaktion drohte auszubrechen.

Neils schaffte es, die Reaktion rechtzeitig abzudämpfen und den Reaktor stillzulegen, bevor die Kettenreaktion seinen Mech und ihn selbst in pure Energie verwandelte. Den Kampf aber hatte er verloren. Durch die Breitseite aus dem Gleichgewicht geworfen und ohne Strom für den gewaltigen Kreiselstabilisator kippte der *Caesar* wie das beiseite geworfene Spielzeug eines Riesenbabys vornüber in den Arenaboden.

»Du hast es so gewollt«, knurrte Victor und machte sich nicht die Mühe, den Funkkanal zu öffnen.

Die Barrikade senkte sich. Victor Vandergriff und sein *Sturmwind* beherrschten in klarer Sicht sämtlicher Zuschauer die Arena des Kolosseums. Die Arenaleitung leitete den donnernden Jubel der lyranischen Fans auf die Stadiumlautsprecher, während sich der Tumult auf den Tribünen rings um die Arena ausbreitete. Und trotz seiner Verachtung für die Zuschauer der Kämpfe sonnte Victor Vandergriff sich in deren Bewunderung.

Sie war das Einzige, was ihm geblieben war.

3

Das Kolosseum, Schlesien, Solaris City, Solaris VII
Freedom-Theater, Provinz Skye, Lyranische Allianz

12. August 3062

»Eine spektakuläre Wende, die Schlesiens Held Victor Vandergriff vom Lynch-Stall heute Abend zustande gebracht hat. Wir haben alle darauf gehofft, dass er das Zeug dazu hat, und heute Abend hat er es bewiesen.«

Julian Nero schaltete das Mikrofon ab, um zu verhindern, dass seine Stimme über die Leitung ging. Dann stieß er den Bildregisseur an, der neben ihm saß. »Das reicht für Vandergriff, gib mir Bilder von der Menge. Nein, nicht die jubelnden Mechhäschen. Ich meine die Prügelei auf der Tribüne.«

Der Kampf war vorbei und Julian wusste, dass niemand, der sich auf einem der angeschlossenen Monitore seinen Kommentar zum Kampf anhörte, das geringste Interesse an Vandergriffs Vorgeschichte oder seinen Zukunftshoffnungen hatte. Fakt war, dass es für Vandergriff auf der Spielwelt keine nennenswerte Zukunft mehr gab. Wenn Julian noch ein paar zusätzliche Minuten auf den öffentlichen Sendern ergattern konnte, dann nur mit Bildern der Prügelei, die sich rapide in einen Aufruhr zu verwandeln drohte.

Außerdem hatte Julian einen Ruf zu bewahren, nachdem er sich in den letzten Jahren von ›*Ihrem* Mann mit dem Durchblick‹ zu ›*dem* Mann mit dem Durchblick‹ gemausert hatte. Er konnte es sich nicht leisten, sich jetzt lange auf Vandergriff zu konzentrieren. Der Mann war im Grunde ein Verlierer. Nero erinnerte sich noch daran, wie Vandergriff 3056 für die Skye-Tiger gekämpft hatte. Damals war er zusammen mit dem großen Glen Edenhoffer – er ruhe in Frieden – gegen Galen Cox und den damaligen Champion Kai Allard-Liao angetreten. Was für eine Enttäuschung war das gewesen. Und fünf Tage vor Ende dieses Großen Turniers bestand kaum eine Chance, dass der alternde MechKrieger es bis ins Finale schaffen würde. Soweit war er noch nie gekommen.

Es ergab mehr Sinn, sich um die Schlägerei zwischen den Fans zu kümmern. Die Kämpfe auf den Rängen waren besonders brutal. Einige Zuschauer lagen bereits bewusstlos zwischen den Sitzen. Nero wusste, dass sich Kämpfe wie dieser häufig bis auf die Straßen Schlesiens ausdehnten. Er hatte es schon früher erlebt. Jetzt nickte er kurz. Das war der Aufhänger, den er gesucht hatte. Er schaltete das Mikro wieder ein.

»Ich habe so etwas schon früher erlebt. Stadionbesucher, die noch nicht in die Kämpfe verwickelt sind, sollten sich in die Nähe der Sicherheitsposten zurückziehen und dort auf deren Ende warten. Im Nordostsektor der Haupttribüne ist eine Auseinandersetzung ausgebrochen, die sich nur noch als offener Aufruhr bezeichnen lässt. Soweit ich es sehen kann, hatten die Anhänger der Vereinigten Sonnen zu Anfang die Oberhand, aber inzwischen schlagen die lyranischen Fans zurück.«

Wie leicht es gewesen war, aus dem Kommentar eines Mechduells in den Bericht über die sich ausbreitende Fanschlägerei zu wechseln. Vermutlich hatten die gebannt auf die angeschlossenen Monitore starrenden Zuschauer es gar nicht bewusst wahrgenommen. Sie hatten für einen Abend der Gewalt und Zerstörung bezahlt. Machte es einen Unterschied, welcher Art die waren?

»Ich zähle zehn, nein, es sind zwanzig Bewusstlose«, sprach er weiter. »Kein Feuerwerk, zumindest kein sichtbares, aber das heißt natürlich nicht, dass nicht irgendjemand da draußen einen Schlupflaser haben könnte.«

Julian war kaum warm geworden, als der Bildschirm

plötzlich schwarz wurde, und er sich jäh unterbrach, bis der Bildregisseur ihm ein anderes Signal einspielte. Es kostete ihn ein paar Sekunden zu verarbeiten, was er sah. Als Julian endlich erkannte, was sich vor ihm abspielte, trockneten Erregung und ein gewisses Maß an Angst ihm den Mund aus.

»Wie immer sorgen wir dafür, dass Sie nichts verpassen.« Er warf dem Bildregisseur einen wütenden Blick zu, weil der ihm keine Vorwarnung hatte zukommen lassen. »Was Sie gerade sehen, sind die Sanitäter, die sich um den Kopf von Stephen Neils' auf dem Arenaboden liegenden *Caesar* drängen. Es scheint, dass sie Schwierigkeiten haben, ihn herauszuholen. Die Cockpitluke steht auf, aber es ist möglich, dass Neils sich beim spektakulären Sturz seiner Maschine verletzt hat. In der unteren linken Bildschirmecke sehen Sie einen MedTech weitere Hilfe anfordern.«

Ein dunkler Schatten fiel über das MedTech-Team und Vandergriffs *Sturmwind* beugte sich ins Bild. Der Bildregisseur zog die Einstellung auf, um den riesigen BattleMech mit ins Bild zu bekommen. Setzte Vandergriff zum Gnadenstoß an? Derartige Kopfjägeraktionen waren in den Arenen nicht gern gesehen, aber das hieß nicht, dass es sie nicht gab. Und diese kam reichlich spät. Stephen Neils jetzt noch anzugreifen, konnte Vandergriff leicht eine Anklage einbringen. Belästigung, gewaltsame Behinderung, vielleicht sogar vorsätzliche Körperverletzung.

Nicht, dass es irgendwelche Folgen für ihn gehabt hätte, zumindest nicht, solange er noch im Großen Turnier stand. Die maßgeblichen Kräfte der Spielwelt, soll heißen die Stallbesitzer, sorgten dafür, dass nichts die Suche nach einem neuen Champion behinderte. Von den Kämpfen dieser Woche hing zuviel Geld ab, und der Schnitt der Einnahmen, der seinen Weg auf die Bankkonten der Regierungsmitglieder, Polizeichefs und

Medienmogule fand, garantierte praktisch, dass kein idealistischer junger Reporter einen verspäteten Schlag überbewertete.

Julian erinnerte sich an seine Anfangsjahre und wusste genau, was geschah. Das Schlimmste, was Vandergriff riskierte, war ein Bußgeld wegen unsportlichen Verhaltens, aber wenn er vorausblickend genug gewesen war, die richtige Wette abzuschließen, würde das den MechKrieger nicht ernsthaft treffen. Nero beugte sich näher an den Schirm und wartete um nichts weniger angespannt als jeder Zuschauer.

Vandergriffs *Sturmwind* bewegte sich mit einer langsamen Präzision, die bei einem achtzig Tonnen schweren Kampfkoloss erstaunlich schien. Sie zeigte eine Vertrautheit und Synergie zwischen Pilot und Maschine, wie sie die wenigsten MechKrieger je erreichten. Andererseits hatte Julian nie bestritten, dass Vandergriff ein feiner MechKrieger war… beziehungsweise es in seinen besten Tagen gewesen war. Beinahe beiläufig hakte der *Sturmwind* seinen Arm unter die Schulter von Neils' *Caesar*, hob den umgestürzten Mech an und rollte ihn auf die Seite.

Die Worte, die Julian Nero von den Lippen kamen, als er das eingedrückte Cockpit sah, hatten nichts mit Einschaltquoten, Sendeplätzen oder den Erwartungen der Zuschauer zu tun. Sie kamen unbewusst, wie schon seit Jahrhunderten unzählige Male.

»Blakes Blut«, flüsterte er, als die Kamera auf die Szene zoomte und den Bildschirm vor ihm mit den verdrehten und zerfetzten Metallstreben und scharfen Bruchkanten füllte, die als Einziges vom Panzerglaskanzeldach übrig waren. An einem der Bruchstücke war ein Farbspritzer erkennbar.

Blakes Blut war es nicht.

* * *

Alles in allem ein guter Abend.

Auf dem Weg aus dem Kolosseum kletterte Megan Church über die Metallsitzbank, die irgendwer als improvisierte Ramme benutzt hatte, dann schob sie sich durch einen zertrümmerten Türrahmen. Die Tür hing nur noch halb an einer Angel und versperrte niemandem mehr den Weg. Das wütende Gebrüll und die schmerzerfüllten Schreie hinter ihr vermischten sich mit einer ähnlichen Geräuschkulisse, die voraus lag. Das Chaos hatte die Steiner-Arena erfasst und breitete sich in die umliegenden Straßen Schlesiens aus.

Auf dem Weg stolperte Megan über zwei an der Außenmauer zusammengesackte bewusstlose Sicherheitsmänner. Eine kurze Überprüfung zeigte, dass sie noch lebten, auch wenn man ihnen beiden die Schusswaffe abgenommen hatte. An der Seite eines der aschfahlen Gesichter breitete sich ein blauer Fleck aus. Megan bemerkte zwei Metallpfähle nicht weit entfernt, ein Teil der Seilabsperrungen, mit denen die Menge vor dem Eingang kanalisiert wurde. Vermutlich hatte jemand sie vor gar nicht langer Zeit als Keulen requiriert und dann für die besseren Waffen der Wachen aufgegeben.

Die Wachleute schwebten in keiner unmittelbaren Gefahr und sie verzichtete darauf, sich weiter um sie zu kümmern. Eine kurze Durchsuchung förderte drei Wettscheine und einen Schlagstock mit Griffstange zu Tage. Der war besser als ihr bleigefüllter Totschläger oder der hölzerne Gehstock, den sie auf der Tribüne einem Bewusstlosen abgenommen hatte. Sie warf den Stock beiseite und steckte den Totschläger in eine Tasche ihrer schwarzen Lederjacke. Sie packte den schweren Plastikschlagstock am Haltegriff und ging weiter.

Indem sie sich hinter die geriffelten Säulen duckte und in der Deckung der Wand hielt, versuchte Megan, dem Tumult auszuweichen, der im leichten Abendregen vor dem Osteingang tobte. Der Aufstand hatte sich schneller ausgebreitet, als sie erwartet hätte... der Aufstand, den auch sie angezettelt hatte. Ein Stoß hier, eine gezielte Bemerkung da, es war nicht schwer, in Schlesiens römisch angehauchter Arena einen Kampf auszulösen oder in Gang zu halten, dafür sorgte die Nähe der ungebremsten Gewalt des Mechkampfs, die auf der Tribüne die Anspannung anheizte.

Aber trotz der Live-Reportagen, die über Lautsprecher nach außerhalb der Arena übertragen wurden, konnten bloße Berichte über die Kämpfe keine derartige Gewalt zur Folge gehabt haben. Die Menschen stießen und schlugen um sich, attackierten jede reale oder imaginäre Bedrohung, traten auf schon am Boden Liegende ein. Dieselben Menschen, die kurz zuvor für den Spätkampf angestanden und darauf gewartet hatten, die Plätze der jubelnden und höhnenden Menge einzunehmen, die Victor Vandergriffs Überraschungssieg verfolgt hatte.

Freund und Feind waren einfach genug auseinander zu halten: Die Besucher kamen in T-Shirts zu den Spielen, auf denen Bilder ihrer Lieblingskämpfer aufgedruckt waren, oder mit Jacken in den Farben eines favorisierten Mechstalls. Manche trugen Hausaufnäher und stellten offen ihre Anhängerschaft für Archon-Prinzessin Katrina Steiner-Davion, Kanzler Sun-Tzu Liao oder Generalhauptmann Thomas Marik zur Schau. Megan bemerkte, ohne darüber groß verwundert zu sein, dass die gewalttätigsten Kämpfer einander steiner- oder davionfeindliche Beschimpfungen zubrüllten. Die Unruhen, die ausgebrochen waren, nachdem Katrina den Thron ihres Bruders gestohlen hatte, plagten Schlesien und Black Hills noch immer, aber die Fronten waren keineswegs eindeutig. Megan wusste sehr gut, dass es Schlesier gab, die Prinz Victor unterstützten, genau wie mancher Bewohner von

Black Hills Katrina zuneigte. Diese Fraktionen waren nur schweigsamer. Vorsichtiger.

Dadurch wurden Anhänger jeder gegnerischen Nation zur gerechten Beute, und selbst innerhalb einzelner Nationen bekämpften sich unterschiedliche Fraktionen. Megan sah einen Mann, der sich mit dem Ruf »Für den Heiligen Blake und keine Gnade!« in das Getümmel warf. Nach allen Seiten um sich schlagend, stürzte er sich in das dichteste Kampfgewühl, und der Aufruhr verschluckte ihn. Sie hätte nicht sagen können, welche Seite er unterstützte.

Vermutlich wusste er das selbst nicht.

Ein anderer Mann prallte, aus dem Getümmel geschleudert, gegen sie, und sie drückte ihn mit dem längeren Ende des Schlagstocks gegen eine der riesigen Säulen. Mit einer Körpergröße von einem Meter sechzig war sie nicht gerade groß, und der Mann war mindestens vierzig Zentimeter größer und dreißig Kilo schwerer als sie. Aber ihr kompakter Körperbau wirkte durchtrainiert und muskulös, und der Schlagstock verschaffte ihr einen zusätzlichen Vorteil. Dieser Kerl trug einen Aufnäher mit dem alten Sonnenschwertemblem der Vereinigten Sonnen auf der Jacke. Faire Beute.

Er stieß Megans Arm weg und griff nach ihrer Schulter, aber auf dem regennassen Leder rutschten seine Finger ab. Sie wirbelte den Schlagstock und schlug ihm den massiven Hartplastikstock auf den Ellbogen. Er jaulte auf vor Schmerz, als der Arm betäubt herabfiel. Ein weiterer Schlag, bei dem sie ihm den Stock in den Magen rammte, ließ ihn würgend auf die Knie sinken. Es hätte keine Mühe gekostet, ihn mit einem letzten Hieb bewusstlos zu schlagen, aber Megan legte Wert darauf, dass er sich schnell genug erholte, um sich rachsüchtig wieder in den Kampf zu werfen.

Sie sprang über eine niedrige Betonabsperrung auf einen der ausgedehnten Parkplätze. Nicht weit entfernt setzte eine lange Reihe von Taxis ständig Passagiere ab und nahm neue Fahrgäste auf. Die Fahrer schienen den Aufruhr gar nicht zu bemerken. Wenn sie sich überhaupt Gedanken über die Schlägerei machten, über die ihre Scheinwerfer spielten, dann war es vermutlich die Frage, ob irgendeiner der noch aufrecht stehenden Kontrahenten ein Taxi brauchte. Sie strich sich die Hände an der Jacke sauber und befreite sich damit zugleich von jeder Verantwortung für die Gewalttätigkeiten des Abends. Die momentane Unaufmerksamkeit kam sie beinahe teuer zu stehen und sie hechtete gerade rechtzeitig aus dem Weg, als ein vor der Arena eintreffendes Taxi zu spät bremste und gegen die Betonabsperrung knallte.

Statt aus dem Wagen zu springen, um nach seinem Taxi oder nach Megan zu sehen, stritt sich der Fahrer weiter laut mit seinem Passagier. Irgendetwas darüber, dass Stephen Neils nur bekommen hätte, was er verdiente, und was soll's, wenn der VerSo abgekratzt war. Das gehörte zum Risiko. Dass Neils das Ende des Duells nicht überlebt hatte, war Megan neu. Kein Wunder, dass die Menge außer Kontrolle war. Es machte ihre Arbeit nur noch leichter.

Mit einem lauten Knall schlug eine Kugel durch die Windschutzscheibe des Taxis, deren Oberfläche sich in ein Spinnennetz von Rissen verwandelte. Jetzt rangen die beiden Insassen des Wagens um die Waffe. Ohne sich weiter um den Streit zu kümmern, hob Megan einen von der Mauer gesprengten Betonbrocken auf und rannte an den Anfang der Taxikolonne. Sie schleuderte den schweren Steinbrocken über die Absperrungen in die Menge, in eine der hitzigsten Schlägereien, in der sich die Kontrahenten im Namen Prinz Victors und Archon Katrinas die Köpfe einschlugen.

Sie duckte sich in eines der Taxis und befahl dem Fahrer loszufahren, egal wohin, nur weg. Es wurde Zeit zu verschwinden. Irgendjemand dort hinten war gerade noch erheblich wütender geworden. Ob Lyraner oder Crucier – es war ihr momentan gleichgültig. Ein Stein war in der Regel keine tödliche Waffe. Die Verletzung würde den betreffenden Zweikampf und den Aufruhr im Ganzen nur zusätzlich anheizen. Und das war völlig in Ordnung so.

Schließlich hatte man sie genau dafür bezahlt.

4

Ishiyama, Kobe, Solaris City, Solaris VII
Freedom-Theater, Provinz Skye, Lyranische Allianz

13. August 3062

Der dritte Tag des Großen Turniers, und schon war Michael Searcy wieder in Kobe und kämpfte in der Ishiyama-Arena. Am ersten Tag hatte er Jarman Bauer besiegt, aber Yoki Susuma erwies sich als erheblich zäherer Gegner.

Eine Salzschicht aus getrocknetem Schweiß bedeckte sein Gesicht und brannte in den Augenwinkeln, aber sein Kühloverall hielt seine Körpertemperatur trotz der Hitzeentwicklung des Fusionsreaktors in erträglichen Grenzen. Doch selbst diese hochmoderne Ausrüstung konnte die Muskelverspannung durch den langwierigen Kampf nicht verhindern. Schon zum sechsten Mal an diesem Abend wanderte der *Drachenfeuer* durch die engen Gänge des Knotens und suchte nach seinem Gegner. Der Knoten, ein Labyrinth aus Felsenkammern und Tunneln von gordischer Komplexität, war der schwierigste Teil Ishiyamas und der einzige Bereich des Eisenbergs, dem noch kein Krieger wirklich Herr geworden war. Er bemühte sich, die Kurven und Windungen für sich arbeiten zu lassen, um Susuma auszuweichen, in der Hoffnung, den draconischen MechKrieger wütend zu machen… und mit ihm auch das Kober Publikum.

Eigentlich hatte Michael erwartet, heute Abend gegen Evelyn Czerny anzutreten, aber das war gewesen, bevor sie am Tag zuvor in der Davion-Arena auf Susuma getroffen war. Ohne Vorwarnung hatte der Draconier alle Kalkulationen über den Haufen geworfen, indem er die an Platz Zwei der Rangliste stehende Czerny aus ihrem *Albatros* und dem Turnier geschossen hatte. Susuma rangierte nicht einmal in den obersten

Zweihundert, und es war schon ein kleines Wunder, dass er sich überhaupt einen Platz im Großen Turnier hatte erkämpfen können. Obwohl es eigentlich keine gar so große Überraschung hätte sein dürfen. Seit Haus Kurita die Übertragung der Solaris-Gefechte in seinem Reich legalisiert hatte, dominierten draconische Mech-Krieger die Spiele. Es war fast, als würde eine Flutwelle neuer Talente über die Spielwelt hereinbrechen.

Es wurde Zeit, dem ein Ende zu bereiten.

In einem Nachrichtenagenturinterview hatte Michael versprochen, Susuma als Eintagesfliege zu entlarven, indem er ihn heute besiegte. Das war nicht nur das übliche dracfeindliche Gerede gewesen, sondern das Versprechen eines Profis, der gegen einen übermütig gewordenen Amateur in den Ring stieg. Im Grunde, fand Michael, waren die Schlangen so übel nicht.

Nach Susumas Überraschungssieg und angesichts der Differenz zwischen den beiden Kontrahenten auf der Rangliste war dem Kombinatskrieger die Wahl des Austragungsortes zugefallen. Ishiyama war die tödlichste Arena auf Solaris VII und bot Kämpfern, die mit ihren Besonderheiten vertraut waren, den größten Heimvorteil. Sie war die offensichtliche Wahl für Susuma, und heute Abend hatte er sich in typischer Kombinatsmanier verhalten und es auf einen schnellen und überzeugenden Sieg angelegt. Derartige Anstrengungen entsprachen ganz und gar der Samuraitradition Haus Kuritas. Stormin' Michael Searcy hatte auf die offensichtlichste Weise reagiert.

Er war weggelaufen.

Aber nicht für lang, und nicht weit genug, als dass irgendjemand ihm hätte *Feigheit* vorwerfen können. Dieser Vorwurf ließ ihn bis heute nicht los. Aber Michael war entschlossen, sich seinen Sieg zu holen, das Große Turnier bis zum endgültigen Preis durchzustehen. Er würde der nächste Champion werden, davon war er überzeugt. Erst dann würde er die Schande von New Canton ausgelöscht haben. Und wenn er sich diesen Sieg holen wollte, musste er den Kampf zu seinen Bedingungen austragen statt zu denen Susumas. Michael zog sich zurück und stieß dann kurz vor, um dem *Mahlstrom* seines Gegners zuzusetzen, bevor er wieder verschwand. Erst schälte er eine halbe Tonne Panzerung von der linken Seite der gegnerischen Maschine, dann jagte er ihr zwei leichte Gausskugeln in die Beine. Und die ganze Zeit hielt er Ausschau nach einem Vorteil.

Im Großen und Ganzen war das Duell ausgeglichen. Susumas Mech war beweglicher, Michaels feuerstärker. Aber von der Panzerung her waren sie gleichstark. Michael hatte kein Interesse daran, sich in einen Schlagabtausch auf kurze Distanz verwickeln zu lassen, in dem die größere Manövrierfähigkeit des *Mahlstrom* den Ausschlag geben würde. Der Knoten bot ihm in jeder Lage einen Ausweg. Searcy war kein Dummkopf. Er war der nächste Champion.

Susuma mochte glauben, dass Michael ihm nur auszuweichen versuchte, ohne zu erkennen, dass alles Teil eines großen Plans war. Da war sie, die Abzweigung, nach der er gesucht hatte. Er bog scharf links in einen Gang ab, der kaum weit genug war, um seinen *Drachenfeuer* hindurchzubewegen, ohne über die künstlichen Felswände zu scheuern. Wenn er Recht hatte, musste er sich in sanfter Abwärtsneigung in die große Schlucht senken, in der er schon zweimal auf den Gladiator aus dem Kombinat getroffen war.

Der Gang fiel tatsächlich ab, und das ziemlich steil, aber nicht in die Schlucht, wie er erwartet hatte. Stattdessen führte er ihn an den Rand eines riesigen Sees, dessen schwarze Fluten unter einem Dach aus künstlichen Stalaktiten glänzten. An der breitesten Stelle maß der See zweihundert Meter. Wie tief er war, ließ sich nicht sagen. Vier Kammern öffneten sich an seinen

Ufern. Die Haupthöhle wurde an Wänden und Decke von einem phosphoreszenten Leuchten erhellt, das an Leuchtalgen oder -moos erinnerte, nur hätte keine natürliche Quelle ein so intensives Leuchten hervorbringen können. Auch das war Teil der Bemühungen, Ishiyamas Umgebung natürlich erscheinen zu lassen. Michael war noch nie in diesem Teil des riesigen Tunnelkomplexes gewesen, und jetzt war vermutlich auch nicht der Zeitpunkt, ihn zu erkunden.

Er bewegte den Kampfkoloss zurück und bereitete sich darauf vor, umzudrehen und weiter durch den Knoten zu streifen, als seine Sensoren plötzlich aufheulten.

Er war nicht der Einzige, der in dem Tunnellabyrinth über sich eine falsche Abzweigung erwischt hatte. Als hätte ihn ein böser Geist an diesen Ort gerufen, trat Yoki Susumas *Mahlstrom* an den Rand des Sees hinaus, am gegenüberliegenden Ufer eines kurzen, sechzig Meter weiten Stücks. Beide Mechs standen sich schräg gegenüber, und das Duell wurde zu einem Wettlauf, wer den Rumpf am schnellsten drehen und seine Geschütze ausrichten konnte. Susuma gewann das Rennen und feuerte den rechten Armlaser auf Michaels Maschine ab. Ein rubinroter Lichtspeer zuckte über das Wasser und schälte die Panzerung vom rechten Bein des *Drachenfeuer*.

Der Treffer ließ den Mech leicht erzittern, aber die Neurorezeptoren in der Kapuze des Kühloveralls kompensierten die Erschütterung mit Leichtigkeit. Michael wartete, bis er in Position für eine volle Salve war und gestattete sich die zusätzliche Sekunde, um die Torsowaffen einsetzen zu können. Der schwere Impulslaser, den er nach dem Kampf gegen Bauer an Stelle der mittelschweren Laser montiert hatte, schleuderte ein Stakkato smaragdgrüner Energiepfeile auf den *Mahlstrom* und kochte Panzerung von dessen Brustpartie. Das leichte Gaussgeschütz schoss daneben, und die nur als silbriger Schemen erkennbare Nickeleisenkugel prallte in die düsteren Tiefen des Eisenbergs ab. Die Defiance-Desintegrator-Autokanone glich den Fehlschuss wieder aus, indem sie die rechte Seite der gegnerischen Maschine mit 12-cm-Granaten beharkte. Das tödliche Bombardement zertrümmerte die letzten Panzerreste des überschweren Mechs, fraß sich tief in den Rumpf und hämmerte auf die Abschirmung des Reaktors ein. Auf Michaels Sekundärschirm glühte der Hitzeausbruch wie ein weißes Herz im Profil des *Mahlstrom* auf.

Das musste schmerzen. Susumas Maschine stützte sich auf leichtere, aber dafür heißere Waffensysteme.

Als das Echo der Autokanonensalve verklang, schob Michael seinen Mech rückwärts in den Gang, aus dem er gekommen war. Susuma gab einen letzten Schuss ab und versuchte Michael noch zu erwischen, bevor er außer Sicht war, aber der Laser war zu kurz gezielt und schnitt nur eine Schmelzspur in die Felsenwand. Kaum in Deckung, hielt Stormin' Michael Searcy den *Drachenfeuer* an, wartete fünf lange, zähe Pulsschläge und beschleunigte dann zu einem Sprint, der ihn geradewegs ans Seeufer tragen sollte. Jetzt würde er feststellen, ob sich seine Geduld im bisherigen Kampf bezahlt gemacht hatte.

Und das hatte sie. Aus Frustration über die Hetzjagd und wild entschlossen, Michael endlich zu einem Entscheidungskampf zu stellen, hatte Yoki Susuma seinen Mech ins Wasser gesteuert, um den *Drachenfeuer* einzuholen, bevor er wieder im Knoten verschwinden konnte. Als Michael zurück in die Höhle stürmte, das Fadenkreuz bereits für einen Schuss in den See ausgerichtet, war Susuma auf halbem Weg herüber und watete durch tiefes Wasser.

Von seiner Unerfahrenheit in die Falle gelockt, blieb dem Draconier nichts weiter übrig als weiterzuwaten, während er seine Waffen abfeuerte, so schnell er sie aufladen konnte. Es war nicht der Entscheidungskampf, den er sich gewünscht hatte, sondern einer zu Michaels Bedingungen, in dem die Behinderung durch das Wasser die größere Beweglichkeit des *Mahlstrom* neutralisierte. Es war genau die Art von Abschluss, die einem Champion gebührte, *dem* Champion.

Bunte Lanzen aus gebündelter Lichtenergie zuckten durch die Höhle. Ein rubinroter Energiespeer duellierte sich mit den Smaragdpfeilen aus Michaels Impulslaser. Zerschmolzene Panzerung floss auf beiden Seiten gelborangeflüssig herab und tropfte vom Rumpf des *Mahlstrom* in die schwarzen Fluten, wo sie schnell wieder erstarrte. Dampf stieg vom Wasser auf und hüllte die fünfundsiebzig Tonnen schwere Kampfmaschine in einen Nebel, der vom Blitzgewitter aus Susumas Teilchenschleuder aber gleich wieder zerrissen wurde. Die grellblaue Energiepeitsche traf die bereits beschädigte rechte Flanke des *Drachenfeuer* und tastete nach der Munitionskammer, schaffte es jedoch knapp nicht, deren Panzerschutz zu durchschlagen. Michaels großkalibrige Autokanone zerfetzte den rechten Arm des feindlichen Mechs, durchschlug den Titanstahlknochen und schleuderte die PPK in den See. Das Gaussgeschütz fand diesmal ebenfalls sein Ziel. Die Kugel brach geradewegs durch die letzten Panzerreste in der Torsomitte und zerschmetterte den Kreiselstabilisator.

Das Gyroskop zerschellte an der massiven Metallkugel zu einem aus der Bresche schlagenden Regen hochbeschleunigter Metallsplitter, und der *Mahlstrom* versank unter der Wasseroberfläche.

Einen Augenblick später tauchte Yoki Susuma auf, während Michael noch überlegte, was in den Medien besser ankäme: siegreich am Ufer zu stehen oder in den See zu waten, um dem besiegten Gegner an Land zu helfen. Gerade hatte er entschieden, dass der Versuch,

Susuma zu helfen, seinem Kontrahenten eine Chance gegeben hätte, auszutreten und zu versuchen, seinen *Drachenfeuer* ebenfalls umzuwerfen, um den Kampf wieder auf gleiche Ebene zu bringen, nämlich die des Seebodens. Das Auftauchen des MechKriegers löste dieses Problem, auch wenn Michael kurz mitfühlend zusammenzuckte, als er sich vorstellte, welche Schwierigkeiten Susuma bevorstanden, wenn er versuchte, sein Cockpit nach dem Wassereinbruch wieder benutzbar zu machen.

Aber die Erkenntnis, dass er gesiegt hatte, verdrängte diese kleinen Gewissensbisse schnell wieder. Der Sieg gehörte ihm. Auch diesmal. Morgen wartete Tag 4 auf ihn. Er würde gegen den Sieger des Karufel-Metz-Kampfes antreten. Das versprach ein hartes Duell zu werden, in dem die Krieger der rivalisierenden Liao-Mechställe einander im Dschungel gegenübertraten. Danach Vandergriff oder Mayetska. Und dann? Theodore Gross? In Gedanken sah Michael sich bereits als Sieger über den amtierenden Champion zum Finale des Turniers erscheinen. Er war so von diesem Bild gefangen, dass er gar nicht bemerkte, wie Susuma an Land schwamm und sich triefend am Ufer aufbaute, um mit einer förmlichen Verbeugung seine Niederlage anzuerkennen.

Michael Searcys Gedanken beschäftigten sich bereits mit zukünftigen Siegen.

* * *

Die Privatloge, die der Blackstar-Stall für den Abend reserviert hatte, war groß genug, um nebenher als Salon Dienst zu tun. Michael war nicht sonderlich überrascht, als Drew Hasek-Davion ihn an der Tür in Empfang nahm, um seinen Anteil am Sieg einzufordern.

»Guter Kampf, Michael«, stellte Drew fest, als hinter ihm Beifall für den Davion-Favoriten laut wurde.

Michaels Gesicht brannte vor Stolz, als er sich umsah. Auf dem riesigen Holovidschirm, der eine Wand komplett bedeckte, war bereits der nächste Ishiyama-Kampf im Gange, ein Füller für die Zeit zwischen den Championatsduellen des Abends. Der Ton war herabgedreht und wurde vom Gemurmel der Konversation überlagert. Auch andere Blackstar-Krieger waren anwesend, diejenigen, die Drew Hasek-Davion im Fahrwasser von Michaels Erfolg pushen wollte. Außerdem waren die üblichen Sensationsreporter da, die ihn mit Sicherheit um ein Interview angehen würden. Der Rest der Gäste bestand aus kleineren Adligen, örtlichen Politikern und anderen Bekannten Hasek-Davions. Es waren nur wenige dabei, mit denen Michael üblicherweise Kontakt hatte oder suchte. Aber es war nicht von Bedeutung, was er von diesen Leuten hielt. Er wusste, dass er gute Arbeit geleistet hatte.

Drew sah an ihm vorbei in den Gang und klopfte sich ungeduldig mit dem goldenen Löwenkopfknauf eines Gehstocks in die Handfläche. »Susuma?«, fragte er.

»Hat unsere Einladung höflich abgelehnt«, antwortete Michael. Er war zu begeistert über seinen Sieg, als dass irgendeine Beleidigung seine Laune hätte dämpfen können. Wie Yoki Susuma mit seinem Fehler fertig wurde, brauchte Michael nicht zu interessieren. Er wusste aus eigener Erfahrung, dass die Sesselkrieger des Trividpublikums noch Wochen damit beschäftigt sein würden, die Handlungsweise des draconischen MechKriegers zu diskutieren. In Gedanken wünschte er dem jungen Gladiator alles Gute.

»Ist wahrscheinlich besser so«, stellte Drew fest. »Garrett wird sich eher benehmen, wenn kein Kombinats-Krieger in der Nähe ist, der ihn provoziert.«

Michael zuckte die Achseln. Wie Drews Schossclanner sich benahm, kümmerte ihn nicht. Er sah Garrett allein auf der anderen Seite des Zimmers brüten und einen Drink ablehnen, den ein Kellner ihm anbot. Es überraschte Michael schon, dass der Mann sich überhaupt bereit erklärt hatte, ins Kobeviertel zu kommen. Garrett war einer der Nebelparder-Renegaten, die nach der Vernichtung ihres Clans Solaris VII zu ihrer neuen Heimat gemacht hatten. Bis vor achtzehn Monaten war er ein ernster Anwärter auf den Titel gewesen.

Der Claner hatte einen geradezu pathologischen Hass auf alles entwickelt, was auch nur entfernt mit Haus Kurita zu tun hatte. Seine bloße Anwesenheit hier konnte nur auf Drew Hasek-Davions Anordnung zustande gekommen sein, möglicherweise in der Absicht, einen Kampf mit dem erstbesten verfügbaren Draconier zu provozieren. Michael hatte nichts dagegen. Es war ihm gleichgültig, welches Spiel Drew mit Garrett trieb, solange es nicht mit seinem Aufstieg in Konflikt geriet.

Dann bemerkte er eine zweite Gestalt, die sich allein durch die Menge bewegte, einen gertenschlanken Mann, den Michael sofort erkannte. »Ich sollte mich unter die Leute mischen«, sagte er und versuchte, sich von Hasek-Davion loszueisen.

Drews Augen waren Michaels Blick gefolgt. »Fraternisierst du wieder mit dem Feind?« Der Ton war locker genug, aber Michael hörte den dunklen Unterton deutlich genug heraus.

»Karl Edward ist nicht der Feind«, erwiderte er und verteidigte seinen Freund.

»Er ist beim Sternenlicht-Stall, du bei Blackstar. Wie würdest du ihn bezeichnen?«

Michael musste eingestehen, dass der Besitzer von Sternenlicht kaum eine Mühe scheute, um Drews Pläne für Blackstar zu durchkreuzen, obwohl diese Rivalität keinen Vergleich mit der Fehde aushielt, die zwischen Blackstar und den Skye-Tigern tobte. Der Unterschied ergab sich aus der Tatsache, dass Sternenlicht genau wie Blackstar für seine Loyalität zu Haus Davions Vereinigten Sonnen bekannt war, während die Skye-Tiger für die Lyranische Allianz kämpften. Und auch wenn eine Rivalität zwischen verschiedenen Ställen unumgänglich war, selbst zwischen solchen, die angeblich auf derselben Seite standen, konnte Michael das nicht akzeptieren, soweit es Karl betraf. Er war der einzige Mensch auf ganz Solaris VII, dem Michael vertraute. Es war beinahe unmöglich, in einer Gesellschaft, die so auf Eigennutz aufbaute wie die der Spielwelt, einen wahren Freund zu finden.

»Die loyale Opposition?«, schlug er halb im Scherz vor. »Karl hat mir versprochen, ein paar der heutigen Kämpfe für mich anzusehen. Ich würde gerne erfahren, was er darüber denkt.«

So schnell gab Drew nicht auf. »Ich habe andere Leute, die sich Vids der Kämpfe angesehen haben.« Er steuerte seinen jungen Star auf eine Gruppe zu, die sich in der Mitte des Raums versammelt hatte, als wollte sie diese mit Gewalt gegen jeden verteidigen, der sich ihr zu nähern wagte. Michael erkannte ein paar Politiker aus Black Hills und mehrere Konzerngrößen. Ein Teil der Gäste trug auch die Ausgehuniform der Vereinigten Commonwealth-Streitkräfte. »Sie können dir alles an Informationen liefern, was du brauchst.«

»Ich ziehe Karls Meinung vor«, lehnte Michael ab, ohne den Blick von den Uniformträgern zu wenden. Selbst von hier aus konnte er die Einheitsabzeichen als aus der Mark Capella stammend identifizieren, einem Gebiet mit historischen Bindungen an die Familien Hasek und Hasek-Davion. Außerdem erkannte Michael, dass die Offiziere aus derselben VCS-Division stammten, aus der er unehrenhaft entlassen worden war. Wie weit zurück hatte Hasek-Davion seine Vergangenheit durchleuchtet?

Er blieb auf einmal stehen und zwang Drew damit,

ebenfalls anzuhalten. Hasek-Davion musste klar sein, dass es bei seinen Zuschauern nicht gut ankäme, wenn er Michael erkennbar unter Zwang zu ihnen hinüberzog. Searcy starrte ihn wütend an. »Was wollen Sie? Noch einen Schoßhund oder einen Champion?«

Drew starrte nicht minder verärgert zurück. Ihm war klar, dass sein Schützling die Öffentlichkeit der Situation ausnutzte, um seinen Willen durchzusetzen. »Du lernst schnell«, stellte er fest. Dann gab er vor, Karl Edward zu bemerken und schob Michael in dessen Richtung.

»Na schön, mein Junge, ich lasse dir deinen Willen.« Er betonte das Wort Junge, um Michael daran zu erinnern, dass er die entscheidenden Karten in der Hand hielt, die er nur hinter verschlossenen Türen ausspielen würde. »Du bildest dir ein, Karl Edward zu kennen, aber wir sind hier auf Solaris. Vergiss nicht, dass er noch immer deine *Opposition* ist, auch wenn du ihn auf der Rangliste hinter dir gelassen hast. Er ist neidisch und würde dich verraten, wenn er einen Vorteil davon hätte.«

Neidisch? Vielleicht ein wenig. Obwohl er erst seit drei Jahren auf der Spielwelt war, hatte Michael es schon auf Platz Sieben der Rangliste gebracht. Stormin' Michael Searcy war vielleicht kein Kai Allard-Liao, der sich 3054 innerhalb eines einzigen Jahres an die Spitze gekämpft hatte, aber er war verdammt gut. Karl hingegen hatte sich gerade erst die Klasse-6-Lizenz verdient, die ihm gestattete, in den Offenen Arenen von Solaris City anzutreten. Er war dabei, sich die Rangliste hochzuarbeiten, aber langsam. Die Tatsache, dass er es nicht auf die Teilnehmerliste des Großen Turniers geschafft hatte, lieferte ihm nur ein Ziel, auf das er '63 hinarbeiten konnte. Oder vielleicht '64.

Aber Verrat? Das war ein Thema, mit dem Michael mehr Erfahrung hatte, als er sich je gewünscht hätte. Der lyranische Offizier, der seiner Militärlaufbahn ihr schnelles Ende beschert hatte, war ein ausgezeichneter Lehrmeister gewesen. Falls Karl Edward entsprechende Neigungen gehabt hätte, wären sie Michael in der Zwischenzeit nicht entgangen. Nicht, dass er sich irgendjemandem gegenüber eine Blöße gab, aber gelegentlich half es zu wissen, wem man in seinem Rücken trauen konnte. Oder zumindest, wer einem dort am wenigsten schaden konnte.

Als Drew und er Karl erreichten, ging Drew weiter zu Garrett. Michael begrüßte seinen Freund mit einem lockeren Händedruck. Als einheimischer Solaraner war Karl von seiner Nationalität her Lyraner. Er hatte sich aus den Blutgruben, den niederklassigen Arenen außerhalb der planetaren Hauptstadt, hochgearbeitet und Michael kurz nach dessen Ankunft im Klasse-3-Zirkus kennengelernt. Kurze Zeit später hatte er sich geweigert, einem Stall beizutreten, der für seine traditionellen Beziehungen zu Haus Steiner bekannt war. Diese öffentliche – und dramatische – Weigerung hatte ihm bei Michael damals einen schweren Stein im Brett eingebracht.

Michael und Karl hatten einander in den Arenen der unteren Klassen geholfen und ihr Bestes getan, um sich der massiven Beeinflussung durch die örtlichen Kriminellen zu widersetzen, indem sie versuchten, den Ausgang der Kämpfe festzuschreiben. Ein paar Monate hatten sie sogar denselben Mech geteilt, einen alten, zerbeulten *Centurion*. Der Mech war in der technologischen Renaissance der Inneren Sphäre bereits schwer veraltet gewesen, hatte aber immer noch das Zeug für ein paar gute Kämpfe gehabt.

Karl war nur zwei Monate, bevor Blackstar sie beide verpflichtet hatte, zu einem Bürger der Vereinigten Sonnen geworden, allerdings schnell an Sternenlicht weiterverkauft worden. Seitdem war er zu einem lautstarken Anhänger Prinz Victors geworden und, was für Michael *und* Drew Hasek-Davion noch wichtiger war, zu einem Gegner Katrina Steiner-Davions. Höchstwahrscheinlich war das der eigentliche Grund, aus dem Drew diese zwischenstallische Freundschaft duldete.

»Über wen willst du zuerst was hören?«, fragte Karl ohne Vorrede. Keine Gratulation. Er war heute Abend voll bei der Sache.

Michael war augenblicklich vorgewarnt. »Ich gehe davon aus, dass Theodore Gross in Boreal Reach gewonnen hat, sonst gäbe es für niemanden ein anderes Gesprächsthema«, stellte er fest und nahm sich ein Glas vom Tablett eines vorbeikommenden Kellners. Diese Woche kam für ihn kein Alkohol in Frage, aber er brauchte ein Getränk, um die Flüssigkeit zu ersetzen, die er im Kampf ausgeschwitzt hatte. »Also wie geht es Kelley Metz?«

Karls Augen blitzen kurz interessiert auf. »Sie hat gewonnen, aber das Duell hat sie schwer mitgenommen. Wenn sie bis morgen Abend nicht wiederhergestellt ist, kommst du kampflos eine Runde weiter.«

Michael nippte an seinem Glas. Es enthielt eine Fruchtsaftmischung, der ein Schuss Alkohol nicht geschadet hätte. »Ihr Sieg wird bei Zelazni kaum gut angekommen sein. Das wird eine neue Serie von Revanchekämpfen geben, sobald das Turnier vorbei ist.« In Gedanken ging er die restlichen Kämpfe des dritten Tags durch und filterte die Topkämpfer heraus. »Was ist mit Craig Orme?«, fragte er nach einem der Steiner-Favoriten. »Wie sieht der aus?«

»Tot.«

Die Antwort erklang hinter Michaels Schulter, als Garrett sich in die Unterhaltung einmischte. Der Ex-Clanner trug eine spartanische graue Uniform, deren einzige Verzierungen der Blackstar-Aufnäher am rechten Ärmel und ein Nebelparderwappen auf der linken Brust waren. Sein Mund war ein schmaler, grausamer

Strich in einem strengen Gesicht. Bis auf zwei Punkte hätte Michael die Einmischung auf die gelinde Abneigung geschoben, die er und Garrett teilten: Die Tatsache, dass Garrett sich nicht auf der Stelle wieder entfernte, und Drew Hasek-Davions Nähe, die es ihm gestattete, das Gespräch zu belauschen.

»Teresa Dale feuerte eine PPK aus minimaler Entfernung in den Kopf von Ormes *Rakshasa*. Der Schuss verdampfte die komplette Pilotenkanzel.«

»Es wurde als Unfall deklariert«, warf Karl sofort ein, klang aber nicht sonderlich überzeugt.

Natürlich würde es Fragen geben. Zwei Tote im Großen Turnier, und beide in Kämpfen zwischen MechKriegern der Vereinigten Sonnen und der Lyranischen Allianz. Aber Todesfälle bei den Spielen kamen immer wieder vor. Alle Regeln und Einschränkungen, alle Sicherheitsvorkehrungen konnten das nicht ausschließen.

»Ein *Unfall*«, stellte Garrett spöttisch fest. »Versuche das den Zeugen zu erklären.« Der Clanner konnte sich immer noch nicht dazu durchringen, die Zuschauer als Publikum zu bezeichnen. Für ihn waren sie Zeugen eines Geschicklichkeitswettbewerbs. Möglicherweise zahlende Zeugen, aber Garrett kämpfte nicht für *sie*. »Sie haben Boreal Reach fast zerlegt. Zwei MechKrieger haben im Haupt-BattleMechhangar scharf aufeinander geschossen und ein Relais für die Holoprojektoren der Arena beschädigt.«

Michael schüttelte ungläubig den Kopf, als er das hörte. Schon wieder ein Aufruhr in den Straßen von Solaris City. Und diesmal war Boreal Reach beschädigt worden! Die hochmoderne Arena des Davion-Sektors war ein beeindruckendes Bauwerk, das Holoprojektoren einsetzte, um verschiedenste Geländebedingungen herzustellen. Nach Michaels Ansicht deklassierte diese Technologie das Detonatornetz des Steiner-Kolosseums eindeutig.

»Wer hat zuerst geschossen?«

Aus irgendeinem Grund warf Karl ihm einen verärgerten Blick zu, aber Garrett hatte die Antwort parat. »Sarah Anne Wilder vom *Sternenlicht*-Stall. Sie wurde aus dem Turnier ausgeschlossen, auch wenn sie behauptet, in Selbstverteidigung gehandelt zu haben.« Karl verweigerte eine Reaktion, obwohl es ihm sauer aufstoßen musste, sich von einem Nebelparder Sticheleien über Ehre anhören zu müssen.

Was weiter geschehen wäre, würde niemand je erfahren. Drew Hasek-Davion schulterte sich bereits in ihr Grüppchen. »Garrett«, sagte er in einem Ton, als wäre er überrascht, den Clanner zu sehen. »Ich habe mich schon gefragt, wohin du verschwunden bist. Auf ein Wort, bitte.« Sein Tonfall ließ keinen Raum für eine Weigerung und schnitt jede weitere Debatte ab.

»Sie wussten von Ormes Tod?«, fragte Michael, bevor Drew sich umdrehen und mit Garrett abziehen konnte. Eine Nachricht dieser Größenordnung hätte Hasek-Davion ihm sofort mitteilen müssen, statt sie von Garrett überbringen zu lassen.

»Natürlich«, antwortete Drew geschmeidig. »Das dürfte die Situation ein wenig in Bewegung bringen, meinst du nicht auch? Ein paar der Füllerkämpfe sind schon umgestellt worden, um auf die neue Nachfrage nach Steiner-Davion-Duellen zu reagieren.« Drews blaue Augen fixierten Karl. »Und wo wir gerade davon reden, viel Glück am Donnerstag im Kolosseum, Mr. Edward.« Dann zogen Drew und Garrett sich zurück, wobei der Clanner einen durchaus mürrischen Eindruck machte.

»Was sollte das mit dem Kolosseum?«, fragte Michael und drehte sich zu Karl um. Er würde in zwei Tagen ebenfalls im Kolosseum antreten, sofern er morgen Nacht gegen Metz siegte.

»Er meint meinen Revanchekampf mit Tom Payne. Wir sind eine Woche vorgezogen worden.« Karl zuckte unbehaglich die Achseln. »Wenn du morgen gewinnst, trete ich nach deinem Tag-5-Kampf gegen ihn an.«

Und da ihre Freundschaft allgemein bekannt war, konnte Karl durch Michaels Ruf seinem Kampf zusätzliche Publicity verschaffen. Es war ein cleverer Schachzug des Sternenlicht-Stalls. Wenn Drew nur nicht versucht hätte, in Michael Zweifel an Karls Loyalität zu säen. Er zog es vor zu glauben, dass Karl nicht versuchen würde, aus ihrer Freundschaft billigen Gewinn zu ziehen, aber warum hatte Karl es nicht selbst erwähnt?

Als hätte er Michaels Gedanken gelesen, erklärte Edward: »Ich habe durch einen Boten davon erfahren, während du gegen Susuma gekämpft hast.«

Michael nickte und schenkte seinem Freund ein Fotografenlächeln. »Geht in Ordnung, Karl.« Aber das peinliche Schweigen, das der Bemerkung folgte, machte ihnen beiden klar, dass es nicht völlig in Ordnung ging. Aber das war nur zeitweise, entschied Michael. Wenn er erst einmal Champion war, würde alles andere an Bedeutung verlieren, und Karl würde sich davon gerne etwas abschneiden dürfen. Auch Drew Hasek-Davion. Und als Blackstar-Kämpfer würde selbst Garrett davon profitieren. Es würde ein Erfolg werden, an dem er nie irgendwelche Zweifel gehabt hatte. Ein wahrhaft bemerkenswerter Erfolg. Ein historischer Sieg.

Und ein Sieg, den ihm niemand streitig machen konnte. Niemals.

* * *

Auf der anderen Seite des Raums stützte Drew Hasek-Davion sich auf seinen Gehstock und nippte an einem Bourbon mit Soda. Er nickte an den richtigen Stellen, während ihm ein Black-Hills-Bürokrat die Ohren vollsülzte, wie viel jede Stunde des Aufruhrs kostete. Drew verzichtete darauf, dem Mann zu erklären, wie ihm jede dieser Stunden mindestens das Dreifache dessen einbrachte, was sie die Stadt kostete. Der Mann verstand einfach nicht, wie das Spiel auf Solaris VII wirklich lief. Aber andererseits stand er damit keineswegs allein. Nur die wahren Herren des Planeten wussten davon: die Stallbesitzer, die Medien und die großen Unterhaltungskonzerne. Ach ja, und die Großkriminellen, obwohl sie es zufrieden schienen, das Alltagsgeschäft Leuten wie Drew zu überlassen, während sie planten, wie sie die Geldströme, die durch die Mechspiele entstanden, langfristig anzapfen konnten. Drew hatte auch in mehr als nur in einigen dieser Geschäfte die Finger drin.

Also verschwendete er seine Zeit nicht mit einer Debatte über die wirklichkeitsfernen Vorstellungen des Bürokraten darüber, wie Solaris City hätte funktionieren sollen, sondern beobachtete über die Schulter seines kleineren Gesprächspartner die Unterhaltung zwischen Michael und Karl Edward. Sein Interesse war mehr als bloße Neugierde, wenn auch keine echte Freude. Kaum etwas im Leben erfreute Drew wirklich, auch wenn manches dem recht nahe kam. Macht war dabei eindeutig der Favorit. Die Macht, die er auf Solaris VII und daheim in den Vereinigten Sonnen ausübte. Macht über profitable Geschäfte und das Leben der Menschen in seiner Umgebung.

Macht über Michael Searcy.

Durch sorgfältig genährte Zweifel brachte er Michael dazu, in nichts, was sich außerhalb der Arena abspielte, volles Vertrauen zu setzen, nicht einmal in seine Freundschaften. Genau so wollte Drew es haben. Es würde nicht mehr lange dauern, und Searcy würde glauben, sich außer dem Besitzer des Blackstar-Stalls niemandem mehr anvertrauen zu können. Drew hatte von Anfang an gesehen, dass der junge Heißsporn für Großes bestimmt war. Unter seinem Training und seiner Aufsicht hatte Michael Searcy es bis an die Schwelle des Erfolgs gebracht, nach dem er sich all die Jahre gesehnt hatte. Dem Erfolg, den sie beide wollten.

Einen Schoßhund? Kaum. Davon hatte Drew schon einen ganzen Stall. Nein, er wollte einen Champion. Und mehr als das. Er wollte einen Champion *besitzen*, nicht nur einen managen. Michael Searcy würde seine Kreatur werden. Und dann würde ihm auch das ganze Prestige und der Einfluss des Champions gehören, um seine Pläne weiterzubringen, so wie diese Machtfülle früher gegen ihn verschworen gewesen war. Drew hatte Feinde, mit denen er abzurechnen gedachte, Feinde wie die Skye-Tiger auf der anderen Seite der Stadt. Und er hatte Allianzen zu schmieden.

Michael Searcy würde sein Champion werden. Er hatte ihn zu diesem Zweck herangezüchtet, wie ein feines Rennpferd. Drew störte es nicht, wenn der Krieger sich einbildete, aus seinen eigenen Gründen und für seine eigenen Ziele zu kämpfen. Möglicherweise stimmte es sogar. Vermutlich hielt Michael Drews Pläne für nicht mehr als Spielerei, Machtspielchen, die den Anschein erwecken sollten, Drew sei letztendlich der Grund für Searcys Erfolge. Michael würde erst zu spät dahinterkommen, dass der Schein nicht nur leicht mit der Wirklichkeit verwechselt wurde, sondern allzu häufig zur Wirklichkeit *wurde*.

Drew Hasek-Davion lächelte dünn und hart. Er wusste, dass er eine größere Gefahr für Michael Searcy darstellte als jeder Gegner, dem der Davion-Favorit in der Arena gegenübertrat. Aber in Hasek-Davions Arena hatte der junge MechKrieger nicht den Hauch einer Chance.

5

**Paradies*, Kobe, Solaris City, Solaris VII*
Freedom-Theater, Provinz Skye, Lyranische Allianz

14. August 3062

Heute würde das *Paradies* eine Arena werden, wie es sie tödlicher in Solaris City nicht gab, wenn auch ohne Gefahr für Leib und Leben. Das Restaurant würde Schauplatz eines subtileren Duells werden, das nicht für die Öffentlichkeit bestimmt war. Hier regierten Einfluss und Gelegenheitsbündnisse, und möglicherweise bestimmten sie, wer die absolute Vorherrschaft über die Spielwelt ausübte, und sei es nur für wenige Tage, Wochen oder Monate.

Drew Hasek-Davion saß bereits im privaten Speisezimmer des Lokals und wartete, während die zerbrechlich wirkenden Hana Josei die anderen Stallbesitzer schweigend an ihre Plätze um den niedrigen runden Tisch begleiteten. Die Frauen schienen in ihren Seidenkimonos über den Hartholzboden zu schweben. Sie trugen das rabenschwarze Haar alle zu einem einfachen Knoten gebunden, und die einzigen Farben in ihrem fahlen, weißgepuderten Gesicht waren tiefroter Lippenstift und rougegefärbte Wangen. Sie warteten geduldig, während die Gäste ihre Glieder mühsam auf den niedrigen Hockern arrangierten, die ihnen gestatteten, eine halbkniende Stellung einzunehmen, ohne ihre Beine zu belasten.

Als alle Platz genommen hatten, verbeugten die Frauen sich tief und zogen sich in einem geradlinigen Pfad zurück zum Eingang aus dem Zimmer zurück. Eine hielt an, kniete und zog die Shojitür auf, dann schwebten sie alle so lautlos hinaus, wie sie gekommen waren. Die Letzte kniete auf der anderen Seite wieder nieder und schloss die Tür.

Einige der um den flachen Tisch versammelten Mitglieder der Gesellschaft machten ein paar Bemerkungen über das prächtige Hartholz des Restaurants und die authentischen, von Terra importierten japanischen Antiquitäten: Die exquisiten, detailgenauen Bronzstatuetten, den Shintoschrein aus hellgrauem und blauem Marmor, die Shojiwände, die aus Schmetterlingsflügeln genäht schienen, und die eleganten Kohlezeichnungen auf Reispapier. Zwischen den Antiquitäten lieferten zeitgenössische Werke von graziler Schönheit einen Kontrast zu den zeitlosen Stücken.

Drew war früh genug eingetroffen, um seine Augen schon sattsam an den Schätzen der Kaiserkammer zu weiden. Jetzt gesellten sich die anderen Mitglieder des Solaris-VII-Stallbesitzerverbands zu ihm, die alle eigene Kämpfer im Großen Turnier hatten. Seinesgleichen. Seine Feinde. Er beobachtete sie amüsiert, als der süßwürzige Duft der Speisen ihre Aufmerksamkeit zurück auf den Tisch zog. Die Gerichte waren unmittelbar vor ihrer Ankunft aufgetragen worden, damit kein Geschirrklappern und keine unbeholfenen Kellner die Atmosphäre des *Paradies* zerstören konnten.

Nur Thomas DeLon wirkte in dieser eleganten Umgebung ebenso daheim wie Drew. Er saß ihm gegenüber und wartete darauf, dass Drew die Versammlung eröffnete. DeLon konnte sich als Problem erweisen. Als Stallmeister des amtierenden Champions Theodore Gross besaß sein Wort besonderes Gewicht. DeLon und seine Krieger verzichteten auf die üblichen Wortgefechte vor Beginn eines Kampfes, um die Herausforderungen, Revanchegelüste und Rivalitäten zu schüren, von denen die Spielwelt lebte. Er hatte es nicht nötig. Seine Kämpfe waren immer ausverkauft.

Drew wischte den Gedanken beiseite. Das Kombinat war eine andere Kultur, in der Selbstdarstellung weniger geschätzt wurde. Außerdem waren die Spiele für seine Bevölkerung noch neu, da sie erst vor sechs Jahren legalisiert worden waren. DeLon konnte sich seine Zurückhaltung noch leisten. Aber das würde sich irgendwann ändern. Drew wusste die Geschichte der Spielwelt auf seiner Seite. Auf Solaris war nichts von Dauer. Drew war fast in den Ruin gestürzt, bevor er diese Lektion gelernt hatte, aber inzwischen hatte er sie genutzt, um seinem Ruf und seinem Vermögen zu neuer Größe zu verhelfen. Jetzt saß er hier im *Paradies*, als Besitzer von Blackstar, einem der stärksten Mechställe auf Solaris VII, und wetteiferte mit DeLon und nicht mehr als einer Handvoll anderer um die Macht, den Lauf der Spielwelt zu bestimmen.

»Liebe Freunde«, log er. »Willkommen im *Paradies*. Gestatten Sie mir, mich bei Mr. DeLon für seine Unterstützung bei der Vorbereitung unserer heutigen Zusammenkunft zu bedanken.«

Jerry Stroud war der Besitzer des Skye-Tiger-Stalls und nach Drew möglicherweise der zweitgefährlichste Mann auf Solaris VII. »Warum findet dieses Treffen in Kobe statt?«, fragte er mit sorgsam neutraler Stimme. Stroud täuschte gewohnheitsmäßig aristokratische Manieren vor, aber Drew wusste genau, dass sie einen skrupellosen Raubtiercharakter verbargen. »Und warum gerade heute?«, fragte er weiter. »Normalerweise wird das Turniermittenessen der SSBV morgen abgehalten, am fünften Tag, wenn sich das Teilnehmerfeld auf die letzten acht reduziert hat.«

Drew dachte nicht daran zuzugeben, dass er Kobe ausgewählt hatte, weil dieser Sektor für die beiden Schlesier am Tisch besonders ungünstig lag. »Von einem Mann, dessen Teilnehmer allen Vorhersagen nach Theodore Gross heute Abend in den ersten sechzig Sekunden unterliegen wird, überrascht mich diese Frage ehrlich gesagt. Ich hätte erwartet, dass Ihnen dieser Termin liege, um teilnehmen zu können.«

Stroud funkelte ihn wütend an, weigerte sich aber, den Köder zu schlucken. Drew entschloss sich nachzuhaken. »Aber um auf Ihre Frage zu antworten, das Treffen ist heute statt erst morgen, weil Thomas DeLon das Problem der jüngsten...« Er machte eine Pause. »...*Probleme* zwischen Black Hills und Schlesien diskutieren möchte. Die Schäden an der Boreal-Reach-Arena sind ein ernster Punkt. Der Kobe-Sektor erschien uns als ein neutraler Boden. Sie haben doch keine Schwierigkeiten damit, mir auf gleicher Höhe gegenüberzutreten, Jerry, oder?«

Die zwischen Drew und Stroud sitzende Nicole Singh schmunzelte und unterdrückte ein Lachen. Möglicherweise erinnerte sie sich an eine ähnliche Zusammenkunft vor einigen Monaten, als Stroud Drew beschuldigt hatte, örtliche Söldner angeheuert zu haben, um den Clan-OmniMech zu sabotieren, den er kurz zuvor angeschafft hatte. Die mächtige Kampfmaschine hätte den Skye-Tigern eine erstklassige Position verschaffen und interessante Duelle gegen Singhs ausgestoßenen Diamanthai und Drews Nebelparder-Renegat möglich machen können. Es gab immer noch reichlich Zuschauer, die Gefallen daran fanden zu sehen, wie die ehemaligen Clanner aufeinander einschlugen. Damals hatte Stroud behauptet, Drew wolle den Mech zerstören, weil er Angst davor habe, Stroud auf gleicher Höhe gegenüberzutreten.

Stroud lief vor Wut rot an. »Wenn ich je Beweise in die Finger bekomme, sehen Sie sich besser vor, Hasek.«

Drew reckte sich stolz. »Hasek-*Davion*«, schnappte er, obwohl das eine durchaus zweischneidige Klinge war. Er hatte sich den Namen Davion vor ein paar Jahren angeeignet, obwohl seine Verbindung zum Herrscherhaus äußerst entfernt war und sich nicht auf irgendwelche Blutsverwandtschaft gründete, sondern nur auf angeheiratete Verwandte, und das um zwei

Ecken. Er hatte einmal gehofft, mit dieser Namensänderung politisches Kapital in den Kreisen schlagen zu können, die der Davion-Herrscherlinie kritisch gegenüberstanden, besonders in der Mark Capella, in der die Haseks regierten und ein Hasek-Davion einmal große Macht und entsprechendes Ansehen besessen hatte. Aber bisher hatte sich das als Fehleinschätzung erwiesen. Die Leute schienen nicht bereit, sich gegen die derzeit regierende Hasek-Linie zu kehren.

Obwohl er seinen neuen Namen behalten hatte, war Drew daraufhin auf die härtere Anti-Davion-Linie eingeschwenkt und hatte sich gegen die Verbindung der Vereinigten Sonnen und des alten Lyranischen Commonwealth gestellt. Und wieder hatte er festgestellt, die falsche Seite gewählt zu haben. Und jetzt gerierte er sich zumindest vor den Kameras als einer der überzeugtesten Davion-Anhänger. Die Zuschauer hatten ein extrem kurzes Gedächtnis.

»Verschwenden Sie keine Zeit, Jerry. Es gibt keine Beweise, die Sie finden könnten.« Drew hatte sorgfältig darauf geachtet, dass sich die Sabotage an Strouds OmniMech nicht bis zu ihm zurückverfolgen ließ. Beide Männer wussten, dass ein Showdown unvermeidbar war, aber in unausgesprochener Übereinkunft warteten sie ab, bis das Große Turnier einen neuen Champion bestimmt hatte. Oder zumindest *schien* Drew abzuwarten.

»Wollen wir das Geschäftliche verschieben, bis wir gegessen haben?«, fragte er die Tischgesellschaft. Neben Nicole Singh, Stroud und DeLon saßen noch Tran Ky Bo, ein weiterer Stallbesitzer aus Black Hills, und neben ihm Jürgen Gaalf am Tisch, der die Interessen Montenegros vertrat. Nur die Liao-Ställe waren nicht vertreten, wenn auch aus eigener Entscheidung, nicht auf Grund fehlender Einladungen. Jerry Stroud schien nicht gewillt, die Diskussion abzubrechen, steckte aber zurück, als ihm niemand zu Hilfe kam.

Die Porzellanteller mit den kunstvoll arrangierten Speisen standen auf dem kreisrunden, drehbaren Mittelteil des Tisches. Die Spezialität des Hauses war in Tee geräucherter Flusswater, das solaranische Äquivalent einer terranischen Ente. Das zarte Fleisch zerging mit einem wundervoll rauchigen Nachgeschmack auf der Zunge. Andere Teller enthielten scharfwürziges Huhn auf einem Bett aus Reis, Shrimptempura und Yakisoba, alles in solchen Mengen, dass die Stallbesitzer keine Chance hatten, es jemals zu vertilgen.

Sie hatten kaum die Hand nach den Tellern ausgestreckt, als drei Hana Josei mit grünem Tee, Sake und dunklem Pflaumenwein zurückkehrten und einschenkten. Kein Tropfen ging daneben, und nicht eine der Trinkschalen klapperte auf der Untertasse. Die Gegenwart der Frauen schien so nebelhaft zart, dass es beinahe wirkte, als wären sie überhaupt nicht wirklich anwesend, nur bildschöne Erscheinungen, die ein Magier herbeigezaubert hatte, um die Gäste zu bedienen. Sie tauchten gelegentlich auf, um sich zu überzeugen, dass alle Trinkschalen gefüllt waren, oder um leere Teller zu entfernen – einzeln, damit kein unnötiger Lärm beim Stapeln des Porzellans entstand. Selbst Drew, der auf das Ende der Mahlzeit gewartet hatte, hätte nicht exakt sagen können, wann der letzte Teller verschwand. Plötzlich waren die Stallbesitzer mit ihren Drinks allein und saßen um den leeren Tisch, bereit zum Gespräch.

»Zeit fürs Geschäftliche«, eröffnete er die Besprechung. »Ich weiß, Thomas ist besorgt über das, was sich gestern Abend bei der Boreal Reach abgespielt hat, die scharfen Schüsse, die zu einer Beschädigung der Davion-Arena geführt haben. Und sicher auch über den Aufruhr in den Straßen, der sich bis heute früh noch nicht gelegt hatte. Es könnte sogar ein paar Tote gegeben haben.« Er wusste sehr genau, dass fünf Hillianer und zwölf Schlesier in den Straßenschlägereien umgekommen waren. »Ich finde, wir sollten uns mit diesem Thema befassen.«

Jürgen Gaalf nickte. »Das meine ich auch. Wir müssen etwas unternehmen, aber was?«

Zunächst sagte niemand etwas. Schließlich hatte Drew bereits für DeLon gesprochen und war einem möglicherweise leidenschaftlichen Plädoyer für Ruhe und Kontrolle zuvorgekommen, das ganz und gar nicht in seine Pläne gepasst hätte. Er faltete die schwammigen Hände auf der Tischkante und fragte mit leiser Stimme: »Oder sollten wir gar nichts tun?«

Gaalf wirkte von diesem Vorschlag schockiert, ebenso wie Tran Ky Bo. Die anderen ließen sich keine Reaktion anmerken. »Ist es wirklich unsere Sache, einen Aufruhr niederzuschlagen?«, fragte Drew weiter. »Warum sollten wir Stallbesitzer uns von ein paar verrückten Städtern unseren Gewinn schmälern lassen?«

»Wenn unsere Kämpfer im Zentrum des Aufruhrs stehen, ist es eindeutig unsere Pflicht, die Verantwortung zu übernehmen«, stellte Gaalf nachdrücklich fest.

Edle Worte aus einem Stall, der sich in ritterliche Tugenden hüllte, aber Jürgen Gaalf täuschte Drew keinen Augenblick lang. Der Mann hatte es nicht nötig, sich in Beleidigungen und politischen Stellungskämpfen zu ergehen, weil ihm andere die schmutzige Arbeit abnahmen. Seine Leute konnten vorgeben, über derartigen Kleinlichkeiten zu stehen, und indem sie das öffentlich – und immer wieder – zum Ausdruck brachten, heizten sie die Rivalitäten in Wahrheit noch an. Wäre diese Strategie in ihren Möglichkeiten nicht so eingeschränkt gewesen, hätte Drew neidisch werden können.

Tran Ky Bo nickte bereits eifrig zustimmend, obwohl

er das vermutlich bei jedem Vorschlag getan hätte, der sich gegen Drew Hasek-Davion richtete. Diese einseitige Fehde war allgemein bekannt. Der Besitzer des Sternenlicht-Stalls opponierte grundsätzlich gegen alles, von dem er annahm, es könnte Drew einen Vorteil bringen. Den störte das nicht. Er sparte sich seine Anstrengungen für gefährlichere Gegner auf.

Gegner wie Thomas DeLon, der weit einflussreicher war. »Die Kämpfer sollten die Duelle nicht persönlich nehmen«, stellte dieser fest. »Auch ohne das Theater gibt es reichlich Profitpotenzial. Und ohne den Versuch, unsere Kämpfer und die Fans gegeneinander aufzuhetzen.«

Jemand anders würde DeLon darauf antworten müssen, um nicht den Eindruck zu erwecken, dass Drew isoliert war, denn dann würden sich alle anderen auf ihn stürzen wie Haie auf einen verletzten Artgenossen. Und nicht nur auf ihn, auch auf den Blackstar-Stall. Glücklicherweise war Blackstar nicht der einzige Stall, der sich für den Wettbewerb um möglichst hohe Besucherzahlen und einträgliche Übertragungsrechte auf den Persönlichkeitskult seiner MechKrieger sowie hitzige Rivalitäten verließ. Drew hätte es vorgezogen, wenn Jerry Stroud sich zu Wort gemeldet hätte – genaugenommen hatte er sogar fest damit gerechnet –, aber Nicole Singh kam ihm zuvor.

»Das können Sie leicht sagen, DeLon-sama.« Nicole war jung genug, DeLons Enkelin zu sein, und fühlte sich dadurch verpflichtet, ihn mit äußerstem Respekt anzusprechen. »Schließlich ist Kobe wieder zum reichsten Sektor von Solaris City geworden, seit das Kombinat den Spielen seine Türen geöffnet hat. Und soweit ich mich entsinne, haben Sie drei Kämpfer in den Top Twenty. Ihr Vermögen ist sicher.« Drew gab Nicole die volle Punktzahl dafür, wie sie DeLon als reichsten Stallbesitzer im Raum herausgestellt hatte, eine Position, um die ihn alle anderen beneideten. Vernon Singh hatte gewusst, was er tat, als er sich durch seine Tochter hatte vertreten lassen. »Mein Vater erinnert sich noch sehr gut – und ich bin sicher, darin ist er nicht allein – an die schweren Zeiten für Stallbesitzer nach den Blutrauschtagen der Clan-Invasion. Damals hatte es niemand leicht. Die MechKrieger haben die Ställe gerettet, indem sie den Leuten Champions lieferten, um die sie sich scharen konnten. Aber Champions brauchen Gegner, oder sie werden wieder zu gesichtslosen Nummern.«

DeLon schüttelte den Kopf, aber es war eine zögernde Geste. »Es gefällt mir trotzdem nicht.«

»Wir sollten darüber abstimmen. Ob wir eingreifen sollen oder nicht«, ließ sich Gaalf wieder hören. Drew war dessen Einmischung allmählich überdrüssig. Gaal war ebenso wenig an einer Abstimmung interessiert wie Drew, auch wenn er versuchte, diesen Eindruck zu erwecken. Aber eine Abstimmung anzuregen und sie ernsthaft durchzuführen waren zwei Paar Schuhe. Wieder einmal überließ der Montenegriner bei der Entschärfung der Lage die ganze Arbeit anderen.

Aber zumindest bildeten sich die Fronten aus. Drew sah DeLon, Gaalf und Tran Ky Bo gegen sich. Nicole Singh war eine unerwartete, aber willkommene Verbündete. Es würde einen guten Eindruck machen, wenn ein Davion- und ein Steiner-Stall sich einig waren, während Tran Ky Bo die Crucis-Ränge spaltete. Niemand würde behaupten können, nationale Rivalitäten hätten die Abstimmung verfälscht. Der einzige Faktor bei der anstehenden Entscheidung war der Wunsch nach besseren Geschäften.

»Es scheint«, stellte er fest, »dass Löwenstadt und Blackstar gleicher Meinung sind. Und es stimmt, wir könnten abstimmen, nur glaube ich kaum, dass es sonderlich nützlich wäre. Das Ergebnis wäre bindend für uns, nicht unbedingt für unsere Kämpfer. Und Michael Searcy steht in diesem Augenblick vor den Kameras.« Er täuschte ein Lächeln vor. »Morgen trifft er auf Vandergriff. Das dürfte ein beachtlicher Kampf werden.«

Tran Ky Bo hatte sich vorgebeugt, als Drew erklärte, eine Abstimmung gelte nicht für die MechKrieger. Jetzt trug er unverhohlenen Spott zur Schau. »Sie können Ihren eigenen Kämpfer nicht unter Kontrolle halten?«

Drews Lächeln wurde giftig. »Von jemandem, dessen Teilnehmer das Feuergefecht unter Boreal Reach angefangen hat, finde ich diese Frage durchaus unpassend.«

»Es war Selbstverteidigung«, gab Tran zurück, aber seine Stimme wurde um einiges leiser.

»Sagen Sie. Wie auch immer, es geschah in der Hitze des Augenblicks. Michael stellt sich der Presse, weil das gut fürs Geschäft ist. Und Sie wissen alle, dass ich damit Recht habe.« Er spießte den Sternenlicht-Stallmeister mit einem abschätzenden Blick auf. Alle Versammelten wussten von dem Edward-Payne-Revanchekampf, den Tran auf den morgigen Abend vorgezogen hatte. »Sehen Sie mich an und sagen Sie, dass Sie aus den Davion-Steiner-Rivalitäten keinen Gewinn geschlagen haben.«

Tran Ky Bo blieb stumm, aber Drew bemerkte, dass Jerry Stroud die Auseinandersetzung stumm und aufmerksam verfolgte. Drew hatte seinen Rivalen um die Macht in Black Hills besiegt, aber in Wirklichkeit ging es ihm um Stroud. Stroud, der in dieser Frage die entscheidende Stimme hatte. Ohne die offenen Rivalitäten konnte Stroud sich nicht damit brüsten, es mit dem Blackstar-Stall und insbesondere mit Drew Hasek-Davion aufzunehmen. Er konnte ihn herausfordern, das sicher, aber sich davon nicht den üblichen Publicitygewinn versprechen. Und das schlug sich in der Abrechnung nieder und machte derartige Fehden weit weniger profitträchtig. Jerry Stroud war stark, aber er verfügte nicht über die Geldmittel Drew Hasek-Davions.

Drew war klar, dass Stroud durchaus in der Lage war, aus purem Trotz gegen ihn zu stimmen. Also wandte er sich stattdessen Thomas DeLon zu, der seinerseits damit beschäftigt war, die Stimmung am Tisch abzuschätzen. Nicole Singh stand eindeutig auf Drews Seite, während Tran Ky Bo Thomas mit einem stummen Nicken ebenso deutlich seine Unterstützung signalisierte. Gaalf ließ sich nicht festlegen, würde bei entsprechendem Druck aber bestimmt mit DeLon stimmen. Damit blieb Stroud übrig, und der Lyraner drehte sich auf seinem Platz und sah Thomas ins Gesicht. Es war deutlich, dass er sich bei einer Abstimmung nicht auf die Seite des DeLon-Stalls schlagen würde.

Thomas DeLon war klug genug, eine verlorene Position nicht länger zu verteidigen. Er zuckte die Schultern und stand auf. »Ich habe meine Besorgnis deutlich gemacht. Mehr wollte ich nicht. Kobe ist von dem Wahnsinn, den Sie treiben, noch nicht betroffen, deshalb werde ich nicht versuchen, Ihnen meinen Willen aufzuzwingen. Kümmern wir uns um das Große Turnier. Vielleicht können wir uns diesem Thema später noch einmal widmen, nachdem ein Champion bestimmt oder *bestätigt* ist.«

Das war's. Drew stand auf der anderen Seite des Tisches ebenfalls auf. Sie wussten beide, dass die Auseinandersetzung nicht beigelegt war, nur verschoben. »Können wir die Versammlung dann schließen?« Thomas nickte.

Die anderen stimmten mit den Füßen ab.

* * *

Garrett wartete in Drews Limousine und täuschte eine gelangweilte Verachtung für die Welt außerhalb des

Wagens vor, aber Drew wusste genau, dass das nur gespielt war. Er achtete sorgfältig darauf, sich seine Belustigung nicht anmerken zu lassen. Die Gefahr, dass der Nebelparder-Renegat sie als Beleidigung auffassen konnte, war zu groß. Außerdem war ihm klar, dass Garrett Kobe von sich aus nur betreten hätte, um in Ishiyama auf Schlangenjagd zu gehen.

Der draconische Sektor war dem Clanner verhasst. Der Sternenbund hatte die Nebelparder in Schande aus der Inneren Sphäre gejagt und war ihnen danach bis zu ihrer Heimatwelt gefolgt, um sie ganz und gar zu vernichten. Garrett empfand einen tiefen Hass auf den Sternenbund und alles und jeden, der damit in Verbindung stand, aber selbst ihm war klar, dass es sinnlos war, gegen die ganze Innere Sphäre zu kämpfen. Da die Besatzungszone seines Clans im Draconis-Kombinat gelegen und das draconische Militär beim Sieg über die Parder eine entscheidende Rolle gespielt hatte, konzentrierte sich Garretts Zorn auf alles, was ihn auch nur entfernt an Haus Kurita erinnerte.

Das hatte sich als finanziell höchst profitabel erwiesen. Zeitweise.

»Du bist guter Laune. Alles ist verlaufen, so wie du es geplant hattest, frapos?«

Drew würde sich besser zusammennehmen müssen, wenn Garrett ihn so leicht durchschauen konnte. Der Mann hatte die Zerschlagung seines Clans überlebt und sich mit einem Clan-OmniMech auf die Spielwelt durchgeschlagen. Privat überschüttete er Solaris VII mit Hohn, aber die Arenen verschafften ihm die einzige Gelegenheit, sich an denen zu rächen, die seinen Clan ausgelöscht hatten. Sein kometenhafter Aufstieg in der Rangliste war unglaublich gewesen, sein schneller Abstieg in Drews Augen kaum weniger beeindruckend.

»Ja, Garrett. Sie haben beschlossen, keinen Beschluss

zu treffen. Obwohl ich sicher bin, Thomas DeLon dachte für'n Moment, er hätte mich. Nu wird er abwarten und hoffen, Theodore Gross' fünften Championstitel gegen mich zu benutzen.« Drew lachte in sich hinein, als Garrett sowohl bei ›für'n‹ wie auch bei ›Nu‹ sichtlich zusammenzuckte und die Augen verkniff. Clan-Krieger hatten eine nachgerade pathologische Abneigung gegen alle Arten ›degenerierter‹ Aussprache. »Chance is', er schafft's, aber ich möcht drauf wetten, dass nich'.« Zuck-zuck-kneif-zuck.

Der Fahrer steuerte die Limousine aus dem bewachten Parkplatz des *Paradies* auf die Säule-von-Gold-Straße und bog auf die Theodore-Kurita-Allee ab. Drew ließ sich in die Polster sinken. Garrett saß kerzengerade und schenkte der luxuriösen Ausstattung des Wagens keinerlei Beachtung. »Du hättest mir erlauben sollen, Gross zu töten. Dann würde dieses Problem nicht existieren.«

Also das war der Grund für dieses Treffen, seufzte Drew in Gedanken, wenn auch ohne Überraschung. »Du bist nicht nahe genug an ihn herangekommen, um seine Stellung zu gefährden. Mit deiner Niederlage gegen Srin Odessa war alles vorbei.« Drew verzichtete darauf zu erwähnen, dass es Kasigi Mihabu, der jüngste Kurita-Krieger, gewesen war, der Garrett ganz aus den Top 20 vertrieben hatte.

»Solange ich lebe, ist nichts vorbei. Inzwischen sind mehr Clanner hier und kämpfen sich durch die kleineren Arenen nach oben. Wenn wir bereit sind, wirst du uns unter einem Wappen zusammenbringen. Unter *unserem* Wappen. Darauf habe ich dein Wort.«

Ein ebenso schnell widerrufenes Versprechen, wie ich es gegeben habe, dachte Drew, aber sollte der Clanner ruhig glauben, was er wollte. In der Anfangsphase hatte Garrett gut gekämpft, verwegen und voller Feuer. All das hatte sich geändert, als die Nachricht vom Untergang der Nebelparder und der Vernichtung ihres Militärs eingetroffen war. Das Feuer, das ihn bis dahin ausgezeichnet hatte, war mit einem Schlag erloschen. Er hatte immer noch gut gekämpft und sich kaum technische Fehler erlaubt, aber der Antrieb war einfach nicht mehr da. Es schien fast, als sei der Mantel der Unbesiegbarkeit verloren, der ihn so lange beschützt hatte. In dem Moment, da Drew zum erstenmal gehört hatte, wie jemand Garrett als *Dunst*parder bezeichnete, hatte er gewusst, dass es Zeit wurde, sich ganz auf Michael Searcy zu konzentrieren. Garrett hatte es nicht einmal geschafft, sich einen Teilnehmerplatz im diesjährigen Großen Turnier zu erkämpfen.

»Soweit ist es noch nicht, Garrett. Lass uns erst einmal dieses Turnier durchstehen, und dann... vielleicht.«

So schnell gab Garrett nicht auf. »Du wirst mir gestatten, mit Michael Searcy um die Spitzenposition des Blackstar-Stalls zu kämpfen?«

»Nein.« Darin lag kein Profit. Drew musste dem Publikum liefern, wonach es verlangte, oder zumindest, wovon es sich mit etwas Anstrengung überzeugen ließ, es gewollt zu haben, und so oder so war Clan Nebelparder überholt.

»Michael wird der Champion und die Position erfordert mehr als nur den Kampf in der Arena.« Er sah Garrett kurz in die Augen. »Du könntest von dem jungen Searcy viel lernen.«

Garrett stierte wütend zurück. Anzudeuten, ein wahrgeborener Clansmann könnte von einer Freigeburt der Inneren Sphäre etwas übers Kämpfen lernen, war eine Beleidigung. Wie fast alle ClanKrieger war Garrett das Ergebnis genetischer Manipulation. »Der Kampf ist der ultimative Lehrmeister«, antwortete er mit einer Stimme, die an ein Raubtierknurren erinnerte.

»In der Hinsicht lässt sich möglicherweise was machen«, stellte Drew fest. Es wurde Zeit, Garrett wieder zum Gegner zu drehen. »Die jüngsten Änderungen in der Terminplanung haben an Tag 5 eine Position freigemacht. Ein Kampf in Ishiyama, gegen einen jungen DeLon-Krieger.« Er sah den Hunger in den Augen des Clanners leuchten. »Kann ich auf einen klaren Sieg über unsere Feinde rechnen, wenn ich dich für dieses Duell aufstelle?«

»Pos.«

»Kannst du ihn töten?«

Die Augen seines Gegenübers wurden zu maskenhaften Schlitzen. »Was stellst du seinem Leben entgegen?«

Drew war kurz unangenehm überrascht, zollte Garrett aber in Gedanken Respekt. Nicht viel früher hätte der diesen Befehl bereits als Belohnung angesehen. Jetzt war er bereit, für Aktionen dieser Art eine Bezahlung zu fordern. Möglicherweise war der Parderrenegat doch noch kein völliger Verlust. Er studierte sorgfältig Garretts Miene. »Den Kampf gegen Michael Searcy. Die Vorstellung ist… interessant.«

Das Raubtiergrinsen, mit dem Garrett antwortete, genügte Drew, um ihm zu zeigen, dass er den Mann an der Angel hatte. Es war immer gut zu wissen, wonach jemand besonderes Verlangen verspürte. Natürlich verlangte es Drew Hasek-Davion momentan vor allem nach einer Ablenkung für Thomas DeLon, während er den Rest des Blackstar-Stalls gegen die Skye-Tiger mobilisierte. Jerry Strouds Zeit war gekommen, und Drew hatte nicht vor abzuwarten, bis er zum Opfer eines Angriffs wurde. Er würde sofort in die Offensive gehen, mit einer Serie von Revanchekämpfen und Geheimaktionen. Was machte es schon aus, ob Garrett Searcy im Visier hatte? Michael konnte auf sich selbst aufpassen, und es war schließlich nicht, als ob er *versprochen* hätte, den Kampf in einer Arena zu arrangieren.

Außerdem bestand eine höchst reale Möglichkeit, dass Michael eines Tages seinen Wert verlieren würde. Sorgfältige Planung verlangte, für jede Eventualität einen Plan griffbereit zu haben.

Und Drew Hasek-Davion war ein äußerst sorgfältiger Planer.

6

Viewpoint-Aussichtsplattform, Black Hills, Solaris City, Solaris VII
Freedom-Theater, Provinz Skye, Lyranische Allianz

14. August 3062

Obenauf, und das verdientermaßen.

Genauso fühlte sich Michael Searcy, als er vor dem Panorama der sich hinter ihm ausbreitenden Stadt auf der Aussichtsplattform des Viewpoint vor den Holokameras der drei Nachrichtenteams stand und seine Pressekonferenz gab. Die auf allen Seiten von einer Betonmauer eingeschlossene Plattform befand sich auf dem Gipfel des höchsten Bergs im Black-Hills-Sektor. Eine steife Brise zerzauste mit kalter Hand seine blonden Locken, aber davon abgesehen spielte das Wetter bestens mit. Die grauen Regenschleier hatten sich verzogen, und die großartige Aussicht bot ihm einen wundervollen Hintergrund.

Michael fühlte sich wie ein König. Der angehende Champion. Wenigstens versprach Drew Hasek-Davion das ständig. Obwohl, wenn man es genau betrachtete, waren diese Versprechungen die Atemluft nicht wert, mit der sie gemacht wurden. Drew konnte ihm den Championtitel nicht schenken. *Den* musste Michael sich selbst verdienen, und das war dem Davion-Favoriten auch ganz recht so.

»Sie haben also keine Bedenken wegen Ihres heutigen Kampfes gegen Kelley Metz. Ihrer Meinung nach ist dessen Ausgang vorhersehbar und Sie freuen sich bereits auf morgen, auf Tag 5.«

Michael lächelte in die Kameras und für die kleine Zuschauermenge, die sich versammelt hatte, um das kostenlose Spektakel zu verfolgen. Er kannte sich aus im Umgang mit den Medien. »War das eine Frage,

Adam, oder üben Sie sich als Gedankenleser?« Die humoristische Einlage löste Gelächter unter den Umstehenden und sogar vereinzelten spontanen Beifall aus. Adam Kristof senkte mit einem trockenen Glucksen den Kopf.

»Also, offiziell: Nein, ich mache mir keine Sorgen wegen Kelley Metz. Ich respektiere ihre Fähigkeiten, aber sie tritt bereits mit drei Handikaps an. Im gestrigen Kampf gegen Karufel wurde sie verletzt. Die Ärzte bezeichnen es als Zerebralkonfusion. Als ihr Mech während des Duells umstürzte, hat sie ihr Gehirn geprellt. Sie kann noch antreten, aber sie wird nicht nur gegen mich ankämpfen müssen, sondern gleichzeitig auch gegen eine leichte Übelkeit und Schwindelgefühle. Ihr *Imperator* ist zehn Tonnen leichter als mein *Brandschatzer*. Und schließlich begegnen wir uns noch in Boreal Reach, auf meinem Heimatboden. Trotz des Unterschieds in der Tonnage habe ich genug Punkte gemacht, um das Gelände zu bestimmen. Wir werden im Teufelscanyon aufeinander treffen, zwischen den Lavaströmen, was ihrem Wärmehaushalt nicht gerade helfen wird.«

Die nächste Frage kam von Federated Suns Broadcasting. »Ein *Brandschatzer*? Ein Davion-Kämpfer in einem überschweren St.-Ives-Mech?«

Die anderen Reporter schüttelten trostlos den Kopf. FedS war nicht gerade berühmt für hervorragende Außenberichterstattung. Aber Michael behandelte die Frage wie jede andere. Es ergab keinen Sinn, sich in Black Hills einen Gegner zu machen, selbst wenn er inkompetent war. »Die *Brandschatzer*-Konstruktion wurde durch Informationen möglich, die auf New Avalon vom NAIW geborgen wurden. HildCo hat die Tests durchgeführt und die ersten Baureihen gefahren, aber seit 3060 stellt auch GM auf Kathil begrenzte Stückzahlen dieses Mechs her. Ich habe eine Maschine für die zweite Hälfte des Turniers anschaffen lassen.« Er versuchte sich an einem schrägen Lächeln. »Es wird allmählich Zeit, dass die großen Jungs ins Spiel kommen.«

»Sie erwarten also leichtes Spiel.« Adam Kristof versuchte noch einmal, Michael auf eine persönliche Einschätzung Metz' als Konkurrentin festzulegen.

»Metz wird den Weg kaum freiwillig freimachen. Aber ich würde es lieber sehen, wenn sie ausstiege, bevor sie noch schlimmer verletzt wird. Ich habe keinen Grund, ihr Schlechtes zu wünschen.«

»In diesem Turnier sind es aber nicht nur MechKrieger, die verletzt werden«, unterbrach Veronica Sherman von der Solaris-Nachrichtengesellschaft. Die lyranische SNG hatte ihre Star-Holojournalistin geschickt, um ihn zu einer unbedachten Äußerung zu verleiten. Michael wusste genau, worauf sie aus war. Jetzt wurde das Spiel interessant. »Die Schlesier Polizei brauchte bis neun Uhr heute Morgen, bevor die Aufstände unter Kontrolle waren. Das waren keine Streitereien, die in der Hitze des Gefechts um Boreal Reach oder das Kolosseum ausbrachen, sondern Horden von Hillianern, die plündernd und brandstiftend durch die Straßen Schlesiens tobten. Der letzte Stand von vor einer Stunde liegt bei sechzehn Toten. Ihre Meinung?«

Adam Kristof versuchte, das Schlimmste abzuwenden. »Das können Sie nicht alles auf Black Hills abwälzen, Ronnie. Sie wissen sehr gut, dass Ihre Polizei in Verbindung mit einem Teil der Schwierigkeiten drei schlesische Bürger verhaftet hat.«

Sherman ignorierte ihn. »Ihre Meinung, Mr. Searcy?«

»Wenn Sie meine persönliche Sicht der Dinge erfahren wollen, Ms. Sherman, brauchen Sie nur zu fragen. Ich kenne keine Einzelheiten darüber, was in Schlesien los ist, und nach dem, was ich höre, geht es Ihnen genauso.« Michael zwinkerte Adam verschwörerisch zu. »Aber lassen Sie mich anmerken, dass ich die Schäden an der Boreal Reach sehr persönlich nehme. Und damit meine ich nicht nur die Begleitschäden durch das unangemeldete Mechduell im Hangar, sondern alle zertrümmerten Sitzbänke, eingeschlagenen Fenster und Graffitischmierereien der letzten zwölf Stunden. Ich muss ehrlich zugeben, als ich davon hörte, spürte ich ein Bedürfnis, mit meinem *Drachenfeuer* nach Schlesien zu marschieren und ein paar Türen einzutreten. Wer immer dafür verantwortlich ist, verdient eine Dosis seiner eigenen Medizin.«

»Ist das Ihre Rechtfertigung für Craig Orme?«, hakte sie mit einem Schlag unter die Gürtellinie nach. »Sein Tod als Vergeltung für Stephen Neils?«

Nur hatte Michael ihr genau diese Frage in den Mund gelegt. Er runzelte die Stirn und brauchte seine Verärgerung nicht einmal vorzutäuschen. »Neils' Tod war eine ebensolche Tragödie wie der Ormes, auch wenn die SNG sich alle Mühe gegeben hat, einen anderen Eindruck zu erwecken. Die Aufsichtsbehörde hat Dale von jeder Schuld freigesprochen, aber das scheint bei Ihren *unabhängigen* Journalisten nicht angekommen zu sein.«

Er wartete, bis Sherman zu einer Entgegnung ansetzte, dann schnitt er ihr das Wort ab. »Wenn die SNG ihre Einschaltquoten in der Allianz verbessern will, stört mich das nicht weiter, aber ich werde nicht zulassen, dass es auf Kosten der Vereinigten Sonnen geschieht. Sie gehen sogar so weit, ausgerechnet Victor Vandergriff als Lokalhelden hochzuspielen, der die Ehre der Allianz verteidigt, weil er in diesem Jahr Schlesiens letzte Hoffnung auf einen Champion repräsentiert. Aber das ist er nur, weil sonst keiner zur Verfügung steht, nicht etwa, weil er dazu besonders geeignet wäre. Ich wünsche Vandergriff heute Abend alles Gute, denn wenn er gewinnt, werde ich morgen im Kolosseum gegen ihn kämpfen und allen Welten zeigen können, was er wirklich ist.«

Ein eisiger Blick spießte ihn auf. »Und das wäre, Mr. Searcy?«

Sie hatte seine Herausforderung angenommen. Michael grinste bösartig. »Ein lyranischer Herausforderer für eine Krone der Vereinigten Sonnen.«

Das löste lautstarken Beifall von den anwesenden Cruciern aus. Adam Kristof wehrte einen heftigen Widerspruch seiner lyranischen Kollegin ab und wartete, bis sich der Applaus gelegt hatte, ehe er sich vorbeugte und die naheliegende Frage stellte: »Dürfen wir aus dieser Antwort schließen, dass Sie auch gegen Archon Katrina Steiner-Davions Versuch opponieren, den Thron ihres Bruders zu stehlen?«

»Versuch? Adam, welche Zeitungen lesen Sie? Sie hat ihn gestohlen.« Michael verschränkte die Arme vor der Brust und drehte sich gerade weit genug, um sicherzugehen, dass die Blackstar-Insignien auf dem Jackenärmel deutlich zu sehen waren. Es wurde Zeit, das Material auszustreuen, das Drew Hasek-Davion ihm zugespielt hatte. Oder zumindest den Teil davon, mit dem er übereinstimmte. »Aber um ehrlich zu sein, es ist nicht der Thron ihres Bruders. Nicht wirklich. Der Thron gehört dem Volk der Vereinigten Sonnen. Keinem Einzelnen, und ganz sicher nicht *ihr*.«

»Haben Sie Prinz Victor deshalb nie einen Kampf gewidmet?« FedS wieder, mit eifriger Stimme und begeistert leuchtendem Blick. »Weil Sie ihn nicht als legitimen Herrscher anerkennen?« Für diese Frage erntete der Reporter sogar einen neidischen Blick von Adam Kristof. Aber auch ein blindes Huhn fand ab und zu ein Korn.

Jetzt hieß es, vorsichtig sein. Auf der Spielwelt und im größten Teil der Inneren Sphäre betrachtete man überzeugten Nationalstolz auf die Vereinigten Sonnen und unerschütterlichen Davionismus als ein und dasselbe. »*Präzentor Martialum* Victor Steiner-Davion war unser legitimer Herrscher. Möglicherweise wird er es eines Tages wieder sein. Aber er hat sich deutlich geweigert, seinen Anspruch durchzusetzen, soviel steht fest. Und seine Familie ist nicht die Einzige, an die wir uns in Krisenzeiten halten können. Wir haben auch noch die Haseks und die Hasek-Davions. Die Sandovals auf Robinson. Die Duvalls, eine Familie, die noch in den Tagen des Crucis-Pakts mitgeholfen hat, die Vereinigten Sonnen zu gründen. Ihnen widme ich meine Kämpfe mit Stolz.«

Wie auf ein Zeichen riss an verschiedenen Stellen die Wolkendecke auf. Vereinzelt brach Sonnenlicht hindurch und fiel auf die Stadt. Ein Strahl traf zufälligerweise wie ein Scheinwerferkegel den Viewpointgipfel. Michael unterbrach sich und badete das Gesicht im warmen Sonnenlicht. Dann sah er wieder in die Kameras. »Ich bin ein loyaler *Sohn* der Vereinigung. Diese Ehre verteidige ich gegen jeden Feind, von innen wie von außen. Ebenso, wie ich meine persönliche Ehre und die meines Stalls verteidige. Und wenn Victor Vandergriff sich mir in den Weg stellt, wird er es sein, dessen Leben auf dem Spiel steht.«

* * *

Gleich nach ›Schein wird leicht mit der Wirklichkeit verwechselt‹ rangierte eine andere von Drew Hasek-Davions Ermahnungen: »Man sollte sich immer als Sieger verabschieden«. Michael hatte alles erreicht, was er mit dem Interview bezweckt hatte. Er hatte den Medien ihre Show geliefert und alles gesagt, was er hatte sagen wollen. Er bedankte sich bei den Reportern für ihre Zeit und verabschiedete sich.

Keinen Augenblick zu früh. Der kurze Moment des Sonnenscheins über dem Viewpoint verschwand fast augenblicklich wieder und fünf Minuten später war über Solaris City kein goldener Lichtstrahl mehr zu finden. SNG hatte schon zusammengepackt und war abgezogen, dicht gefolgt von den beiden VerSo-Sendern. Der erste Donner grollte und ein leichter Regenschauer prasselte auf die Aussichtsplattform nieder.

Es fiel nicht schwer, die Touristen von den Einheimischen zu unterscheiden. Man brauchte nur darauf zu achten, wer einen Regenschirm aufspannte und wer einfach nur das Gesicht zum Himmel hob, um die ersten Tropfen zu begrüßen. Michael lachte und schlenderte zur Betonabsperrung hinüber. Er fühlte sich hervorragend, als er über die Stadt blickte. Auf der anderen Seite des träge dahinströmenden Solaris ragte düster und brütend Ishiyama auf, und in Montenegro verschwand die Fabrik fast zwischen den Industriebrachen. Dann wanderte sein Blick über die lange, graue Kastenstruktur von Boreal Reach und hinüber nach Cathay, wo der Dschungel wie ein riesiger, den Göttern des Krieges geweihter Tempel emporragte. Und weiter nach Osten zum Steiner-Kolosseum.

Sein Reich.

Darum ging es schließlich im Großen Turnier, oder? Solaris City zu meistern und zu beweisen, dass niemand das Zeug hatte, einen aufzuhalten. Dass niemand eine Chance hatte. Sieben Kämpfe an sieben Tagen, um den Titel des Champion zu erringen. Siege in allen fünf Arenen. Mechs und MechKrieger aller Art als Gegner. Hausloyale Ställe, unabhängige Kooperativen, Einzelkämpfer. So oder so setzen sie einem Titelanwärter in dieser Woche alle zu. Und der Champion musste all diese Attacken überleben. Das war er. Das würde er sein. Der einzige Überlebende. Der Champion.

Er würde Kelley Metz besiegen, weil keine Capellanerin, erst recht keine mit einer Gehirnerschütterung, den Hauch einer Chance gegen Haus Davion hatte. Morgen würde er Victor Vandergriff schlagen und den Lyranern wieder einmal zeigen, dass es auf dem Gebiet der Kriegsführung des einunddreißigsten Jahrhunderts niemanden gab, der den Vereinigten Sonnen ebenbürtig war, und sie daran erinnern, dass es die VS-Heere waren, die sie verteidigt hatten, als die Clans kamen. Und was Theodore Gross betraf? War der Thronerbe Haus Kuritas nicht nur dank Victor Davions Hilfe noch frei und am Leben? Und im Finale würde er es möglicherweise mit Jasmine Kalasa aufnehmen müssen, der wahrgeborenen Diamanthaiin, die jetzt für den Löwenstadt-Stall antrat. Das würde ein mehr als passendes Finale abgeben, einen Endkampf zwischen Innerer Sphäre und Clan.

Auf dem Gipfel des Viewpoint schien alles so sonnenklar. Ein Teil der natürlichen Ordnung. Er würde sie alle besiegen, weil er der Favorit der Vereinigten Sonnen war. Davionisten, Black Hills und Blackstar-Stall vereinigt in einem Bündel Naturtalent und Können. Was machte es aus, dass man ihn aus den VCS geworfen hatte? Damals war er den Schwächen seiner Vorgesetzten unterworfen gewesen. Sein Aufstieg in die höchsten Sphären der Spielwelt bestätigte seinen wahren Wert... und daran konnten alle Kriegsgerichtsverfahren New Cantons nichts ändern. Drew Hasek-Davion mochte ihm geholfen haben, seine Solaris-Persönlichkeit auszuformen, aber das war nur möglich gewesen, weil das Fundament bereits existiert hatte. Er *war* Stormin' Michael Searcy. Er war es schon immer gewesen. Er konnte nicht verlieren.

Es war ihm vorbestimmt.

* * *

Beim besten Willen hätte Michael keine ungünstigere Umgebung für Kelley Metz finden können. Der Kampf war noch keine fünf Minuten alt und er wusste bereits, dass er gewonnen hatte.

Boreal Reach war etwa einen halben Quadratkilometer groß und von einer technologischen Fortschrittlichkeit, mit der nur das Detonatornetz der Steiner-Arena mithalten konnte. Ein System aus Hologrammprojektoren, Terrainmodulen und vollständiger Klimakontrolle gestattete es, nahezu alle vorstellbaren Geländebedingungen zu simulieren. Der Teufelscanyon mit seinem zerklüfteten, geborstenen Boden um Inseln aus unpassierbarem Gelände wie Lavaströmen und tiefen Felsspalten war beim Publikum zur Zeit besonders beliebt. MechKrieger, denen das Talent dazu abging, sich in dem in konstanter Bewegung befindlichen Labyrinth aus Eruptionen und ihren Kurs ändernden Lavaflüssen zu orientieren, liefen eine beachtliche Gefahr, zur Zielscheibe zu werden. Für die meisten Mechs bedeutete das den Einsatz von Sprungdüsen.

Kelley Metz konnte nicht springen.

Ihr *Imperator* besaß diese Fähigkeit. In seinen Beinen und an der Rückseite des massigen Torsos waren Pitban-LFT-50-Plasmajets installiert, die es dem überschweren Kampfkoloss ermöglichten, bis zu neunzig Meter weit zu springen. Aber Michael hatte sich im Verlauf des Nachmittags über die Auswirkungen einer Zerebralkonfusion informiert. Alle Experten, mit denen er sich in Verbindung gesetzt hatte, waren sich darin einig gewesen, dass ruckartige Bewegung und Erschütterungen den Zustand noch verschlimmerten, und neunzig Tonnen aufrechten Metalls durch die Luft zu steuern bedeutete alles andere als einen Gleitflug, und einen sprungfähigen überschweren Mech zu landen war häufig genug mit einem Stoß verbunden, der selbst einem gesunden Piloten den Atem nahm. Das Schicksal schien sich gegen Metz verschworen zu haben.

Michael setzte die Sprungdüsen seiner Maschine ein, wann immer sich die Gelegenheit ergab und verspottete Metz, indem er an Positionen sprang, die sie nicht erreichen konnte. Als sie schließlich gezwungen war, ihre Sprungdüsen zu aktivieren, weil Michaels *Brandschatzer* sie vor einem sich ausbreitenden Lavastrom in die Enge getrieben hatte, glich ihre Landung eher einem Absturz. Der *Imperator* fiel um und krachte alles andere als majestätisch auf die linke Seite, wo er hilflos liegen blieb, während Michael ihn mit den Gaussgeschützen in beiden Armen seiner Maschine beharkte.

Dann fiel ihm auf, dass der *Imperator* keinen Versuch unternahm, sich aufzurichten. Ohne das Fadenkreuz vom breitschultrigen Rumpf des Mechs zu nehmen, rückte er näher. Er schaltete auf die gemeinsame Funkfrequenz und öffnete weit den Mund, um das Mikro zu aktivieren. »Kelley? Sind Sie in Ordnung?«

»Nein, Michael, ich glaube nicht. Ich bin gefallen und komme nicht mehr hoch.«

»Sie müssen den Schiedsrichtern ihre Kapitulation signalisieren. Vorher kann ich den Kampf nicht einstellen.«

»Glauben Sie etwa, das hätte ich nicht schon längst getan, wenn ich den Schalter finden könnte? Mir ist schlecht. Ich glaube, ich muss mich übergeben.«

Eine neue Stimme mischte sich ein. Es war einer der Arenaoffiziellen, die den Kanal überwachten, um mögliches Material für die Video- und Holoverwertung des Kampfes zu sichern. »Ms. Metz, hier ist die Arenakontrolle. Wollen Sie sich ergeben und benötigen Sie medizinische Hilfe?«

»Ja. Und ja, glaube ich.«

Damit war es vorbei. Michael wartete, bis die MedTechs eingetroffen waren, um Kelley abzuholen, dann lenkte er den *Brandschatzer* zu einer Ehrenrunde um das Stadion. Der Blackstar-Stall und die Manager der Boreal Reach hatten einen kleinen Publicitygag arrangiert. Alle vierhundert Meter bauten die Holoprojektoren einen Mech vor ihm auf. Zuerst einen *Sturmwind*, der unter einem einzigen Treffer des schweren Lasers zerplatzte. Dann folgten in schneller Serie ein *Destruktor*, ein *Zeus*, eine *Banshee* und ein *Berserker*, die alle das Schicksal ihres Vorgängers teilten. Ein neuer *Hauptmann* bewachte das Tor zu den Mechhangars. Nach einem Treffer sank er auf die Knie und blieb in dieser Demutspose, während der *Brandschatzer* ihn ohne einen zweiten Blick passierte. Alle Mechs waren in der Lyranischen Allianz verbreitete Typen. Alle waren in dem rauchblauen Farbton lackiert, der in der ganzen Inneren Sphäre als Steinerblau bekannt war.

Die Botschaft war klar, besonders für Michael Searcy. Nichts und niemand würde ihn aufhalten. Heute Abend würde Vandergriff Albert Mayetska besiegen, und morgen Nachmittag würden er und Michael sich in der Steiner-Arena gegenübertreten. Und dort würde Michael Victor Vandergriff vernichten.

Ein anderer Ausgang war völlig undenkbar.

7

Thors Schildhalle, Schlesien,
Solaris City, Solaris VII
Freedom-Theater, Provinz Skye, Lyranische Allianz

14. August 3062

Das hatte Michael nicht geplant.

»Da ist der VerSo-Bastard, der mir gedroht hat!« Victor Vandergriffs Stimme übertönte sämtliche Gespräche. »Na warte, Searcy!«

Vandergriff wollte Thors Schildhalle gerade betreten, als er sich noch einmal umdrehte und Michael bemerkte, der auf der mit Seilen abgetrennten VIP-Passage auf dem Weg zur Tür war. Er stieß Trevor Lynch, seinen Stallmeister, beiseite und bahnte sich den Weg zurück, die Hände nach Michaels Hals ausgestreckt. In dem wallte der Zorn hoch. Stormin' Michael Searcy war nicht der Typ, der eine Herausforderung unbeantwortet ließ.

Nur kam ihm Larry Acuff zuvor. Acuff, ein Cenotaph-Gladiator und selbst Teilnehmer am Großen Turnier, stellte sich Vandergriff in den Weg und stieß ihn in die wartenden Arme Rogers, des Türstehers der Schildhalle. Trevor Lynch half, seinen Kämpfer zu bändigen, während Acuff herumwirbelte, um Michael abzufangen. Er schlang die Arme um ihn und presste einen seiner Arme so fest an Michaels Körper, dass der sich nicht mehr rühren konnte.

Karl Edward, einer von Michaels Begleitern, sprang herbei. Aber statt seinem Freund gegen Acuff beizustehen, packte er seinen freien Arm und half, ihn festzuhalten.

Michael wand sich im Griff der beiden MechKrieger. »Lasst mich los, verdammt!«

Karl schüttelte den Kopf und fasste noch fester zu.

»Nicht hier, Michael.« Er sah sich um, möglicherweise aus Sorge darüber, wie das dritte Mitglied ihrer Gruppe reagieren mochte. Aber Garrett stand nur da und schlürfte sein Vita-Orange-Sportgetränk, das er aus dem Wagen mitgebracht hatte. Den hellen Augen des Clanners entging nichts, aber er machte keinerlei Anstalten, auf der einen oder anderen Seite einzugreifen.

Die Arenafans, die vor dem Eingang Schlange standen, waren ebenfalls keine Hilfe. Thors Schildhalle war die berühmteste – manch einer hätte gesagt die berüchtigste – Bar in ganz Schlesien, eigentlich sogar in ganz Solaris City. Ihr ultra-exklusiver Walhalla-Club zog die besten MechKrieger der Spielwelt an, und jede Nacht strömten die Gäste in der Hoffnung heran, einen Blick auf einen der Arenastars zu erhaschen. Jetzt bot sich ihnen eine Unterhaltungseinlage, für die viele von ihnen bereit gewesen wären, gutes Geld auszugeben: eine Prügelei zwischen zweien der wichtigsten Turnierteilnehmer. Manche feuerten Searcy oder Vandergriff noch an, wenn nicht sogar alle beide, in der Hoffnung, die Auseinandersetzung in Gang zu halten. Ein paar Schlesier und Blackhillianer tauschten in dem Versuch, ihre Differenzen selbst auszutragen, untereinander Schläge aus, was die Unruhe noch verstärkte. Jetzt wollte Michael es Vandergriff erst recht zeigen.

Lynch und die anderen hatten es inzwischen geschafft, Vandergriff durch die Tür in die neonbeleuchtete Bar zu schieben, von wo aus der Lyraner Michael weiter mit dem Vokabular eines Raumfahrers beschimpfte. Michael versuchte noch einmal, sich loszureißen, aber Vandergriff war nicht mehr zu sehen.

Acuff griff sich einen Drink aus der Hand seiner Begleiterin, die er wohl von einer früheren Party mitgenommen hatte, und schüttete ihn Michael ins Gesicht. Der stark alkoholhaltige Fruchtcocktail brannte in Michaels Augen, und ein Schluck geriet ihm in die Luftröhre. Das trieb ihm auch den letzten Rest von Kampfdrang aus, als er in einem heftigen Hustenanfall zusammenklappte.

Ein Blitzlichtgewitter zuckte auf, und die Wachleute der Schildhalle riegelten die Schlägereien vom Rest der Menge ab und verhinderten, dass die MechKrieger in die sich ausbreitenden Unruhen hineingezogen wurden. Acuff und Karl pressten Michael gegen die Wand. Obwohl er sich nicht länger wehrte, bemerkte er, dass Acuff sich nur für den Fall beiseite drehte, dass der junge Krieger um sich trat. Ein schlauer Zug.

Acuff blockte auch die Kameras ab, die versuchten, die Auseinandersetzung für die Ewigkeit festzuhalten. »Lassen Sie die Düsen abkühlen, Michael. Ruhig bleiben!« Er beugte sich vor und sah Michael mit ruhiger Entschlossenheit in die Augen. »Wir bringen unsere Streitigkeiten nicht mit nach Walhalla, richtig?« Dann fragte er noch einmal, nachdrücklicher: »Richtig?«

Jetzt, da sein Herausforderer außer Sicht war, beruhigte Michael sich allmählich wieder. Es war nicht leicht. Er war wütend über Acuffs Einmischung. Der Mann war ein Feind, ein zukünftiger Gegner.

»Richtig«, presste er schließlich hervor. Er schüttelte Acuff ab, riss sich grob von Karl los und rieb die Hand übers Gesicht, um die Reste des Cocktails abzuwischen. So hatte er sich seine Ankunft in Walhalla heute Abend nicht vorgestellt. In den Medien machte sich die Geschichte sicher nicht schlecht, aber sie würde seinem Ansehen unter den anderen Kriegern auch nicht gerade helfen. Doch was sollte es, das konnte er in der Arena wieder wettmachen.

Larry Acuff kehrte zu seinen Begleitern zurück und reichte seiner Bekannten das leere Glas. »Das füllen wir drinnen wieder auf, Meta«, sagte er. »Nach dir.«

Roger stand bereits wieder an der Tür, die er ohne jedes äußere Anzeichen irgendwelcher Zwischenfälle erst für Acuffs und dann für Michaels Gesellschaft aufhielt. »Schön, Sie wiederzusehen, Mr. Searcy«, stellte der Mann mit nicht mehr als einem Hauch von Missfallen in der Stimme fest. Michael lächelte dünn. Das war das Äußerste an einer Entschuldigung, was er von Roger zu erwarten hatte, aber er schuldete dem Mann etwas.

»Viel Vergnügen in der Halle der Toten«, setzte Roger hinzu, als die Gruppe an ihm vorbei ging.

»Halle der Toten?«, fragte Garrett, als die drei durch einen abgedunkelten Bereich der Bar zu einer von einem Vorhang verdeckten Tür traten. Der wahrgeborene Nebelparder verzog verächtlich das Gesicht über ein Pärchen, das sich an einem der Tische dem Rausch hingab. Unter der Liebkosung der Feuerzeugflamme mischte sich der süßliche Duft der Opiumpfeife mit der rauchgeschwängerten Atmosphäre des Raumes. »Das war ein Witz, frapos?«

»Möglicherweise«, antwortete Michael. »Kommt auf den Standpunkt an.« Karl zog den Vorhang zurück und ließ Michael und Garrett den Vortritt. Sie stiegen eine Rampe hoch, die in einer Kehre zurück über den Haupteingang führte. Dort erwartete sie eine weitere Tür aus dunklem Glas, auf einer Seite flankiert von einem Wachmann in einer Kabine aus kugelsicherem Glas.

Michael verstand immer noch nicht, warum der Clanner heute Abend darauf bestanden hatte, sie zu begleiten. Die Art, wie Garrett ihn beobachtete und Fragen stellte, machte klar, dass er etwas von ihm wollte. Michael fragte sich unwillkürlich, ob das wieder eines von Drew Hasek-Davions Spielchen war.

Aber es war sicher kein Fehler, mit dem Mann zu reden. »Walhalla ist in der terranisch-skandinavischen Mythologie der Ort, an den Könige und herausragende Krieger nach dem Tod gebracht werden. Ihre Belohnung.«

»Also ist es ein Ort der Ehre«, stellte Garrett fest.

Michael zuckte die Achseln und wiederholte: »Kommt auf den Standpunkt an. Um nach Walhalla zu kommen, muss man tot sein. Also ist es auch ein Ort der Besiegten.«

Garrett war noch damit beschäftigt, diesen Widerspruch zu verarbeiten, als die verspiegelte Glastür sich endlich öffnete. »Ist auf dieser Welt überhaupt nichts klar und einfach?«, fragte er, wenn es auch mehr ein lautes Nachdenken zu sein schien.

Michael antwortete trotzdem und hob die Stimme, um vor dem Lärm der Gespräche, die aus dem riesigen Raum schlugen, noch verständlich zu bleiben. »Kaum. Nur in den Arenen.«

* * *

Walhalla.

So oft er in Michaels Begleitung schon hier gewesen war, der Ort erfüllte Karl Edward immer noch mit einer gewissen Ehrfurcht. Der lange, breite Saal erinnerte ihn an vergangene, heldenhaftere Zeiten. Auch an gröbere Zeiten, an die Tage, in denen Krieger Königreiche begründeten und zerschlugen.

Zentralsäulen aus echten seltenen Hölzern wiesen noch die Spuren der Axthiebe auf, unter denen die Bäume gefallen waren und die ihre Äste abgeschlagen hatten. Tierfelle von einem Dutzend oder mehr Welten bedeckten alle freien Wandflächen. Ein großes holografisches Feuer loderte in der Mitte des Saales, und holografische Fackeln warfen ihr flackerndes Licht in die entferntesten Winkel. Riesige Tische und Bänke erstreckten sich durch den gesamten Raum um das zentrale Feuer. Alle waren sie aus grob behauenen, dicken Brettern handgezimmert.

Am Ende des Saales standen ein weiterer Tisch und eine Reihe hölzerner Sessel mit hoher Rückenlehne auf einer Empore. Der Platz in der Mitte hätte sich in einem Thronsaal hervorragend gemacht. Augenblicklich war er leer. Theodore Gross saß rechts neben dem Thron, auf dem rechtmäßigen Platz für den Titelverteidiger. Thomas DeLon saß ebenfalls in Gross' Tischgesellschaft, die über die Halle der Toten präsidierte. Andere Krieger drängten sich im Saal, unterhielten sich mit ihren Kameraden oder wanderten in den Nischen ein und aus, die unter farbenprächtigen heraldischen Bannern und Schilden, die ihre Besitzer identifizierten, beide Seitenwände säumten.

Dieser Ort ehrte vor allen anderen die MechKrieger von Solaris VII, die Gladiatoren, die einander in den Arenen gegenübertraten. Außerhalb Walhallas bedeuteten Geld, Titel und nationale Loyalitäten nahezu alles. Hier war nichts davon von Bedeutung oder zumindest nicht von großer Bedeutung. Dies war ein Ort, an dem sich die Besten der Spielwelt unter Gleichen begegneten. Er war der Elite vorbehalten – den besten fünfzehn Prozent aller MechKrieger auf Solaris VII. Der Elite und ihren Gästen. Ohne Begleitung Michaels oder eines anderen der wenigen Auserwählten wäre Karl nicht eingelassen worden. Dieses Wissen machte ihm nur deutlicher, welcher schwere Weg noch vor ihm lag, welche Masse von Kämpfern er noch bezwingen musste, wenn er jemals selbst einen Platz in dieser Elite für sich erringen wollte. Zählte man die Krieger aller Ställe und Kooperativen und sämtliche unabhängigen MechKrieger zusammen, kam man auf über zehn BattleMechregimenter: mehr als tausend Krieger und ihre Maschinen.

Roger allein entschied nach einer geheimen, aber ohne Zweifel höllisch komplexen Formel, wer Zutritt zu Walhalla erhielt, was ihm eine spürbare Macht verlieh. Karl hatte darauf geachtet, Roger ein großzügiges Trinkgeld zuzustecken, sobald der Beinahekampf in der Nähe des Eingangs beigelegt war, um seinem Freund den Rücken zu decken, der sich in diesem Moment gar nicht bewusst gemacht hatte, wie rüde er war. Der Türsteher teilte auch die Nischen zu. Sie waren ehemaligen Champions und den wenigen Adligen und Händlern vorbehalten, die mächtig genug waren, den Zutritt zu Walhalla zu rechtfertigen, und reich genug, sich dieses Privileg leisten zu können. Aber auch dann waren sie im Schatten der Krieger und blieben am Fußende der Tische oder in den am weitesten von der Empore entfernten Nischen.

»Volles Haus heute«, stellte Michael mit einem Nicken in Richtung der dichtbesetzten Tische und des Gedränges zwischen ihnen fest.

Karl blieb etwas zurück, als Michael voranging und mit den anderen Gästen kurze Begrüßungen und eine gelegentliche Bemerkung austauschte. Garett achtete sorgfältig darauf, gleichauf mit dem Favoriten der Vereinigten Sonnen zu bleiben und sich nicht in eine unterlegene Position abdrängen zu lassen, aber Karl hatte damit keine Probleme. Es gab ihm Gelegenheit, die Situation zu beobachten und die Stimmung im Saal zu analysieren.

Es herrschte eine spürbare Anspannung, was zu erwarten gewesen war. Morgen begann das Viertelfinale der letzten acht Teilnehmer. Normalerweise war Walhalla ein Ort, an dem die Kämpfer entspannen und ihre Rivalitäten für eine Weile vergessen konnten. Aber nicht heute Abend. Es schien fast, als hätte die Auseinandersetzung zwischen Michael und Victor Vandergriff die Atmosphäre vergiftet. Es schien Streit in der Luft zu liegen.

Die draconischen Krieger und ihre Gäste gaben sich als Meister des Saales. Gross saß auf dem Ehrenplatz, umgeben von drei anderen, die ebenfalls noch im Turnier standen. Die mit Haus Marik liierten Ställe versuchten, sich überlegen desinteressiert zu geben, als ob die

Rivalitäten keinerlei Bedeutung für sie hätten, aber das glaubte ihnen niemand. Und selbst ihre Masken verrutschten gelegentlich und legten gereizte Mienen frei, wenn einer der Kämpfer in die Nähe eines Capellaners kam. Kelley Metz ignorierte Michael, was noch eine der freundlicheren Reaktionen der Haus-Liao-Krieger auf ihn war. Aber so kühl sie der Davion-Fraktion gegenüber waren, die Stimmung zwischen den verschiedenen Cathay-Ställen war nachgerade mörderisch, und Karl war froh, dass sie davon nichts abbekamen.

Was die Vereinigten Sonnen und die Lyranische Allianz betraf, hatten die feindlichen Seiten den Saal praktisch untereinander aufgeteilt und behandelten sämtliche anderen Fraktionen mit offener Gleichgültigkeit, während sie sich den echten Hass ganz für den früheren Verbündeten aufsparten. Karl stand zu tief auf der Leiter, um nennenswerte Feindseligkeit bei den Lyranern zu erzeugen, aber bei Michael war das ganz anders. Die Miene seines Freundes verdüsterte sich mit jedem bösartigen Blick, und die Feindseligkeit im Saal verdichtete sich, bis sie unübersehbar war. Einige der anderen Crucis-Krieger sammelten sich um Michael wie die Wolken, die sich um das windstille Auge eines Orkans drehten.

»Stormin' Michael Searcy«, kommentierte eine Stimme nicht weit entfernt – und trocken, als hätte ihr Besitzer Karls Gedanken gelesen.

Dann streckte jemand die Hand aus und packte ihn am Ellbogen, zog Karl zur Seite, fort von seinem Freund.

* * *

In Walhalla sind alle Krieger gleich. Nur sind manche gleicher als andere.

Der alte Spruch verfolgte Victor Vandergriff, der sich wie ein Geist unter Lebenden fühlte, als er durch die

Halle der Toten wanderte. Er klammerte sich an einen steifen Drink ebenso wie an seine Wut und den Stachel der Erniedrigung. Er war ein Viertelfinalist im Großen Turnier, zum ersten Mal überhaupt ein ernsthafter Anwärter auf das Championat, und doch nahmen die wenigsten schlesischen Krieger ihn zur Kenntnis, und noch weniger schienen stolz auf seine Leistung zu sein. Sie schleuderten seinen Namen ihren Rivalen aus den Vereinigten Sonnen entgegen, aber wenn sie ihn nicht gerade benutzten, um Davionisten zu ärgern, behandelten seine Landsleute ihn als jemanden, den man zwar tolerierte, für den man aber keinen Respekt empfand. Und das hatte Auswirkungen darauf, wie die anderen Fraktionen hier im Saal ihn einstuften. Die meisten betrachteten seine Position im Turnier sichtlich als Ausrutscher.

Seine Vergangenheit verfolgte ihn wie eine riesige, düstere Gewitterwolke, ungeachtet seiner jüngsten Erfolge. Wenn andere ihn sahen, dann erblickten sie die Verkörperung einer langen, aber sehr prosaischen Laufbahn. Auf der Spielwelt durfte ein MechKrieger so ziemlich alles Mögliche sein, aber *prosaisch* gehörte ganz entschieden nicht dazu. Victor war ein Top-20-Krieger, der als Fehlinvestition aus seinem Stall geworfen worden war und sich seitdem mühsam als der verzweifelte Star des gebeutelten Lynch-Stalls durchschlug. Diese Schande ließ ihn nicht los, zog seine Schultern nach unten und bremste seinen Schritt. Was würde es brauchen, um diese Erniedrigung endlich vergessen zu machen? Seit Stephen Neils' Tod stellten die lyranischen Medien ihn wieder in idealistischen Farben dar, und die Zuschauer jubelten ihm wieder zu, aber Victor wusste, wie flüchtig deren Zuneigung sein konnte.

Jemand trat ihm in den Weg, doch Victor schob sich gedankenverloren vorbei.

»Bäume, die den hohen Himmel streifen, sind zu hoch, um dunkle Wolken zu begreifen.«

Er erkannte die Stimme. Der Vers war in Walhalla ebenso fehl am Platze wie der Mann, der ihn ausgesprochen hatte, und die Stimme gehörte jemandem, der sich seit Jahren nicht mehr herabgelassen hatte, Victors Gegenwart anzuerkennen. Er blieb stehen und drehte sich um.

»Deine Sicht scheint etwas wolkenverhangen, Victor«, stellte Jerry Stroud fest und nickte seinem ehemaligen Gladiator zu. »Du solltest feiern. Du hast gut gekämpft diese Woche.« Der Besitzer der Skye-Tiger trug das Haar in militärisch kurzem Stil, was einen seltsamen Kontrast zu seinem teuren Anzug bildete. Eine Krawattennadel in Silber und Gold mit dem traditionellen Steiner-Wappen einer geballten linken Faust im Metallhandschuh im Innern eines quadratischen Felds funkelte im flackernden Licht der Hologrammfackeln.

Victor nickte langsam. Er war sich nicht sicher, was Stroud wollte. »Viertelfinale. Besser, als ich jemals war.« Dann konnte er nicht anders. »Tut mir leid, dass keiner Ihrer Kämpfer es so weit geschafft hat.« Sein beißender Tonfall strafte die Worte Lügen.

Stroud reagierte mit einem verhaltenen Lächeln. »Dieses Jahr nicht, nein. Aber sie haben sich gut genug geschlagen. Das tun sie meistens.«

Das stimmte. Stroud hatte '57, als er die Kontrolle über die Skye-Tiger übernahm, seine beiden besten Krieger verkauft, weil er jede Verbindung zu den früheren Besitzern des Stalls vermeiden wollte. Dann hatte er einen Mechstall mit starken Talenten aufgebaut, und heute besaß er ein ausgezeichnetes Zubringersystem mit Kämpfern in allen Arenaklassen. Keiner seiner Krieger hatte es bis jetzt in die Spitzenpositionen der Top 20 geschafft, aber sein Stall gehörte zu den stärksten der Stadt. Victor hätte es niemals öffentlich zugegeben, aber er wäre gerne Teil dieses Neuanfangs gewesen. Es war nicht leicht, diesen Mann gleichzeitig zu hassen und zu beneiden, aber andererseits fiel Victor nichts leicht.

»Ich habe Erin Hoffman noch nicht gesehen«, stellte Victor mit kühlem Ton fest. Sie war Strouds höchstplatzierte MechKriegerin. »Ist sie auch hier?«

Strouds Lächeln verblasste zu einem grimmigen Strich. »Nein, sie liegt im Uferkrankenhaus. Sie hat bei einem Überfall auf das Stallgelände heute Abend fast das Leben verloren. Außerdem habe ich eine Lieferung Mechaktivatoren und Panzerung verloren. Gestohlen.«

Victor hob die Augenbrauen. »Das ist Pech. Wer könnte es dermaßen auf Sie abgesehen haben?« Außer Victor.

Mit einer Kopfbewegung zur anderen Seite des Saales erklärte Stroud beiläufig: »Vielleicht der Stallmeister des Mannes, der gedroht hat, dich umzubringen?«

Victors Blick folgte der Geste, obwohl er auch so wusste, von wem Stroud sprach. Natürlich von Michael Searcy und dem Blackstar-Stall. Seit Searcy den Saal betreten hatte, hatte Victor ihn aus dem Augenwinkel beobachtet. Er hatte gesehen, wie Searcy ein Gefolge aus anderen Kriegern um sich versammelt hatte, während Victors einzige Gesellschaft aus einem Mann bestand, den er zu jedem anderen Zeitpunkt als seinen Feind bezeichnet hätte. Den er selbst hier und jetzt als seinen Feind bezeichnen würde, wenn sie nicht ihr gemeinsamer Hass auf die Vereinigten Sonnen und insbesondere den Blackstar-Stall verbunden hätte. Hatte irgendjemand sonst im ganzen Saal Victor auch nur die geringste Höflichkeit erwiesen? Zumindest Stroud hatte angedeutet, dass sie einander auf gewisse Weise glichen.

Als Searcys Blick dem seinen kurz begegnete, grüßte Victor ihn mit einer spöttischen Verbeugung. In ihrem

Hass aufeinander waren sich selbst diese beiden Krieger gleich.

* * *

Während Michael durch die Menge pflügte, blieb Karl zurück. Im Augenblick schien Michael ihn völlig vergessen zu haben.

Tran Ky Bo, Besitzer des Sternenlicht-Stalls und Karls Arbeitgeber, hielt den Arm des MechKriegers fest und bremste ihn. »Da geht er sich wieder austoben«, stellte Tran in neutralem Ton fest. Dann setzte er hinzu: »Stormin' Michael Searcy.«

»So ist er nicht wirklich«, war Karl augenblicklich bereit, Michael zu verteidigen. Aber selbst ihm kamen Zweifel. Möglicherweise entsprach dieser kampfwütige Gladiator nicht Michaels wahrem Charakter, aber in den letzten zwei Jahren war sein Freund doch erstaunlich weit in diese Rolle hineingewachsen. Und das ganz besonders in den letzten Wochen.

Tran Ky Bo lächelte dünn. Seine asiatischen Gesichtszüge wirkten zeitlos, aber in diesem Augenblick schien er noch älter, als er es tatsächlich war. »Er ist dein Freund, ich weiß. Aber er ist auch ein junger Hitzkopf aus den Vereinigten Sonnen – mit einem Hass auf alles Lyranische.« Er musterte Karl. »Aber für dich gilt das nicht, obwohl es nicht schwer wäre, deinem Freund nachzueifern, der mehr Erfolg auf der Spielwelt hat als du. Ich frage mich, woran das liegt.«

Karl zuckte die Achseln. »Spielt das eine Rolle?«

»Vielleicht sorge ich mich nur, dass du den Fans keine Show bietest wie es die meisten Kämpfer tun. In dem Falle sollte ich mir überlegen, ob ich dich nicht besser an Thomas DeLon weitergebe.« Er lachte kurz, als er den offensichtlichen Schock auf Karls Miene sah. »Schon gut. Du hast dich deutlich genug für Prinz Victor – und gegen Archon Katrina – ausgesprochen, dass ich weiß, es macht dir nichts aus, deine Position für politische Parolen auszunutzen. Aber du scheinst es nicht persönlich zu nehmen.«

Karl zuckte kurz die Schultern. »Vielleicht, weil ich hier auf Solaris VII geboren und aufgewachsen bin. Ich bin groß geworden mit den Fehden und Rivalitäten, und das hat mir jedes Verlangen ausgetrieben, mich davon einfangen zu lassen. Ich habe mir einen Davion-Pass besorgt, weil ich Prinz Victor von klein auf bewundert habe, und ich halte es für falsch von Katrina, dass sie den Thron an sich gerissen hat. Das macht die Krieger der Lyranischen Allianz zu meinen Gegnern in der Arena, aber die lyranischen Bürger sind deshalb nicht meine Feinde.«

»Gut gesagt, aber es überzeugt mich nicht. Du glaubst nicht, dass andere eine solche Sichtweise teilen können?«

»Auf Solaris VII kann man seine Staatsangehörigkeit wechseln wie andere eine Buchclubmitgliedschaft. Schlimmstenfalls zieht man in ein anderes Stadtviertel. Welche andere Welt der Inneren Sphäre bietet eine derartige Freiheit? Aber möglicherweise muss man hier geboren sein, um es richtig zu schätzen. Die meisten Krieger treffen mit einer beträchtlichen Voreingenommenheit ihrer eigenen Nationalität gegenüber hier ein.«

Er sah sich um. Ein anderer Sternenlicht-Krieger schob sich grob an Isaak Kremms vorbei, dem Steiner-Kämpfer, der durch Sarah Wilders Disqualifikation kampflos eine Turnierrunde weiter gekommen war. An einem Tisch in der Nähe setzten drei Stall-MechKrieger Gerald Knight zu, einem Krieger der unabhängigen Abtrünnigen-Kooperative, der erst diesen Abend doch noch aus dem Turnier ausgeschieden war. Ja, heute Abend herrschte reichlich böses Blut, und nicht nur zwischen den Vereinigten Sonnen und der Lyranischen

Allianz. Karl teilte seine Beobachtungen und Gedanken mit Tran Ky Bo, auch die Überlegung, dass Michaels Beinaheprügelei am Eingang die Spannungen noch verschärft zu haben schien. Falls das überhaupt möglich war.

Der Stallmeister nickte. »Vergiss nicht, auf Solaris VII ist nichts unmöglich.«

»Man muss nur einen Buchmacher finden, der bereit ist, die Wette anzunehmen«, vervollständigte Karl den alten Witz. Nur schien er ihm jetzt gar nicht mehr so komisch. Hätte jemand ihm eine Wette angeboten, dass Walhalla diese Nacht ohne Prügelei überstände, hätte er sie selbst angenommen.

Und gewonnen, denn keine zehn Sekunden später gingen sich zwei MechKrieger über einem der Tische an die Gurgel und schleuderten dabei Drinks und mehrere Mahlzeiten in Gesicht und Schoß ihrer Besitzer. Flüche flogen ebenso zahlreich wie Fäuste, aber Trevor Lynch und ein paar andere griffen schnell ein, um die Kampfhähne zu trennen.

Es waren Michael Searcy und Victor Vandergriff.

Schon wieder.

»Die beiden werden einander umbringen«, stellte Karl fest, teilweise als bitterer Scherz, teilweise aus Resignation über das Verhalten seines Freundes. Im Augenblick hätten zu viele Personen im Saal sich bei dieser Wette auf dieselbe Seite gestellt wie Karl.

Aber wer hier hätte es gewagt, sie anzunehmen?

Karl Edward seufzte. Auf der Spielwelt gab es Kämpfe und es gab *Kämpfe*.

Hier, hier Kameraden kommt und spielt mit mir...

8

Das Kolosseum, Schlesien, Solaris City, Solaris VII
Freedom-Theater, Provinz Skye, Lyranische Allianz

15. August 3062

Eine Zeile Wachleute in Straßenkampfmontur hielten den Mob vom Kolosseum fern. Die meisten trugen die schwarzgoldene Uniform von Hollis, dem größten privaten Sicherheitsdienst in Schlesien, der für die Dauer des Großen Turniers von der Stadionverwaltung angeheuert worden war. Visierhelme und dicke Plastikschilde schützten sie vor den vereinzelten leeren Flaschen und Pflastersteinen, die als Wurfgeschosse in ihre Richtung flogen. Heute Abend waren keine Absperrketten zu sehen. Keine höflichen Grenzmarkierungen. Die bloße Drohung der auf den Waffenholstern ruhenden Hände genügte, die wütende Menge in Schach zu halten.

In Megan Churchs Augen wirkte die Sperrlinie allerdings gefährlich dünn neben den tausenden von Fans, die sich bereits vor dem Kolosseum versammelt hatten. Das waren die Besitzer von Eintrittskarten für den Abendkampf, die trotz der gelegentlichen Regenschauer hier auf das Ende der Nachmittagskämpfe warteten, um auf die Tribüne zu fluten und die von den Zuschauern des noch laufenden Kampfes freigemachten Plätze einzunehmen. Viele hatten Radios dabei, die sie auf volle Lautstärke gedreht hatten, damit alle die Übertragung des bereits laufenden Turniergefechts genießen konnten.

Es war der Searcy-Vandergriff-Kampf, möglicherweise das heißeste Duell des fünften Tages, und es hörte sich ganz danach an, dass die beiden Kontrahenten verbissen um den Sieg rangen. Die Menschen drängten sich um die Besitzer der Radios, und es war in diesen Inseln begeisterter Fans, wo die ersten Unruhen ausbrachen. Julian Neros Kommentar heizte die Stimmung an, bis einige die Beherrschung verloren und aus Debatten Beschimpfungen und Handgreiflichkeiten wurden. Es dauerte nicht lange, und die ersten Gewalttätigkeiten brachen aus. Fans wurden zu Boden gestoßen, Getränke klatschten in wütende Gesichter, Radios gingen zu Bruch. Dann flogen die Fäuste und an einzelnen Stellen der Menge brachen ernsthafte Prügeleien aus. Und sie breiteten sich aus.

Die Kämpfe waren ohne Megans Zutun ausgebrochen, aber sie tat das ihre, um sie in Gang zu halten, und wenn die Zeit kam, ihre Bezahlung abzuholen, würde sie natürlich die Verantwortung für den Tumult beanspruchen. Sie musste schließlich von etwas leben.

Megan Church wusste, wie man mit so einer Menge umging. Es war völlig unnötig, sich in die Massen der Kämpfenden zu stürzen. Diese Narren hingen bereits fest am Haken ihres Adrenalinrauschs und ihrer blinden Wut. Stattdessen kümmerte sie sich darum, die Fans an den Rändern des Geschehens aufzustacheln, um eine Ausweitung der Unruhen zu beschleunigen.

Nachdem sie fast über einen zertrampelten Regenschirm gestolpert wäre, hob sie ihn auf und riss die letzten Tuchfetzen und Drahtstreben ab. Sie benutzte Griff und Stiel wie ein Rapier, teilte schmerzhafte Schläge auf die Schläfen aus und tauchte in der Menge unter, wenn ihre Opfer sich nach dem nächstbesten Gegner umdrehten. Nur ein Mann war schneller, als sie ihm zugetraut hatte. Er war groß und übergewichtig, und sein Gesicht war mit dem Sonnenschwert der Vereinigten Sonnen bemalt. Nicht mehr als ein Sofakrieger, der sich ein wenig Spannung holen wollte und auf ein, zwei Sekunden auf dem Hauptschirm während einer der langsameren Kampfphasen hoffte. Megan versetzte ihm einen Hieb auf das rechte Ohr, möglicherweise etwas härter, als sie ursprünglich beabsichtigt hatte. Sie schlug ihm eine blutende Wunde und warf ihn aus dem Gleichgewicht.

Er erholte sich schnell, sah sie und stieß zwei andere Davion-Anhänger beiseite, um ihr nachzusetzen. Megan tauchte in einen anderen Ausläufer der ständig wachsenden Menschenmenge, wurde aber zur Seite geschleudert, als aus einer der Schlägereien ein Mann in ihre Richtung flog. Sie stolperte über einen beiseite geschobenen Kanaldeckel. Sie stürzte auf das nasse Pflaster und schürfte sich die Hände auf, dann stoppte sie der am Boden liegende Körper eines bewusstlosen Fans. Eine große Hand schloss sich um die Vorderseite ihrer Lederjacke und zerrte sie auf die unsicheren Füße. Ein bemaltes Gesicht starrte wutverzerrt auf sie herab. Eine fleischige Pranke versetzte ihr einen Rückhandschlag ins Gesicht.

»Steinerschlampe!«, knurrte er.

Megan dachte nicht daran, ihre Kräfte mit denen des Hünen zu messen. Sie zog eine Schulter hoch, um den Hieb teilweise abzulenken und rollte mit dem Schlag, um die restliche Energie zu absorbieren. Die getroffene Seite ihres Gesichts brannte und das Auge begann zu tränen. Megan sackte zurück, spuckte salziges Blut ihrer aufgeplatzten Zunge aus und zog sich so weit von dem Angreifer zurück, wie es seine Hand an ihrer Jacke gestattete. Sie zerrte leicht an der Vorderpartie der Jacke, so, als wollte sie sich befreien, dann riss sie den Kopf zur Seite und schrie: »David, tu was!«

Megans Angreifer machte den Fehler, sich in Richtung ihres fiktiven Freundes oder Ehemanns oder was immer umzudrehen, was ihr die Gelegenheit gab, sich aus seinem Griff zu winden und ihm mit Schwung seitlich ans Knie zu treten. Megan konnte vier Bretter mit diesem Tritt zerschmettern, und ein einzelnes menschliches Knie hatte gegen diese Gewalt keine Chance. Sie spürte sein Bein unter dem Schlag nachgeben und sich in die falsche Richtung beugen, dann setzte sie mit einem Handballenschlag nach, der ihm unter Garantie eine Rippe brach.

Megan Church wusste sich zu verteidigen. So etwas lernte man auf Solaris VII schon in jungen Jahren… oder gar nicht.

Der Mann stolperte vorwärts, dann brach er neben der bewusstlosen Gestalt zusammen, gegen die Megan kurz zuvor geprallt war, und stöhnte durch zusammengebissene Zähne. Es erinnerte sie an ihre Rutschpartie über das Pflaster und den Kanaldeckel, der sie zu…

Dem offenen Kanalschacht führte. Er gähnte nur wenige Schritte links von ihr, ein dunkler Fleck im hellen Grau des Pflasters. Gerade kroch ein Mann ins Freie und drehte sich um, um einem zweiten die Sprossen herauf zu helfen, die in der Dunkelheit verschwanden. Megan wusste von dem ausgedehnten Tunnelsystem unter Solaris City, Gängen, die groß genug waren, um BattleMechs von einer Seite der Stadt zur anderen wandern zu lassen, ohne unterwegs das Tageslicht zu sehen. Ob dieser Schacht hinunter in jenes Gangsystem führte oder nur in die Wartungskorridore, wusste sie zwar nicht, aber die Tatsache, dass die beiden Männer Taschenlampen dabeihatten, ließ sie Letzteres vermuten. Einer der beiden hatte zusätzlich eine Werkzeugtasche über der Schulter, und um sein Handgelenk waren mehrere Schlaufen Zündschnur gewickelt.

Einer der beiden bemerkte Megans Blicke und kam einen Schritt auf sie zu. Sein Partner, der mehr an seiner Uhr interessiert war als an möglichen Zeugen, packte ihn bei der Schulter und zog ihn aus der Nähe des offenen Schachts davon. Der besorgte Ausdruck auf den Mienen der beiden Männer, als sie sich bemühten, möglichst viel Distanz zwischen sich und die Schachtöffnung zu legen, war unübersehbar.

Megan drehte um und rannte im rechten Winkel zur Fluchtrichtung der beiden Männer davon, geradewegs ins Herz des Aufruhrs. Doch um wählerisch zu sein, fehlte ihr die Zeit. Sie zählte jeden hastenden Schritt mit. Die beiden würden sich sicher genug Zeit zur Flucht gegeben haben. Bei Fünfzehn streifte sie ein Schlag an der Schulter, den die Polsterung ihrer Jacke zum größten Teil abfangen konnte. Bei Dreißig zerschellte nicht weit von ihr eine Flasche mit lautem Knall auf dem Pflaster und ließ sie in dem irrtümlichen Glauben langsamer werden, die Gefahr sei vorüber.

Bei Vierzig schaute sie noch über die Schulter zurück, als die erste Explosion keine zwanzig Meter vor ihr eine Flammensäule zum Himmel schickte.

Es war ihr Glück, dass sie langsamer geworden war. Ihre Flucht hatte sie zwar aus der Nähe des ersten Kanalschachts gebracht, dabei aber war sie einem anderen näher gekommen. Dessen Deckel hatte an Ort und Stelle gelegen und wurde von der Explosion in die Höhe geschleudert wie eine in die Luft geschnippte überdimensionale Münze. Die Menschen schrien auf, je nach ihrer Nähe zur Detonation vor Schmerz, Panik oder Wut. Ein Stück entfernt krachte eine zweite Explosion. Der Boden zitterte leicht, als die Gewalt der subplanetaren Sprengungen sich über das Pflaster verteilte.

Megan hatte sich vorsichtshalber auf den nassen Boden geworfen. Jetzt, nachdem die Gefahr vorbei schien, stand sie wieder auf. Sie sah sich um und suchte nach dem schnellsten Weg in Sicherheit. Rund um die Explosionsherde war der Tumult wieder zu Rempeleien und vereinzelten wilden Fausthieben abgeklungen. Die meisten Beteiligten versuchten sich verwirrt darüber klar zu werden, was geschehen war. Nur ein paar wirklich Versessene nutzten die Ablenkung dazu, weitere Treffer zu landen. Vielleicht würden die Kämpfe wieder aufflammen. Vielleicht würden sie auch ganz erlöschen. Ihr war es egal. Sie hatte alles getan, wofür sie bezahlt worden war.

In dieser Nacht würde Megan die restliche Arbeit den Profis überlassen. Was immer sonst vorging, sie wusste, was das bedeutete:

* * *

Ernsthafte Schwierigkeiten. Vier separate Wartungskorridore waren durch Sprengladungen demoliert worden, drei auf der Ostseite des Kolosseums und einer im Westen. Über einer Sprengung brach der Boden weg und im zerschmetterten Pflaster gähnte ein Krater von vier Metern Breite und fünfzehn Metern Länge. Mehr als zwei Dutzend Kanaldeckel wurden von der Wucht der Explosionen in die Höhe geschleudert und verursachten einige Armbrüche, Gehirnerschütterungen, ausgekugelte Schultern und einen Schlüsselbeinbruch. Eine der Metallplatten traf mit voller Wucht den Kopf eines Montenegriners, der gerade einen Schlupflaser gezogen hatte, um einen Cathayer Rivalen zu erledigen – und tötete ihn auf der Stelle. Zum Glück für die Menge – zumindest kurzfristig gesehen –, wurde der überwiegende Teil der Sprengwirkung von den Korridoren unter der Straßenoberfläche gehalten, wo sie Leitungen zerfetzte und Rohre zerschmetterte.

Glasfaserkabel zu den Münzvisifonen des Stadions wurden zerrissen, was zwar ärgerlich war, aber nicht weiter gefährlich. Auch einige Warnleitungen wurden beschädigt und lösten falsche Alarme in nahegelegenen Feuerwehrstationen und Polizeirevieren aus. Feuerwehrfahrzeuge, MedTechs und Streifenwagen wurden in Marsch gesetzt und schwächten die Sicherheitsdienste des Sektors. Die schlesische Polizei aktivierte sogar einen für Polizeiaufgaben ausgerüsteten leichten Mech, nur um auf Nummer Sicher zu gehen.

Das Hauptproblem aber war ein anderes: Die Explosionen zerfetzten die vier Hauptstromleitungen des Kolosseums und sorgten für einen plötzlichen massiven Einbruch der Energiezufuhr. In den Untergeschossen der Steiner-Arena bemerkten Überwachungssensoren den Spannungsabfall und fuhren einen Notstrom-Fusionsreaktor hoch, um den Ausfall auszugleichen. Entscheidende Sekunden gingen verloren, als unwichtigere Systeme sich abschalteten. In der Reihenfolge ihrer Wichtigkeit schalteten Unterbrechersysteme an allen wichtigen Anlagen und Systemen automatisch von der Hauptstromzufuhr auf die Notstromanlage um, bis die Hauptleitung wieder ausreichend Energie lieferte.

Nur war die Notstromzufuhr nicht für eine derartige Belastung ausgelegt. Beim Bau des Systems hatte niemand mit einem Komplettausfall aller Stromleitungen gerechnet, nicht, nachdem die vierte Hauptleitung auf der entgegengesetzten Seite des Kolosseums verlief. Als die Unterbrecher die Systeme umlegten, baute sich an der Notstromzufuhr eine Überlastung auf, unter der sie ebenfalls auszufallen drohte. Immer mehr Systeme wurden entsprechend ihrer voreingestellten Wichtigkeit automatisch umgeleitet und alle mit der Stadionsicherheit befassten Systeme wurden zurück auf die Hauptstromzufuhr geschaltet.

Dazu gehörte das Detonatornetz, die Technologie, mit der die zerstörerischen Gewalten im Innern der Arena in den Schranken gehalten wurden. Der Fusionsreaktor der Notstromversorgung war in keinster Weise in der Lage, dieses System bei voller Leistung aufrecht zu erhalten, auch wenn bei seiner Einrichtung eine Sicherheitsmarge installiert worden war, die den Betrieb bei reduzierter Leistung ermöglichte, während die Stadionverwaltung entsprechende Maßnahmen einleitete, um dem Problem zu begegnen. Der aktuelle Kampf musste abgebrochen werden, und falls nicht sofort Reparaturmaßnahmen eingeleitet wurden, bestand Gefahr, dass das Kolosseum nicht mehr in der Lage sein würde, weitere Turnierkämpfe auszurichten. Was vermutlich die Absicht der Saboteure gewesen war.

Sie sollten ihren Willen bekommen.

Im Kontrollzentrum der Arenastromversorgung, das sich ebenfalls in den Untergeschossen des Kolosseums befand, reagierte ElektroTechgeselle Keith Mick sofort auf den Verlust der Hauptstromversorgung. Er sah den Fusionsreaktor hochfahren und die Versorgung des Detonatornetzes übernehmen. Selbst bei reduzierter Leistung drohten dessen Anforderungen, den Reaktor zu überladen. Er nahm den Hörer von der Gabel, der ihn mit der Hauptarenazentrale verband. Das Kolosseum war nicht mehr sicher.

Aber die Leitung war tot. Irgendwann hatte irgendwo jemand entschieden, dass die Kommunikation zwischen den Untergeschossen und den Hauptsteuerzentralen der Arenaanlage weniger wichtig waren als die Aufrechterhaltung der vollen Sende- und Aufzeichnungskapazitäten. Keith verschwendete zwei volle Sekunden mit dem Versuch, die Leitung aufzubauen, und noch ein paar, um sich darüber klar zu werden, dass er keine Verbindung bekam. Dann stürzte er in gestrecktem Galopp aus der Tür und rannte zu den Aufzügen – nein, zur Treppe! – und hoffentlich zum Hauptkontrollraum des Kolosseums, bevor die Katastrophe komplett war. Aber dafür war es schon zu spät. Das war bereits…

* * *

»Ein erregendes Duell, Kampffreunde. Die Südbarrikade hebt sich und trennt die beiden Kontrahenten, gerade als es aussieht, als würden sie aufeinander einprügeln. Stormin' Michael Searcy denkt nicht daran zu warten. Er ist unterwegs zum Ostrand der Barriere. Das ist ein brutaler Schlagabtausch da unten. Vandergriffs umgebaute *Banshee* ist ein älteres Modell, aber sie hält sich bemerkenswert gut gegen Searcy und seinen *Brandschatzer*. Wenn Sie zu diesem Nachmittagsmatch nicht hier im Kolosseum sind, lassen Sie es sich gesagt sein, dann entgeht Ihnen etwas.«

Julian Nero saß in der Radiokommentatorkabine unmittelbar neben der Hauptkontrolle des Kolosseums. Heute war er an der Reihe, den Live-Radiokommentar zu sprechen und die Fans anzuheizen, die darauf verzichtet hatten, Karten für die Liveshow der Steiner-Arena zu kaufen. Er hasste diese Arbeit, aber sein Vertrag verpflichtete ihn zu einer Radiosendung pro Woche. Meistens konkurrierte er dabei mit Livebildübertragungen um die Arenajunkies, die Wetten auf die Kämpfe in Boreal Reach oder in der Fabrik abgeschlossen hatten und kleine Videoempfänger dabei hatten, um deren Ausgang zu verfolgen. Er musste sich halb als Kommentator und halb als Verkäufer geben und versuchen, sie für das nächste Mal ins Kolosseum zu locken. Und davon einmal ganz abgesehen, wie viele verschiedene Möglichkeiten gab es schon, zu sagen, dass eine PPK Panzerung vom Torso eines BattleMechs geschmolzen hatte?

Bis jetzt zählte er dreiundzwanzig. Das schloss die neue Version ein, die er heute erst gefunden hatte, als er Vandergriffs Eröffnungsschuss als ein ›azurblaues Messer‹ beschrieben hatte, das ›Searcys Panzerung brutal von der Schulter bis zur Hüfte aufgeschlitzt‹ hatte. Er hatte sie alle auf einer Liste, die mit Klebestreifen an der Glaswand befestigt war, die ihn vom Lärm des

Steuerraums der Arena trennte. Neben den entsprechenden Listen für Laser, Autokanonen und Raketen. Mit deren Hilfe konnte er theoretisch Stunden durchhalten. Damit, und mit den auf einem Monitor abrufbaren Hintergrunddaten beider MechKrieger sowie einem separaten Bildschirm, auf dem er sich Information über ihre Mechs anzeigen lassen konnte. Das bot ihm Zugriff auf reichlich Füllmaterial. Darüber hinaus hatte er einen der besten Plätze im ganzen Stadium: Der Kontrollraum lieferte ihm Holovidansichten aus drei verschiedenen Kamerablickwinkeln.

Julian Nero blieb *der Mann mit dem Durchblick.*

Zeit, wieder an die Arbeit zu gehen. »Wenn Sie gerade erst eingeschaltet haben: Wir befinden uns hier mitten in einem sensationellen Kampf – am fünften Tag des Großen Turniers. Diese beiden Kämpfer haben Blut gerochen heute Nachmittag. Victor Vandergriff verteidigt die Ehre der Lyranischen Allianz und Archon-Prinzessin Katrina Steiner-Davions gegen Davionist... Verzeihung, *Vereinigte-Sonnen-Loyalist*... Michael Searcy.«

Nicht zu sarkastisch werden, ermahnte Julian sich. Er durfte nicht voreingenommen erscheinen. »Seit bekannt wurde, dass diese beiden Kämpfer gestern Nacht in Walhalla aufeinander losgingen, spricht man über dieses Duell als den ›Kampf der Schläger‹, und sie tun wahrlich ihr Bestes, dieser Bezeichnung gerecht zu werden. Michael Searcy schleudert mit Gausskugeln um sich, als wären sie Solaris-Scrip, aber Vandergriff hat den Favoriten der Vereinigten Sonnen schon mindestens einmal überrascht, als er die Sprungdüsen vorführte, mit denen der große Lazlo Falcher seine *Banshee* ausgerüstet hat. Und wenn Sie meine Meinung interessiert, würde ich sagen, es ist...«

* * *

Nur noch eine Frage der Zeit. Und Michael Searcy wusste es. Vandergriff konnte sich nicht ewig verstecken.

Er bearbeitete die Kontrollen des *Brandschatzer* und steuerte den hundert Tonnen schweren Kampfkoloss mit stampfenden Schritten auf das Ende der winkelförmigen Südbarrikade zu. Der Kampf war so hart, dass ihm der Schweiß in Sturzbächen das Gesicht herab lief, und das obwohl der *Brandschatzer* als einer der kühlsten Mechtypen bekannt war und Hasek-Davion Michael einen hochmodernen Kühlanzug besorgt hatte. Aber die Anstrengung bestand weniger im Kampf gegen Vandergriff als gegen die Arena.

Das Kolosseum war im ›Chaos-Modus‹. So nannten die MechKrieger das Steuerprogramm, das die Barrikaden und Säulen zufällig zehn bis zwanzig Meter hoch aufschießen oder im Boden versinken ließ und so ein sich ständig veränderndes Labyrinth erzeugte, in dem die beiden Mechs Jagd aufeinander machten. Außerdem versuchten die Arenamanager wieder einmal, mit zusätzlichen Effekten Interesse zu wecken und setzten Flackerlicht ein, um die Bewegungen der Kampfmaschinen zu zerhacken und den Eindruck zu erwecken, sie würden von einer unsichtbaren Hand über die Arena verschoben.

BLITZ. Michaels *Brandschatzer* feuerte eine Gausskugel in die Flanke der *Banshee*. BLITZ. Victor stand dreißig Meter weiter rechts, und eine seiner PPKs brannte eine tiefe Schmelzspur ins linke Bein des *Brandschatzer*.

Michael hatte das Ostende der Barriere erreicht. Vandergriff würde erwarten, dass er hier um die Mauer kam. Sicher würde der Lyraner seinen Hals nicht bei einem Frontalangriff riskieren. Nein, Vandergriff würde davonlaufen und sich verstecken. Das konnten Lyraner am besten: wegrennen und aus dem Hinterhalt zuschlagen.

So wie Michaels früherer Kommandeur davongerannt war und ihn allein vor den anrückenden Capellanern zurückgelassen hatte. Um ein Flankenmanöver vorzubereiten, hatte der Offizier behauptet. *Eine einzige Bande von Feiglingen.*

Davon ganz abgesehen war der Wärmehaushalt der *Banshee* alles andere als optimal. Alle paar Sekunden *musste* Vandergriff den Kampf abbrechen und seinen Mech abkühlen lassen, wenn er nicht riskieren wollte, durch einen Hitzestau ausgeschaltet zu werden. Er würde davonrennen, da war sich Michael sicher, und hinter der nächsten Barrikade auf den *Brandschatzer* warten.

Aber es würde nicht *ganz* so kommen, wie Vandergriff sich das vorstellte. Und *das* würde die Entscheidung bringen.

Michael aktivierte die Sprungdüsen und entschied sich zu einem ›Himmelsspaziergang‹. Die hohe Decke der Arena ließ das zu, und seine Sprungreichweite gestattete ihm gerade eben, die Barrikaden zu überwinden. Die umgebaute *Banshee* hatte zu Beginn des Duells eine ähnliche Kapazität bewiesen und Michael überrascht, aber er glaubte nicht daran, dass Vandergriff den Mumm hatte, das ein zweites Mal zu versuchen.

BLITZ. Der *Brandschatzer* stieg in einer infernalischen Wolke aus hocherhitztem Plasma, das aus der Brennkammer des Fusionsreaktors stammte und durch spezielle Düsenöffnungen im Rücken des überschweren Mechs ausgestoßen wurde, in die Höhe. BLITZ. Er senkte sich auf die Oberkante der Barriere, fünfzehn Meter über dem Boden des Kolosseums. Seine Waffen waren nach unten gerichtet, bereit, zwei Gausskugeln in den Kopf der *Banshee* zu schleudern.

Nur war Vandergriff nicht da.

Das Aufheulen der Warnsirenen kam zu spät. Vandergriff hatte mehr Rückgrat bewiesen, als Michael ihm zugetraut hatte. Er war mit seiner *Banshee* weiter die Mauer hinab gegangen und stieg jetzt mit deren

Sprungdüsen auf dieselbe Barrikade auf. Bläulichweiße Blitzschläge aus gepaarten Partikelprojektorkanonen zuckten durch die Luft, als Michael den *Brandschatzer* in die Hocke senkte, um ein kleineres Ziel zu bieten. Ein Energiestrahl peitschte über die Panzerglastrennwand der nahen Privatlogen und bescherte deren Benutzern eine unmittelbarere Sicht des Duells, als sie erwartet hatten. Grellweiße Funken und Überschlagsblitze zuckten über das Detonatornetz... ein Effekt, den Michael noch nie zuvor gesehen hatte. Er merkte ihn sich, um dem Phänomen später nachzugehen. Die andere PPK bohrte sich tief in den linken Arm der überschweren Kampfmaschine und brannte eine tiefe Bresche in die Metallkeramikpanzerung.

Nach seinem Angriff aus dem Hinterhalt preschte Vandergriff mit allen fünfundneunzig Tonnen seiner *Banshee* über die breite Mauerkrone der Barrikade auf den *Brandschatzer* zu, der dadurch am Ende der Wand, die auf drei Seiten steil abfiel, festsaß. Offensichtlich plante er, Michaels Mech zu rammen und von der Barriere zu stoßen, bevor er ihn von oben erneut unter Beschuss nahm.

»Heimtückischer, geldgieriger Lyraner!« In einer miserablen Position gefangen, in der er seinem Gegner die linke Seite zukehrte und kaum eine Chance hatte, sich zu drehen, verzichtete Michael darauf, das Feuer zu erwidern und setzte stattdessen erneut die Sprungdüsen ein. Der *Brandschatzer* erhob sich fünf Meter über die Barrikade, dann zehn... gute fünfundzwanzig Meter über den Arenaboden und auf eine Höhe mit der Haupttribüne. Er plante, über die heranstürmende *Banshee* zu segeln und in deren Rücken zu landen, von wo aus er die dünnere Panzerung durchschlagen wollte, die Vandergriffs Rücken schützte. So war es vorgesehen. Ein einfaches Manöver für einen MechKrieger von Michaels Kaliber.

Es hätte ein einfaches Manöver sein sollen.

Hätte.

Vandergriffs mittelschwere Laser schälten zusätzliche Panzerung von der linken Rumpfseite des überschweren Mechs, gefolgt von den Hammerschlägen der Kurzstreckenraketen aus der Schulterlafette der *Banshee* und der Autokanone, die den Platz ihres normalen Gaussgeschützes einnahm. Der *Brandschatzer* erbebte unter den Einschlägen. Eine Rakete bohrte sich seitlich in den Mechkopf, und die Detonation schleuderte Michael in die Gurte. Sein Kopf knallte nach hinten gegen die gepolsterte Nackenstütze der Liege, war aber durch den leichten Helm geschützt, den er statt des üblichen sperrigen Neurohelms trug.

Dann kippte der Kampfkoloss plötzlich schwer zur Seite, als die Sprungdüse im linken Bein ohne Vorwarnung ausfiel. Michael zögerte an den Kontrollen, noch verwirrt von der Erschütterung durch den Raketentreffer und nicht sicher, was ihm geschah. Kontrolleuchten meldeten eine blockierte Düsenauslassöffnung am linken Mechbein.

Vor seinem inneren Auge sah er das smaragdgrüne Laserfeuer genug Beinpanzerung zerschmelzen, um flüssige Metallkeramik in die Düsenöffnung klatschen zu lassen, aber diese Erkenntnis kam zu spät. Er rang darum, den *Brandschatzer* wieder in die Gewalt zu bekommen. Wenn es ihm nicht gelang, den Mech richtig aufzusetzen, war der Kampf womöglich vorbei... Nein! Er würde den Championstitel nicht so leicht aufgeben. Nicht jetzt und ganz sicher nicht gegen Victor Vandergriff! Aber die flackernden Lichtblitze machten es ihm unmöglich, die visuellen Orientierungspunkte zu finden, die er so dringend benötigte, und er überkompensierte mit den rechten und Mitteldüsen.

BLITZ. Der *Brandschatzer* drehte sich außer Kontrolle nach links. Sein Kopf kippte nach hinten, als er über die

Barrikade davonsegelte, auf weiter feuernden Plasmastrahlen immer noch weiter in die Höhe stieg.

BLITZ. Einhundert Tonnen Panzerung, Waffen und Steuersysteme flogen rückwärts in die Panzerglaswand und das Detonatornetz vor der Hauptzuschauertribüne. Auf der tausende johlender, blutrünstiger Fans tobten. Ein Lichtgewitter aus grellen, weiß lodernden Funken erhellte einen ganzen Quadranten der Arena, als das geschwächte Detonatornetz bei dem Versuch, eine derartige Masse zurückzustoßen, überlud. Mit seiner momentan reduzierten Kapazität hatte es nicht den Hauch einer Chance.

BLITZ. Der *Brandschatzer* brach durch. Durch das Detonatornetz, durch das Panzerglas, in die bis auf den letzten Platz besetzten Ränge der Zuschauertribüne.

9

Das Kolosseum, Schlesien, Solaris City, Solaris VII
Freedom-Theater, Provinz Skye, Lyranische Allianz

15. August 3062

»Da draußen herrscht das absolute Chaos. Die Scheinwerfer flackern und verwandeln das Geschehen in eine Abfolge sich konstant verändernder Standbilder, die es schwer machen, das Ausmaß des Schadens zu erkennen. Aber Michael Searcy befindet sich eindeutig auf der Tribüne, Kampffreunde. Er ist durch das Detonatornetz gebrochen!«

Julian Nero hielt seine Stimme hart am Rande der Beherrschung, professionell kontrolliert, aber doch mit gerade genug Erregung, um seinen Zuhörern ein Gefühl panischer Energie zu vermitteln. Was als lästige Pflichtübung begonnen hatte, war plötzlich zu einer Gelegenheit für Julian geworden, wie man sie nur einmal im Leben erhielt. Anders ließ es sich nicht verstehen, dass er gerade in dem Moment in der Radiokabine saß, als die Sicherheitsvorkehrungen des Kolosseums versagten, und er bedauerte die Bildkommentatoren. Julians Stimme würde die Erste sein, die einen Bericht von der Tragödie nach Solaris City und über die ganze Spielwelt trug, vielleicht sogar über die ganze Innere Sphäre. Der große Nero. Der Mann mit dem Durchblick.

»Ich glaube, ich kann Searcy aufstehen sehen.« Er machte eine dunkle, vom unablässigen Regen der Funken und Lichtbögen des zerstörten Detonatornetzes eingerahmte Silhouette aus. »Ja, der *Brandschatzer* ist wieder auf den Beinen und steht an der Bresche der Panzerglaswand. Die Arenasteuerung scheint Schwierigkeiten zu haben, die Hauptbeleuchtung des Kolosseums einzuschalten. Ich kann sehen, wie die Techniker im Kontrollraum mit jemanden von der Wartungscrew streiten.«

Ein feuriger Lichtstrom kroch zwischen den Lichtblitzen aus der im Düstern liegenden Arena empor, prallte vom linken Arm des *Brandschatzer* ab, schleuderte grelle Funken und Panzersplitter über die linke Schulter des überschweren Mechs. Julian beugte sich über den Monitor, als könnte er besser erkennen, was vor sich ging, indem er sich am Bildschirm die Nase platt drückte. War das... konnte das möglich sein? War das Autokanonenfeuer der *Banshee*, das vom Arm des *Brandschatzer* abprallte und in die dichtgepackten Zuschauerränge krachte?

Die Frage hatte sich in Julians Gedanken erst halb geformt, als der Monitor grell aufleuchtete. Eine Kaskade aus bläulichweißem Licht zuckte von der Oberkante der Barriere in die Höhe, und künstliche Blitzschläge peitschten durch die Bresche in der Panzerglaswand.

»Beim Archon! Victor Vandergriff feuert weiter! Das Detonatornetz ist zusammengebrochen, und seine PPK... zwei, *zwei* PPKs... haben mit ihren höllischen Vernichtungskräften in den unteren Zuschauerrängen gewütet. Ich weiß nicht, ob Searcys *Brandschatzer* den Schaden abgefangen hat, oder ob er voll in die Menge durchgeschlagen ist. Die flackernde Beleuchtung macht es schwierig, irgendetwas genau zu erkennen. Aber da ist der *Brandschatzer*. Er steht noch auf den Füßen, eingerahmt von der Bresche im Panzerglas. Wenn Sie das nur *sehen* könnten. Feuert Searcy zurück? Ich sehe...«

* * *

Zwei gedämpftblaue Lichtblitze. Victor sah sie durch das Kanzeldach. Es war das äußere Zeichen der Elektrizität, die aus den schweren Akkumulatoren in die Beschleunigerspiralen der beiden Gaussgeschütze floss, die der *Brandschatzer* an Stelle von Unterarmen besaß. Der Energieblitz würde in beiden Waffen ein starkes Magnetfeld aufbauen, das die massive Nickeleisenkugel in der Geschützkammer mit unsichtbarer, aber unerbittlicher Hand erfasste und den Lauf hinab beschleunigte.

Von dem nur einen Sekundenbruchteil dauernden Flug der silbrigen Kugeln war in der chaotischen Beleuchtung der Arena nichts zu sehen, aber Victor Vandergriff kannte das verräterische Aufleuchten der Spiralen und spannte sich in Erwartung des Einschlags an. Eine der Kugeln krachte knapp rechts neben der Mittelachse in den Rumpf der *Banshee*, wurde vom abgeschrägten Rumpf abgelenkt und zertrümmerte die Panzerung zu einem wertlosen Splitterregen. Das Warnlämpchen für einen der Wärmetauscher wechselte von Gelb zu Rot, als die zerschmetterte Panzerung über einer geborstenen Stützstrebe einbeulte und das Kühlaggregat zerschlug.

In der Sauna seines Mechcockpits war Victor ohnehin schon schweißgebadet. Die beiden Extremreichweiten-PPKs jagten die Innentemperatur in die Höhe. Zusammen mit dem Einsatz der Sprungdüsen kurz zuvor hatte das genügt, die Wärmeskala in den gelben Warnbereich zu treiben. Die Abwärme des Reaktors stieg durch den Rumpf bis ins Cockpit der Maschine. Ohne die Kühlmittelschläuche seiner Weste hätten die Gluttemperaturen im Innern der Kabine ihm möglicherweise schon das Bewusstsein geraubt. Aber er konnte es sich nicht erlauben, das Bewusstsein zu verlieren. Er würde es sich nicht erlauben.

Nicht, solange Michael Searcy es noch darauf anlegte, ihn umzubringen.

Vom Beginn des Kampfes an hatte Victor daran kaum einen Zweifel gehabt. Searcy hatte ihm in den Nachrichten praktisch den Tod angedroht, oder? Und dann hatte der erbärmliche VerSo sich für dieses Duell einen der tödlichsten Kopfjägermechs ausgesucht, die es gab: einen *Brandschatzer*, mit seinen zwei Gaussgeschützen. Denselben Waffen, die Stephen Neils gegen ihn eingesetzt hatte, der es geradeso darauf angelegt gehabt hatte, ihn zu töten.

Es reichte nicht mehr, Victor zu besiegen... ihn zurück in die Reihen der ausgelaugten Wracks und unerfahrenen Möchtegerngladiatoren zu schicken, in denen er sich – kaum beachtet – abgeschuftet hatte, seit er vor sechs Jahren an den Lynch-Stall verkauft worden war. Jetzt wollten sie seinen Tod, weil er es gewagt hatte zurückzukehren. Alle wollten sie seinen Tod, die Krieger, die Stallbesitzer und die Fans, wetteten in den Spielen gegen ihn und warteten auf seinen Sturz, während sie Witze über ihn rissen. Er war ein Mitglied der Top 20 – und sie spotteten über ihn! ›Platzhalter‹ war ein anderer seiner Spitznamen. Es war wie ein Schlag ins Gesicht, wenn er auf den Nachrichtenkanälen die Liste der neunzehn besten MechKrieger von Solaris VII hörte, als habe er keine Erwähnung verdient.

Victor selbst hätte sich den Tod wünschen können. Wäre es nicht besser gewesen, in den Spielen zu sterben, die alles waren, wofür er noch lebte, bevor er in Schande besiegt wurde? Aber er hatte sich entschieden, nicht so einfach abzutreten. Ein Champion, ein *Champion* gab niemals auf. Victor würde seinen Feind mit ins Grab nehmen. Er würde ihnen allen etwas bieten, woran sie sich erinnern konnten, und dieser sich selbst geleistete Schwur kennzeichnete das Duell dieses Tages, in dem er mit einer ungebremsten Wildheit kämpfte, wie er sie lange nicht mehr gekannt hatte.

Victor hatte Searcys zweites Flugmanöver kommen sehen, bei dem der *Brandschatzer* sich über die Barriere erhob, auf der sie beide standen. Er war darauf vorbereitet gewesen und hatte mit den Kurzstreckenwaffen auf den Mech geschossen, während er sich auf die Kehrtwendung vorbereitete, wenn Searcy hinter ihm landete. Dann war der Davion-Mech hart in Richtung Tribüne davongeschossen und gegen die Schutzwand geschlagen. War er hindurchgebrochen? In der flackernden Beleuchtung war es so schwer, irgendetwas richtig zu erkennen. Alles schien verschwommen, und das, obwohl er den Sichtschirm auf Infrarot geschaltet hatte.

Wie viele Sekunden hatte er zwischen den Lichtblitzen verloren? Eine? Zwei? Er löste reflexartig die Autokanone aus, dann setzte er mit den Zwillings-PPK nach. Aber Searcy war bereits in der Tribüne, und Victors Angriff schien noch tiefer in die Zuschauerränge geschlagen zu sein, an der Silhouette des *Brandschatzer* vorbei. Seine Hände lockerten sich an den Steuerknüppeln für einen Moment, als er versuchte, das Desaster zu erfassen.

Und diese Sekunde der Unaufmerksamkeit kostete ihn beinahe das Leben. Die zu ihm herunter schießende Gausskugel verfehlte nur um Haaresbreite den Kopf der *Banshee*, schlug mit einem lauten Knall in die rechte Seite des Mechs ein und schleuderte ihn fast von der Barriere. Während eines Balanceakts, selbst auf einem einige Meter breiten Balken, konnte man sich keine Ablenkung erlauben. Der Kampf war noch nicht vorüber. Searcy hatte es immer noch auf ihn abgesehen.

Da oben saßen Lyraner, Schlesier, aber auch Davionisten aus Black Hills. Und Fans aus Cathay, Montenegro, Kobe und den Außenbezirken. Niemand hätte sagen können, wer welchen Teil der Tribüne für sich reklamiert hatte, und Victor kümmerte es auch nicht wirklich. Etwas in seinem Innern schaltete einfach ab – das Bedauern über die Tragödie ebenso wie jedes Mitleid für die Geier auf den Rängen, die ihn all diese

Jahre mit ihrer Gleichgültigkeit und ihrem Hohn gefoltert hatten. Die ihn verstoßen hatten. Für die er angeblich kämpfte. Nein, Victor Vandergriff kämpfte für niemanden als für sich allein. Zuerst und vor allem. Er marschierte unter Searcys Geschützläufen vor, wartete auf die Gausskugel, die das Kanzeldach durchschlug und seinem Dasein ein schnelles Ende machte. Aber sie kam nicht. Das Schicksal war noch nicht fertig mit Victor Vandergriff, und er würde seine Großzügigkeit bis aufs Äußerste beanspruchen.

Er löste die Sprungdüsen seines Kampfkolosses aus, bereit, Michael Searcy erneut zu stellen und ihren Kampf ein für allemal zu entscheiden. Die *Banshee* stieg auf Flammenzungen auf, nahm Kurs auf das Loch in der Glaswand, das der *Brandschatzer* geschlagen hatte.

»Stopp mich, wenn du kannst!«, brüllte er in der engen Kabine des Mechcockpits und genoss den Klang seiner Stimme, ungebrochen bis zum Letzten.

Searcy wich zurück, wie Victor es nicht anders erwartet hatte. Die *Banshee* senkte sich in die Verwüstung. Die gigantischen Füße des überschweren BattleMechs zermalmten die Sitzreihen. Schatten huschten um ihn herum, in der ungewissen Beleuchtung kaum auszumachen, und krabbelten über die Betontrümmer wie Küchenschaben auf dem Weg in ihre Wandritzen. Eine besonders breite Ritze war gerade groß genug für einen BattleMech, eine Stelle, an der Searcys *Brandschatzer* durch den abgeschrägten Boden gebrochen war und einen Tunnel geschlagen hatte, der aus dem gewaltigen System aus Rampen und Stegen führte, die das gesamte Kolosseum auf allen Stockwerken umgaben. Eine riesenhafte Gestalt bewegte sich darin, nicht mehr als eine Silhouette vor der roten Notbeleuchtung der Flure vor ihr.

Victor zog das Fadenkreuz über die Bresche und lächelte, als es golden aufleuchtete und eine erfolgreiche Zielerfassung meldete. Er gab einen einzelnen PPK-Schuss ab, und die wirbelnden bläulichen Energieentladungen züngelten hinab und in den Rücken des *Brandschatzer. Zur Hölle mit dieser verfluchen Beleuchtung!* Hätte er geahnt, dass Searcy ihm den Rücken zukehrte, wäre dieser Kampf jetzt vorbei gewesen.

Die blutrote Lichtlanze eines schweren Lasers zuckte aus der Dunkelheit, als der *Brandschatzer* sich umdrehte, und traf die *Banshee* an der breiten Brustpartie. Der Schutzpanzer zerschmolz und strömte hinab auf den Boden, aber der überschwere Mech bemerkte den Verlust kaum. Die Gausskugel, die in sein rechtes Bein einschlug, stand da schon auf einem anderen Blatt. Sie kostete das Bein nahezu jeden Schutz. Die *Banshee* geriet unter dem Angriff ins Wanken, drohte nach hinten durch das Loch in der Panzerglaswand zurück in die Arena zu stürzen. Victor beugte sich nach vorne und die Neuroschaltkreise übermittelten sein Gleichgewichtsgefühl an das Gyroskop des Mechs. Die Maschine blieb auf den Beinen, wenn auch nur mit Mühe.

Der *Brandschatzer* war verschwunden. Er hatte die äußeren Rampen erreicht. Vermutlich wartete er jetzt in einem typischen Davion-Hinterhalt, entschied Victor. Die Crucier hielten nicht viel von Fairness. Er grinste bitter und marschierte über die unteren Tribünenränge. Drei Sektionen weit, entschied er. Dann würde er ein Stück abwärts von dem, den Searcy benutzt hatte, einen neuen Ausgang schlagen. Victor Vandergriff hatte nicht die Absicht, berechenbar zu werden, und ganz sicher auch nicht die, aufzugeben. Nicht jetzt.

Die Jagd fing gerade erst an.

10

Das Kolosseum, Schlesien, Solaris City, Solaris VII
Freedom-Theater, Provinz Skye, Lyranische Allianz

15. August 3062

Die Sirene heulte wie eine Ankündigung des Todes durch die Mech- und Reparaturhangars in der unteren Etage des Kolosseums. An der Wand flammte warnend ein rotes Blinklicht auf. Aber wovor warnte es? Karl Edward hatte sich an den Fuß seines *Cestus* gelehnt, halb zur Entspannung, halb in Gedanken an den bevorstehenden Kampf. Hastig kletterte er die Gerüstleiter zum Cockpit hinauf. Was auch immer den Alarm ausgelöst hatte, es war sicher besser, wenn er an Bord ging, sich anschnallte, den Mech hochfuhr und sich bereit machte auszurücken.

Gleichzeitig ging ihm durch den Kopf, dass sein Revanchekampf gegen Tom Payne vom Overlord-Stall damit wohl verschoben war, wieder einmal. Ihr Duell war zwischen den beiden Turnierkämpfen des Abends angesetzt, aber wenn etwas schief gegangen war, würde er als Erster aus dem Programm fliegen. Das Große Turnier hatte Vorrang, und das war auch richtig so. Schließlich war es keine *so* wichtige Revanche.

Karl erreichte die Gerüstplattform, zog die Jacke aus und warf sie in die Kabine. Er trug bereits den Kühlanzug, die neueste Lebenserhaltungstechnologie, die an die Stelle der alten Kühlweste aus ballistischem Tuch trat und bisher nur in einigen der bekannteren Ställen zur Verfügung stand. Auch wenn er sich weiter auf den altbewährten Neurohelm verließ, würde es einfach genug sein, sich an die Lebenserhaltungs- und Steuersysteme des Mechs anzukoppeln und den Reaktor des *Cestus* hochzufahren. Auf halbem Wege durch die Luke drehte er sich noch einmal zu dem blinkenden roten

Warnlicht um. Das hörte sich verdammt nach einem Angriffsalarm an. Aber hier? Auf Solaris VII? Karl unterdrückte eine momentane Panik und stieg in die Kanzel, um seinen fünfundsechzig Tonnen schweren Avatar zum Leben zu erwecken.

Er war nicht der Einzige. Überall im Innern des riesigen Hangars hasteten Krieger zu ihren Maschinen. Karl konnte sich vorstellen, dass sich überall im Labyrinth der Hangars unter dem Kolosseum, und auch in den angrenzenden Tunneln und Höhlen unter ganz Solaris City dieselbe Szene abspielte. Gegenüber fuhr Tom Payne bereits seinen Steiner-*Quasimodo* hoch. Einen Kokon weiter lenkte Estelle Goulet, eine andere der ›Sternenscheine‹ von Tran Ky Bos Sternenlicht-Stall, ihren *Lichtbringer* in den Hauptgang des Hangars. Die meisten anderen waren fast soweit. Karl stöpselte sich in die Kommkonsole ein. Die Kanäle waren bereits mit Anfragen nach Information und wilden Spekulationen gefüllt.

»Fusionsreaktor in Betrieb«, informierte ihn die sanfte Stimme des Bordcomputers. »Sicherheitsüberprüfung wird eingeleitet.«

BattleMechs stellten eine gewaltige Investition von teilweise zig Millionen C-Noten dar, deshalb sorgten strenge Sicherheitsvorkehrungen dafür, dass niemand einfach mit einem verschwinden konnte. In den Jahrhunderten der Nachfolgekriege und zahlloser kleinerer Scharmützel gab es kaum etwas Wertvolleres als die Kontrolle über einen Mech.

»Karl Edward«, sagte Karl, um die Abstimmung seines Stimm-Musters zu ermöglichen. »Sternenlicht-Stall.«

»Musterabgleichung erfolgreich. Gegenprobe erbeten.«

Die Technologie zur Täuschung der Stimm-Musteranalyse gab es, aber in der Regel erforderte es einige Erfahrung, sie erfolgreich einzusetzen. Trotzdem existierte noch eine zweite Sicherung, ein Kennsatz, den nur der Hauptbenutzer des Mechs kannte. Ohne ihn schaltete der Bordcomputer den Kampfkoloss wieder ab. Karls Codesatz stammte aus seiner Kindheit. Es war ein Name, den sein kleiner Bruder ihm gegeben hatte. »Ich bin der Hochtyrann der Schwabautzen.« Er glaubte kaum, dass irgendjemand je weit genug in seine Vergangenheit würde eintauchen können, um das herauszufinden.

»Sicherheitsüberprüfung abgeschlossen. Willkommen, Karl Edward. Denk daran, der Kleine Bruder sieht dich.«

Karl lenkte den *Cestus* in den Gang und sah sich einem steinerblau lackierten *Imperator* mit dem Abzeichen der Schlesien-Kolosseumssicherheit gegenüber. Seine Kommleitung knisterte und über die Notfrequenz traf ein Funkspruch ein, der alle anderen Kanäle überlagerte. »Die Sicherheitsmaßnahmen des Kolosseums wurden verletzt«, stellte die Stimme fest. »Alle MechKrieger werden ihre Maschinen augenblicklich herunterfahren.«

Karl war gewohnt, die Regeln und Vorschriften der Spiele zu beachten, besonders die mit Bezug auf die Arenasicherheit, und er streckte automatisch die Hand nach der Schalterreihe aus, über die er die Abschaltung in Gang setzen konnte. Aber ein nagender Zweifel hinderte ihn daran, die Bewegung zu beenden. Es war nichts, was er hätte greifen können, nur eine seltsame Ungewissheit. Irgendetwas hier ergab keinen rechten Sinn.

Offenbar war er nicht der Einzige, dem es so erging. Estelle Goulets Stimme drang über eine für den Sternenlicht-Stall reservierte Privatfrequenz an sein Ohr. »Karl, hast du eine Ahnung, was hier vorgeht?«

Keine. Erst recht nicht, als Tom Payne und zwei andere lyranische Krieger ihre BattleMechs ungerührt aus dem Hangar lenkten. Der *Imperator* unternahm keinerlei Versuche, sie aufzuhalten. Im Gegenteil, er trat sogar beiseite, um einem gedrungenen, breitschultrigen *Bushwacker* Platz zu machen.

Karl schaltete auf die Notfrequenz, die der *Imperator*-Pilot benutzt hatte. »Ich dachte, *alle* MechKrieger sollten ihre Maschinen abschalten«, beschwerte er sich.

»Die schlesischen Mechs wurden autorisiert, bei der Eindämmung des Vorfalls zu helfen. *Sie* werden ihre BattleMechs auf der Stelle abschalten!«

»Der redet Blech, Leute. Hier ist Aubry Larsen von Blackstar. Ich habe mir den Kommentar von Michaels Kampf angehört, und sie sind durch die Wand gebrochen. Nero sagt, sie kämpfen im Augenblick auf dem Parkplatz weiter, aber Vandergriff zieht sich in Richtung Fluss zurück. Ihr könnt es auf den Zivilfrequenzen selbst mithören, Kanal siebenundsiebzig. Die Jungs wurden rausgerufen, um die Duellanten zu stoppen. Will jemand wetten, auf wen sie das Feuer eröffnen werden?«

Niemand zeigte Interesse. Ein *Imperator* war dageblieben, um die anderen Kämpfer aufzuhalten, während drei Lyraner Jagd auf Michael Searcy machten. Karl zog langsam die Hand von den Schaltern zurück. Er würde seinen Kampfkoloss nicht abschalten. Möglicherweise würde das Tran Ky Bo nicht gefallen. Er hegte keine sonderlichen Sympathien für Michael. Aber das da draußen war ein MechKrieger, verdammt nochmal, der Beste, den die Vereinigten Sonnen auf Solaris VII zu bieten hatten. Und er war Karls Freund.

»Ich bezweifle, dass Schlesier sich besonders anstrengen werden, Michael lebend zurückzubringen«, erklärte er dem *Imperator*-Pilot und wünschte sich, er hätte es mit einem anderen Arena-Kämpfer zu tun statt mit einem Berufssoldaten der Lyranischen Allianz. »Wir werden ausrücken und ihn aufhalten. Machen Sie Platz.«

Ein *Sturm* im Violett und Weiß Fitzhughs, eines Montenegriner Stalls, trat vor. Der *Amboss* eines Stallkameraden folgte ihm. »Nein, wir gehen. Wir sind in dieser Sache neutral. Das verlangt einen klaren Kopf.«

Mehrere Mechs kamen mit langsamen Schritten vorwärts, unter anderem Aubry Larsens *Drachenfeuer* und Estelles *Lichtbringer*. Der *Imperator*-Pilot stand kurz davor, die Kontrolle über die Lage zu verlieren, und offensichtlich wusste er das auch. Es gab mehrere Möglichkeiten für ihn zu reagieren. Er traf eine schlechte Wahl. Ein schwerer Laser im rechten Arm des BattleMechs flammte auf, dann ein zweiter im linken. Statt Warnschüsse abzugeben oder den vordersten Mech anzugreifen, was Fitzhughs *Sturm* gewesen wäre, feuerte er tiefer in den Hangar auf Estelle Goulets *Lichtbringer*. Die leuchtendgrünen Energiestrahlen schälten Panzerung von der linken Schulter ihrer Maschine und schlugen dann tief in die Seitenpanzerung des Mechkopfes.

»Ich sagte abschalten!«, befahl er.

Der *Lichtbringer* stolperte vorwärts, unter dem harten Schlag gegen seine empfindlichste Stelle taumelnd. Karl erstarrte eine entscheidende Sekunde lang, in der seine Wut mit dem Schock darüber kämpfte, dass der Lyraner so schweres Geschütz eingesetzt hatte, ohne vorher selbst angegriffen worden zu sein. Erst, als der *Imperator* vorrückte, erkannte er die Gefahr, in der sich seine Stallkameradin befand. Er beschleunigte und versuchte, sich zwischen Estelle und den Lyraner zu schieben. Doch bevor Karl eingreifen konnte, feuerte der *Imperator* seine Kaliber 80-mm-LB-X-Autokanone. Bündelmunition jagte in einem Hochgeschwindigkeitshagel aus der Mündung und breitete sich zu einem tödlichen Kegel der Vernichtung aus. Der Granatensturm prasselte auf den *Lichtbringer* ein, während Karl in hilfloser Wut zusehen musste.

In der Enge des Hangars war die Wirkung dieser Waffe überwältigend. Mehrere der Minigranaten durchschlugen die dünne Panzerung, die über dem Cockpit der Maschine noch verblieben war – und der *Lichtbringer* brach zusammen wie eine Marionette, deren Fäden man durchschnitten hatte. Er schlug schwer auf der linken Seite auf.

Karl schaltete auf die Privatfrequenz des Sternenlicht-Stalls. »Estelle? Estelle!« Keine Antwort. Er konnte die klaffenden Löcher auf der rechten Seite des Kanzeldachs deutlich sehen. Karl wollte daran glauben, dass sie in Ordnung war, dass der Treffer nur ihre Funkanlage außer Gefecht gesetzt hatte, aber die einzige Erklärung dafür, wie ihr Mech zusammengebrochen war, bestand im Komplettausfall des Kreiselstabilisatorsystems. Das Gehäuse des Gyroskops war unbeschädigt. Keiner der Treffer in diesem kurzen Angriff war auch nur in seine Nähe gekommen. Also musste das System am anderen Ende zerschlagen worden sein: dem Neurosignal, das aus dem Gleichgewichtssinn der Pilotin stammte und über eine Rückkopplungsschleife an den Kreiselstabilisator übertragen wurde.

Einem Signal, das nur eine lebende MechKriegerin liefern konnte.

Von einer in weißer Glut lodernden Wut erfasst, drehte Karl den *Cestus* in Richtung des *Imperator*, während er gleichzeitig die Zielerfassung aktivierte und das Fadenkreuz über die Silhouette der lyranischen Maschine senkte. »Zur Hölle mit dem mordgierigen Sohn eines *Archons*!«

Aus dieser kurzen Entfernung konnte er nicht daneben treffen. Karl drückte die Hauptfeuerknöpfe durch und löste beide schweren Laser aus. Unter der konzentrierten Energie der rubinroten Lichtbündel rann die Panzerung an Torsomitte und linker Brustpartie des *Imperator* in Sturzbächen zu Boden. Dann knallte das Gaussgeschütz des *Cestus* dem zweiten Laser eine silbrige Kanonenkugel hinterher, die den letzten Rest der Panzerung als nutzlose Splitter abregnen ließ.

Der Angriff stieß den *Imperator* nach hinten, aber er hätte ihn überstanden und seinerseits den *Cestus* attackiert, hätte Aubry Larsen nicht mit ihrem *Drachenfeuer* ebenfalls zugeschlagen. Ein weiterer schwerer Lasertreffer zeichnete das linke Bein des Mechs und ihr Gaussgeschütz jagte eine zweite der vernichtenden überschallschnellen Kanonenkugeln in die linke Flanke des lyranischen Kampfkolosses. Sie brach durch die Panzerung in die interne Struktur durch, zerschmetterte die Titanstahlstreben und sprengte die Abschirmung, die half, die Fusionsreaktion einzudämmen, die im Herzen der Kampfmaschine ablief. In einem wilden Ausbruch unkontrollierter Energie gab der Reaktor seine Gewalten frei, und rötlichgoldenes Feuer schlug aus den Hüft- und Schultergelenken, bevor es den *Imperator* in einer letzten Explosion verzehrte.

Brennendes Metall und Myomer wurde in einem feurigen Hagel davongeschleudert. Ein paar große Bruchstücke hämmerten in Karls *Cestus*. Er behielt seinen Mech in der Gewalt und ritt die Druckwelle aus.

»In die Tunnel und dann an die Oberfläche.« Mit einem letzten Blick auf Estelles gestürzten *Lichtbringer* steuerte er seine Maschine zum Ausgang des Mechhangars. Dort oben war sein Freund im Fadenkreuz einer Meute von Jägern auf sich gestellt. »Was sich uns in den Weg stellt und lyranisch ist, wird abgeschossen. So einfach ist das.«

Und in diesem Augenblick schien es tatsächlich so.

* * *

Auf dem Trividmonitor stürmten vier Mechs im Schwarz und Kupfer des Blackstar-Stall durch einen heulenden Schneesturm auf eine ebenso große Anzahl Skye-Tiger ein. Edelsteinbuntes Laserfeuer schleuderte Neonglanzlichter auf den vom Wind getriebenen Schnee und Eisregen. Der rollende Donner der Autokanonen und Raketendetonationen ließ einen fernen Gletscher erzittern, sodass kleine Eisberge in einen halb zugefrorenen Teich kalbten. Wo immer eine der Kriegsmaschinen auftrat, zerschmolzen die Schneewehen unter der Restwärme der gepanzerten Füße und Beine. Für eine holografische Umgebung wies Boreal Reach eine strenge Detailgenauigkeit auf, die viele Profis erstaunte und die Zuschauer an den Bildschirmen zur Raserei anstachelte.

Drew Hasek-Davion schlürfte Bourbon ohne Eis oder Wasser, aber er war so auf den Kampf konzentriert, dass er den teuren, rauchigen Whiskey kaum schmeckte. Der von einem Lautsprechersystem erster Güte wiedergegebene Kampflärm hallte durch die Kabine, die er nur mit einem Leibwächter teilte. Er hatte sich dagegen entschieden, das Duell zwischen Searcy und Vandergriff zu verfolgen und war stattdessen hierher in seine Privatloge der Black-Hills-Arena gekommen, wo vier weniger bedeutende Kämpfer Blackstars in einem seltenen Lanzenduell gegen die Skye-Tiger antraten. Seine Anwesenheit hier war zwar etwas ungewöhnlich, aber sie demonstrierte seine Unterstützung für neue Talente ebenso wie völliges Vertrauen in die Fähigkeiten seines besten Kämpfers. Er warf einen Blick auf die Uhr, und seine Lippen verzogen sich zu einem dünnen, bitteren Lächeln.

Wenn alles so verlaufen war, wie er es sorgfältig geplant hatte, würde der Searcy-Vandergriff-Kampf ohnehin wiederholt werden müssen. Drew konnte den bevorstehenden Rummel wegen des Wiederholungskampfes – aus dem verwüsteten Kolosseum in die Boreal-Reach-Arena verlegt! – kaum erwarten. So etwas war im Großen Turnier noch nie dagewesen.

Für die meisten Zuschauer war der Teamkampf im simulierten Schneesturm nur ein Vorgeplänkel für einen Turnierkampf. Für Drew war er der Hauptkampf des Abends. Während sich alle anderen auf das Große Turnier konzentrierten, würde er dem Anfang vom Ende für Jerry Strout und seinen Neureichenstall beiwohnen. Heute Abend würde Stroud in einem tragischen Unfall einen seiner besseren Krieger und einen seiner besseren BattleMechs verlieren. Tatsächlich ein verdammtes Unglück... der Mech.

Er senkte die Hand zum Gürtel und klopfte mit einem Finger seitlich an seinen drahtlosen Pager, der für diese Gelegenheit mit einer kleinen Besonderheit ausgestattet worden war. Er brauchte nur einen Knopf zu drücken, um ein Signal über eine Serie von Relais bis hinab in die Arena zu schicken. Torrence Klein von den Skye-Tigern kämpfte heute in seinem neuen *Barghest*, einem der seltenen vierbeinigen Mechs und einer hocheffizienten Killermaschine. Dummerweise hatte er die Maschine einem Tech anvertraut, um dessen Loyalität zur Allianz es nicht allzu gut stand, und der darüber hinaus noch ein Spieler war. Einem Mann, der sich als nützlich erweisen konnte, wenn man ihn in der Tasche hatte. Jetzt brauchte Drew nur noch zu warten, bis der *Barghest* einen soliden Rumpftreffer einstecken musste.

Alles nach Plan.

Er hob das Glas mit dem Rest Bourbon zu einem stummen Toast auf Klein, dann kippte er den Drink. Jetzt konnte es nicht mehr lange dauern. Die Lyraner fielen in sichtbarer Panik zurück, während Blackstars Krieger ihr gnadenloses Bombardement aufrecht erhielten. Drew sah zwar keinen Grund für diesen frühen Rückzug, hatte aber absolut nichts dagegen einzuwenden. Dann drehte Kleins *Barghest* seinen Gegnern plötzlich den breiten Rücken zu und schleuderte die ganze Gewalt seiner schweren Waffen gegen den getarnten Südausgang der Arena. Die holografische Klippe fiel in sich zusammen, als die Projektion ihre Leinwand verlor. Der Mech sprang vor und verschwand in der offenen Höhle, die hinunter in die subplanetaren Hangars führte. Zwei weitere Lyraner folgten ihm und entkamen ebenfalls der Arena. Der Vierte, ein beilschwingender *Nachtschatten*, stürzte hilflos zu Boden, als eine letzte Salve der Blackstar-Lanze seine Rückenpanzerung zerfetzte und sein Gyroskop zertrümmerte.

Es geschah alles so schnell, dass Drew gar nicht mehr an das Gerät an seinem Gürtel dachte. Er starrte entgeistert auf den Schirm, auf seine Lanze, die in plötzlicher Verwirrung stehengeblieben war. »Hinterher!«, schrie er das Trivid an und versuchte, seine Leute in Gedanken anzutreiben. Zwei von ihnen nahmen tatsächlich Kurs auf das zerborstene Tor, zunächst nur zögernd, aber dann schneller, nachdem ihre Entscheidung gefallen war.

Jetzt stieß er den Daumen auf den Pager und schickte das Sprengsignal ab. Das Signallämpchen blieb dunkel. Kein Antwortsignal. Der *Barghest* war bereits zu weit von einem Relais entfernt, wurde von den dicken Betonmauern Boreal Reachs geschützt. Drew hatte absolut nichts erwartet, was Torrence Kleins dramatischem Abgang auch nur nahegekommen wäre. Was war los? Er hatte den Arenakommentar abgeschaltet, weil er es vorgezogen hatte, die Zerstörungsorgie wie eine reale Schlacht zu verfolgen und zu genießen. Jetzt griff er sich die Fernbedienung vom Tisch – der neben seinem Sessel stand – und wählte den korrekten Audiokanal.

»... nach Schlesien, wo sich die Aufstände über mehrere Häuserblocks ausgeweitet haben, während das Kolosseum und die Mechhöfe weiter BattleMechs in Marsch setzen, um Michael Searcy und alle übrigen Krieger aus Black Hills, die sie finden, zur Strecke zu bringen. Wir erhalten sogar Berichte, denen zufolge montenegriner Mechs beschossen wurden und das Feuer erwidert haben, allerdings ist derzeit nicht klar, ob die Ligisten für oder gegen die so schon in der Minderheit befindlichen Kämpfer der Vereinigten Sonnen aktiv geworden sind. Wir haben endlich eine Bildverbindung in die Mechhangars der Boreal Reach, wo nach dem Empfang des Radiokommentars über die Ereignisse in Schlesien die ersten Kämpfe zwischen den Ställen Löwenstadt und Gemini ausgebrochen sind.« Einen Moment lang füllte weißes Flimmern den Bildschirm, dann zeigte er die riesigen subplanetaren Hallen, in denen ein halbes Dutzend BattleMechs einander aus kürzester Distanz beschossen.

»Da unten kämpft jeder gegen jeden. Wir wissen, dass Sheridan Lang tot ist. In der unteren linken Bildschirmecke können Sie die Trümmer seines *Ti Ts'ang* sehen. Der Champion Cathays sollte heute Abend in seinem Turnierkampf gegen Löwenstadts Jasmine Kalasa antreten und machte sich beim Ausbruch der Kämpfe auf die Jagd nach ihr. Sie zerfetzte ihn, bevor sie in den Tunneln verschwand. Kein allzu überraschendes Ergebnis, wenn man bedenkt, dass sie zuletzt als Fünf-zu-Drei-Favoritin gehandelt ...«

Drew schaltete das Gerät ab. Mason Wells hatte ihn an die Radioübertragungen erinnert. Mit deren Hilfe konnte er sich informiert halten, ohne an diese Kabine und dieses Gebäude gefesselt zu sein, das in Kürze zum Mittelpunkt heftigen Aufruhrs zu werden versprach, wenn die Arenafans auf die Straßen strömten. Da war es besser, beweglich zu bleiben. Er hatte Interessen zu beschützen und Pläne zu verfolgen. Drew war nicht der Mann, der eine Gelegenheit ungenützt verstreichen ließ.

Und dieser Tag bot diverse Gelegenheiten.

* * *

Die Unterwelt von Solaris City machte ihrem Namen alle Ehre, allerdings nicht im Sinne alter Action-Holovids, in denen kriminelle Elemente in dunklen Gassen, verfallenen Lagerhallen und geheimen Unterschlüpfen lauerten. In Solaris saßen die Gangsterbosse in den Direktorensesseln der Wolkenkratzer und die Unterwelt gehörte den BattleMechs. Ein gewaltiges Netz aus Tunneln, subplanetaren Reparaturhangars und Lagerhallen erstreckte sich unter der Stadt und erlaubte den Mechs, sich frei zu bewegen, ohne den Verkehr zu behindern. Alle Arenen waren an dieses Tunnelnetz angeschlossen, ebenso wie der Raumhafen und die wichtigsten Bau- und Wartungsinstallationen der verschiedenen Sektoren. Die Gänge zwischen diesen Knotenpunkten waren fünfzehn Meter hoch, um selbst den größten BattleMechs Platz zu bieten, und an den engsten Stellen sechzig Meter breit.

Trotzdem kam es unvermeidlich zu Engpässen. Zum Beispiel verbanden nur insgesamt vier Tunnel die beiden Flussufer. Hinzu kam das problematische, besonders tiefe Stück unter der Cathaysenke, in dem während der Regenzeit der Stadt – die den größten Teil des Jahres andauerte – ständig mit eindringendem Grundwasser gerechnet werden musste, und daran angrenzend das Hügelland des Davion-Sektors Black Hills, das seine eigenen Probleme mitbrachte.

Die Tunnel von Black Hills mit denen der Cathaysenke zu verbinden, war besonders schwierig gewesen, sodass nur drei Stellen existierten, an denen es möglich war, vom einen Viertel ins andere zu wechseln. Zwei davon hatten die Errichtung von Rampen erfordert, die über ein paar Querstraßen Länge eine Fortbewegung über der Oberfläche gestatteten. Sie ragten mitten in den ausgedehnten Slums von Black Hills auf, wo es niemanden kümmerte, wenn die Anwohner gestört wurden. Torrence Klein in seinem *Barghest*, sein Stallkamerad in einem *Skarabäus* und ein MechKrieger aus Cathay, den sie in den Tunneln unter Boreal Reach getroffen hatten, waren zu einer dieser Rampen unterwegs. Der *Barghest* und der *Skarabäus* gingen voraus, dicht gefolgt von Kym San Lees *Cataphract*.

Klein hatte von vornherein darauf verzichtet, den Haupttunnel zu benutzen, weil er direkt unter dem Zentralrevier der Polizei von Black Hills verlief. Er hatte keinerlei Zweifel daran, dass die VerSo-Polizisten das gesamte Gebiet mit BattleMechs und Geschütztürmen gesichert hatten. Er und Kym hatten sich entschlossen, die Rampe an der Ecke Radler Street und Frances Avenue zu benutzen und von dort durch den Danning-Street-Park nach Cathay vorzustoßen. Einmal dort angekommen, konnte Kym ihnen den Zugang zurück ins Tunnelsystem garantieren. Damit würden Klein und sein Stallkamerad weiter nach Schlesien kommen, wo die Kämpfe außer Kontrolle geraten waren.

Nicht, dass um Boreal Reach weniger wild gefochten wurde, aber Schlesien war sein Zuhause. Und am Ostrand des Sektors lag das Skye-Tiger-Zentrum, der Gebäudekomplex, in dem sich die Trainingsanlagen und Hauptmechhangars ihres Stalls befanden. Der Gedanke, die Davionisten könnten dort zuschlagen und ihn zu einem heimatlosen Kämpfer machen, fraß an Kleins Nervenkostüm. Welchen Grund der capellanische Krieger hatte, sich seinen Weg zurück nach Cathay freizukämpfen, war ihm weniger klar, aber anscheinend waren in, um und unter der Dschungel-Arena auch offene Kämpfe zwischen den Liao-Ställen ausgebrochen. Kym wollte seinen Teil beitragen, welche Seite er auch immer unterstützte. Klein kümmerte es nicht weiter. Sie waren ein reines Zweckbündnis eingegangen, das nur so lange halten würde, bis beide Seiten erreicht hatten, was sie sich davon versprachen.

An der Rampe erhöhten die Davionisten den Einsatz.

Zwei neue *Vollstrecker III* bewachten den Fuß der Rampe. Auf ihren Rümpfen trugen sie stolz das Sonnenschwertemblem der Davion-Polizei zur Schau. Sie verschwendeten keine Zeit mit Warnrufen, sondern eröffneten das Feuer, sobald die lyranischen Mechs um eine Gangbiegung in Sicht kamen. Buntschillernde Energielanzen erhellten den Tunnel und konzentrierten sich auf den *Skarabäus*. Es dauerte nicht lange, und das Hämmern von Autokanonenfeuer folgte ihnen. Der leichte Mech erbebte unter dem wilden Angriff. Seine Panzerung zersprang in rotorangeflüssigen Schlackeklumpen und einem Regen glitzernder Metallsplitter, die im Widerschein des Laserfeuers wie ein Regenbogen schimmerten. Der Kampfkoloss blieb auf den Beinen und beschleunigte auf Höchstgeschwindigkeit, um zwischen zwei Davion-Maschinen durchzubrechen und sich in die relative Sicherheit der Oberfläche zu retten.

Aber noch bevor Kleins Kamerad bis auf effektive Reichweite eines seiner Waffensysteme an die VerSos heran war, beharkten die Davionisten ihn erneut mit Lasern und Autokanone. Ein Strom hochexplosiver Granaten zog eine Spur vom Beinansatz des *Skarabäus* hoch zur gegenüberliegenden Hüfte, fraß sich durch die Schäden der vorhergegangenen Lasertreffer und in das unter der Schutzpanzerung liegende Titanstahlskelett. Das Bein fiel weg und nur ein kurzer Stummel abgeschnittener Streben blieb zurück. Der lyranische leichte Mech stürzte und rutschte unter lautem Kreischen gepeinigten Metalls und in einem Regen aus sprühenden Funken und Panzersplittern über den Tunnelboden.

Nicht einmal der unerfahrenste Garnisonskrieger konnte vorbeischießen, wenn er in einen engen Tunnel feuerte, den einhundertsiebzig Tonnen Kampfkoloss ausfüllten. Der *Skarabäus*-Pilot, der ganz auf Kurzstreckenbewaffnung angewiesen war, hatte keine Chance. Klein entschied, dass es Zeit wurde, den Davionisten zu zeigen, was Solaris-Arenakämpfer zu den Besten der Inneren Sphäre machte. Mit fünfundachtzig Stundenkilometern nach vorne stürmend, zog er den *Barghest* leicht nach links, um Kym eine freie Schusslinie zu liefern, während er das Fadenkreuz über den rechten *Vollstrecker* senkte.

Das Feuerleitsystem bestätigte mit einem satten Goldton die Zielerfassung – und er feuerte zusammen mit einem Schnellfeuerstoß seiner 12-cm-Autokanone beide schweren Laser ab. Der Lasergeschützturm auf der linken Schulter des vierbeinigen Mechs fand sein Ziel an der rechten Torsoseite des *Vollstrecker* und zerkochte dessen StarGuard-Kompositpanzerung. Die Uranerzgranaten der überschweren Autokanone trafen ihn in der Rumpfmitte und zogen nach rechts. Ein Hagel aus Metalltrümmern prasselte auf den Tunnelboden herab, bis der PolizeiMech über der gesamten Brustpartie Panzerung verloren hatte.

Der Davionisten-Kampfkoloss kippte schwankend, außer Balance und kurz vor einem Sturz nach hinten, als Kym San Lees *Cataphract* ihn mit leichter und mittelschwerer Autokanone anging. Die 40-mm-Explosiv- und 80-mm-Splittergranaten nutzten die verwüstete Panzerung des *Vollstrecker III* aus und fraßen sich in den Rumpf des Mechs wie Zähne und Klauen einer

Dschungelkatze, die ihre Beute ausweidete. Die Bündelmunition hämmerte auf interne Stützstreben, Reaktorabschirmung und das Munitionslager der Autokanone des Davion-*Vollstrecker* ein. Die Munition ging in einer Serie vernichtender Explosionen hoch, die den Mech auseinanderriss und den Fusionsreaktor aufbrach. Goldenes Feuer brach aus dem Rumpf der Kampfmaschine und zeichnete den zweiten VerSo-Mech, während dessen Begleiter sich in einer Explosion aus dieser Welt verabschiedete, die den ganzen Tunnel mit Feuer und fliegenden Trümmerstücken erfüllte.

Der *Barghest* sprang durch die Feuerwand, so wild und unerschrocken wie die mythische Kreatur, der er seinen Namen verdankte. Klein verschwendete keine Zeit mit dem zweiten *Vollstrecker*, dessen Pilot vollauf damit beschäftigt war, ihn wieder auf die Beine zu stellen, sondern stürmte an ihm vorbei an die Oberfläche. Kym, der einen tiefer sitzenden Hass verspürte, nahm sich die Zeit, den Davion-Mech aus kürzester Entfernung mit einer Breitseite des *Cataphract* einzudecken.

Klein rannte aus dem Tunnelsystem ins Freie, während Kym zurückblieb und weiterfeuerte. Daher konnte er nicht mit Sicherheit sagen, was dort unten geschah.

Und er sollte es auch nie erfahren, denn zwei Sekunden später flog der Fusionsreaktor seines BattleMechs in die Luft.

* * *

Ein Stein krachte gegen das kugelsichere Glas der Schweberlimousine Drew Hasek-Davions. Sein Fahrer zog den Wagen durch eine scharfe ›S‹-Kurve, um den Angreifern, vermutlich einer Bande von Autodieben, das Zielen zu erschweren, dann bog er in die Danning Street ein.

Drew beugte sich im weichgepolsterten Fonds des Wagens vor und ignorierte den Aufruhr auf den Straßen. Er schaute durch die graugetönten Scheiben hinaus auf das qualmende, verwüstete Wrack des *Barghest*. Er schob den modifizierten Pager zurück an seinen Gürtel, dann spannte er sich unwillkürlich, als ein beschädigter *Cataphract* die Rampe herauf humpelte und in der nahen Grünanlage verschwand. Sein Schweber war nicht gut genug gepanzert, um dem Angriff eines BattleMechs standzuhalten, aber der überlebende cathaynesische MechKrieger war mehr daran interessiert, zurück in seinen Heimatsektor zu gelangen, als unsportliche Schüsse auf Zivilfahrzeuge abzugeben.

Normalerweise hätte Drew sich nie unter solchen Bedingungen auf die Straße begeben, aber er wollte persönlich dafür Sorge tragen, dass Klein Black Hills nicht lebend verließ. Er hatte zu viel Geld und Anstrengung in diese Operation investiert, die der erste Nagel im Sarg der Skye-Tiger werden sollte. Manchmal wog das Ziel schwerer als ein gewisses persönliches Risiko. Drew sah keine andere Möglichkeit, als dem *Barghest* zu folgen und sich dicht genug an ihn heranzuwagen, um mit Hilfe eines Direktimpulses des kleinen Senders die Pentaglyzerinladung auszulösen, die er im letzten Wartungszyklus im Innern des BattleMechs hatte anbringen lassen.

Dass er Torrence Klein an der Zugangsrampe der Frances Avenue gefunden hatte, war ehrlich gesagt nicht mehr als ein glücklicher Zufall gewesen. Gleichzeitig hatte seine Ahnung Drew allerdings in ein hochgefährliches Gebiet geführt, denn die riesigen Slums von Black Hills waren in einer Orgie von Straßenkämpfen, Plünderungen und Selbstjustiz geradezu explodiert. Der Aufruhr breitete sich schnell weiter aus. Dieselbe wahnwitzige Wildheit, die Besitz von den Mech-

Kriegern unter dem Kolosseum und Boreal Reach ergriffen hatte, erfasste jetzt nach und nach die gesamte Bevölkerung von Solaris City. Drew war klar, dass diese Entwicklung einiges an Möglichkeiten bot, allerdings von der Art, die sich besser aus sicherer Umgebung ausbeuten ließ. Er drückte den Knopf an der Sprechanlage, der seine Stimme zum Fahrer übertrug. Als er nach vorne blickte, sah er die Straße mit Plünderern überfüllt.

»Zurück zum Grünen Haus«, befahl er. »Und du bremst für nichts unter fünfundzwanzig Tonnen.«

11

Ishiyama, Kobe, Solaris City, Solaris VII
Provinz Skye. Lyranische Allianz

15. August 3062

Unter dem Eisenberg saß Garrett an den Kontrollen seines zerbeulten *Bluthund* und wartete auf das Startsignal für seinen Kampf. Er war stolz auf seine Maschine, einen Clan-OmniMech, den die hirnlosen Mediensprecher unentwegt als *Geier* bezeichneten, mit dem Codenamen, der in der Inneren Sphäre für ihn gebräuchlich war. Der Clansmann war sich nicht sicher, was ihn wütender machte: Dass sie den wahren Clannamen des Omnis ignorierten, oder dass sie mit ihrer dummen Ignoranz den Mech und seinen Piloten entehrten.

Der *Bluthund* war kein Aasfresser, sondern ein tollwütiger Räuber, ein Mech, der darauf angelegt war, kampfstärkere Gegner im offenen Kampf zu stellen und zu bezwingen. Nach anderthalb Jahren ständiger Duelle und unfähiger Reparaturversuche durch Blackstar-Techs war er kaum noch wiederzuerkennen, aber er blieb *Clan*.

Er blieb sein.

Weil er sich entschieden hatte, ungestört durch irgendwelche Ablenkungen im Innern des Cockpits auf den Kampf zu warten, wusste er nichts davon, was auf den Straßen vor sich ging. Als der riesige subplanetare Hangar plötzlich mit hektischer Aktivität und vereinzeltem Geschützfeuer lebendig wurde, übernahmen seine Reflexe die Kontrolle. Hastig fuhr er alle Systeme hoch und schaltete die Kommleitung frei, um herauszufinden, was los war.

Die Nachrichten trafen nur lückenhaft ein, aber eines war deutlich: In den Straßen von Solaris City war offener Kampf ausgebrochen. Manche Ställe nutzten das

Chaos aus, um alte Rivalitäten auszutragen. Andere benutzten es allem Anschein nach dazu, neue Feindschaften zu etablieren. Soweit er feststellen konnte, gab es nicht eine einzige Fraktion der Stadt, die nicht von irgendjemand angegriffen wurde, und viele Krieger waren einfach ›ausgebrochen‹. Auf der anderen Seite des Flusses in Black Hills und Schlesien sollte der Kampf besonders brutal toben.

Und jetzt auch hier in Kobe. Zwei Mechduelle wüteten bereits im Hangar und füllten die Halle mit einem Orkan vernichtender Energien. Er wartete wie unsichtbar in seinem noch immer im Wartungskokon stehenden Mech auf sein Zeichen, hinauf in die Arena zu steigen. Sein Duell hatte einer von mehreren ›Füllern‹ vor dem Turnierkampf des Abends werden sollen, indem Theodore Gross aus dem verhassten Draconis-Kombinat seinen Titel gegen einen anderen Kämpfer aus Garretts Stalls verteidigte. Jetzt stürmte einer dieser beiden plötzlich zu Fuß in den Hangar, ohne sich um das Mechfeuer zu kümmern, das um ihn herum tobte.

Theodore Gross!

Der Draconier rannte praktisch geradewegs unter Garretts Fadenkreuz, als er den riesigen Metallfüßen der marschierenden Mechs auswich, um in so direkter Linie wie möglich zu seinem Omni zu gelangen. Mit dem hochgefahrenen und kampfklaren *Bluthund* hätte der Clanner ihn beinahe auf der Stelle verdampft.

Aber er beherrschte sich und sah zu, wie Gross zwischen den Beinen eines schwerfälligen vierbeinigen *Schirokko* aus dem Bromley-Stall zu dem Gerüst hindurch huschte, das neben seinem *Kriegsfalke* aufragte – einem OmniMechtyp, dem das Kombinat den falschen Namen *Masakari* übergestülpt hatte. Der Kampfkoloss befand sich in hervorragendem Zustand. Es war noch nicht Hohn genug, dass ein Barbar der Inneren Sphäre in einem Clan-Omni antrat, nein, diesen Mech hatte

Gross als *Geschenk* vom Herrscher des Draconis-Kombinats erhalten. Sie hatten diese wundervolle Konstruktion nicht nur von den Nebelpardern gestohlen, anschließend hatten sie die Maschine ohne jede Scham zusammen mit ihren eigenen wertlosen Schrotthaufen eingesetzt. Im Vergleich war Garretts *Bluthund* nur noch ein zerbeulter und zerschossener Abklatsch seiner ehemaligen Macht. Gross verdiente diesen Mech nicht. Kaum jemand auf der Spielwelt hatte ihn verdient, möglicherweise mit Ausnahme Garretts.

Er konnte nicht bestreiten, dass es Mut verlangte, sich in dieser Situation so unbeeindruckt zu zeigen wie Gross, aber das reichte nicht aus, ihn umzustimmen. Jetzt kletterte der Mann die Gerüstleiter hinauf, immer noch unter Garretts Fadenkreuz. Ohne das geringste Bedauern löste er die 40-mm-Autokanone im rechten Arm des *Bluthund* aus. Sie knatterte kurz auf und spie einen Strom todbringendes Metall über das Gerüst auf den Solaris-Champion. Welche Chance hatten Fleisch und Knochen gegen eine Waffe, die für den Kampf gegen BattleMechs ausgelegt war? Eine Blutfontäne schoss durch den Hangar und die zerfetzten Überreste Theodore Gross' stürzten wie eine Stoffpuppe in die Tiefe.

»Dieselbe Chance, die Ihr meinem Clan gegeben habt«, sagte Garrett.

Methodisch und ohne sich zu beeilen löste er seine Sicherheitsgurte und öffnete ein kleines Fach unter der Kontrolltafel. Er zog zwei Platinen heraus, eine, die grundlegende Sicherheitsmaßnahmen steuerte, und eine zweite, deren Schaltkreise seine Gehirnwellen akkurat mit der Gyroskopsteuerung abstimmten. Mechs der Inneren Sphäre waren darauf ausgelegt, einen Diebstahl zu verhindern. Unter den Clans war etwas derartiges undenkbar. BattleMechs waren kein Privateigentum, sondern gehörten dem Clan und wurden bei

Bedarf anderen Kriegern zugeteilt. Falls die draconischen Techs das Computersystem des *Kriegsfalke* – von dessen fabrikneuem Zustand Gross ständig geprahlt hatte – nicht radikal umgearbeitet hatten, besaß es keine der zusätzlichen Sicherungen, die für Maschinen der Inneren Sphäre typisch waren. In diesem Fall brauchte Garrett nur die beiden Platinen auszuwechseln, und der Omni war sein. Verdientermaßen sein.

Er ließ die ausfahrbare Leiter an der Cockpitluke hinunter und kletterte hinab zum Hangarboden. Ruhig wanderte er hinüber zu dem *Kriegsfalke*, ohne sich nach links oder rechts umzusehen, ohne sich auch nur einen Moment über die Gefahr Sorgen zu machen, von einer Laser- oder AK-Salve getroffen zu werden, die ihr ursprüngliches Ziel verfehlte. Er wusste, dass ihm nichts etwas anhaben oder ihn daran hindern konnte, den Mech zu übernehmen. Sein Clan war tot und Garrett hätte ihm schon vor langer Zeit folgen sollen.

Vielleicht konnten sie beide an den Kontrollen des *Kriegsfalke* wiedergeboren werden.

* * *

Michael Searcy steuerte den humpelnden *Brandschatzer* nach Westen die Narvikstraße hinab, die durch Schlesiens modisch attraktiven Flussuferbezirk führte. Zwischen weiten Privatgütern und luxuriösen Villen ragten einzelne Hotelhochhäuser und gelegentliche Appartmentblocks auf. Bis jetzt war der Mob noch nicht bis hierher vorgedrungen, aber Michael war sich sicher: Sobald die ärmeren Bewohner des Viertels erkannten, was los war, würden die Plündererhorden nicht lange auf sich warten lassen.

Er öffnete die Kommleitung. »Wie ist die Lage, Karl?«

Ein leises Knistern in Michaels Ohrhörer kündigte die eintreffende Antwort an. »Rücken auf Liszt nach

Norden vor. Aubry und ich haben vor ein, zwei Minuten Thors Schildhalle passiert. Nähern uns dem Dankbaren Burger.« Eine Pause, vermutlich für eine Sensorüberprüfung. »Wir werden immer noch von zwei schweren Römern und einem MadCap-Schläger verfolgt, die eine Abreibung brauchen.« Er erkannte die Slangbezeichnungen für zwei lyranische und einen capellanischen Krieger. »Du bist irgendwo da draußen, ja?«

»Ich bin hier«, antwortete Michael. Er betrachtete die Position seiner Freunde auf einem Hilfsmonitor, der einen Straßenplan von Solaris City zeigte, der momentan auf das lyranische Stadtviertel gezoomt war. »Wir legen einen Hinterhalt an der Ecke Heller- und Elena-Erdtmann-Straße. Steuert die Liszt weiter hoch bis zur Barer, dann biegt in die Käthe-Kollwitz ab und versucht, sie auf eine Parallele zu ziehen. Passt auf, dass ihr unsere Freunde nicht verliert.«

Michael wechselte den Kanal und setzte sich mit den anderen in Verbindung, deren Aktionen er koordinierte, bevor er wieder auf die Frequenz zurückkehrte, die er und Karl Edward für sich reserviert hatten.

In der ganzen letzten Stunde hatten Michael und Karl vergeblich versucht, einander zu treffen. Tatsächlich koordinierte Michael momentan etwa vier verschiedene Feuergefechte in den Straßen Schlesiens, aber keine der Cruciergruppen hatte es bisher geschafft, sich mit einer der anderen zusammenzuschließen. Es waren zu viele Feinde auf der Straße und trieben die Davion-Anhänger einmal hierhin, dann wieder dorthin. Dadurch musste er zusätzlich zu sporadischen eigenen Scharmützeln die anderen bei ihrem tödlichen Katz-und-Maus-Spiel in den von Aufrührern verstopften Straßen im Auge behalten.

Die mit ihren eigenen Problemen beschäftigte Menge schien die vernichtenden Geschützsalven kaum zu beachten, mit denen die hoch über ihren Köpfen aufragenden Mechs einander beharkten. Sie hatten entweder ihre eigenen Steiner-Davion-Fehden auszutragen oder waren darauf aus, sich an den Reichen für ihre eigene Armut zu rächen. Eine ideenreiche Straßenbande hatte eine große Zielscheibe auf die Mauer eines Bankgebäudes gepinselt, in der Hoffnung, dass ein vorbeikommender MechKrieger sich angesprochen fühlte. Michael hatte die Schmiererei ignoriert, aber als er fünf Minuten später noch einmal vorbeikam, stellte er fest, dass ein anderer die Wand zerblasen hatte. Jetzt schwärmten die Plünderer über das Gebäude wie Ameisen über ein Picknick.

Nicht, dass er sich groß Gedanken über die Menschen machte, die unter seinem Kampfkoloss die Straßen bevölkerten. Sie waren nichts weiter als der Abschaum eines geldverliebten aber moralisch bankrotten Reiches. Zumindest redete er sich das ständig ein. Und trotzdem konnte er ein gewisses Stechen nicht unterdrücken, wenn er an seine Flucht durch die Tribüne des Kolosseums dachte. War es sein Fehler, dass das Detonatornetz und die Panzerglaswand geborsten waren? Oder dass Vandergriff weiter auf ihn geschossen und ihn gezwungen hatte, das Mechduell entweder zwischen den Zuschauern weiterzuführen oder sich ins Innere des Arenabaus zu sprengen, um ins Freie zu entkommen? Er hatte schließlich nicht einfach aufgeben können! Das hätte niemand erwarten können. Wenn irgendjemand sich hätte ergeben müssen, wäre das Vandergriff gewesen. Außerdem hatten die Lyraner selbst Schuld, wenn sie nicht in der Lage waren, anständige Sicherheitsvorkehrungen zu treffen.

Das war nur einer der Faktoren, die Michael bei diesem Desaster in Schlesien an sein Debakel auf New Canton erinnerten. Wieder einmal sah er sich von seinem Kommandeur im Stich gelassen, diesmal von Drew Hasek-Davion, der sich den Kampf nicht einmal angesehen hatte. Drew hatte auch auf keinen Versuch reagiert, sich mit ihm in Verbindung zu setzen, obwohl das Grüne Haus über ein Hochleistungskommunikatorsystem und eine direkte Verbindung zur Blackstar-Trainingsanlage weiter nördlich verfügte. Zusätzlich hatte er sich ohne irgendwelche Unterstützung plötzlich im Fadenkreuz einer Meute von Angreifern gesehen. Es war beinahe, als ob die flackernde Beleuchtung des Kolosseums seine Sicht immer noch behinderte. In einem Moment sah er die Straßen Solaris Citys, im nächsten war er wieder auf New Canton, in einem Labyrinth steiler Felsschluchten eingeschlossen, während die capellanischen Truppen die Stellungen seiner Einheit stürmten.

Vandergriff hatte keine Sekunde locker gelassen, ebenso wenig wie der Capellaner damals, der Michaels Mech zur Notstilllegung durch Überhitzung getrieben hatte. Er hatte keinen Augenblick der Ruhe gefunden. Der Lyraner hatte ihn durch das Kolosseum gehetzt, und sie hatten zwischen den Bögen und kurzen Gängen des Stadions ineffektives Geschützfeuer ausgetauscht. Von dort waren sie auf den Parkplatz gerannt und weiter in die Straßen Schlesiens.

Nur hatte Michael diesmal die Wärmeskala nicht aus den Augen gelassen. Inzwischen wusste er, wann es sich lohnte, ein Risiko einzugehen, und wann nicht. Und langsam hatte er die Oberhand gewonnen. Die Gaussgeschütze seines *Brandschatzer* hatten aus sicherer Distanz den Rumpf der *Banshee* aufgebrochen und ihr zerbrechliches Innenleben freigelegt. Vandergriff war auf dem Parkplatz durch Quadratkilometer abgestellter Wagen gewatet, hatte sie dutzendweise beiseite getreten, um schneller zu Michael aufzuschließen. Plötzlich war er an der Reihe gewesen zurückzuweichen, aus Angst, der nächste Treffer könnte seinen Kampfkoloss aus dem Gefecht werfen.

Michael hatte Vandergriff mehrere Seitenstraßen weit in Richtung Fluss gedrängt, bevor er ihn zwischen den dichtgedrängten Wohnblocks verloren hatte. Ein für Polizeieinsätze umgebauter *Stadtkoloss*, dessen Laser durch Wasserwerfer ersetzt waren, hatte sich kurz eingemischt und die Panzerung des *Brandschatzer* mit seiner einzelnen Autokanone unter Beschuss genommen. Michael hatte dem PolizeiMech mit einer sorgfältig gezielten Gausskugel ein Bein abgerissen. Die überschallschnelle Nickeleisenkugel hatte den Titanstahloberschenkelknochen knapp über dem Knie zerschmettert.

Nachdem er einen Gegner in die Flucht geschlagen und einen anderen besiegt hatte, erinnerte ihn plötzlich nichts mehr an New Canton. Er war kein unbedeutender Soldat der Kestrel-Grenadiere mehr, sondern einer der besten MechKrieger auf Solaris VII. Als die anderen crucianischen Mechs schließlich dem Kolosseum entkommen waren, schien es nur natürlich, dass ihre Piloten sich an ihn als ihren Anführer wandten. Karl hatte sie aus den Tunneln an die Oberfläche geführt, aber die Schwierigkeiten, die er hatte, sie zusammenzuhalten, bewiesen, dass sie eine festere Hand brauchten.

Michael bremste den *Brandschatzer* vor einer Straßenecke ab und bog in die Sylvie-Guillem-Straße ein, auf der er südlich zur Hellerstraße marschierte. Ein ausgebrannter Oberschenkelaktivator erschwerte jeden Richtungswechsel, aber eine leichte Hand an den Kontrollen – verbunden mit seinem in den gewaltigen Kreiselstabilisator gespeisten natürlichen Gleichgewichtssinn – ermöglichten ihm, das Problem abzufangen. Mit der Geschwindigkeit war das eine andere Sache. Der *Brandschatzer* war von vornherein kein allzu flinker Mech, aber jetzt war er auf eine Höchstgeschwindigkeit von knapp über vierzig Stundenkilometer beschränkt, weniger, wenn Michael nicht riskieren wollte, auf regennassem Asphalt auszurutschen und den Kampfkoloss möglicherweise noch schwerer zu beschädigen. Er beschleunigte, so gut es ging, und strengte sich an, das Humpeln der humanoiden Kampfmaschine auszugleichen, während er in Stellung für den Hinterhalt ging.

Karl hatte ihn vor zwei schweren Römern gewarnt. Das bedeutete zwei MechKrieger aus dem Kolosseum in schweren BattleMechs. Außerdem vor einem MadCap-Schläger. Wenn er Karls Halb-Slang-halb-Code-Mitteilung richtig verstanden hatte, bedeutete es, dass der capellanische Pilot eines überschweren Mechs sich aus Gründen, die nur er selbst kannte, den Lyranern angeschlossen hatte. Das sorgte für einen ausgeglichenen Kampf, möglicherweise einen geringen Vorteil für die Lyraner.

Michael Searcy würde das ändern.

Der *Brandschatzer* erreichte die Einmündung der Sylvie-Guillem in die Hellerstraße, als Karls *Cestus* gerade zwei Straßen rechts von ihm auf die Hauptstraße trat. Aubry Larsons *Drachenfeuer* folgte ihm durch die Kurve, dann rannten beide Mechs in rechtem Winkel zu ihrem bisherigen Kurs davon. Michael nickte zufrieden, bremste ab und senkte das Fadenkreuz über den Rücken seiner davonstürmenden Verbündeten. Gut genug.

»Vorsicht, Michael. Einer der Römer könnte eine Flankenbewegung durch eine der Seitengassen versucht haben.«

Warnlichter flammten auf und Michaels Ortung heulte. Knappe hundert Meter die Sylvie-Guillem hinab trat ein *Falkner* zwischen zwei Läden auf die Fahrbahn und schnitt ihm den Rückweg ab. Gleichzeitig kam ein *Imperator* mit capellanischen Insignien die Elena-Erdtmann hoch und schob sich zwischen den *Brandschatzer* und die beiden abrückenden Lyraner, sichtlich mit der Absicht, Karl zu verfolgen. Der breite Rücken des überschweren Mechs schob sich unter Michaels Fadenkreuz.

»Sonst noch was, das du vergessen hast zu erwähnen?«, brüllte Michael frustriert und spannte sich in Erwartung des Einschlags an, während er seine Salve abfeuerte.

Der Capellaner hatte die falsche Seite gewählt. Michaels schwerer Laser bohrte eine blutrote Lanze in die hintere rechte Flanke des *Imperator* und schlug eine tiefe Bresche, noch bevor die beiden Gausskugeln hinter ihr ins Ziel trafen. Ein silbriger Lichtblitz prallte in einem Schauer zersplitterter Panzerfragmente von der Hüfte ab. Der andere schlug in die Schmelzspur ein, die der Laser im breiten Rücken der Liao-Maschine hinterlassen hatte und zertrümmerte mehrere interne Streben, als er sich in den mittelschweren Impulslaser und in einen Wärmetauscher grub. Dieser Schlag allein hätte möglicherweise schon ausgereicht, den überschweren Neunzig-Tonnen-Mech auszuschalten, aber Michael war noch nicht fertig. Er setzte drei seiner vier mittelschweren Laser gegen den *Imperator* ein, zwei davon zu einem Orkan aus gebündelter Lichtenergie gepaart, der die rechte Torsoseite der capellanischen Maschine regelrecht ausweidete.

Wie durch ein Wunder verfehlte der Feuersturm das Munitionslager im rechten Torso des *Imperator* und der Pilot konnte die Felddämpfer aktivieren, bevor der Reaktor die beschädigte Abschirmung sprengte. Aber als Kampfmaschine war der Mech nicht mehr zu gebrauchen. Er setzte seine Drehung in einer trägen Pirouette fort, dann fiel er nach rechts um. Sein auf dem Boden eingeklemmter Arm bohrte sich durch den zertrümmerten Torso, wurde in das Gyroskopgehäuse getrieben und vervollständigte die Zerstörungsorgie.

Michael hatte keine Zeit, seinen Sieg zu genießen oder sich über einen hastigen Hieb auf den Vetoschalter Gedanken über den mit der Breitseite verbundenen Hitzestau zu machen. Der *Falkner* hatte ihn bereits mit

PPK und Lichtwerfern unter Beschuss. Die Partikelprojektorkanone schnitt in die frischste Panzerung, die Michael besaß, am rechten Arm des *Brandschatzer*, und brannte sich durch einen Oberarmaktivator. Zwei der Laser peitschten über das beschädigte linke Bein, schwächten die interne Struktur und zerstörten die verstopfte Sprungdüse, durch deren Ausfall er in der Kolosseumstribüne gelandet war, vollständig. Das einzig Gute war, dass der lyranische Pilot so überhastet angegriffen hatte, dass er Michaels Maschine mit seinem Gaussgeschütz verfehlte. Der Nickeleisenball prallte vom Straßenpflaster ab und hüpfte die Straße hinunter, wo er zu einem Problem für Plünderer und Aufrührer wurde. Und soweit es Michael betraf, durften sie es behalten.

Er wuchtete den Kampfkoloss ein halbes Dutzend Schritte weiter, bevor er den *Brandschatzer* um eine Ecke außer Sicht des *Falkner* zog und in langsamen Rückwärtsgang schaltete. »Deck mir den Rücken«, befahl er Karl und verließ sich darauf, dass sein Freund den zweiten Lyraner in Schach hielt, wohin immer er verschwunden war. »Wo steckt er? Wo ist der dritte Mech?«

Abwärme schlug durch das Cockpit und der zusätzliche Temperaturanstieg durch den Einsatz der Laser verwandelte die Kabine in eine Sauna. Schweiß lief über Michaels Gesicht und brannte in seinen Augen, auch wenn der Kühlanzug seine Körpertemperatur schnell wieder auf ein normales Maß senkte. Er blinzelte heftig, um den Schweiß aus den Augen zu treiben, und konzentrierte sich darauf, das Fadenkreuz auf die Kreuzung zu ziehen, die er gerade verlassen hatte. Er wartete darauf, dass der *Falkner* um die Ecke bog. Der Lyraner durchschaute ihn und setzte seine Sprungdüsen ein, um durch die Luft über Michaels Hundert-Tonnen-Titan zu hüpfen und in dessen Rücken aufzusetzen.

Diesmal traf die Gausskugel voll ins Schwarze. Sie brach den Rücken des *Brandschatzer* auf und schwächte die interne Struktur im Zentrum seines Rumpfes, richtete aber darüber hinaus kaum Schaden an. Die PPK drosch zusätzliche Panzerung vom linken Mecharm, während die Laser erneut ihre Lichtschwerter über seinen Rücken spielen ließen. Der Blackstar-Kampfkoloss schüttelte sich heftig unter dem Bombardement, aber mit einer schnellen Beinbewegung schaffte Michael es, ihn aufrecht zu halten. Er drehte sich, um wenigstens den rechten Arm gegen den *Falkner* einsetzen zu können. Zu seinem Glück war die Rückenpanzerung seines BattleMechs nahezu unbeschädigt gewesen, sodass sie die tödlichen Energie relativ gut absorbiert hatte. Aber Michael musste seinem Gegner zugestehen, dass er eine mutige Taktik eingesetzt hatte, wie sie in der Arena häufig die Entscheidung brachte.

Nur war dies kein Spiel, und Michael war kein durchschnittlicher Mechjockey, den man so leicht abhandeln konnte.

Mit von der Gluthitze in seinem Cockpit ausgedörrter und zugeschnürter Kehle streckte Michael den rechten Mecharm aus und zielte mit dem Laser geradewegs auf das Cockpit seines Gegners. Ein feuerrotes Energiebündel jagte aus der Mündung und wütete mit ganzer Vernichtungswut auf dem Panzerglas des Kanzeldachs und der rechten Flanke des Cockpits. Es reichte nicht aus, den Schutzpanzer über der Pilotenkanzel zu durchschlagen, aber ohne Zweifel hatte der Kopftreffer den MechKrieger in ihrem Innern geschockt und für ein paar Sekunden geblendet.

Das gab Karl Edward und Aubry Larsen die Chance, auf die sie gewartet hatten. Die beiden waren umgedreht und hatten jetzt denselben Vorteil dem *Falkner* gegenüber, den er gegen Michaels *Brandschatzer* genossen hatte. Sie standen in geringer Entfernung hinter ihm.

Aubry schoss zuerst. Der schwere Laser ihres *Drachenfeuer* spießte den Steiner-Mech in der Mitte des Torsos auf, während die LB-X-Autokanone ihn mit Bündelmunition bombardierte und kostbare Panzerung abscheuerte. Alle anderen Waffen schossen daneben.

Karls Angriff war zurückhaltender, aber doppelt so effektiv. Er feuerte zwei weitere Lichtwerfer, die sich durch den Rücken des *Falkner* bohrten und das Gyroskopgehäuse anfraßen. Eine Gausskugel flog hinterher und beendete das Werk, zertrümmerte die empfindliche Anlage und krachte durch eine Schwachstelle in der Frontpanzerung des Mechs wieder ins Freie. Die Kugel, deren Energie inzwischen so gut wie verbraucht war, prallte von Michaels *Brandschatzer* ab. Der starrte auf die nach ihrem Flug durch die Innereien des *Falkner* grotesk zerbeulte und verbogene Kanonenkugel hinab. Dann fiel ein Schatten über die verformte Gaussmunition, als der Mech geradewegs über ihr zusammenbrach.

Michael bewegte seinen überschweren Kampfkoloss vorwärts und senkte dessen ganze einhundert Tonnen auf den Arm der lyranischen Maschine, der unter den titanischen Metallfüßen zerbarst. Ein weiterer Schritt zertrümmerte ein Mechbein und das andere folgte Sekunden später. Befriedigt, dass dieser Feindmech in der nächsten Zeit nicht wieder aufstehen oder sich auch nur zur Bergung eignen würde, humpelte Michael hinüber zu seinen zwei Kameraden.

»Keine schlechte Arbeit. Ein *Imperator* wird sich gut machen auf meiner Abschussliste. Gut geschossen, Karl. Erstklassige Hilfe. Wir machen noch einen 1A-Kämpfer aus dir.«

»Der dritte Mech hat sich aus dem Staub gemacht, als der *Imperator* zu Boden ging«, gab Karl durch, ohne auf Michaels Bemerkung einzugehen. Seine Stimme war tonlos, was auf Verärgerung hindeutete.

Hatte Karl etwa erwartet, den *Falkner* als seinen Abschuss verbuchen zu können? Michael runzelte die Stirn. Das war völlig illusorisch. Der *Falkner*-Pilot war so auf Michaels *Brandschatzer* konzentriert gewesen, dass er zu seinem Unglück alles andere um sich herum vergessen hatte. Und Aubry hatte ihn angeschossen, bevor Karl auch nur einen Treffer gelandet hatte. Ebenso wie Michael, was das betraf. Das war kein sauberer Abschuss gewesen. Michael würde später ein kleines Gespräch mit Karl führen müssen.

»Was jetzt, Michael?«, fragte Aubry, die automatisch die Führung des älteren Blackstar-Piloten akzeptierte.

Er drehte sich mit dem *Brandschatzer* langsam um die eigene Achse, wobei er seine Aufmerksamkeit zwischen dem Blick aus dem Kanzeldach und den Ortungsanzeigen aufteilte. Er konnte weder feindliche noch befreundete Mechs entdecken. Nur Aufrührer und das gelegentliche Fahrzeug, das versuchte, sich mit Höchstgeschwindigkeit einen Weg an sein Ziel freizurammen. Aus der Gegend um das Kolosseum stieg öliger Qualm in großen Säulen in den grauen Himmel.

Irgendwo da draußen hatte Victor Vandergriff ein Versteck gefunden, einen Unterschlupf, in dem er seinem Untergang entgehen und Michael den Sieg vorenthalten konnte, der ihm zustand. Michael drängte es, nach ihm zu suchen, das Duell zu beenden, das Vandergriff aus der Arena ins Stadtgebiet getrieben hatte, aber dafür war jetzt nicht der richtige Zeitpunkt. Nicht in einem beschädigten Mech und während die schlesischen Sicherheitstruppen und sämtliche Krieger der Steiner-Mechställe Jagd auf ihn machten. Ganz zu schweigen von den anderen Fraktionen mit einem Hass auf Blackstar oder Michael ganz persönlich.

»Jetzt halten wir die Tür auf und versuchen die anderen in diese Richtung zu lotsen«, erklärte er schließlich. »Über die Narvikallee können wir alle nach Cathay entkommen, und wir drei sollten genügen, einen Vorstoß entlang des Flussufers anzuführen, falls die MadCaps uns irgendwelche Schwierigkeiten machen. Danach haben wir freie Bahn zur Boreal Reach, um unsere Mechs reparieren zu lassen. Vielleicht können wir da auch herausfinden, wie die Lage in der Stadt ist. Auf wen wir zählen können, und wer sich uns entgegenstellt.«

»Kann nicht behaupten, dass es mir leid tut, mich von hier zu verabschieden«, stellte Aubry fest. »Auch wenn ich nichts dagegen hätte, noch ein paar Banken einzutreten. Mein Teil, um die Umverteilung lyranischer Vermögenswerte zu beschleunigen.«

Karl mischte sich in das Gespräch ein, noch bevor sie ausgesprochen hatte. »Vielleicht sollten wir nach einem Weg suchen, das zu beenden, bevor die Lage völlig außer Kontrolle gerät.«

»Dafür ist es zu spät, Karl.« Michael war schon mit der Planung seiner nächsten Schritte beschäftigt, um eine weitere Gruppe Davion-MechKrieger herzubringen. Er würde retten, so viele er konnte. Dann würden sie alles an brauchbarem Bergungsgut zusammenklauben, das sie tragen konnten, und sich auf den Weg nach Black Hills machen. Er sah sich noch einmal um, suchte nach einem Ziel. Nach Victor Vandergriff.

»Nein, dieser Kampf ist noch nicht vorüber. Noch lange nicht.«

* * *

Die Zeiger der Wanduhr krochen langsam über Mitternacht und Julian Nero rieb sich die Augen. Als er vor die Kameras trat, hatte er den unangenehmen Nachgeschmack des gesüßten Kaffees im Mund, mit dem er sich seit Stunden wach hielt. Seine Live-Radioübertragung war in einen Bildkommentar übergegangen, nachdem die Kameracrews der Arena es geschafft hatten, Bilder des Aufruhrs und der Mechkämpfe zu liefern, die in Schlesien tobten. Für etwas Derartiges waren sie ganz und gar nicht ausgebildet, ebenso wenig wie das Hinterzimmer des beinahe menschenleeren Kolosseums eine ideale Bühne für seine Berichte war. Aber es hätte Zeit gekostet, in ein reguläres Studio umzuziehen, und Mühe, dessen reguläre Nachrichtensprecher zu verscheuchen. Julian dachte nicht daran, den kleinen Vorsprung aufzugeben, den er dadurch bekam, dass er als Erster vor Ort gewesen war. Der Mann mit dem Durchblick. Der unfehlbare Nero hatte nicht vor zu fiedeln, während Solaris City brannte. Er war seit sechs Stunden ohne Ablösung – er hatte sich geweigert, seinen Platz zu räumen – und ohne vorgefertigte Werbepausen auf dem Sender. Das war in dieser Branche bestimmt noch nie dagewesen.

Jemand hinter den Kameras sagte: »Live in drei, zwei...«

Statt eine Eins wies ein ausgestreckter Zeigefinger in seine Richtung. Auf einer der Kameras leuchtete ein rotes Licht auf. Julian sah hinüber, als hätte er sich gerade mit jemandem außerhalb des Bildes unterhalten, um die letzten Neuigkeiten für die Zuschauer zu sammeln. Die Zuschauer, die noch vor den Bildschirmen saßen und nicht auf den Straßen damit beschäftigt waren, die Nachrichten zu machen.

»Die Nachricht von der Katastrophe, die heute Abend hier im Kolosseum ihren Anfang nahm, hat sich wie ein Waldbrand durch ganz Solaris City verbreitet«, stellte er in einem Atemzug fest. »Wie durch Funkenflug hat sich das Chaos von einem Gefahrenherd zum nächsten ausgebreitet und neue Brandherde entzündet, von denen aus sich der Aufruhr erweiterte, bis niemand den Feuersturm mehr aufhalten konnte. Kein Sektor der Stadt ist von den Unruhen ausgenommen, auch wenn Montenegro durch die weiträumigen Industriegebiete, die wie geschaffen für Mechkämpfe sind, möglicherweise weniger gelitten hat als andere Stadtviertel. Das Flussufer Kobes liegt nach Garretts beeindruckendem Amoklauf in Trümmern, der eine Horde zertrümmerter BattleMechs und ein Mordopfer hinterlassen hat: den bisherigen Champion Theodore Gross. In den letzten Stunden haben mindestens fünf Krieger seine Herausforderung zum Duell angenommen und im Schatten der Gründerbrücke hat er sie alle besiegt. Vor nicht einmal fünfzehn Minuten ist er schließlich auf die Davion-Seite zurückgekehrt, wobei er die einst stolzen Krieger Kobes weiter mit seinem Hohn überschüttete.«

Er pausierte für mehrere tiefe Atemzüge, um seiner Stimme frische Kraft und den Zuschauern Gelegenheit zu geben, einen handfesten Hass auf den Clan-Renegaten zu entwickeln. »Aber kein Sektor, nicht einmal Black Hills, ist bis jetzt in einem Ausmaß verwüstet, wie es Schlesien getroffen hat. In den Straßen herrscht der nackte Wahnsinn. Die Plünderungen nehmen unvermindert ihren Gang und ganze Nachbarschaften organisieren sich inzwischen zu bewaffneten Banden, die offen entweder Victor Vandergriff oder überraschenderweise Michael Searcy unterstützen. Die sprichwörtlich schweigende Mehrheit hat bewiesen, dass sie sehr wohl über eine Stimme und eine beachtliche Anhängerschaft verfügt. Und auf den Strömungen dieses Aufruhrs werden die Stimmen der Unterstützung für Archon Katrina oder Prinz Victor laut.«

Julian Nero wusste, dass er das Publikum in seinen Bann geschlagen hatte, wusste es auf eine Weise, die ihn ermutigte, seinen Instinkten zu folgen. Er hatte sie am Haken, und sie würden immer wiederkommen, solange er seine Versprechungen hielt. Aber dazu musste er ihnen erst Versprechungen machen.

»Und so bleibt uns nichts, als zu warten. Und Fragen

zu stellen. Wo ist Victor Vandergriff? Wann wird Schlesiens Polizei die Ordnung wiederherstellen? Kann sie das überhaupt? Wer wird nach Theodore Gross, Sheridan Lang und Torrence Klein das nächste prominente Opfer der Unruhen werden? Wird sie jemand rächen, oder sind sie umsonst gestorben? Fragen über Fragen. Und ich bin hier, um Ihnen die Antworten zu liefern. Soviel für jetzt von Julian Nero, dem Mann mit dem Durchblick.«

12

Skye-Tiger-Gut, Schlesien, Solaris City, Solaris VII
Freedom-Theater, Provinz Skye, Lyranische Allianz

16. August 3062

Victor Vandergriff beobachtete, wie Jerry Strouds Techs mit Schweißbrennern, Testgeräten und verschiedensten anderen Werkzeugen über seine *Banshee* schwärmten. Ein wenig abseits ließ er sich von der seltenen Morgensonne wärmen, die durch die offenen Hangartore hereinfiel. Er hatte die Nacht als Strouds Gast verbracht, aber nicht viel geschlafen. Die ganze Nacht war der ferne Lärm der Aufstände und Mechgefechte an seine Ohren gedrungen, und später das Scheppern von Metall und das Kreischen der Schweißbrenner, das die Reparaturen an seinem Kampfkoloss begleitete.

Strouds Gut mitten in der Stadt verfügte über eine komplett ausgerüstete Wartungs- und Reparaturanlage, in der normalerweise die Mechlanze versorgt wurde, die zu seinem Schutz hier stationiert war. Victor hatte keine Erlaubnis für Arbeiten an der *Banshee* gegeben, aber er hatte auch ganz sicher nichts dagegen, dass man seinen Mech wieder kampfbereit machte.

In einer Hand hielt er eine Schale mit warmem Getreidebrei, die er auf dem Weg aus dem Gutshaus von einem reichgedeckten Tisch mitgenommen hatte. Selbst mit reichlich Quillarpulver bestreut schmeckte der Brei fade. Darin ähnelte er dem Sonnenlicht, das kaum Wärme zu liefern schien. Victor schaffte es nicht, allzu viel Dankbarkeit für die fürstliche Behandlung aufzubringen, die sein früherer Arbeitgeber ihm zukommen ließ. Heute Morgen konnte nichts ihn aufheitern. Die Ereignisse des gestrigen Abends hingen wie düstere Gewitterwolken der Selbstanklage über seinem Haupt.

Er hatte verloren.

Das war die knallharte, einfache Wahrheit. Das war der große Kampf gewesen: seine letzte Chance. Das Einzige, was wirklich wichtig gewesen war, war der Sieg über Michael Searcy gewesen, über den Davion-Favoriten. Selbst der Championstitel des Großen Turniers wäre dagegen verblasst, zumindest in diesem Jahr. Searcy zu besiegen hätte genügt, um seine Auferstehung zum erfolgreichen Abschluss zu bringen. Er wäre wieder ein Mitbewerber um den Titel geworden, der die Mengen in die Stadien gelockt und enorme Preisgelder kassiert hätte. Der Bezwinger der Vereinigten Sonnen. Oh, wie herrlich hätte sich das im Medienzirkus vor dem Kampf ausspielen lassen.

Und er hatte die Chance durch die Finger gleiten lassen, war gezwungen gewesen, den Rücktritt anzutreten, als Searcys verfluchte Gaussgeschütze seinen Mechtorso aufgerissen und die überlebenswichtigen Bauteile schutzlos freigelegt hatten. Obwohl der Kampf theoretisch unentschieden geendet hatte, war Victor in jenem Augenblick klar geworden, dass Searcy ihm über war. Und Searcy wusste es ebenfalls, was noch schlimmer war.

Er drehte sich um, als er Schritte näher kommen hörte und sah Jerry Stroud. »Fast wie neu«, stellte Stroud fest und deutete auf die *Banshee*.

»Fast«, bestätigte Victor knapp. »Aber ich verstehe nicht so recht, was das Skye-Tiger-Logo auf dem rechten Bein soll.«

»Ach, das«, sagte Stroud. »Schien mir nur gerecht. Wir haben dir Unterschlupf gewährt und deinen Mech wieder zusammengeflickt. Ich muss die Möglichkeiten eines Sponsorings im Auge behalten. In den letzten achtundvierzig Stunden habe ich Millionen verloren. Vier BattleMechs nicht eingerechnet. Ich kann mir keine Spenden leisten.«

Victor drehte sich halb um und musterte sein Gegenüber. Stroud war lässig gekleidet, pflegte dabei aber ein glattrasiertes, paramilitärisches Aussehen. Er sprach im kurzen abgehackten Rhythmus eines Kampfeinsatzes, in dem jede Sekunde zählte, doch seine Wortwahl wies auf eine gute Erziehung hin.

»Bitten Sie mich, wieder für Sie zu kämpfen, Jerry?«

Stroud schien das Logo seines Mechstalls auf dem Bein der *Banshee* zu bewundern. »Lynch hat immer noch die bevorzugte Position. Und ich habe es gestern Nacht mit Trevor durchgesprochen. Er versteckt sich übrigens in Joppo, falls du mit ihm reden willst.« Er wies in Richtung des Stall-Logos, eines Tigerkopfes vor einem blauen Mond. »Das wird Solidarität unter den lyranischen Ställen deutlich machen. Ein Zusammenlegen der Ressourcen. Es ist wichtig. Für Schlesien.«

Victor hörte sich die lange Erklärung an und schüttelte den Kopf. »Bitten Sie mich, wieder für Sie zu kämpfen?«

Stroud blinzelte und blickte von der *Banshee* zu Victor. Es war offensichtlich, dass er auf Zeit spielte. Dann nickte er, einmal. »Wenn du es mich unbedingt sagen hören willst, Victor. Ja, ich möchte, dass du wieder für die Skye-Tiger antrittst, für mich antrittst. Für die Dauer der Krise.«

Victor schob sich einen Löffel Getreidebrei in den Mund und versuchte, das Gefühl der Genugtuung zu verbergen, dass diese Worte in ihm auslösten. »Und wie lange wird das sein? Aufstände dauern nicht ewig. Die Sicherheitskräfte werden sie schnell genug niedergeschlagen haben.«

Stroud schüttelte den Kopf. »Die schlesische Polizei ist an den Grenzen zu Cathay und Montenegro viel zu zerfasert. Das gilt zum größten Teil auch für Hollis. Sie führen einen aussichtslosen Kampf, Gefechte zwischen den Zivilbevölkerungen angrenzender Sektoren zu verhindern. Dadurch ist innerhalb Schlesiens kaum Polizei verfügbar und im Innern des Viertels führen ganze Straßen Krieg gegeneinander. In Black Hills sieht es genauso aus.«

Er deutete auf zwei weitere kampfgezeichnete BattleMechs, die in benachbarten Gerüsten darauf warteten, dass die Techs Zeit für sie hatten. »Die MechKrieger kämpfen natürlich gegeneinander, wo immer sie eine Gelegenheit finden. Die Tunnel unter der Stadt sind Mördergruben. Die Straßen entlang der Sektorengrenzen sind kaum besser. Sie sind von den Mechkämpfen und den Aufständen besonders hart getroffen.«

Victor verzog das Gesicht, als er das hörte, und musterte die beiden auf Reparaturen wartenden Skye-Tiger-Mechs näher. Er ging langsam zum Ersten hinüber und versuchte sich darüber klar zu werden, was ihn an seinem Anblick störte. Dann fand er die Antwort. »Dieser *Nachtschatten* hat reichlich Schaden am Rücken.« Er warf einen Blick hinüber zu der andern Maschine und bemerkte zerschmolzene Panzerung, die zu einem gefrorenen Wasserfall erstarrt war. Zumindest, bis die Techs ihre Schleifgeräte zückten. »Genau wie der *Holländer* hier. Das sind mittelschwere Lasertreffer. Ihre Leute haben Crucier so dicht hinter sich herangelassen?«

»Die Schäden stammen von lyranischen… ex-lyranischen BattleMechs.« Stroud schleuderte den beschädigten Mechs zornige Blicke zu, als wären sie selbst für ihren Zustand verantwortlich. »Ein paar unserer Leute sind zu den Davionisten übergelaufen, als sie Befehl erhielten, eine Nachbarschaft unter Kontrolle zu bringen, die sich öffentlich auf Victor Davions Seite geschlagen hat. Keinen von ihnen kümmert, dass der Prinz keinerlei Absicht zeigt, den Thron zurückzufordern.« Er sah wieder zu Victor. »Meine Leute standen ihnen im Weg, als es geschah.«

Bei der Vorstellung, dass Lyraner sich auf die Seite

Davions schlugen, wurde Victor übel. »Mechs gegen Zivis einzusetzen, ist nie eine gute Idee«, stellte er zögernd fest. »Ich würde meinen, dass sich die Aufstände in nicht allzu langer Zeit von selbst erschöpfen. So ist es immer.«

Stroud schüttelte den Kopf. »Das ist kein gewöhnlicher Aufstand. Ich habe gestern Nacht das östliche Torhaus verloren. Völlig zerstört. Ähnliche Angriffe hat es auch gegen das Skye-Tiger-Zentrum in der Nähe der Grenze gegeben. Infanterie-KSR-Werfer, Victor. Seit wann haben Zivilisten Zugriff auf Militärwaffen?«

»Na ja, wir *sind* in Solaris City.«

Stroud lächelte nicht. »Dahinter steckt Hasek-Davion. Es kann niemand anders sein. Er wird keine Ruhe geben, bis er persönlich Erde auf meinen Sarg schaufeln kann.«

Victor zuckte bei der Erinnerung an das Debakel der vergangenen Nacht zusammen. »Sie glauben, Drew Hasek-Davion schürt die Aufstände?«

»Ich weiß, dass es so ist. Aber mein einziger Zeuge würde zumindest in einem Gerichtsverfahren keinen glaubwürdigen Eindruck hinterlassen. Ich vermute, dass Hasek-Davion auch hinter der Sabotage am Kolosseum und meinen Verlusten steckt. Der Mann ist mächtig, besonders, solange er Michael Searcy kontrolliert.«

Victor nickte. Hasek-Davions Stellung stützte sich weitgehend auf Searcys Erfolg oder Niederlage. Gleichgültig, wie stark ein Stallbesitzer war, es hing eine Menge von seinem wichtigsten Arenakämpfer ab. Wäre Victor in der vergangenen Nacht nicht zum Rückzug gezwungen gewesen, könnten die Schwierigkeiten, in denen Solaris City derzeit steckte, bereits der Vergangenheit angehören. Aber so war es nicht gekommen. Jetzt drohte Jerry Stroud ein noch schwererer Verlust, weil Blackstar unter dem Mantel der Aufstände den Druck verstärkte. Victors einziger Weg zurück ans Licht schien unlösbar mit dem aufsteigenden Stern von Stormin' Michael Searcy verbunden.

»Was ist mit den ComGuards? Haben Sie keinen Versuch unternommen, die Ordnung aufrechtzuerhalten?«, fragte er. ComStar unterhielt ein volles Mechregiment auf der Spielwelt. Die Truppen waren weit außerhalb Solaris Citys stationiert, konnten aber problemlos angefordert werden.

»Sie haben Befehl, vorerst nicht einzugreifen. Vergiss nicht, dass ihr neuer Befehlshaber Victor Davion heißt. Würdest du wollen, dass er für sich in Anspruch nehmen kann, einen Bürgerkrieg auf einer lyranischen Welt beendet zu haben?«

Daran hätte Victor auch selbst denken können. Aber wenn man den ComGuards nicht gestatten konnte, sich einzumischen, blieben fünf mehr oder weniger gleich starke Sektoren im Streit miteinander, jeder mit verschiedenen internen Fraktionen aus Ställen und unabhängigen Mechkooperativen, die auf den eigenen Vorteil bedacht waren. Solaris VII konnte mehr als zehn Mechregimenter zusammenziehen, aber ohne permanente Garnison hatten die Lyraner keine Chance, den Planeten zu dominieren. »Sie zeichnen ein reichlich trostloses Bild«, stellte er schließlich fest.

»Das hängt davon ab, wie man es betrachtet, Victor. Drew Hasek-Davion hat bewiesen, dass jede Situation ihre Möglichkeiten hat, gleichgültig, wie übel es auf den ersten Blick erscheint. Dasselbe gilt für den Clanner, Garrett, der seinen privaten Kleinkrieg gegen die Draconier auf die Straßen getragen hat. Wir können nicht einfach hier sitzen und gar nichts tun. Das würde Black Hills stärker als Schlesien erscheinen lassen. Aus diesem Grund brauche ich dich an meiner Seite. Die Frage bleibt: Was willst du?«

Victor Vandergriff drehte sich wieder zu seiner *Banshee* um und starrte auf die noch zu reparierenden

Schäden, Schäden, die ihr der Mann zugefügt hatte, der noch zwischen ihm und seiner Ehrenrettung stand. Dem Mann, der für den Feind Jerry Strouds in den Ring stieg. Was wollte er?

Victor legte blanken Hass in seine Antwort. »Ich will Michael Searcy.«

* * *

Im Tunnelsystem unter den berüchtigten Slums des Miethausbereichs von Cathay hatte Michael Searcy Mühe, das Gleichgewicht zu wahren, als eine Wasserflut den engen Tunnel herabschoss und über die Füße des *Brandschatzer* wusch. Der Gang fiel steil ab und tauchte in den tiefsten Teil des Tunnellabyrinths unter Solaris City ab, das Gangsystem unter der Cathay-Senke. Tausende Liter strömten in einer meterhohen Wellenfront vorbei und schlugen mit solcher Gewalt gegen den Mech, dass er aus dem Rhythmus kam. Der Kreiselstabilisator heulte unter der Anstrengung auf, den Kampfkoloss zu stabilisieren, aber durch geschicktes Manövrieren konnte Michael ihn auf den Beinen halten. Das Wasser wogte mit solcher Gewalt um die Mechbeine, dass es bis an sein Kanzeldach spritzte. Aber Sekunden später verdampfte es, als die rubinroten Energien eines mittelschweren Impulslasers dem *Brandschatzer* eine Salve von Lichtbolzen an den Kopf schleuderten.

Der *Drachenfeuer*, der ihn attackiert hatte, duckte sich in einen Seitengang, um dem Gegenschlag zu entkommen. Der *Lichtbringer* dreihundert Meter weiter den schmalen Tunnel hinab hatte weniger Glück. Michaels schwerer Laser jagte eine rubinrote Energielanze in sein Bein, dann brach die Kugel eines seiner Gaussgeschütze an der geschwächten Stelle durch die Panzerung. Die kinetische Energie der massiven Nickeleisenkugel reichte aus, den Titanstahlknochen auf halber

Höhe des Oberschenkels entzwei zu brechen. Von seiner Position hinter dem *Brandschatzer* aus feuerte Karl Edwards *Cestus* eine Gausskugel dicht an Michaels Mechschulter vorbei und sprengte eine Tonne Panzerung von der rechten Rumpfseite des unglückseligen *Lichtbringer*.

Ein unnötiger Schuss, dachte Michael. Er hatte den Gegner bereits erledigt.

Plötzlich nur noch auf einem Bein, verlor der *Lichtbringer* den Kampf gegen die Schwerkraft. Er brach an der Tunnelwand zusammen, das verbliebene Bein als improvisierter Damm quer in den Gang gelegt. Die geheimnisvollen Fluten tosten um das Hindernis und schleuderten den Mech auf den Rücken. Die Sprengbolzen der Rettungsautomatik brachen das Kanzeldach auf und der MechKrieger kletterte hastig aus dem überfluteten Cockpit. Er stieg auf die Brust seiner Maschine, dann schien er zu dem Schluss zu kommen, dass er im Kampf gegen die Strömung bessere Chancen hatte, als wenn er sich auf die Gnade seiner zu Feinden gewordenen ehemaligen Verbündeten verließ. Er sprang in die tobenden Fluten und wurde davongerissen.

»Was ist los, Karl?«, fragte Michael. Das Wasser stieg immer höher und reichte bereits bis zu den Knien des *Brandschatzer*.

Karl Edward fungierte als Funkoffizier des Zweiergespanns und hielt die Verbindung mit Boreal Reach, wo Blackstar und die meisten anderen Mechställe der Vereinigten Sonnen ihre Befehlszentrale aufgebaut hatten. Selbst Sternenlicht, ein Stall, der für seine langjährige Feindschaft mit Blackstar bekannt war, hatte Krieger beigesteuert. Bis auf die drei Deserteure, die Michael und Karl durch das Tunnelsystem verfolgt hatten.

»Es ist der Fluss«, antwortete Karl. »Anscheinend ist es auf der Cathayseite der Stahlbrücke zu einem Feuergefecht zwischen dem Tancred-Stall und ein paar montenegriner MechKriegern gekommen. Irgendjemand hat die Brücke gesprengt, und als die Montenegriner versucht haben heimzukehren, hat sich der Kampf unter die Oberfläche verlagert. Niemand weiß sicher zu sagen, was dann passiert ist, aber ich würde schätzen, dass in einem der Tunnel unter dem Flussbett ein Reaktor hochgegangen ist. Der Fluss stürzt ins Tunnelsystem und strömt hangabwärts, geradewegs nach Cathay.«

»Na, dieses Viertel hatte schon lange eine anständige Spülung nötig.«

Michael steuerte seinen *Brandschatzer* zur nächsten Kreuzung hinab, dorthin, wo sich der *Drachenfeuer* versteckt hatte. Auf seiner Ortung war keine Spur des Verrätermechs zu entdecken. Er musste sich durch den nächsten Seitengang aus dem Staub gemacht haben. Nach Süden ging es tiefer nach Cathay hinein. In westlicher Richtung erreichte man früher oder später Schlesien, ohne Zweifel das Ziel der Deserteure. Wenn sie sich nach Osten wandten, führte der Weg Michael und Karl nach Hause.

»Verfolgen wir sie?«, fragte Karl.

»Es sind deine Kumpels. Was meinst du?« Die drei Renegaten waren Sternenlicht-Krieger, und Michael sah keinen Anlass, es seinem Freund leicht zu machen. In dieser Situation musste sich jeder für eine Seite entscheiden. Karls Stallkameraden hatten die falsche Wahl getroffen.

»Dein *Brandschatzer* hat ziemliche Schäden an Kopf und Torso. Wenn deine Panzerung ein Loch bekommt und Wasser eindringt, könntest du hier unten deinen Mech verlieren.« Karls kurze Pause gab Michael Gelegenheit, sich selbst davon zu überzeugen, wie hoch das Wasser stand. »Je weiter wir nach Cathay vordringen, desto tiefer wird es.«

Karl hatte Recht, dass sie nicht nur gegen die abtrünnigen Sternenlicht-Krieger würden kämpfen müssen, wenn sie die Verfolgung fortsetzten, sondern auch gegen das Wasser. Michael war froh, dass sie wenigstens einen der flüchtigen Mechs gestellt hatten. »In Ordnung. Wir schleppen den *Lichtbringer* als Bergungsgut zurück nach Black Hills und vergessen die anderen vorerst. Vielleicht erledigen die MadCaps sie für uns, wenn es die Flut nicht übernimmt.« Er konnte sich eine spöttische Bemerkung nicht verkneifen. »Wenn nicht bald jemand die Schleusentore dicht macht, sinkt Cathay womöglich noch tiefer.«

Die beiden Kampfmaschinen wateten zu dem *Lichtbringer* hinüber. Das 75-t-Wrack zwischen sich, zerrten sie ihn in den nach Osten führenden Gang, den Hang hinauf und aus dem unmittelbaren Zugriff der Fluten.

»Zu schade«, murmelte Michael mehr zu sich selbst, als für die Ohren eines anderen bestimmt. Nur hatte er vergessen, das Kehlkopfmikro abzuschalten.

»Was ist zu schade?«, fragte Karl.

»Dass hier unten keine Medienkameras sind. Nur Überwachungskameras und unsere Geschützobjektive. Eine Verfolgung durch enge Tunnelgänge, gefolgt von einer Flutwelle und einem ganz guten Finale, bei dem der *Lichtbringer* das Bein abgerissen bekommt, würde ganz gute Bilder liefern, meinst du nicht?«

Karls Antwort ließ lange auf sich warten. »Ja, Michael, vermutlich hätten sie eine Menge Vita-Orange oder Holoviddisks vom letzten Sunspotkonzert verkauft. Richtig zusammengeschnitten und mit Werbung gekoppelt, natürlich.«

Natürlich. Bei Karl hörte sich das an, als sei daran etwas nicht in Ordnung, aber genauso lief es nun einmal auf Solaris VII, und niemand konnte sich leisten, das zu vergessen. Nicht, wenn er auf der Spielwelt obenauf bleiben wollte, und genau das hatte Michael Searcy vor. Die Trophäe war in Reichweite, und so oder so würde er sie sich sichern. Ob es nun Arenaduelle waren oder offener Schusswechsel in den Straßen, es blieb ein Kampf zwischen den Fraktionen. Krieger gegen Krieger.

Steiner gegen Davion?

Michael dachte an das ›Mechrunde‹-Interview zusammen mit Jarman Bauer. Er hatte das Spiel mitgemacht, aber die Regeln gebeugt, wie es ihm behagte. Er hatte Bauer eine Falle gestellt und ihn vor den Kameras niedergeschlagen. Und am nächsten Tag hatte Stormin' Michael Searcy in Ishiyama über das ›Landei‹ triumphiert. Präsentation und Demonstration. Schein wurde Wirklichkeit. Und mehr tat er auch jetzt nicht. Oder? Er war der Favorit der Vereinigten Sonnen, und man erwartete von ihm, dass er die Ehre seiner Nation und des Blackstar-Stalls verteidigte.

Schein und Wirklichkeit.

Gab es da wirklich einen Unterschied?

13

**Grünes Haus, Black Hills, Solaris City, Solaris VII
Freedom-Theater, Provinz Skye, Lyranische Allianz**

16. August 3062

Die Überwachungskameras auf der hohen Mauer, die das Grüne Haus umgab, drehten sich von einer Seite zur anderen und suchten die Straße nach möglichen Gefahren ab. Erstaunlicherweise waren die Straßen weitgehend leer. Dieser Teil des Viertels war zu weit entfernt von der Innenstadt, und bisher war der Mob nicht bis in diesen teuren Wohnbezirk von Black Hills vorgedrungen. Sollte jemand den Versuch unternehmen, war an der Ecke St. Hellions Avenue und April Street ein *Totschläger* stationiert, der Plünderungen und ähnlich unerwünschtes Verhalten unterbinden würde, während er zugleich Ausschau nach feindlichen Mechs hielt. Das örtliche Tunnelsystem war durch bewusste Einstürze der Zugangskorridore abgeriegelt worden, sodass BattleMechs sich nur an der Oberfläche nähern konnten. Das einzige Sicherheitsrisiko bestand in der nahen Grenze zu Cathay, aber deren gegenüberliegende Seite wurde noch von der Freies-Capella-Fraktion kontrolliert, die traditionell gute Beziehungen zu Haus Davion pflegte.

Womit Drew Hasek-Davions persönlicher Besitz sich mitten in einem der wenigen relativ sicheren Bereiche befand, die es in Solaris City noch gab.

Megan Church schob sich an einer der fünf Meter hohen Wände entlang und lauschte auf mögliche Gefahren über das Scharren ihrer Lederjacke auf der rauen Steinoberfläche hinaus. In der rechten Hand hielt sie einen ein Meter langen Stock. An einem Ende des Stabs hing eine Schlaufe herab, das andere endete in einer harten, mit einer Spezialplastikhülle abgedeckten Kugel. Sie drückte sich an die Mauer, um nicht ins Blickfeld der Kameras zu gelangen, deren Objektive sie über den Mauerrand lugen sah. Durch ihre asynchrone Bewegung entstanden kurze Lücken in der Abdeckung. Das genügte.

Hätte der Pilot des *Totschläger* das Gerät in ihrem Besitz bemerkt, hätte er sie auf der Stelle getötet, nur um auf Nummer Sicher zu gehen. Es handelte sich um eine Kletterstange, eine Infanterieausrüstung, um am Bein eines BattleMechs hochzuklettern und Bündelladungen in Knie und Hüftgelenken zu platzieren. Außer beim Einsatz dieser und einer Handvoll weiterer Spezialausrüstungen waren MechKrieger gegen alles geschützt, was bloße Fußtruppen ihnen entgegenschleudern konnten. Glücklicherweise kehrte der Mech ihr den Rücken zu, und auch wenn sein Pilot ohne Zweifel über eine 360°-Anzeige auf dem Sichtschirm seines Cockpits verfügte, war die Gefahr, dass er sie unter diesen Umständen bemerkte, ziemlich gering. Außerdem hatte Megan nicht vor, sich ihm noch weiter zu nähern. Auch außerhalb des Schlachtfelds konnte eine Kletterstange sich als nützlich erweisen.

Sie beobachtete die unregelmäßigen Kamerabewegungen und zog die Plastikhülle von der Kugel der Kletterstange. Dabei achtete sie sorgfältig darauf, nicht mit dem Spezialkleber an der Oberfläche in Berührung zu kommen. Als beide Kameras unmittelbar über ihr das Sichtfeld kreuzten und sich auseinander bewegten, löste sie sich schnell von der Mauer, zielte über deren Krone und presste den Auslöser am Schaft der Stange. Die Kugel wurde von einer kleinen Druckluftpatrone in die Höhe geschossen und flog zehn Meter weit, bevor der Draht, an dem sie befestigt war, seine volle Länge erreicht hatte. Die Kugel fiel auf der anderen Seite der Mauer herab und der Industriekleber auf ihrer Oberfläche verband sich augenblicklich mit dem Stein. Megan drückte einen zweiten Knopf, und mit einem singenden Geräusch spulte der Motor im Innern den Draht wieder auf.

Sie stellte einen Fuß in die Schlaufe und ließ sich von der Kletterstange die Mauer hinauftragen. Als sie sich der Mauerkrone näherte, brauchte sie nur den Motor abzuschalten, das Kabel um eine der Eisenspitzen zu winden, die von der Oberkante der Begrenzung aufragten, und sich an der anderen Seite hinabfallen zu lassen. Indem Sie sich am Ende des Kletterstangenkabels festhielt, konnte sie sich weit genug herablassen, um nur noch knappe zwei Meter auf den weichen Rasen zu fallen, den die Gärtner zu Drew Hasek-Davions Erbauung in erstklassigem Zustand hielten. Das Gerät ließ sie an der Mauer zurück, wo die Wachen es ohne Zweifel irgendwann entdecken würden.

Megan würde das Gelände durch das Haupttor verlassen.

Ein kurzer Spurt über sorgsam gepflegte Gartenwege, über denen der Duft von mehr Blumen hing, als sie je an einem Ort versammelt gesehen hatte, brachte Megan an den Sockel eines Springbrunnens. In der Mitte eines Dutzends kleiner Wasserfontänen ragte das Betonstandbild eines Landungsschiffs der *Union*-Klasse auf, dessen Sockel breit genug war, um einem kompletten Infanteriezug Deckung zu liefern. Weiter würde sie unentdeckt nicht kommen. Die Mauern hatten zwar jede Menge Sicherheitsmängel, aber das hieß keineswegs, dass die Sicherheitsmaßnahmen des Grünen Hauses das Werk von Stümpern waren. Selbst aus der besten Position hätte sie zwanzig Meter weit laufen müssen, um wieder in Deckung zu kommen, und hier waren die Kameras so aufgestellt, dass es keine toten Winkel gab. Möglicherweise hätte sie einem Wagen in die Garage folgen können, wenn sie in der Nähe der Auffahrt wartete, aber dafür fehlte ihr heute die Zeit.

Megan stand auf und schlenderte in Richtung Haustür. An der Hausecke schlüpfte sie in die offene Garage. Hasek-Davions Chauffeur lehnte an der Flanke des Amanita-Schwebers und nickte ihr zu, ohne sie eine Sekunde aus den Augen zu lassen. Sie winkte kurz und ging zur Verbindungstür ins Haus. Die Tür öffnete sich, noch bevor sie die Hand auf die Klinke gelegt hatte. Garrett stand mit einem ausdruckslosen Blick in seinen grauen Augen im Rahmen und befahl ihr, ihm zu folgen.

Diese Runde ging wieder einmal an Hasek-Davion.

»Ms. Church. Wie immer ist es ein Vergnügen, Ihnen zu begegnen.« Drew Hasek-Davion winkte ihr mit dem Billardqueue zu, als sie das Spielzimmer betrat. Er beugte sich über den Tisch, visierte am Stock entlang, und verteilte mit einem lauten Knall die bunten Kugeln über den ganzen Tisch. »Ich nehme an, ich muss mehrere Kameramotoren reparieren lassen und werde auf der nächsten Rechnung mal wieder eine Kletterstange finden.«

Sie zuckte die Achseln und sah sich um. Abgesehen von Garrett waren sie und der Besitzer des Blackstar-Stalls allein. Drew Hasek-Davion traf sich nie ohne Begleitung mit ihr. Der Mann vertraute niemandem, dessen Schicksal nicht völlig in seiner Hand lag, und Megan weigerte sich, ihm eine derartige Macht über sich zu geben. Auch ohne solche Komplikationen war es gefährlich genug, mit dem Teufel vom Grünen Haus Geschäfte zu machen.

Der beleibte Stallmeister stellte das Queue beiseite und griff nach seinem Gehstock. Er klopfte mit dem Löwenkopfknauf auf seine Handfläche, während er mit ihr sprach. »Ich hoffe, Sie hatten unterwegs keine Schwierigkeiten. Bei all den Unruhen in der Stadt hatte ich Bedenken, Sie herzubestellen.«

»Auf der Straße hat man nur Schwierigkeiten, wenn man dort nichts zu suchen hat.« Sie zog die Schultern hoch. Plötzlich wurde ihr unbehaglich dabei, wie Hasek-Davion sie mit gemessener Neugierde musterte. »Cathay ist ein Höllenloch«, stellte sie fest und schüttelte die Erinnerung an fünf entsetzliche Minuten im Liao-Viertel ab, als sie in einen Schusswechsel zwischen nicht weniger als fünf Mechs geraten war. »Aber durch Schlesien oder Black Hills zu kommen ist leicht, wenn man weiß, wann man Archon-Prinzessin Katrina oder Prinz Victor hochleben lassen muss.«

»Und das ist leicht?«, spottete Hasek-Davion.

»Ich hätte Ihnen schon vor sechs Monaten eine Karte mit allen Bezirken zeichnen können, in denen sich die victorfreundlichen Elemente in Schlesien bedeckt hielten.«

»Warum haben Sie es dann nicht getan?«, fuhr Hasek-Davion sie an. »Das hätte mir nützen können.«

Megan grinste. »Sie haben nicht danach gefragt. Meine Arbeit bestand nur darin, die Kämpfe anzuheizen. Es war nur für *mich* wichtig zu wissen, wessen Knöpfe ich drücken konnte.« Sie legte den Kopf zur Seite. »Außerdem haben Sie dafür nicht genug gezahlt.«

»Ich scheine Ihnen aber genug für eine Arbeit zu zahlen, die Sie nicht ausführen.«

Megan erstarrte, und eine Maske der Gleichgültigkeit legte sich über ihre Züge. Langsam, um ihren Gedanken Zeit zu geben, sich zu sammeln, sagte sie: »Ich weiß nicht genau, was Sie damit meinen, Sir.«

Drew Hasek-Davion trat ans andere Ende des Billardtisches und lehnte sich über den Filz, den Gehstock quer über die Platte gelegt. »Ich meine damit, dass Sie mir zweimal Kämpfe oder Ereignisse in Rechnung gestellt haben, von denen ich weiß, dass Sie keine Verantwortung dafür tragen«, antwortete er mit nur mühsam unterdrückter Wut. »Sie hatten nichts mit den Aufrührern zu tun, die gestern Nacht das Skye-Tiger-Gut attackiert haben.«

Die Distanz, die Hasek-Davion plötzlich zwischen ihnen aufgebaut hatte, zeigte, dass er den Ausbruch von Gewalttätigkeiten für denkbar hielt. Megan wagte es nicht, sich nach Garrett umzusehen, sondern fixierte mit gelbgrünen Augen ausschließlich ihren Geldgeber, während sie herauszufinden versuchte, was genau Hasek-Davion wusste. War der Angriff auf Jerry Strouds Wohnhaus von jemand anderem auf seiner Gehaltsliste koordiniert worden? Hatte sie jemand auf dem Gelände gesehen, abseits der so genannten Aufrührer? Megan entschied, zunächst einen Mittelweg einzuschlagen, in der Hoffnung, dass seine Reaktion ihr den Hinweis darauf lieferte, in welche Richtung sie ausweichen musste.

»Ich habe sie nicht gegen das Gut geführt, das stimmt. Ich nehme an, dafür hatten Sie jemand anderen.« Sie stockte und wartete, aber Hasek-Davion war ein zu erfahrener Spieler, um sich so leicht zu verraten. Also musste sie das Schlimmste annehmen. »Aber ich war bereits auf dem Gelände und habe für die Gruppe Bewaffneter gesorgt, die aus dem Gut auf die Straße kam und sich mit den Aufrührern ein Feuergefecht lieferte. Soweit ich weiß, wurden vier von ihnen getötet, was die Spannungen weiter eskalieren lassen wird.«

Drews blaue Augen verengten sich misstrauisch. »War das der Grund für ihre Anwesenheit dort?« Er starrte sie kalt an. »Ich hatte meine Zweifel.«

Jetzt hatte Megan allen Grund, ihrer angeborenen Paranoia zu danken, die sie veranlasst hatte, über dic Mauer ins Skye-Tiger-Gut einzudringen, so, wie sie heute in das Gelände des Grünen Hauses eingestiegen war. Wahrscheinlich hatte ein anderer von Hasek-Davions Agenten sie gesehen und erkannt. Das lieferte ihr mit einem Schlag mehrere Informationen. Er besaß noch andere Agenten, die in Schlesien Unfrieden säten, diese Agenten kannten ihr Gesicht, und Hasek-Davion war noch gefährlicher, als selbst sie vermutet hatte.

Hätte sie ihren ursprünglichen Plan umgesetzt, sich die Uniform einer Skye-Tiger-Werksschützerin anzuziehen und durch eines der bewachten Tore auf das Gelände zu gehen, hätte Hasek-Davions Verfolgungswahn ihn möglicherweise dazu getrieben, sie auf die bloße Möglichkeit hin, ihn verraten zu haben, erschießen zu lassen.

»Ich habe Victor Vandergriffs *Banshee* auf dem Gelände gesehen. Er wurde repariert.« Sie hoffte, mit dieser Information das Thema wechseln zu können, aber er regte keinen Muskel. Hasek-Davion ging es um höhere Einsätze als das Schicksal des momentanen Gegners Michael Searcys. Sie zuckte die Achseln und täuschte resignierte Indifferenz vor. »Ich habe ein paar Unfälle arrangiert, die man den Aufrührern anlasten könnte, besonders, nachdem sie das östliche Torhaus in die Luft gesprengt haben. Es war auch meine sorgfältig an der richtigen Stelle ins Spiel gebrachte Idee, eine kleine Truppe hinter ihnen her zu schicken.«

»Ihr Bericht hat den Eindruck erweckt, Sie hätten die gesamte Situation in der Hand gehabt.« Seine Stimme war immer noch hart, aber seine Augen glitzerten nicht mehr vor Mordlust.

»Niemand kontrolliert einen Mob«, antwortete sie. »Nicht wirklich. Man kann den *Eindruck* erwecken, ihn zu steuern, indem man erkennt, wohin die Menge treibt und sich an ihre Spitze setzt. Das gibt einem eine gewisse Kontrolle.« Zeit, aus der Defensive zu treten. »*Sie* sollten das doch am besten wissen.«

Drew Hasek-Davion blinzelte überrascht. »Wie meinen Sie das?«

»Champion der Vereinigten Sonnen?«, fragte Megan grinsend. »Blackstar unter der wehenden Sonnenschwertflagge? Vor sechs Jahren haben Sie das Vereinigte Commonwealth verteufelt, und davor haben Sie versucht, sich bei der Opposition gegen Haus Davion einzuschleimen. Ich würde sagen, Sie haben in letzter Zeit eine Gewohnheit daraus gemacht, sich an die Spitze einer vorhandenen Bewegung zu setzen, um als ihr Anführer zu erscheinen.«

Eine von Hasek-Davions dünnen Augenbrauen hob sich langsam in Richtung Haaransatz. »Wir scheinen etwas gemein zu haben.« Er nickte und gestand ihr den Punkt zu. »Die meisten Leute können sich nicht so weit zurückerinnern… oder sie haben zumindest keine Lust dazu. Auf der Spielwelt ist alles, was weiter als die Höhepunkte des letzten Monats auf dem Interstellaren Sportkanal zurückliegt, dunkelste Vorgeschichte.« Er kam langsam um die Ecke des Billardtischs. »Ich möchte, dass Sie nach Black Hills kommen. Sie könnten mir sehr hilfreich bei meinen Bemühungen sein, das Davionistische Element um Michael Searcy und mich zu binden. Wenn wir unseren Sektor wieder unter Kontrolle brächten, würde sich das in den Medien gut machen.«

Black Hills unter Kontrolle zu bringen, würde bedeuten, alle lyranischen Enklaven in diesem Sektor zu vernichten. »Ich würde es vorziehen, weiter in Schlesien zu arbeiten«, zögerte Megan. »Dort sind die Kämpfe weit blutiger und chaotischer und ich kann effektivere Arbeit leisten.«

Mit einem grimmigen Lächeln schüttelte Hasek-Davion den Kopf. »Na schön, bleiben Sie in Schlesien. Aber Sie sollten es nicht zu persönlich nehmen.«

»Was soll ich nicht zu persönlich nehmen?«

»Konzentrieren Sie sich nicht auf einen einzigen Gegner. So sehr, dass Sie dabei sein wollen, wenn er den Todesstoß erhält. So etwas kann dazu führen, dass man Fehler begeht, besonders, weil man seinen Gegner manchmal bestenfalls *überleben* kann.« Sein Blick wurde hart. »Das wirklich Schwierige ist zu erkennen, wann ein Todesstoß realistischerweise möglich ist. Das ist der Punkt, an dem sich Geduld bezahlt macht.«

Megan hatte eine ziemlich genaue Vorstellung davon, an wen er dabei dachte. »Die Stimme der Erfahrung?«, fragte sie.

Hasek-Davion blickte sie mit einem seltsamen Gesichtsausdruck an, so, als wäre er aus einer nur ihm zugänglichen Vision erwacht. »Sie haben Ihre Lektionen auf den Straßen von Solaris City gelernt. Meine Schule waren die Machinationen eines Kai Allard-Liao. Der Mann ist fast mein Untergang gewesen, obwohl ich zu keiner Zeit sein Hauptfeind war. Aber er hat mir gezeigt, welche Ausmaße Begleitschäden haben können, und welche Macht ein Mann besitzt, der die Bevölkerung von Solaris VII kontrolliert.« Seine Miene verdüsterte sich. »Wahrscheinlich wäre ich ohne diese Lektionen heute nicht da, wo ich bin.«

»Allzu dankbar hören Sie sich aber nicht an«, stellte Megan vorsichtig fest, denn sie hatte kein Bedürfnis, erneut seine Wut auf sich zu ziehen.

Er lächelte breit, aber es wirkte mehr wie das Zähneblecken eines Raubtiers. »Ich habe nie gesagt, dass ich die Erfahrung genossen habe.«

Megan erwiderte sein humorloses Lächeln. »Dann haben wir noch etwas gemein.«

* * *

Als Miniaturabbildung auf einem Holovidschirm wirkte das Landungsschiff der *Overlord*-Klasse nicht annähernd so gewaltig, wie man hätte erwarten können. Sein eiförmiger Rumpf ruhte auf sechs aus der Unterseite ragenden Landestützen mit breit ausladenden Auflageflächen. Nur eine breite Rampe ragte noch auf das Raumhafenfeld hinab und wurde von zwei Posten bewacht. Und als sie sich umdrehten und die Rampe hinauf ins Innere des Schiffes marschierten, die letzten Passagiere vor dem Abflug, hätte man glauben können, das Schiff sei nicht höher als zehn Stockwerke... bestenfalls zwölf.

Bis man sich bewusst wurde, dass diese *Passagiere* keine Menschen waren, sondern BattleMechs von zehn bis zwölf Metern Höhe. Die winzigen Ameisen, die jetzt in ihren Spielzeugfahrzeugen davonhuschten, um das Startfeld zu räumen: Das waren die Menschen. Die Rumpfspitze des *Overlord* lag einhundertdreißig Meter über dem Boden, etwa vierzig Stockwerke hoch. Es war, als hätte jemand einen Wolkenkratzer mitten in einem öden Stahlbetonfeld abgestellt, aber statt Stahl und Glas blickten weißlackierte Panzerung und Geschütztürme auf Solaris VII hinab.

Dann sagte das Schiff einer Welt Lebewohl, als die ersten feurigen Plasmazungen das Startfeld versengten und unter dem titanischen Schiffsrumpf hervorquollen. Der Boden erzitterte unter den auf ihn herabgeschleuderten Gewalten. Obwohl die Kamera weit genug entfernt aufgebaut war, um in der Totalen das ganze Schiff zu zeigen, zitterte das Bild. Dann erhob sich der Koloss langsam, majestätisch in die Lüfte und wurde allmählich schneller, als der gewaltige Fusionsantrieb das Landungsschiff aus der Umarmung der planetaren Schwerkraft hob. Die Kamera folgte ihm, bis es zu einem winzigen Stern am fahlgrauen Himmel geschrumpft war und schließlich in der kaum jemals aufreißenden Wolkendecke verschwand, die den Kontinent Equatus bedeckte.

»Auf Mantraas Fulcrum Fields verließen heute die ersten drei Kompanien der 8. Armee, 56. Division ComStars auf Befehl Archon Katrina Steiner-Davions Solaris VII. Die zuletzt von Präzentorin Celene Jussiaume befehligte Martialums-Schwert-Division war die letzten zehn Jahre auf der Spielwelt stationiert. Der Rest der Division wird unsere Welt in den nächsten vierundzwanzig Stunden verlassen, mit Ausnahme einer kleinen Logistikabteilung, die sich um die Verschiffung der persönlichen Effekten von Familienmitgliedern kümmern wird, die auf Grund von Arbeitsverpflichtungen nicht in der Lage sind, kurzfristig abzureisen.«

Das Bild wechselte in einer Liveschaltung zu Julian Nero. Er war inzwischen der führende mit den wachsenden Unruhen befasste Journalist Schlesiens und schmeichelte sich, einer wenig angenehmen Wirklichkeit sein ganz eigenes Flair zu verleihen. Eines zumindest war sicher: Er war gefragt, gefragter als je zuvor in seiner Karriere. Seine Kommentare erschienen an führender Position in allen Nachrichtenberichten, die Solaris VII per HPG verließen, sowohl in die Lyranische Allianz wie auch in die Vereinigten Sonnen. Nur Mason Wells, der populäre Hauptnachrichtensprecher Black Hills', kam der momentanen Zugkraft des großen Nero auch nur nahe. In den ersten vierundzwanzig Stunden der Krise war es Julian sogar gelungen, auf die routinemäßigen Sponsorenhinweise zu verzichten, aus Sorge, zu überziehen oder etwas politisch Unerwünschtes von sich zu geben.

Aber damit war es jetzt vorbei. Er spürte, wie seine Mundwinkel unter der Anspannung zuckten, und seine ernste Miene erstrahlte in einem falschen Lächeln. Er breitete die Hände flach vor sich auf dem Schreibtisch aus und zog neue Kraft aus einem Skript, das er schon hunderte, nein tausende Male abgespult hatte.

»Die 56. Division erschien nie als Garnison, sondern fungierte eher als ein Vermittler in Streitigkeiten zwischen den Sektoren der Hauptstadt. Diese Neutralität schien jedoch nicht länger so selbstverständlich, seit Victor Steiner-Davion den Posten des Präzentors Martialum ComStars annahm. Es kam sogar zu einzelnen lautstarken Unmutsäußerungen, als die Einheit in diesem Jahr nicht wie üblich zur Sicherung des Großen Turniers herangezogen wurde. Die Gefahr, dass Com-

Star sich in diesen Zeiten der Krisen und Unruhen auf eine Weise einmischen würde, die eigene Interessen vor denen des lyranischen Staates förderte, war einfach zu groß. Eine weise Präventivmaßnahme, so scheint mir, insbesondere nachdem die Proteste gegen diese Entscheidung bisher hauptsächlich von Stallbesitzern im Black-Hills-Viertel von Solaris City stammen.«

Und zumindest der letzte Passus entsprach der reinen Wahrheit, also wusste der Archon ja möglicherweise wirklich, was er tat. Obwohl Julian es unterließ darauf hinzuweisen, dass auch Overlord, der wichtigste lyranische Mechstall, ein Eingreifen ComStars gefordert hatte und auf der Seite der Vereinigten Sonnen Drew Hasek-Davion vom Blackstar-Stall durch Abwesenheit glänzte. Zumindest bei den Protesten gegen den Abzug der ComGuards. Der Brief, den Julian von Hasek-Davion erhalten hatte, schien ihm ein Loch in die Jackentasche zu brennen.

»In der Zwischenzeit wird Schlesien weiter von den Aktionen davionistischer Freischärler und anderer gewalttätiger Elemente erschüttert, die darauf aus sind, die Lage zu ihren Gunsten auszunutzen.« Nachdem er die offiziellen Mitteilungen erledigt hatte und auf dem Teleprompter sein eigener vorbereiteter Text erschien, erwärme Nero sich für das Thema. »Die Abtrünnigen, eine der stärkeren unabhängigen Kooperativen, die sich als Herausforderer für die etablierten Mechställe der Spielwelt sehen, haben sich in Schlesiens gutbetuchtem oberem Ostend ein eigenes kleines Territorium aufgebaut. Berichten zufolge haben sie ein Abkommen mit den Schwarzen Löwen in Montenegro abgeschlossen, bei dem es sich mehr oder weniger um einen Nichtangriffspakt handelt, und so zumindest einen Teil der Schlesien-Montenegro-Grenze untereinander gesichert. Und im Flussuferdistrikt haben sich Plündereien in eine bewaffnete Besatzung verwandelt. Nachdem es den heimlichen Davionisten nicht gelungen war, die Herrschaft zu übernehmen, strömten Massen krimineller Elemente aus dem Labyrinth Cathays über die Grenze, um sich ihren Teil der Beute zu sichern. Der Widerstand ist so heftig, dass die Polizei das Gebiet inzwischen aufgegeben hat und ihre Anstrengungen anderweitig konzentriert. Aber nicht alle haben aufgegeben. Jerry Stroud von den Skye-Tigern gab heute in einer Presseerklärung, bei der er allem Anschein nach sowohl für seinen als auch für den Lynch-Stall sprach, das Versprechen, die Aufstände niederzuschlagen und den Sektor wieder unter Kontrolle zu bringen. Victor Vandergriff, der ebenfalls unter beiden Wappen kämpft, hat zahlreiche Vorstöße in das kriegsversehrte Stadtgebiet unternommen und beansprucht bisher den Abschuss von zwei Abtrünnigen-Mechs und einem Sternenlicht-›Sternenschein‹, der versuchte, die Flussufer-Besetzer zu verteidigen. Gegen die Davionisten bewies Vandergriff dasselbe wilde Kampftalent, das ihn so lange in den Top 20 gehalten hat. Im Anschluss sehen Sie von einem unserer Kameraleute im Feld übermittelte Bilder dieses Kampfes.«

Julian stockte für den Bruchteil einer Sekunde, als der Teleprompter ihn erinnerte, den Kampf mit ausführlicheren Beschreibungen von Vandergriffs Verwegenheit anzukündigen. Es konnte kein Zweifel daran bestehen, dass dieses Mechduell die zusätzliche Einleitung verdiente. Aber in seinem Hinterkopf nagte das Gefühl, dass Vandergriff trotz allem keinen übermäßigen Einsatz wert war. Julian hatte es nicht nötig, seinen Erfolg an die Glückssträhne eines bestimmten MechKriegers zu koppeln. Was die Zuschauer wollten, was zu wollen er ihnen beibringen musste, war mehr von Nero selbst verlangt, gleichgültig, welcher Kämpfer gerade Schlagzeilen machte. »Soviel für jetzt von den aktuellen Ereignissen«, leitete er zu seiner traditionellen Verabschiedung über. »Ich melde mich zur vollen Stunde wieder. Das ist ein Versprechen von Julian Nero. Dem Mann mit dem Durchblick.«

»Und aus«, rief jemand aus dem Off, als auf dem Bildschirm die Aufzeichnung des Aufstands und die Kommentare der Reporter vor Ort erschienen. Das Studio verwandelte sich schnell in einen Hexenkessel, als Techniker und Hilfspersonal eilig alles für die nächste Livesendung vorbereiteten. Aber niemand scheuchte Julian Nero von seinem Platz.

Das wagte niemand.

Julian reckte sich nach hinten, dehnte die müden Muskeln und löste eine Verkrampfung in seinem Nacken. Dann griff er in die Jacke und zog einen gefalteten Brief heraus. Er war fünf Minuten vor der Sendung von einem Privatboten abgegeben worden, einer Frau, der es anscheinend gelungen war, die Sicherheitskräfte des Studios mit ruhiger Kompetenz auszutricksen. Er hatte instinktiv erkannt, dass sie ein gutes Reportagethema abgeben würde, wie auch immer ihre Geschichte aussah. Er hatte sich seinen Ruf für ein unfehlbares Gespür dadurch aufgebaut, dass er seinen Instinkten gefolgt war… und durch eine lange Serie sibyllinischer Vorhersagen, die ihm gestatteten, einen Erfolg für sich zu beanspruchen, gleichgültig, wie ein bestimmtes Duell schließlich ausging. Aber etwas in ihren gelbgrünen Katzenaugen hatte ihn davon abgehalten, ihr ein Interview vorzuschlagen. Stattdessen hatte er die Nachricht nur entgegengenommern und sie dreimal gelesen, nachdem er das Verigrafsiegel aufgebrochen hatte. Einmal hastig, dann noch zweimal sorgfältig. Es war eine Einladung zu einem privaten Treffen hochrangiger Journalisten aus ganz Solaris City.

Eine Einladung und das Angebot sicheren Geleits zum Gut Drew Hasek-Davions.

Er klopfte mit dem gefalteten Brief auf seine offene

Hand, als könnte er seine Bedeutung irgendwie abwiegen. Was hatte Hasek-Davion vor? Immer wenn Julian gerade glaubte, den Stallbesitzer einer bestimmten Gruppe zuordnen zu können oder in einem bestimmten Punkt durchschaut zu haben, wechselte er die Position. Er war ein Chamäleon und ständig auf seinen persönlichen Vorteil bedacht. Aber die Botschaft enthielt ein undeutliches Versprechen, dass die Diskussion eine Verbesserung der Übertragungsrechte und eine prominentere Position für die Kommentatoren liefern würde. Und war das nicht genau das, worum es Julian ging?

Das Studio würde sich vermutlich sperren, sicheres Geleit hin, sicheres Geleit her, aber schlussendlich würde man akzeptieren, was immer er entschied. Auf jeden Fall würde man es vertraulich behandeln müssen. Julian hegte keinerlei Zweifel daran, was die schlesische Bürokratie davon hielte. Sämtliche Offiziellen würden nachplappern, was der lyranische Gouverneur von sich gab, und der war ein hundertzehnprozentiger Katrinist. Keine Diskussion. Kein Raum für Verhandlungen, ganz egal, wie das Angebot auch aussah. Es war nicht anzunehmen, dass die Interessen des Archons sich mit denen Drew Hasek-Davions deckten.

Aber selbst wenn es sonst nichts brachte, würde eine Begegnung mit Hasek-Davion Julian eine Story liefern, und wenn es half, ihn an der Spitze zu halten – sei's drum. Er würde sich mit dem Mann treffen, mit der ganzen Gesellschaft. Er würde ›den Durchblick‹ behalten. Schließlich hatte Julian auch seine eigenen Interessen zu bedenken.

So funktionierte das Leben nun einmal. Ganz besonders auf Solaris VII.

14

Boreal Reach, Black Hills, Solaris City, Solaris VII
Freedom-Theater, Provinz Skye, Lyranische Allianz

17. August 3062

In den Gängen unter der Boreal-Reach-Arena, inzwischen bis auf einen streng bewachten Zugang vom Haupttunnelsystem der Stadt abgeschnitten, bewegten sich die MechKrieger und das Techpersonal der Vereinigte-Sonnen-Fraktion von Solaris City mit sicherer Entschlossenheit. Beschädigte Maschinen, die aus eigener Kraft oder in den Armen anderer Mechs in den Hangaren auftauchten, wurden so schnell wie möglich instandgesetzt und für die Kämpfe des nächsten Tages vorbereitet. Krieger schnappten sich etwas zu essen und eine Koje, wie es sich einrichten ließ. Manchmal sahen sie bei Michael Searcy vorbei, um sich über den Stand der Dinge zu informieren. Die praktischer Veranlagten unter ihnen suchten sich einfach ein Holovidgerät und schalteten eine Nachrichtensendung ein. Dieselben Kanäle und Kommentatoren, die normalerweise die Arenaspiele begleiteten, berichteten jetzt von den Straßen der umkämpften planetaren Hauptstadt.

Ein Gerät war auf den Offiziellen Solaris-Buchmacherkanal geschaltet. Auf dem Bildschirm stritten sich zwei erschöpfte Piloten über die Quoten, die für den Kampf festgesetzt worden waren, den sie Stunden zuvor ausgetragen hatten. Einer von ihnen hatte ein kleines Vermögen gemacht, indem er auf den Ausgang ihres Raubzugs in Schlesien gewettet hatte.

Nicht alles auf der Spielwelt war im Chaos versunken.

Ein Heer bewaffneter Wachen – Mitglieder der Polizei von Black Hills und andere, die zur Sicherung der Boreal Reach dienstverpflichtet worden waren – behielt die Zugänge zur Oberfläche ständig im Auge, um ein Eindringen der in den Straßen marodierenden Plünderer zu verhindern. Von zahlreichen Straßenzügen existierten nur noch ausgebrannte Ruinen, und die Gewalt tobte ungebremst weiter. Ein nagelneuer *Rakshasa* war bereits verlorengegangen, als eine Horde lyranischer Fanatiker einen Abstellhangar gestürmt und Handgranaten in das offene Cockpit geworfen hatten, deren Explosionen die empfindlichen Computersysteme irreparabel zerstört hatten.

Michael nickte zwei der Posten knapp zu, als er sie passierte, dann stieß er an der Tür des großen Raums, den er als sein Büro requiriert hatte, mit Aubry Larsen zusammen. Aubry war eine seiner Adjutantinnen, hauptsächlich, weil sie sich zusammen mit ihm und Karl Edward den Weg aus Schlesien freigekämpft hatte. Sie reichte ihm einen Stapel Kampfberichte, die Michael mit einem Knall auf einen in der Nähe der Tür stehenden Tisch fallen ließ, nachdem er sein Büro allein betreten hatte. Die langen Tage ließen seine Muskeln schmerzen. Diesen Morgen erst hatte er wieder sechs Stunden im Cockpit gesessen. Ein Bürosessel lockte, aber er ignorierte ihn und wanderte stattdessen langsam vor einem riesigen, hochauflösenden Wandbildschirm auf und ab.

Ursprünglich war der Raum ein Besprechungszimmer für Techs und Mechkonstrukteure gewesen, die hier die Leistungen der unterschiedlichen BattleMechtypen diskutiert hatten, die in Boreal Reach antraten. Jetzt war der große Konferenztisch bedeckt mit Berichten über die Kämpfe und den Zustand aller Einheiten, die Black Hills verteidigten. Auf dem Wandschirm, der normalerweise die technischen Daten der besprochenen Mechtypen anzeigte, war jetzt ein taktischer Stadtplan von Solaris City zu sehen. Große rote Sterne in allen Sektoren markierten die wichtigsten Objekte:

den Raumhafen im Internationalen Sektor, die verschiedenen Arenen und andere bekannte Mechaufmarschgebiete.

Pfeile zeigten Truppenbewegungen, Vormärsche ebenso wie Rückzüge, und gaben interessante Hinweise darauf, wer gegen wen kämpfte. Cathay war ein Gewirr grüner Pfeile, die davon zeugten, wie die verschiedenen Fraktionen innerhalb der Konföderation ihre Privatfehden austrugen. Die Tandrek- und Zelazni-Ställe hatten einander mit einem wilden, ungebremsten Vernichtungskrieg gegenseitig praktisch in den Bankrott getrieben und würden Jahre brauchen, um ihre beherrschende Position zurückzuerobern. Zögernde grüne und violette Vorstöße über Solaris markierten Scharmützel zwischen den auf gegenüberliegenden Ufern befindlichen capellanischen und Ligistenvierteln. Montenegro, der Sektor der Liga Freier Welten, kämpfte auch gegen Kobe im Westen und Schlesien im Osten. Kobes rote Pfeile stießen in mehreren Offensivaktionen in Richtung Black Hills vor, aber viele davon brachen auf der draconischen Seite der Gründerbrücke ab. Michael kannte den Grund: der zähe Widerstand Garretts und der anderen Nebelparder-Renegaten, die sich ihm in seinem Kampf gegen die MechKrieger des Kombinats angeschlossen hatten. Garrett sammelte eine beeindruckende Zahl von Abschüssen auf sein Konto, auch wenn er damit kaum in den Nachrichten auftauchte.

Wie auch immer, dadurch, dass Cathay so völlig mit sich selbst beschäftigt war und Garrett die Kober Angriffe abblockte, konnten sich die militärischen Anstrengungen des Davion-Viertels nahezu ungehindert den Aufständen und dem Hauptfeind der Vereinigten Sonnen widmen: Schlesien. Blaue und goldene Pfeile tauschten über Cathay hinweg Angriffe aus. An der westlichen Grenze drängten sich kürzere, aber zahlreichere Attacken zwischen Black Hills und dem Internationalen Sektor, der noch immer unter lyranischer Kontrolle stand. Aber wie lange noch? Michael studierte die Karte und bezweifelte, dass sie länger als bestenfalls zwei Tage würden durchhalten können, nicht, nachdem seine neueste Strategie in Gang gekommen war.

Eine Stimme von der Tür her riss ihn aus den Gedanken, und er drehte sich zu Karl Edward um. »Und Alexander weinte«, zitierte Karl, »bei der Erkenntnis, dass er aus der gewaltigen Vielzahl der Welten noch nicht eine erobert hatte.«

Michael runzelte die Stirn und wandte sich wieder der Karte zu. »Ich bin nicht Alexander der Große, und ich weine auch nicht«, kommentierte er das Plutarch-Zitat. Der römische Dichter wurde an den Akademien der Vereinigten Sonnen auch im vierten Jahrtausend noch gelehrt. »Aber ich werde diese Welt erobern. Dazu bin ich nach Solaris VII gekommen.«

Er deutete auf den Wandschirm. Einen Moment lang erinnerten ihn die Linien und Gefechtsfeldmarkierungen auf dem Straßenplan an den Gefechtsplan für die Kampagne auf New Canton. Damals hatte er keinen Anteil an der Planung gehabt, sondern man hatte nur von ihm erwartet, ihr zu folgen. Und was dabei herausgekommen war, wusste er ja inzwischen. »Ich musste noch nie einen Feldzug planen, und ganz sicher habe ich nicht erwartet, dass sich dieses Talent ausgerechnet auf der Spielwelt entfalten würde. So hatte ich es mir eigentlich nicht vorgestellt, aber es wird reichen.«

Karl trat neben ihn und betrachtete den Stadtplan ebenfalls. »Großartig. Hast du schon entschieden, wo das Standbild zu deinen Ehren aufgestellt werden soll?«

»Auf dem Viewpoint«, antwortete Michael und ließ sich nicht anmerken, dass er den Sarkasmus der Frage auch nur bemerkt hatte. Von seinem besten Freund traf ihn die unausgesprochene Kritik hart. »Es ist der höchste Punkt der Stadt. Da oben kann sie jeder sehen.« Er rieb sich das Gesicht. Die zwei Tage alten Bartstoppeln kratzen auf der Handfläche.

Michael drehte sich zu Karl um. »Ich habe dich heute Morgen bei der Besprechung vermisst.«

Der Tonfall seines Freundes wurde kaum sanfter. »Ich war bei einer kurzen Gedenkfeier für Aaron Harper.«

Der Name kam Michael bekannt vor, aber er konnte ihn nicht einordnen. »Für wen?«

»Der Mann, der gestern bei der Übernahme des Flussuferdistrikts in Schlesien von Victor Vandergriff getötet wurde. Ich dachte, wir wären uns einig gewesen, dass diese Aufgabe zu gefährlich für einen einzelnen Krieger war.«

»Du warst dir einig. Ich habe gesagt, ich überlege es mir.« Oder etwas in dieser Art. Hatte Michael ihm wirklich zugestimmt? Er wusste es nicht mehr. Er musste zu viele Entscheidungen in zu kurzer Zeit treffen. »Es war notwendig«, versuchte er zu erklären. »Wir haben da hinten Leute in Gefahr.«

Jetzt war es Karl, der nachfragte. »Wen, Michael? Wen haben wir da hinten?«

»Die Leute, die bedroht werden. VS-Loyalisten.«

»Nein, nein, wen *genau*? Mit wem hast du geredet, und wie wollen sie uns unterstützen?«

Diese Fragen ließen Michael für mehrere lange Sekunden stocken, hauptsächlich, weil er keine Antwort wusste. Schlesiens Flussuferdistrikt befand sich inzwischen unter der Kontrolle der Vereinigten Sonnen. Reichte das Karl nicht? Er drehte sich zu seinem Freund um, der ihn mit trotzig verschränkten Armen und einem frustrierten Ausdruck auf den hageren Zügen anstarrte. »Worauf willst du hinaus, Karl?«

»Ich möchte wissen, ob wirklich du diese Entscheidung getroffen hast oder Hasek-Davion«, fragte Karl leise. »Ich wüsste nicht, dass wir irgendwo Infanterie in

Stellung haben. Also warum unterstützen wir, unterstützt *du* die Aufrührer? Wir sollten diesen Wahnsinn beenden und ihn nicht noch schüren.«

Was glaubte Karl, dass Michael versuchte? Die Menge folgte den MechKriegern, oder? Die Aufstände nahmen kein Ende, weil es keine herrschende Fraktion gab, keinen Champion, der für Ordnung sorgte. Der Schein wurde zu oft mit der Wirklichkeit verwechselt. Michael durfte angesichts des lyranischen Vormarschs nicht schwach erscheinen. Er musste sich ihm entgegenstellen. Zurückschlagen. Siegen! Auf der Spielwelt wurden nur Sieger respektiert. Stormin' Michael Searcy durfte diesen Respekt nicht verlieren, wenn er irgendetwas gegen die Unruhen ausrichten wollte.

Er versuchte, es Karl zu erklären. »Ich schließe meine Augen nicht vor der Situation. Ich weiß, dass da draußen bei den Aufständen Menschen zu Schaden kommen, aber sie werden uns nicht folgen, wenn wir sie nicht führen. Deshalb müssen wir handeln, und ich habe einen Plan.« Er drehte sich wieder zur Karte um und fuhr mit der Hand über die Grenze zwischen Black Hills und dem Internationalen Bezirks. »Dadurch, dass Katrina Steiner die ComGuards zum Abzug aufgefordert hat, hat sie unwissentlich den Raumhafen geschwächt. Die 56. Division war vielleicht keine offizielle Garnison, aber die Lyraner haben sich trotzdem auf sie verlassen.«

Ein Schatten des Zweifels flackerte durch Karls Blick. »Was ist am Raumhafen so wichtig?«

»Der Zollbereich«, erklärte Michael und zeigte mit dem Finger auf eine Gebäudegruppe in der Nordwestecke des Raumhafens. »Um genau zu sein, die städtischen Mechhangars und Lagerhallen, weil sie Teil der Logistikkette aller Sektoren sind. Jeder Mech, selbst jedes Ersatzteil, das auf Solaris VII eintrifft, muss durch diesen Gebäudekomplex. Das kleine lyranische Truppenkontingent, das den Raumhafen noch bewacht, sitzt auf einem veritablen Schatzhort. Wenn es uns gelingt, die Lyraner zu vertreiben oder auch nur abzudrängen, können wir uns die Vorräte holen und damit locker noch zwei ganze Kompanien ausrüsten. Dann zerschlagen wir die Lyraner völlig und werden die Herren des Internationalen Bezirk. Das beendet den Zwei-Fronten-Krieg, in dem wir uns befinden, und liefert uns eine Nachschublinie.« Er sah seinen Freund an. »Was meinst du?«

»Sehr publicityträchtig«, stellte Karl fest. »Das gibt gewaltige Schlagzeilen.«

»Genau.« Michael strahlte vor Zufriedenheit. »Und ich möchte, dass du den Erstschlag anführst.«

»Was?«

Verstand Karl nicht, dass Michael ihm zu helfen versuchte? Sie hatten einander immer den Rücken gedeckt. Jetzt war Michael an der Reihe, seinem Freund etwas Rückenwind zu verschaffen. »Es ist reichlich Ruhm für uns alle da, auch wenn die Aufstände ihren Schatten über alles werfen. Ich weiß, du hältst nichts davon, wie Garrett operiert, aber er hat sich mit seinem Rachezug gegen Kobe selbst einen Gefallen getan. Du könntest dasselbe schaffen. Prestige aufbauen. Dich in die Führungsriege des Kampfes bewegen, an meine Seite.«

»Ist das noch eine deiner Entscheidungen? Oder hat diesen Zug ebenfalls Hasek-Davion ausgeheckt?«

»Was macht es aus, wer die Idee hatte?«, fragte Michael verärgert, obwohl es stimmte, dass diese Operation auf einem Vorschlag Drew Hasek-Davions beruhte. Und? Der Mann hatte Jahre mehr an Erfahrung als Michael darin, nach Gelegenheiten wie dieser Ausschau zu halten. »Es braucht MechKrieger, es zu verwirklichen. Auf *uns* kommt es an.«

»Glaubst du das ernsthaft? Michael, wach auf! Du bist nicht ›Stormin' Michael Searcy‹. Den Mann gibt es nicht, außer in den Medien. Du bist ein MechKrieger – und du wirst benutzt. Hasek-Davions Pläne nützen nur einem einzigen Menschen, und das ist er selbst. Er hat dich so fest am Haken, dass du hüpfst wie eine Marionette, sobald er einen Finger rührt.«

Michael schüttelte den Kopf. »Du irrst dich, Karl. Das ist eine Gelegenheit. Und es ist notwendig.«

»Deine letzte *notwendige* Aktion hat einem meiner Freunde das Leben gekostet.«

»Ist es das, worum es hier geht? Dass Aaron Harper einer deiner Sternenlicht-Kameraden war?« Michael erinnerte sich an Drews Warnung – war das tatsächlich erst vier Tage her? –, dass Karl Michael um sein Ansehen beneidete und ihn verraten könnte. »Wäre es auch ein Problem, wenn der Tote ein Blackstar- oder White-Hand-Gladiator gewesen wäre?«

Karl Edward wurde bleich. »Was ist los mit dir? Hier geht es nicht um Mechställe oder Rivalitäten. Da draußen sterben Leute! Das ist kein Spiel mehr. Es ist kein Spiel mehr, seit Vandergriff und du durch die Kolosseumwand gebrochen seid. Nicht, wenn Menschenleben auf dem Spiel stehen.«

Michael fasste nicht, dass Karl ihn so angreifen konnte. Hoffte er etwa, auf dem Rücken eines gestürzten Stormin' Michael Searcy in der Rangliste aufzusteigen? »Du bist ja bloß neidisch«, brach es aus ihm hervor.

Karl starrte ihn aus weit aufgerissenen Augen an und konnte nur stammeln: »Wie bitte?«

In Michael stieg heiliger Zorn auf. »Neidisch, habe ich gesagt. Gib es zu. Ich habe es in nur drei Jahren an die Spitze der Spielwelt geschafft, und du kannst es nicht ertragen, dass ich dich so weit hinter mir gelassen habe. Aber es ist kein Geheimnis, wie ich das geschafft habe. Du weißt, was es braucht, um auf Solaris VII voranzukommen, ich habe es dir gezeigt. Du weigerst dich nur, es anzuwenden. Selbst, wenn ich anbiete, meinen Ruhm mit dir zu teilen, schleuderst du ihn mir zurück ins Gesicht. Wo liegt dein Problem, Karl? Was hindert dich daran, ein erprobtes Erfolgsrezept anzuwenden?«

Als Karl ihm antwortete, war er tödlich gelassen, aber sein Tonfall triefte vor Verachtung. »Weil du keinen Freund mehr auf der Welt hättest, wenn ich das Spiel nach deinen Regeln spielen würde, und dann wärst du noch mehr eine Kreatur Drew Hasek-Davions, als du es jetzt schon bist. Ein Möchtegern-Champion an einer sehr kurzen Leine.«

Michael musste seiner Wut Luft machen und fegte mit einer wilden Armbewegung den Stapel Berichte vom Tisch, dass die Ausdrucke hoch in die Luft stoben. »Dann geh doch zum Teufel! Los, verschwinde!«

Karl drehte sich zur Tür, und fast hätte Michael ihn zurückgerufen. Er wollte ihn zurückrufen, war sich sicher, dass der Schaden noch zu beheben war. Aber sein Stolz hielt ihn zurück. Michael hatte von Karl erwartet, dass der ihn unterstützte, so wie er es immer getan hatte. Die Entdeckung, dass sein Freund ihn stattdessen schon seit einiger Zeit in so ungünstigem Licht sah und nur aus verzweifelter Loyalität noch in seiner Nähe geblieben war, kostete ihn Vertrauen und Entschiedenheit. Sie erinnerte ihn zu sehr an frühere Gelegenheiten, bei denen sein Vertrauen verraten worden war. An die Gründe, die ihn überhaupt erst auf die Spielwelt gebracht hatten.

Wenn er kein Champion sein konnte, was war er dann?

»Karl!« Michaels Zuruf stoppte seinen Freund kurz vor der Tür. Das Schweigen dehnte sich über mehrere lange Pulsschläge aus. Dann schließlich: »Sag mir eines. Glaubst du, ich hätte gewonnen?«

»Gewonnen?«

»Das Große Turnier. Den Championstitel. Wenn alles

normal verlaufen wäre, glaubst du, ich hätte gewonnen?«

Karl sah ihn traurig an. »Ich weiß es nicht, Michael. Du bist gut, das ist unbestreitbar. Aber ein Champion?« Er pausierte, zuckte die Achseln. »Die meisten Champions, die ich kennengelernt habe, hatten es nicht nötig, sich das von jemand anderem bestätigen zu lassen. Adieu, Michael.«

* * *

Tran Ky Bo hatte Recht gehabt, entschied Karl, und der Geschmack der Niederlage lag bitter auf seiner Zunge. Der Meister des Sternenlicht-Stalls hatte vorhergesagt, dass Michael nicht auf ihn hören würde. Er hatte versucht, ihm schon den Versuch auszureden, den selbsternannten Champion von Black Hills umzustimmen, aus Sorge, dass Stormin' Michael Searcy sich gegen seinen alten Freund kehren könnte. Aber Karl war der Meinung gewesen, dass er Michael den Versuch schuldete.

Er hatte kein Glück gehabt, und jetzt lastete die Konsequenz dieser Entscheidung schwer auf seinen Schultern. Sie hatte ihn auf einen Kurs gesetzt, der ihn von seinem Freund entfernen würde. Michael weigerte sich zuzuhören, weigerte sich zu sehen, wie er benutzt wurde. Oder falls er es sah, weigerte er sich, es sich einzugestehen. Genau wie Michael nicht mitbekommen hatte, wie endgültig Karls Abschied gewesen war.

Aber ein anderer hatte es gehört. Garrett wartete vor der Tür zu Michaels Bau. Er gab vor, sich an der Korridorwand zu entspannen, obwohl Karl ernste Zweifel daran hatte, dass der Clanner in seiner militanten Wachsamkeit auch nur ein einziges Mal nachgelassen hatte, seit er auf der Spielwelt eingetroffen war. Oder seit er seinen Clan verloren hatte. Für Garrett war jeder andere ein Feind. Selbst die wenigen anderen Nebelparder-Renegaten, die es nach Solaris VII verschlagen hatte, waren potenzielle Rivalen. Karl bedauerte den Mann um dessen Unfähigkeit, Frieden zu finden, aber das hieß keineswegs, dass er ihm irgendwelche Sympathie entgegenbrachte.

»Wohin des Weges?«, fragte Garrett.

»Walhalla. Ich dachte mir, ich mische unsere Mitbewerber um die Medienzeit etwas auf.« Er blieb stehen, als der Ex-Nebelparder ihm den Weg verstellte. »Wieso? Willst du mitkommen?«

Einige Mitglieder der planetaren Elite hatten sich im Innern des exklusiven Clubs befunden, als die Kämpfe ausbrachen. Hollis-Sicherheitsleute und ein paar schlesische PolizeiMechs hatten Thors Schildhalle schnell abgesperrt und den lyranischen Kriegern gestattet, das Gebäude zu verlassen und bei der Verteidigung Schlesiens zu helfen, während sie die anderen in einer Art Hausarrest festhielten. In den letzten Tagen war unter den Verteidigern von Black Hills davon gesprochen worden, Walhalla zu ›befreien‹. Aber das war nicht mehr als leeres Gerede. Die wenigsten Gladiatoren vermissten die Konkurrenz um ihre fünfzehn Minuten Berühmtheit. Einen Versuch, die in Walhalla festgehaltenen Krieger zu befreien, würde es, wenn überhaupt, nur aus Eigeninitiative geben.

Es war gelogen, dass Karl diese Anstrengung mit den knappen Mitteln versuchen wollte, die ihm zur Verfügung standen, aber er hoffte darauf, dass es sich zumindest glaubhaft anhörte. Insbesondere angesichts seiner tatsächlichen Absicht, Solaris City den Rücken zu kehren und Tran Ky Bos Aufforderung nachzukommen, auf dem abgelegenen Trainingsgelände Sternenlichts zu einer Reihe anderer desillusionierter MechKrieger zu stoßen. Karl hätte alles getan, um zurück zu seinem *Cestus* zu kommen.

»Du bist nicht auf dem Weg nach Schlesien«, höhnte

Garrett. »Wir wissen, dass du mit Tran Ky Bo gesprochen hast.«

Wir. Das bedeutete Hasek-Davion. Es war erstaunlich, wie der Mann sich gegen jede Möglichkeit abschirmte, ihn auszumanövrieren. Karl sah an Garrett vorbei zu der Gangkreuzung, die ihn zu seinem Mech und fort von dem Albtraum führte, in dessen Klauen sich Solaris City befand.

»Aus dem Weg, Garrett«, forderte er den Mann mit tödlich kalter Stimme auf.

Garrett knurrte. »Versuch mal eine andere Richtung.«

Karl drehte sich halb weg, als wolle er der Konfrontation ausweichen, dann wirbelte er zu einem Schwinger herum, den Garrett zu spät abzublocken versuchte. Der rechte Haken traf ihn am Kinn und schleuderte ihn zu Boden.

Karl sah mit noch immer geballten Fäusten zu ihm hinunter, aber Garrett regte sich nicht. Das überraschte ihn zwar, aber er verlor keine unnötige Zeit und stieg über den bewusstlosen Clanner. In seiner Wut und Verzweiflung musste er einen Schlag zustande gebracht haben, der hart genug gewesen war, um selbst Garrett zu überrumpeln. Er hatte seinen Gegner zu Boden geschickt, aber keine Kamera und kein Zeuge hatten seinen Sieg dokumentiert und würden seinen Ruhm verkünden.

Und das war Karl Edward auch ganz recht so.

15

Grünes Haus, Black Hills, Solaris City, Solaris VII
Freedom-Theater, Provinz Skye, Lyranische Allianz

17. August 3062

Der Medienraum des Grünen Hauses verfehlte seine Wirkung auf die vier Trividjournalisten nicht, die Drew Hasek-Davion versammelt hatte. Sie saßen in dicken Polstersesseln an einem auf Hochglanz polierten Tisch aus wunderbarer New-Syrtis-Goldeiche. Auf weißen Leinenservietten standen die Cocktails ihrer Wahl griffbereit, wurden aber kaum beachtet, weil ihre Besitzer ganz darin aufgingen, dem Panorama der Nachrichtensendungen zu folgen, das von vier riesigen Wandbildschirmen auf sie einströmte. Die Bilder wechselten ständig zwischen den zahlreichen Sendern aus ganz Solaris City, und die Stimmen der Kommentatoren drangen aus einem hochmodernen Lautsprechersystem.

Sie waren sorgfältig zusammengeschnitten, um eine wie aus einem Stück gegossene gewaltige Audiocollage der Unruhen in Solaris City zu liefern. Kein Bericht blieb länger als wenige Sekunden auf dem Empfänger, dann wurde bereits weitergeschaltet. Für die meisten Beobachter wäre das Ergebnis eine Überlastung des Seh- und Hörvermögens gewesen, aber dies waren Medienprofis, die das Stakkato an Meldungen und Zusammenfassungen gewohnt waren. Sie ließen sich vom Drama des Augenblicks einfangen.

Im angrenzenden Zimmer lächelte Drew Hasek-Davion, der das Geschehen über eine versteckte Kamera beobachtete, wenn er einen der vier Journalisten sichtbar aufhorchen sah, sobald er ein Fragment aus einer seiner eigenen Sendungen erkannte.

Er hatte sie allein gelassen, um ihre Leistungen zu betrachten, in der Hauptsache Bilder der Gewalttätigkeiten, die auf den Straßen Schlesiens und Black Hills' immer noch das Stadtbild bestimmten. Sie lauschten Berichten über die Brände, die in der vergangenen Nacht in Kobe ausgebrochen waren und einen großen Teil der Slums in eine Wüste aus Asche und verkohlte Ruinen verwandelt hatten. In den benachbarten Gebieten des Sektors wüteten sie noch immer. Bilder aus Cathays Dschungelarena, die über ein illegales Anzapfen entsprechender Leitungen verfügbar waren, zeigten Nahaufnahmen des derzeit tobenden Mechkampfs zwischen verfeindeten Liao-Ställen, dann wechselte das Bild zu einem vergeblichen Versuch der Black-Hills-Polizei, eines ihrer von lyranischen Sympathisanten besetzten Gefängnisse zurückzuerobern. Außerdem sahen die Journalisten Ausschnitte aus dem Tongkrieg um die Kontrolle des Flussuferbezirks von Black Hills und Skye-Tiger-Mechs bei der Verteidigung von Jerry Strouds Gut gegen einen Überfall durch eine Lanze Blackstar-Krieger.

Viele der Ausschnitte befassten sich mit dem massiven Angriff auf den Raumhafen vom heutigen Tage. Keine der Kontrollanlagen war attackiert worden, nur um die Außengebäude war es zu Kämpfen gekommen. Der eigentliche Raumhafen war das einzige Gebiet, das alle Sektoren als neutralen Boden anerkannten, und kein Mech hatte ihn bedroht. Aber bei dem Versuch der Davion-Einheiten, das kleine lyranische Truppenkontingent aus den Lagerhallen des Hafens zu vertreiben, hatte sich ihm das Kampfgeschehen durchaus genähert. Im Hintergrund trafen neue Landungsschiffe mit Touristen und zukünftigen Arenakämpfern ein.

Auf einem Bildschirm fror die Szene mit dem Bild eines Landungsschiffs der Monopollinie ein, das etwa einen Kilometer von einem Feuergefecht entfernt auf dem Landefeld aufsetzte. Kurz darauf fror das Bild auf einem anderen Schirm bei derselben Szene ein. Dann folgte der dritte. Drew passte seinen Auftritt, ein Glas unverdünnten Bourbon in der Hand, genau so ab, dass er den Raum im selben Augenblick betrat, in dem auch auf dem letzten Wandbildschirm nur noch dieses eine Standbild zu sehen war.

»Interessant, finden Sie nicht?«, stellte er fest und riss seine vier Gäste erkennbar aus ihren Gedanken. »Trotz aller Gefahren durch die Aufstände und durch die – statt in den Arenen – auf den Straßen kämpfenden BattleMechs, strömt das Publikum weiter auf die Spielwelt, die Spieler, die Zuschauer, die einfachen Touristen. Die wenigsten haben ihre Reisepläne geändert oder bleiben in der Sicherheit der Landestationen. Die momentanen Unruhen scheinen die Anziehungskraft unseres Planeten nur noch gesteigert zu haben. Doch, es ist eine interessante Situation.« Er machte eine Pause. »Die *Sie* alle vier helfen, bekannt zu machen.«

Veronica Sherman von der Solaris-Nachrichtengesellschaft starrte ihn wütend an. Sie war um nichts zugänglicher für Drew, als sie es für Michael bei dessen Pressetermin auf dem Viewpoint gewesen war. »Wir *verbreiten* die Nachrichten. Wir stellen sie nicht her. Das überlassen wir Verrückten wie *Ihrem* Michael Searcy.«

»Oder Victor Vandergriff«, erinnerte sie Adam Kristof. »Nicht zu vergessen Srin Odessa und Jasmine Kalasa und all die anderen MechKrieger, die sich auf den Straßen austoben.« Er sah sich zu Mason Wells um, dem populären Black-Hills-Journalisten. Offenbar suchte er nach jemandem, der ihn unterstützte.

Aber es war Julian Nero, der als Nächster das Wort ergriff, was Drew sehr recht war. »Die MechKrieger ziehen vielleicht die Aufmerksamkeit auf sich, so wie immer, aber es sind die einfachen Bürger von Solaris City, die diesen Aufruhr am Leben erhalten.« Er zuckte unbehaglich die Schultern. »Als selbsternanntes Opium der Massen tragen wir dafür eine gewisse Verantwortung. Aber ich kann wohl mit einiger Sicherheit feststellen, dass niemand hier in diesem Raum vorhat, sie sozusagen ›auf Entzug‹ zu setzen. Das wäre beruflicher Selbstmord.« Die anderen nickten zustimmend.

Ebenso wie Drew. »Sie missverstehen mich, Mr. Nero. Ich habe keinerlei Verlangen danach, Ihre journalistische Freiheit zu beschneiden. Ich möchte sie nur regulieren… *leicht* regulieren.«

Er nippte an seinem Drink, genoss den rauchigen Geschmack und das von Konsternation bis zu offener Wut reichende Spektrum der Gesichtsausdrücke auf den Mienen seiner Gäste. Sie alle reagierten wie vorhergesehen, zumindest bis jetzt.

Drew hatte vor, sich die Kooperation dieser vier Personen zu sichern. Er brauchte sie. Solaris VII war ein von den Medien gesteuerter Planet. Normalerweise geschah dies unter der Kontrolle der Stallbesitzer, die darüber entschieden, wer wann und wo antrat, und welche Sender davon berichten durften. Aber in der momentanen Situation, in der die meisten Ställe jeden echten Einfluss auf ihre Kämpfer verloren hatten – *sein* Stall natürlich ausgenommen –, behielten die Medien die Oberhand. Wie üblich stand Drew bereit, seinen Platz an der Spitze der Menge einzunehmen, um als ihr Anführer zu erscheinen. Um ihr Anführer zu *werden*.

Bevor einer der vier Gelegenheit hatte, sich mit ihm auseinanderzusetzen, sprach er weiter. »Das Wettgeschäft, legal und illegal, läuft weiter wie bisher. Die Quoten steigen und fallen wie nie zuvor, seit die Kämpfe nicht mehr unter den streng kontrollierten Bedingungen der Arenen stattfinden, und das Geld strömt nur so herein. Selbst Solaris-Scrip ist so stark wie schon lange nicht mehr, seit alle ihre Hausnoten auf die Kämpfe verwetten.« Er stellte seinen Drink auf einem niedrigen Beistelltisch ab. »Trotzdem, sei dem, wie ihm wolle, wir haben alle bei der zweitprofitabelsten Industrie des Planeten Einbrüche erlitten. Ich spreche von der Kommerzialisierung der Spiele.« Die Kommentatoren waren nur Rädchen im Getriebe. Ihr Einkommen war abhängig vom Profit ihrer Sender. »Sie selbst haben in der letzten Zeit zusätzliche Freiheiten genossen, aber Ihre Studios und deren Eigentümer machen Verlust. Ich brauche Ihnen sicher nicht zu sagen, dass niemand immun gegen den Imperativ der Wirtschaftlichkeit ist.«

Mason Wells beugte sich auf seinem Platz vor, die Hände elegant vor sich auf dem Tisch gefaltet. »Was schlagen Sie vor, Mr. Hasek-Davion?« Seine Stimme verriet nichts.

Drew lächelte und breitete die Arme aus. »Nichts weiter, als dass Sie sich wieder etwas mehr in Richtung Ihres alten Promotionsstils der Berichterstattung bewegen und mir dabei helfen, Sponsorverträge zu organisieren. Ich habe einige hochdotierte Verträge vorbereitet, die nicht nur Ihren Sendern, sondern auch Ihnen ganz persönlich zu Gute kommen werden. Die Sponsoren können natürlich unmöglich die MechKrieger oder eine der verschiedenen Fraktionen unterstützen. Das würde ihr Ansehen in den jeweils gegnerischen Märkten in den Keller treiben. Aber sie *können* eine unabhängige Berichterstattung über die Ereignisse hier auf Solaris VII unterstützen. Offen ausgesprochen ist es so, dass die Medien derzeit ein besserer Empfänger für Sponsorengelder sind als die Kämpfe selbst.«

»In dem Falle gestatten Sie mir, ebenfalls offen zu sein«, erklärte Julian Nero. »Wozu brauchen wir Sie dabei?«

Drew behielt seine Verärgerung unter Kontrolle, weil ihm klar war, dass er sich anderenfalls nur schaden konnte. Neros Frage war berechtigt. »Sie haben möglicherweise das Talent, Mr. Nero, aber Sie besitzen nicht die Kontakte, die wir Stallbesitzer im Laufe der Jahre entwickelt haben. Und Sie haben auch nicht die Zeit, sie herzustellen. Sie könnten es natürlich den Sendern überlassen, aber die haben keinerlei Anlass, Ihnen etwas von dem Profit abzugeben. Ich würde die Sponsorenverträge direkt aushandeln, und anschließend käme es zu Verhandlungen mit den Sendern, bei denen Sie ganz sicher mit besseren Bedingungen rechnen könnten, als das bisher der Fall ist.«

»Ich bin empört!« Victoria Sherman schlug mit der flachen Hand auf den Tisch. »Ich sehe keinerlei Anlass für die lyranischen Nachrichtensender, sich Ihrem Management zu beugen.«

Drew drehte sich um und sah sie gelassen an. »Ich wüsste nicht, was dem entgegenstünde.« Sein Ton war frostig. »Sie haben sich bisher immer als sehr zugänglich für den Einfluss des Solaris-VII-Stallbesitzerverbands gezeigt. In zwei Tagen werden die anderen Stallbesitzer den Wert der Situation erkennen und der Verband wird formell die Funktion als Ihr Repräsentant übernehmen.«

Mason Wells lächelte zynisch. »Sie erwarten natürlich, der Hauptmanager des Projekts zu bleiben.«

»Natürlich.« Drew zuckte die Achseln. »Jemand muss die Leitung und die Verantwortung übernehmen.« Er verzichtete darauf zu erwähnen, dass er plante, die Vorteile der Führungsposition zu ernten und die Verantwortung letztendlich auf die Journalisten abzuschieben.

Adam Kristof sah sich unter seinen Kollegen um, dann wandte er sich wieder Drew zu. »Sie haben also keineswegs vor, es bei uns vieren zu belassen, oder sehe ich das falsch?«

»Nicht im mindesten. Wenn die anderen Medienvertreter und Sender vom Abschluss Ihrer Verträge erfahren, werden sie ebenfalls aufspringen. Aber das sollte Sie nicht weiter beschäftigen. Erstens werden Sie automatisch die besten Abschlüsse erzielen. Außerdem bleiben Sie dadurch in der vordersten Reihe der Krisenberichterstatter. Mehr Sendezeit. Weitere Verbreitung Ihrer Kommentare über mehr Stationen. Höherer Bekanntheitsgrad, zusätzliches Prestige.«

Diese vier waren schon lange genug im Geschäft, um sich auszukennen. Hatten Sie etwa nicht gesehen, dass sich dasselbe Szenario bei den MechKriegern abgespielte, die in den Arenen dominiert hatten? Die Krieger waren eine heißbegehrte Ware geworden, und das hatte zu höheren Preisgeldern und Nachfrage nach mehr Kämpfen geführt.

»Sie haben die Rückkehr zu einer Spur Promotion in unseren Berichten angesprochen«, sagte Mason Wells.

Drew nickte und kam zu seinem zweiten Motiv für diese Anstrengung, die Medien unter seine Kontrolle zu bringen. »Wie immer man zu ihnen steht, die MechKrieger sind die Ware, die wir den Zuschauern verkaufen müssen. Selbst in ihren schlimmsten Exzessen können sich die Aufstände nicht mit Bildern aufeinander schießender BattleMechs messen. Es lässt sich nicht bestreiten, dass die beeindruckenden Persönlichkeiten der Spielwelt einer generalisierteren Darstellung der Kämpfe zum Opfer gefallen sind. Ich würde es begrüßen, wenn dieser Wettbewerbsfaktor in Ihren Berichten wieder stärker zur Geltung käme.«

»Ohne Zweifel mit einer besonderen Betonung der Aktionen Michael Searcys.«

Veronica Sherman war entschlossen, Drew aus der Reserve zu locken. Aber der dachte nicht daran, ihren Köder zu schlucken. Wenn es ihm nicht gelang, sie ins Boot zu holen, würde er einfach seine Anstrengungen Julian Nero gegenüber verdoppeln. »Michael Searcy ist ein Mann auf der Suche nach seiner Bestimmung. Ich würde sogar soweit gehen zu sagen, dass ihn kaum noch etwas mit dem Blackstar-Stall verbindet. Er ist ein

›Vereinigte-Sonnen‹-Krieger. Und so sollten Sie ihn in Ihren Berichten auch behandeln.«

Nicht einmal Veronica Sherman gelang es, diese überraschende Erklärung ohne Reaktion wegzustecken. Konnte es wahr sein, dass Blackstar alle Beziehungen zum beliebtesten Krieger des Stalls abbrach?

Drews Worte erweckten tatsächlich diesen Eindruck, auch wenn es keineswegs den Tatsachen entsprach. Es war alles Teil seiner Rückversicherung. Irgendwann würde jemand für die Aufstände bezahlen müssen. Drew hatte jede Absicht, auf der Siegerseite zu stehen, wenn es soweit war, und das bedeutete, dass er bereit sein musste, alle Verbindungen zu Searcy abzubrechen, sollte der junge Heißsporn im Kampf um Black Hills scheitern. Drew dachte nicht daran, seine Zukunft in die Hände eines Einzelnen zu legen.

»Wenn wir die Rivalität zwischen den Fraktionen noch stärker betonen als wir es bisher schon tun«, wandte Nero ein, »setzen wir uns Vorwürfen aus, die Gewalttätigkeiten noch zu fördern.«

»Oder zu versuchen, das Interesse zurück auf die einzelnen Krieger zu lenken«, erwiderte Drew gelassen. »Die Leute zurück vor die Bildschirme zu locken, damit sie das Kämpfen den Profis überlassen.« Wenn sie den Zuschauern richtig übermittelt wurde, konnte diese Rechtfertigung alle Aktionen entschuldigen. Und sprach er nicht gerade zu den Personen, die genau dafür verantwortlich waren? »Was die MechKrieger betrifft, so werden Sie eine wichtige Rolle dabei spielen, die Sieger und Besiegten zu bestimmen. In den Medien vorgeführt, von den Zuschauern abgeurteilt.«

»So könnte es funktionieren«, erklärte Nero zögernd. »Obwohl ich annehme, dass jeder Sektor, jede Nation, es vorziehen wird, einen eigenen Champion zu wählen. Und eigene Feinde.«

»Womit wir früher oder später wieder beim selben

System landen würden, unter dem Solaris VII seit Jahren operiert«, stellte Drew fest. »So oder so ergibt es eine großartige Story.«

In der Verbandstagung vier Tage zuvor hatte Drew Hasek-Davion sich durch ein gut geplantes Spiel gegen Thomas DeLon durchgesetzt. Er hatte seine Kollegen manipuliert, sie soweit nötig dominiert und den Ausgang des Treffens um Haaresbreite an den Sieg herangeführt, den ihm Jerry Stroud dann geschenkt hatte. Er erinnerte sich immer noch gerne an dieses Manöver mit all seiner Spannung und der Sorgfalt, die er bei jedem Schritt hatte walten lassen müssen.

Verglichen mit jener Besprechung war das hier ein Kinderspiel. Adam Kristof und Mason Wells hatte er von Anfang an in der Tasche gehabt. Die Verlockung eines eigenen Sponsorenvertrags war zu überwältigend gewesen. Außerdem erkannten diese beiden, welche Macht Drew in Black Hills gegen sie aufbieten konnte, und waren bedacht darauf, ihn nicht zu verärgern. Aber Julian Nero ließ sich nicht aufs Glatteis führen und konnte sich nach Schlesien zurückziehen, wo Drew nicht so leicht in der Lage war, ihm zuzusetzen. Zumindest mochte er sich das einbilden. Trotzdem konnte Drew in seinem Blick lesen, dass der lyranische Kommentator beinahe überzeugt war. Die Vorteile übertrafen die Risiken eines Geschäfts mit Drew Hasek-Davion bei weitem. Blieb nur noch…

Veronica Sherman schüttelte nachdrücklich den Kopf. »Ich will nichts mit irgendeinem Geschäft zu tun haben, das mir ein Davionist vorschlägt. Und wenn ich erst einmal meine Meinung gesagt habe, bezweifle ich, dass es viele andere geben wird, die dazu bereit sein werden.«

»Verdammt nochmal, Veronica«, schalt Kristof. »Wenn es einer deiner lyranischen Handelsherren gewesen wäre, der uns dieses Geschäft vorgeschlagen hätte, wärst du als allererste aufgesprungen und hättest die Holokam schon angeworfen.«

»Mag sein, aber so war es nicht. Und für mich ist das entscheidend.«

Drew musterte sie mit sorgsam neutraler Miene und zog seinen Kommunikator aus dem Gürtel. »Ist das endgültig?«

»Endgültig genug«, antwortete sie. »Ich würde sogar sagen, Adam hat völlig Recht. Es gibt keinen Grund, warum sich dieser Plan nicht ebenso gut mit einem schlesischen Stallmeister verwirklichen ließe. Ich bin sicher, Jerry Stroud wäre bereit dazu.«

Jetzt war Veronica einen Schritt zu weit gegangen. Ihre Weigerung besiegelte ihr Schicksal. Nicht, dass Drew daran dachte, ihr persönlich irgendeinen Schaden zuzufügen. Nichts wäre geeigneter gewesen, die Medien schneller gegen ihn zu einen, als eine Drohung gegen ihre Person. Aber er besaß andere Möglichkeiten, sein Ziel zu erreichen. Möglichkeiten, die sich nicht so leicht bis zu ihm zurückverfolgen ließen.

Er betätigte einen Knopf, der ihn sofort mit einem seiner Agenten in Boreal Reach in Verbindung setzte und sprach ins Gerät. »Ich bin beunruhigt über bestimmte hier eintreffende Berichte«, sagte er, ohne den Blick von Veronica Sherman zu nehmen. »Ich möchte, dass wir die SNG schützen. Ja, die Solaris-Nachrichtengesellschaft. Wir haben Kräfte im Internationalen Bezirk? Gut, stellen Sie sicher, dass sie reagieren. Und ich stelle einhunderttausend C-Noten für jeden Krieger bereit, der dem erwarteten lyranischen Angriff standhält.« Er schaltete den Kommunikator ab.

Veronica Sherman war bleich geworden. Die anderen rutschten unbehaglich auf ihren Plätzen umher, weil sie die darin enthaltene Drohung an alle Sendeanstalten verstanden hatten. »Das können Sie nicht tun«, stieß sie aus. »Die Programme aller Sender werden über die Anlagen der SNG ausgestrahlt.«

»Nicht notwendigerweise«, widersprach Drew. »Die SNG erleichtert den anderen Sendern zwar die Arbeit, aber es wäre keineswegs unmöglich, ohne sie auszukommen, auch wenn die meisten Studios sicher gewisse Schwierigkeiten hätten, insofern sie mit den eigenen Leuten und Anlagen auskommen müssten. Genau deshalb lege ich Wert auf ihren Schutz.« Natürlich würde die SNG automatisch zu einem Angriffsziel für die lyranischen Truppen werden, sobald sie von Davion-Einheiten verteidigt wurde. »Nicht ein Krieger der Vereinigten Sonnen wird absichtlich auf die Gebäude feuern.« Und das würde dafür sorgen, dass es den Anschein hatte, als hätte Drew Hasek-Davion versucht, Solaris Citys zentrale Senderanlage zu beschützen.

Und auf den Schein kam es an.

»Das werden sie nicht müssen. Die lyranischen Truppen werden sie in Schutt und Asche bombardieren.«

»Ich hoffe sehr, dass Sie sich da irren. Aber falls es wirklich zum Schlimmsten kommen sollte, sieht es aus, als wären Sie arbeitslos, Ms. Sherman.« Es wurde Zeit, den Abschluss zu tätigen. »Was meinen Sie, Mr. Nero? Wäre Ihr Sender geneigt, Ms. Sherman Sendezeit zur Verbreitung ihrer Ansichten einzuräumen?«

Julian Neros Dilemma dauerte nicht lange. Drew konnte praktisch seine Gedanken lesen. Er wusste, welche Alternativen dem Mann offenstanden. Sollte er sich mit den lyranischen Medien solidarisieren und ein ähnliches Manöver riskieren, um seinen Sender abzuschalten, oder innerhalb der in diesem Raum soeben vorgestellten Parameter operieren? Drew zählte darauf, dass Nero zuerst Kommentator war, und erst danach Patriot.

Der Mann enttäuschte ihn nicht.

»Höchst unwahrscheinlich, Sir«, antwortete er mit einem kurzen Blick zu seiner früheren Kollegin hinüber.

Sherman schien innerlich zusammenzubrechen. Die Konsequenzen der Handlungsweise Drew Hasek-Davions hatten selbst ihre legendäre Ausdauer besiegt. Falls die anderen ähnliche Bedenken hatten, achteten sie sorgfältig darauf, sich nichts anmerken zu lassen. An diesem Nachmittag war die Macht auf Solaris VII von den Medien zu den Stalleigentümern zurückgekehrt. Vielleicht waren sie ja auch nie wirklich unabhängig gewesen. Nur war die Macht bis jetzt immer auf alle Stallbesitzer verteilt gewesen. Sie hatte noch nie allein in einer Hand gelegen.

Für Drew Hasek-Davion war das alles die Arbeit eines Nachmittags. Von nun an war er die Macht auf Solaris VII, und er hatte vor, diesen neugewonnenen Einfluss mit allen Mitteln zu sichern, die ihm zur Verfügung standen. Searcy würde den Kampf gewinnen und von Drews Einfluss auf die Medien abhängig sein, um sich zu rechtfertigen, oder er würde scheitern. In diesem Fall war Drew jetzt in einer Position, die es ihm gestattete, Searcy fallen zu lassen und trotzdem selbst als Sieger dazustehen. Garrett blieb ihm weiter als zweite Rückversicherung gegen Searcy erhalten, so wie der eine Rückversicherung gegen den Clan-Renegaten darstellte. Und wie immer blieben ihm Jerry Stroud und die Skye-Tiger als Gegner. Aber jetzt konnte Drews Nemesis ihrem Untergang nicht mehr entgehen. Stroud hatte keine Chance mehr.

Nicht, solange Drew Hasek-Davion die Spielwelt kontrollierte. Und bis jetzt gab es niemanden, der ihn hätte aufhalten können.

16

Regierungspalast, Triade, Tharkad City, Tharkad Provinz Donegal, Lyranische Allianz

17. August 3062

Der Palastkomplex der Triade auf Tharkad erstrahlte im fürstlichen Prunk makelloser Gärten, gewaltiger Torbögen und majestätischer Kuppeldecken, farbenprächtiger Wandteppiche und dicker Teppichböden. Als Machtzentrum der Lyranischen Allianz wäre nichts anderes angemessen gewesen.

Nondi Steiners Büro im Verwaltungsflügel des Regierungspalastes hingegen zeugte von spartanischerem Geschmack. Als Generalin des Heeres hielt sie das für angebrachter. Der Fliesenboden war auf Hochglanz poliert und das einzige Mobiliar bestand aus Schreibtisch und Bürosessel sowie zwei Sesseln für Besucher. Die große Schreibtischplatte aus fahlblauem Marmor mit grauen Adern war praktisch leer. Auf der linken Seite stand ein kleiner Holovidmonitor. Ein großes Namensschild befand sich unmittelbar an der Frontkante, als könnte irgendjemand, der das Büro betrat, nicht wissen, wem es gehörte. An der rechten Ecke des Schreibtischs erhob sich über einem kleinen Sockel eine Miniaturfahne der Lyranischen Allianz mit einer geballten linken Faust in einem blauen Panzerhandschuh auf weißem Grund.

An den Wänden hingen nur zwei Bilder. Eines war eine Holografie ihres ersten BattleMechs, eines alten ZEU-6S *Zeus*, mit Nondi als junger Offizierin in der Uniform eines Leutnants auf einem der riesigen Metallfüße. Das andere war ein idealisiertes Gemälde Katrina Steiners, Nondis junger Nichte und Archon der Lyranischen Allianz. Obwohl Katrina mit vollem Familiennamen eine Steiner-*Davion* und auch Prinzessin der Vereinigten Sonnen war, würde sie in den Augen ihrer Tante immer zuerst eine Steiner und die stolze Verkörperung des lyranischen Staates bleiben.

Wie die Hologrammnachricht bewies, die ComStar ihr vor kurzem mit Priorität zugestellt hatte.

Katrinas dreidimensionales Gesicht füllte den Bildschirm völlig aus und erschien in der Nahaufnahme so lebensecht, dass Nondi die Pinselstriche im blauen Lidschatten ihrer Nichte erkennen konnte. Katrinas langes, goldblondes Haar hing ihr in einem dicken Zopf über die rechte Schulter. Eisblaue Augen starrten hart und durchdringend aus dem Gerät. Es schien fast, als sei Katrina bei ihr im Zimmer, obwohl die Nachricht in Wirklichkeit einen halben Tag zuvor und hunderte von Lichtjahren entfernt aufgenommen worden war.

»Ich habe die 56. Division der ComGuards bereits von Solaris VII abbeordert, um meinem Bruder die Gelegenheit zu nehmen, sie öffentlichkeitswirksam zur Beilegung des Aufruhrs einzusetzen. Es wäre typisch für ihn, die Lage mit einer protzigen Zurschaustellung militärischer Macht auszunutzen. Alles unter dem Vorwand der *Friedenssicherung*...« Katrinas schmallippige Miene wurde noch düsterer. »...Aber in den Augen und der lautstarken Darstellung seiner Anhänger eine erfolgreiche Herausforderung meiner Herrschaft.«

Soweit durfte es nicht kommen – nicht auf einer lyranischen Welt! Nondi hatte für Victor Davion nichts übrig. Sie weigerte sich sogar, ihm den Mädchennamen seiner Mutter zuzugestehen.

Katrinas Nachricht ging weiter. »Ich hatte gehofft, unsere Kräfte auf dem Planeten und Schlesiens Mechställe könnten gemeinsam die Ordnung wiederherstellen, aber viele meiner Botschaften an die Stallbesitzer haben sie entweder nie erreicht oder wurden ignoriert.«

Katrinas Augen verengten sich bei der Vorstellung, derart missachtet worden zu sein.

Schlimmer allerdings war, das wusste Nondi, die Tatsache, dass Katrina keine direkte Kontrolle über die Lage hatte. Sie befand sich zur Zeit auf New Avalon, auf dem Thron, den sie während Victors langer Abwesenheit aus der Inneren Sphäre übernommen hatte, und war nicht in der Lage, in die Lyranische Allianz zurückzukehren.

»Die Aufstände haben sich zu einem blutigen Konflikt ausgeweitet, der von einigen der bekanntesten Journalisten der ganzen Inneren Sphäre begleitet wird, und über deren Berichte und Nachrichtenbilder breitet sich die Unruhe in andere Systeme aus. Dergleichen werde ich in meinem Reich nicht dulden! Die Umstände zwingen mich, hier auf New Avalon zu bleiben, um mich jedem Versuch meines Bruders zu widersetzen, seinen Thron zurückzuerlangen, deshalb erwarte ich von dir, dass du mein lyranisches Volk beschützt. Mach diesem Aufstand ein Ende, liebe Tante, und statuiere an den dafür Verantwortlichen ein Exempel. Setze ein, welche Mittel dafür auch immer erforderlich sind.«

Das Bild zwinkerte aus und hinterließ zunächst eine tiefe Dunkelheit auf dem Holovidschirm, die aber schnell dem Wappen der Lyranischen Allianz wich. Nondi beugte sich eifrig vor und zog ein durchsichtiges Sensortablett aus einem Schlitz unter der Marmorschreibtischplatte, in das die Umrisse einer Tastatur eingeätzt waren. Als ihre Finger über die Tasten huschten, löste sich das lyranische Wappen auf und machte einer Datenanzeige Platz.

Sie betrachtete die Gefechtsaufstellung der Lyranischen Allianzstreitkräfte. Die einfachste Lösung bestand darin, Truppen aus dem Kontingent des Freedom-Theaters ins Solarissystem zu verlegen. Aber wen? Diese Mission konnte keiner Einheit anvertraut werden, deren Loyalität zu Katrina irgendwie in Zweifel stand. Dazu war die Gefahr zu groß. Solaris VII war von Beginn an ein Risikoherd gewesen. Dass dieses Debakel sich ausgerechnet jetzt ereignete, zu einem Zeitpunkt, als die öffentliche Meinung sich Katrinas abgesetztem Bruder zuneigte, war Timing der übelsten Sorte. Selbst hier auf dem Tharkad – auf den Tharkad, um des Archons willen! – waren leise Zeichen des Unwillens zu spüren. Ein Untergrundmagazin namens *Vereinigte Söhne* sorgte für Unruhe.

Nondi suchte die Daten auf dem Monitorschirm nach der 17. Arkturusgarde ab, der einzigen in der Nähe Solaris VII stationierten Einheit, der sie vorbehaltlos vertraute. Aber die 17. stand derzeit auf Wyatt, zu weit entfernt, um rechtzeitig einzutreffen. Katrina verlangte – brauchte – eine Niederschlagung der Unruhen, bevor die Flammen der Rebellion sich zum unkontrollierbaren Flächenbrand eines Bürgerkriegs auswuchsen.

In Gedanken verfluchte Nondi sich für ihre fehlende Voraussicht. Warum hatte sie Solaris VII nicht mit lyranischen Truppen befestigt?

Auf ihre zweite Wahl zurückgeworfen, entdeckte sie einen Glücksfall. Die 32. Lyranische Garde stand zur Zeit auf Kyoto Shin, und ein Bataillon war soeben auf dem Rückweg von einem Manövereinsatz auf Hyde im Cavanaugh-Theater. Ihre Quellen führten die 32. als neutral in einem möglichen Machtkampf zwischen Victor und Katrina auf, aber solange die Einheit unter dem Befehl Generalleutnant Gustav van Burens stand, machte Nondi sich wenig Sorgen. Van Buren war ein Lyraner alter Schule, und sie konnte sich darauf verlassen, dass er ausgezeichnete Arbeit leistete. Und seine Einheit war unerfahren. Kaum die Art von Truppen, die dazu neigte, die Befehlskette durcheinander zu bringen und zu Renegaten zu werden, und möglicherweise noch idealistisch genug, um die Lage auf Solaris VII zu wenden.

Was allerdings den Ausschlag gab, war die Tatsache, dass das Bataillon in sechs Stunden über Kyoto Shin eintreffen sollte. Damit befand es sich bereits an einem der Sprungpunkte des Systems, sodass die sieben Tage Flugzeit entfielen, die es normalerweise gebraucht hätte, von der Planetenoberfläche dort einzutreffen. Nondi konnte die Einheit anweisen, ein abflugbereites Sprungschiff zu requirieren, an das sie mit ihren Landungsschiffen ankoppeln – und sich beinahe sofort auf den Weg nach Solaris machen – konnten. Und da das Solarissystem eines der am stärksten frequentierten Sprungziele der Inneren Sphäre war, gab es mit Sicherheit eine ganze Anzahl dokumentierter Piratensprungpunkte, an denen das Schiff rematerialisieren konnte, um die Reisezeit noch weiter zu verkürzen.

»Sechsunddreißig Stunden«, stellte sie laut fest. »Ich kann sie innerhalb von sechsunddreißig Stunden vor Ort am Boden haben.« Ihre Stimme hallte von den kahlen Wänden des Büros zurück, eine Erinnerung an die Einsamkeit eines Befehlshabers. Aber was wirklich zählte, war das Wohl des lyranischen Volkes. Ihres Volkes, und Katrinas.

Es bestand die Gefahr, dass ein einzelnes Bataillon nicht ausreichte, die Kämpfe zu beenden, nicht, solange ein einzelner Mechstall die Möglichkeit besaß, beinahe ebenso viele Kampfkolosse in Marsch zu setzen. Aber Nondi würde die Lyranische Garde kurz nach der Ankunft der 32. durch die 17. Arkturus verstärken. Bis dahin konnte Generalleutnant van Buren erledigen, was zu tun war. Das, was Katrina besonders nachdrücklich gefordert hatte: An den Verantwortlichen ein Exempel statuieren.

»Ein Feuer braucht Hitze, Nahrung und Sauerstoff«,

stellte Nondi Steiner im Selbstgespräch fest. »Wenn man eines dieser Elemente aus der Gleichung entfernt, sind die beiden anderen harmlos. So mache ich es. Ich werde Gustav van Buren und die 32. in Marsch setzen, damit sie dem Feuer die Nahrung nimmt. Sie werden die Truppen zerschlagen, die sich in Black Hills verstecken.«

Asche Asche
Alles stirbt...

17

Sternenbundpark, Internationaler Bezirk,
Solaris City, Solaris VII
Freedom-Theater, Provinz Skye, Lyranische Allianz

19. August 3062

Der Sternenbundpark, ein ausgedehntes Erholungsgelände im Internationalen Bezirk, war einmal eine Insel der Ruhe und Schönheit in einer ansonsten grauen und bedrückenden Stahl- und Betonwüste gewesen. Reich bepflanzt mit Bäumen und Blumen, die unter konstanter Feuchtigkeit besonders gut gediehen, hatte der Park das ganze Jahr über ein Feuerwerk von Farben geboten, und seine Gärten waren eine der seltenen Touristenattraktionen der Stadt gewesen, die nichts mit den Arenakämpfen zu tun hatten. Ein ausgedehntes Netz überdachter Gehwege machte den gesamten Park in jedem Wetter zugänglich, und für Besucher, die einen ganzen Tag in seiner friedlichen Atmosphäre zubringen wollten, waren überdachte Grillplätze und Picknickbereiche vorhanden. Hier gab es keine Wettautomaten. Keine Standbilder früherer Champions oder besonders beliebter BattleMechtypen. Dies war ein Ort gewesen, an dem man Körper und Seele regenerierte.

Aber davon war nichts mehr geblieben.

Michael Searcy lenkte seinen *Brandschatzer* durch die Verwüstung, die das früher an diesem Tag hier stattgefundene Gefecht hinterlassen hatte. Er kam an zerschmetterten Gehwegen vorbei, ausgebrannten Nischen, ausgerissenen Bäumen. Er sah zertrampelte Blumenbeete, vom schwerfälligen Schritt der Kampfkolosse aufgerissenen Rasen, und silbern zwischen dem nassen Grün glitzernde Panzerreste. Sein Blick fiel auf abgerissene Mechglieder und ein buntes Sortiment abgeschossener Bauteile, die den Weg markierten, den der Kampf durch das Parkgelände genommen hatte. Ab und zu traf er sogar auf das Wrack eines besiegten BattleMechs, eine einst mächtige Kampfmaschine, die sich in ein Monument der Gewalt verwandelt hatte, die Solaris City gepackt hatte. Zumindest, bis die Bergungsteams eintrafen.

Die Schlacht hatte knapp südlich des Flusses in Black Hills begonnen, wo dem unerbittlichen Schusswechsel neben zwei kompletten Straßenzügen auch der Kommandeur der 32. Garde mitsamt seinem *Atlas* zum Opfer gefallen war. Nach dem Tod ihres Kommandeurs hatten sich die Lyraner nach Süden in den Internationalen Bezirk zurückgezogen, auf einem Weg, der sie geradewegs in den Sternenbundpark geführt hatte. Den Spuren nach zählte Michael nicht weniger als drei gescheiterte Halteaktionen. Als die Truppen der 32. den Park erreichten, hatte eine gemeinsame Streitmacht der Sternenlicht- und Overlord-Ställe – Crucier und Lyraner! – sie angegriffen.

Warum Overlord sich gegen die regulären Allianztruppen gestellt hatte, wusste Michael immer noch nicht. Waren die Overlord-Krieger desertiert? War Karl mit seinen Truppen zurückgekehrt? Bei jedem neuen Mechwrack, das in Sicht kam, stieg in Michael die Angst auf, es könnte sich als Karls *Cestus* herausstellen.

Mit der Geschichte dieses Gefechts verstand Michael jetzt auch, warum die Gardeeinheit, die Black Hills Stunden zuvor angegriffen hatte, kleiner gewesen war als erwartet. Niemand hatte irgendwelche Zweifel daran gehegt, dass die Einheit es auf Davion-Blut abgesehen hatte oder wusste, dass sich die Basis der Black-Hills-Kämpfer in der Boreal-Reach-Arena befand. Von dem Moment an, an dem ihn die Nachricht von ihrer Ankunft erreicht hatte, war Michael auf einen Angriff des ganzen Bataillons gefasst gewesen.

Aber statt eines direkten Angriffs waren zwei Garde-Lanzen mit Panzerunterstützung durch Black Hills gezogen und hatten Straßen und Hausbesitz in Trümmer gelegt, ohne sich um etwaige Bewohner zu kümmern. Oder auch nur darum, ob die betreffende Nachbarschaft möglicherweise Katrina Steiner unterstützte. Julian Nero hatte die Einheit als neutrales Truppenkontingent bezeichnet, das eingetroffen war, um das Kriegsrecht durchzusetzen. Aber so hatte sie sich nicht benommen. Michael und seine Leute hatten sie zurückgeschlagen…

Die Schritte seines Mechs wurden vorsichtiger, um die Menschen nicht zu gefährden, die sich noch unter den Dächern der Gehwege drängten oder benommen vom Schock dessen, was sie erlebt hatten, durch den Park wanderten. Ein paar schossen allerdings auch Photos oder machten Aufnahmen mit ihren Holokameras. Auch Nachrichtenteams waren bereits vor Ort, vermutlich auf den Fersen der MedTechs eingetroffen. Die Reporter ließen Leute auf die umgestürzten BattleMechs klettern, um sie dort zu interviewen. Michael fragte sich allerdings, was es in dieser Verwüstung noch zu sagen gab.

Er bemerkte die anklagenden Blicke einiger Zivilisten. Sie schienen zu wissen, wer er war, was ihn nicht weiter überraschte. Wer hätte Stormin' Michael Searcy nicht erkannt, nachdem die Medien seine Rolle in den Kämpfen hochgespielt hatten? Unter den feindseligen Blicken stieg Scham in ihm auf, obwohl nichts von der Vernichtung, die hier getobt hatte, seine Schuld war.

Wirklich nicht? flüsterte Karls Stimme in seinen Gedanken.

Die Schneise der Verwüstung setzte sich bis zum Südrand des Parks fort, wo sie durch einen dichten Baumgürtel brach und weiter in den dahinterliegenden Verwaltungsdistrikt des Internationalen Bezirks verlief. Die meisten der Stahlbetongebäude standen noch, auch wenn keines unbeschädigt davongekommen war. Von der Stadthalle allerdings war nur noch ein Schutthaufen geblieben. Eine geriffelte Marmorsäule erhob sich wie ein einsamer Wachtposten aus den Trümmern und trug das Bruchstück eines prächtigen Marmor-und-Granit-Simses. Michael watete in die Ruine, dann blieb er beim Anblick des Gerichtshofs plötzlich stehen, der sich zur Hälfte wie eine absurde Schneewehe auf der Straße auftürmte.

Auf dem Rücken, halb unter dem Schutt begraben, lag Karls *Cestus*.

Ein leeres Gefühl breitete sich in Michaels Magengrube aus. Das Komet-und-Sterne-Logo Sternenlichts war zwar halb unter den Trümmern versteckt, aber die blausilberne Bemalung des Mechs war unverwechselbar. Und auf dem rechten Unterschenkel, ebenfalls halb verdeckt von herabgestürzten Ziegeln, prangte das Wappen von Solaris VII, eine Fackel in einer Mechhand. Als einer der wenigen gebürtigen Solaraner, die sich in den Spielen hochgearbeitet hatten, war Karl der einzige Sternenlicht-Krieger, der dieses Wappen führte.

Auch die obere Rumpfhälfte des *Cestus* ragte aus dem Schutt und sie war beinahe bis zur Unkenntlichkeit zertrümmert. An mehreren Stellen war die Panzerung durchbrochen, und ein zerfetztes Bündel halbverkohlter Myomermuskeln baumelte von der rechten Schulter. Das Schultergelenk selbst befand sich in kaum besserem Zustand. Durch eine weite Bresche war ein halbzerschmolzener Aktivator zu erkennen. Der runde Kopfwulst der Maschine war an mehreren Stellen eingedrückt, und das Panzerglaskanzeldach durchschlagen, wie es schien von leichtem Autokanonenfeuer.

Als Michael sich dem Wrack langsam näherte, musste er an seine letzte Begegnung mit Karl zurückdenken, und daran, wie er auf das letzte Adieu seines Freundes nicht einmal Antwort gegeben hatte! Er hatte sich nicht träumen lassen, dass es ihr letztes Lebewohl sein könnte, aber was hatte das jetzt schon zu sagen? Über dem *Cestus* stehend konnte Michael einen Blick ins Innere des Mechcockpits werfen. Leer! Eine schwache Hoffnung keimte in ihm auf, dass Karl möglicherweise doch überlebt hatte, möglicherweise von seinen eigenen Leuten geborgen oder als Gefangener.

Weil er einen Angriff des ganzen Bataillons erwartet hatte, war Michael gezwungen gewesen, seine Mechposten zur Verteidigung der Basis zurückzuziehen. Sonst hätte er möglicherweise von Karls Rückkehr erfahren und hätte zur Stelle sein können, um ihm den Rücken zu decken. Wer hatte diese Entscheidung getroffen, er oder Drew Hasek-Davion? War es wirklich Michael, der bestimmte, wo es lang ging, oder hatte Karl mit seiner Behauptung recht gehabt, er wäre kaum mehr als eine Marionette?

Nieselregen legte sich wie ein weicher grauer Schleier über Solaris City und lief in dünnen Streifen über sein Kanzeldach. Als er so in den Ruinen stand, erschüttert vom Anblick des zerschlagenen Mechs seines einzigen wirklichen Freundes, war Michael klar, dass Karl zumindest in einem Punkt absolut richtig gelegen hatte. Das war kein Spiel. Jetzt nicht mehr.

Das war so ernst wie es nur werden konnte.

* * *

Die Leuchtröhren an der Decke waren dunkel. Das einzige Licht in Michaels Büro kam vom Wandbildschirm, der in unregelmäßigen Abständen zwischen den Kanälen weiterschaltete. Er saß zusammengesackt auf seinem Sessel, rieb sich mit einer Hand das Gesicht und hielt eine Fernbedienung in der anderen, den Daumen über dem Kanalwechsler. Eine leichte Berührung genügte, um den Bildschirm abzudunkeln und den Raum für einen Sekundenbruchteil in Düsternis zu tauchen, bis der nächste Sender erschien.

In gewisser Weise erinnerte es ihn an sein Duell mit Victor Vandergriff im Kolosseum, aber diesmal waren es die leuchtenden Fragmente von Holovidnachrichten, die immer wieder die Schatten vertrieben. DUNKEL. Dann: Tanya Oshia vom Kobe-InfoNetz überschüttete Garrett wegen dessen Kopfjägertaktiken mit Beschimpfungen. Die Verlustliste der dem Nebelparder-Renegaten zum Opfer gefallenen draconischen MechKrieger war inzwischen auf elf angewachsen. »Die absichtliche Zerstörung des Drachenbogens, des Tors zu Kobe, ist nur ein weiteres Beispiel für den Vernichtungsfeldzug des ClanKriegers gegen alles, was mit dem Kombinat zu tun hat, und …«

DUNKEL. Dann: »… ungefähr das, was man an Hand der Quoten erwartet hätte.« Der Buchmacherkanal. Von den regulären Nachrichtensendern gekaufte, geliehene oder schlichtweg abgefilmte Kampfausschnitte liefen ohne Ton über den Bildschirm, während ein unsichtbarer Sprecher die Wetten kommentierte. Ein Schriftband am unteren Bildschirmrand zeigte die Quoten der populärsten Tageswetten. »Die bisherigen Favoriten für den morgigen Tag drehen sich um einen erneuten Vorstoß aus Montenegro über den Solaris und bis tief nach Cathay hinein, mit einer Quote von Vier zu Eins für das Erreichen des Dschungels. Acht bringt drei, wenn es einem Kober MechKrieger gelingt, Garrett, den Nobelparder, zu besiegen, und fünf, wenn er es schafft, ihn zu töten. Alle Kämpfe zwischen Schlesien und Black

Hills zahlen derzeit den Einsatz. Falls Sie vorhaben, auf ein besseres Morgen zu wetten, könnten die Quoten Ihnen einen unglaublichen Gewinn bescheren, wenn man bedenkt, dass wir heute…«

Wieder zuckte sein Daumen kurz nach unten, und es wurde DUNKEL. Dann: Mason Wells, der alte Handikaper persönlich, vor einem Bild von Michaels *Brandschatzer* auf seinem Weg durch den Sternenbundpark. »…Stormin' Michael Searcy am Schauplatz der Niederlage der 32. Lyranischen Garde heute Nachmittag. Der lyranische Angriff richtete in Black Hills einen geschätzten Sachschaden von vierzehn Millionen Pfund an. Die Kosten in Menschenleben stehen noch nicht endgültig fest. Searcys *Brandschatzer*, derselbe Mech, den er bereits in dem abgebrochenen Kolosseumskampf gegen Victor Vandergriff steuerte, zeigt bemerkenswert wenige Spuren eines so brutalen Kampfes, was nur beweist…«

Dass Michael überhaupt nicht daran teilgenommen hatte! Er stieß den Daumen auf die Fernbedienung und schaltete weiter.

Die beiden nächsten Sendeplätze waren mit Programmen des Solaris-Nachrichtendienstes belegt und zeigten nur ein Testbild.

»Es gibt keine schlechte Publicity«, stellte eine Stimme hinter Michael fest und ließ ihn erschreckt zusammenzucken. »Zumindest nicht auf Solaris VII.«

Michael schaute über die Schulter und sah Drew Hasek-Davion als Silhouette vor der offenen Bürotür stehen. »Ich war nicht einmal in der Nähe des Gefechts«, erklärte er mit leiser Stimme. »Aber alle Stationen haben von dem Kampf zu mir übergeleitet, als ob sie mich damit in Verbindung bringen wollen.«

Drew trat ins Büro. Im flackernden grauen Licht der wechselnden Bilder des Wandbildschirms wirkte er in seinem hellen Anzug ausgebleicht. »Du bist eine Führerpersönlichkeit, Michael. Das habe ich dir von Anfang an gesagt.«

»Sie haben mir eine Menge gesagt«, stellte Michael fest, und der Rest seines Gedankens hing unausgesprochen im Raum: *Nicht alles davon war die Wahrheit.*

»Ich habe dir vorhergesagt, dass Karl Edward neidisch auf dich war und dich verraten würde, wenn sich die Gelegenheit bot. Er wusste schon vor zwei Tagen, dass Sternenlicht den größten Teil seiner Krieger von der Westküste hierher verlegte. Er hat es bereits gewusst, als ihr beide euch hier in diesem Zimmer gestritten habt, und hat es dir nie gesagt.«

Michael sah sich unwillkürlich misstrauisch um. Wurde sein Büro abgehört? Oder hatte Garrett die ganze Zeit vor der Tür gelauscht und seinem Meister alles haarklein gesteckt? »Ich wollte nichts hören«, verteidigte er Karl.

»Glaubst du ernsthaft, er hätte dir verraten, dass eine gemeinsame Streitmacht der Sternenlicht- und Overlord-Ställe plante, die Kontrolle über Black Hills zu ergreifen? Dir die Kontrolle zu entreißen, mein Junge?«

Uns die Kontrolle zu entreißen. Michael wusste sehr genau, dass es das war, was er eigentlich hatte sagen wollen. Es hätte die Pläne eines gewissen Drew Hasek-Davion durchkreuzt. Er strich wieder mit dem Daumen über die Fernbedienung.

DUNKEL. Dann: Julian Nero, frontal vor der Kamera stehend. Hinter ihm sah man einen Mechkampf. »... und zwei unterzählige Kompanien der 32. Lyranischen Garde mit jeweils nur noch zwei Lanzen kämpften sich den Weg durch die südlichen Bezirke von Black Hills. Hier sehen Sie Aubry Larsens *Lichtbringer* an der Spitze einer Kompanie aus Einheiten des Blackstar-Stalls und Black-Hills-PolzeiMechs bei dem Versuch einer Umgehungsaktion, mit der sie die Garde stellen wollte, bevor sie die relative Sicherheit Cathays erreichen konnte.«

Ein Versuch, von dem Michael bereits wusste, dass er fehlgeschlagen war, auch wenn die schweren Kämpfe beide Seiten je vier BattleMechs und einen Toten gekostet hatten. Und nach allen Berichten, die auf seinem Schreibtisch gelandet waren, hatte die 32. Garde in Cathay einen weiteren Kampfkoloss samt Pilot verloren.

Nero verzog das Gesicht, als die Szene einfror und Aubrys *Lichtbringer* beim Gnadenstoß für eine am Boden liegenden lyranischen *Skarabäus* einfing. »Zwei lyranische MechKrieger verloren ihr Leben bei diesem Versuch, mit Entsatztruppen nach Schlesien vorzustoßen. Unser Reporter vor Ort traf Victor Vandergriff im Skye-Tiger-Zentrum. Er hatte Folgendes anzumerken.«

Das Bild wechselte zum Skye-Tiger-Zentrum und glitt über ein Sortiment teilweise ausgeschlachteter BattleMechs. Sie waren so arrangiert, dass die Logos von Sternenlicht, Blackstar und in einem Fall sogar Gemini zu sehen waren. Allesamt Mechställe aus Black Hills.

»Wir haben uns bis jetzt gehalten«, stellte Victor Vandergriffs Stimme aus dem Off fest. »Und mit Elementen der 32. als Unterstützung haben wir eine Hoffnung, die Ordnung wiederherzustellen und den Kampf nach Black Hills zu tragen, wo er hingehört.«

Nicht, wo er *begonnen* hat, stellte Michael fest, sondern wo er *hingehört*. Der Bildausschnitt weitete sich und Victors frischgepanzerte *Banshee* wurde sichtbar, die über dem Trümmerfeld aus Davion-Mechwracks aufragte. Auf seiner Maschine prangten die Logos des Lynch-Stalls und der Skye-Tiger, und jetzt zusätzlich auch noch ein kleines Emblem des Eichenberry-Stalls. Das Bild verschwamm, als die Kamera zu einer Nahaufnahme Victor Vandergriffs nach rechts schwenkte. Er trug einen rauchblauen – *steinerblauen* – Kühlanzug ähnlich dem, den Michael benutzte. Die sperrige Kühlweste war verschwunden, aber Michael registrierte, dass der Schlesier immer noch seinen riesigen Neurohelm unter dem Arm trug. Der Anzug hatte also keine Neurosensorkapuze. Der arme Victor musste sich weiter mit dem altertümlichen Helm herumschlagen, auch wenn es ganz danach aussah, als hätte er Karriere gemacht.

»Ich habe vor, den Davionisten in Black Hills die Rechnung für diese beiden Leben zu präsentieren, und auch für all die anderen, die dieser Konflikt uns gekostet hat. Michael Searcy wird für seine Taten bezahlen, das verspreche ich.«

Julian Nero kehrte auf den Schirm zurück und wirkte sehr mit sich zufrieden. »Und nun auf ein Wort unseres Sponsors EarCandy: Musik und Unterhaltung aller Art, und unvoreingenommene Berichterstattung über den Konflikt auf Solaris VII.«

Die Stummschaltung beendete die Werbeeinblendung, und Michael schüttelte den Kopf. Natürlich hatte niemand die Schneise der Vernichtung durch zivile Wohnbezirke von Black Hills erwähnt, die als Hinterlassenschaft ihrer Anstrengungen, die Stadt zu durchqueren, hinter der 32. zurückgeblieben war. Ebenso wenig wie er ein Wort darüber gehört hatte, dass der lyranische Overlord-Stall sich dem Widerstand gegen die Lyranische Garde angeschlossen hatte. Oder über irgendwelche anderen Kämpfe als die zwischen Schlesien und Black Hills. Es lief immer wieder auf Steiner gegen Davion hinaus, auf Victor gegen Michael.

»Lügen«, stellte Michael leise fest und beantwortete mit einem Wort Vandergriffs Bluff, Neros Verpflichtung zu unvoreingenommener Berichterstattung und Hasek-Davions Anschuldigung, Karl hätte ihn verraten wollen. »Alles Lügen.«

Drew Hasek-Davion wirkte nicht sonderlich erfreut. Offenbar hatte er die versteckte Beleidigung gehört.

»Tatsächlich? Warum hat sich dein *Freund*...« Sein Tonfall verwandelte das Wort selbst in eine Beleidigung. »...Karl Edward nicht mit dir in Verbindung gesetzt? Seit heute Nachmittag kontrollieren Sternenlicht und Overlord die Solaris-Mechhangars am Raumhafen. Und die Lagerhallen. Das war doch wohl dein Ziel der letzten Tage, oder nicht?«

Michael richtete sich wütend auf. »Sie meinen *Ihr* Ziel. Sie sind hervorragend informiert, Drew. Dann erklären Sie mir doch einmal, woher die Zweiunddreißigste wusste, wie sie meine Verteidigungsstellungen umgehen und die anrückende Sternenlicht-Overlord-Streitmacht angreifen konnte? Karl scheint nicht der Einzige gewesen zu sein, der von ihrem Anmarsch wusste.«

Drew war konsterniert und schien sich einzurollen wie eine Schlange kurz vor dem Zustoßen. »Gegen das Bataillon zu kämpfen, hätte nichts ausgerichtet, was wir nicht ebenso gut erreichen konnten, indem wir seine Aufmerksamkeit auf ein anderes Ziel lenkten. Und so unerfahren sie sind, der Kampf hätte dein Tod werden können. Ich kann es mir nicht leisten, dich in einem sinnlosen Kampf zu verlieren. Nein, Michael, das käme gar nicht gut.«

»Ich bin ein MechKrieger«, fuhr Michael ihn an. »Dieses Risiko gehe ich jedesmal ein, wenn ich für Sie kämpfe.« Er atmete tief durch, um sich zu beruhigen. »Oder zumindest war es bis jetzt so. Ich habe die Nase voll von diesem Konflikt.«

Drew lachte einmal kurz auf. Es war ein brutales, freudloses Bellen. »Du verstehst überhaupt nichts, hast es nie kapiert. Du brauchst überhaupt nichts zu tun.« Er zuckte die Achseln. »Vielleicht lasse ich einen anderen Krieger in deinem *Brandschatzer* herumstolzieren, nur um den Schein zu wahren. Aber bildest du dir ernsthaft ein, du könntest einfach davonmarschieren?

Untertauchen? Ich habe dich zum Favoriten der Vereinigten Sonnen gemacht. Zu einem Davionistischen Helden, wenn auch nicht unbedingt zu einem Davion-Anhänger. Du bist ein Symbol, Michael. Die Leute werden dich nicht vergessen.« Er stieß mit dem Gehstock in Richtung des Wandschirms. »*Die* werden dafür sorgen, dass man sich an dich erinnert. Zumindest«, fügte er mit leiser Drohung hinzu, »solange sie nichts Besseres haben, was sie den Massen servieren können.«

Drews Augen wurden ein wenig schmaler. »Du bist kein simpler MechKrieger. Die sind draußen auf der Straße, gehen Streife oder kämpfen gegen unsere Feinde. Du versteckst dich in einem abgedunkelten Zimmer, mein Junge. Was haben sie dir auf New Canton vorgeworfen? Kleinmut? Wenn du denkst, dein Kommandeur hätte dich mit seiner Aussage verraten, was glaubst du wohl, wie die Presse reagieren würde, wenn so eine Geschichte hier und jetzt bekannt würde?«

Michael hatte das Gefühl, in einen bodenlosen Abgrund zu fallen. Seit er nach Solaris VII gekommen war, hatte er alles in seiner Macht Stehende getan, um seine Vergangenheit zu begraben, aber allem Anschein nach war es nicht genug gewesen. Wenn die Medien jemals Wind von der Geschichte bekamen, würde jeder Anschein von Angreifbarkeit sehr schnell die Wahrheit von den Schirmen verdrängen. Dann wäre alles vorbei. Michael würde es nie zum Champion bringen. Er würde nicht einmal mehr ein ernsthafter Anwärter auf den Titel sein. Aber…

»Damit würden Sie sich ins eigene Fleisch schneiden.«

Die unschuldige Miene schien auf Drews Gesicht mehr als fehl am Platze. »Wie oft hast du meinen Namen in den letzten Tagen in den Nachrichten gehört?«

Kaum einmal, dachte Michael. Und jetzt erkannte er Drews Hand darin, wie die Presse sich auf Stormin'

Michael Searcy konzentrierte. Es war seine Methode, sich abzusetzen. Nicht genug, um Hasek-Davion oder Blackstar ihren Anteil an einem Sieg zu rauben, aber doch eine sorgsam vorbereitete Rückversicherung gegen eine mögliche Tragödie. Diesmal verstand Michael nur zu gut, was Drew sagen wollte. Sein Stallmeister konnte von einem Augenblick zum nächsten alle Beziehungen zu Michael abbrechen und ihn ohne irgendwelche Auswirkungen auf seinen eigenen Ruf untergehen lassen.

Mit einem Lächeln beugte Drew sich herab und tätschelte Michaels Schulter. »Keine Sorge, mein Junge. Ein MechKrieger kann da draußen nur gewinnen, verlieren oder sterben. Erinnerst du dich, wie du mich gefragt hast, ob ich einen Schoßkrieger will? Jetzt kennst du die Antwort. Ich will einen Champion!« Wieder zeigte er mit seinem Gehstock auf den Wandbildschirm. »Die Medien werden den Champion küren, und er wird deinen Namen tragen. Niemand wird das anfechten können, solange wir zusammenarbeiten, du und ich. Und wenn du Victor Vandergriff erst getötet hast, wer sollte noch versuchen, es anzufechten?«

18

Skye-Tiger-Zentrum, Schlesien,
Solaris City, Solaris VII
Freedom-Theater, Provinz Skye, Lyranische Allianz

21. August 3062

So sehr er sich auch bemühte, Victor Vandergriff konnte es nicht bestreiten. Seine *Banshee* war ein absolutes Prachtstück, besonders, wenn man ihre unwürdige Herkunft bedachte. Verschwunden war der Frankenstein-Aspekt durch die nicht zusammenpassenden Geschützabdeckungen ihrer zusammengewürfelten Bewaffnung und der restlichen Panzerung. Verschwunden die hastig angebrachten Panzerflicken über den Löchern, an denen Waffensysteme ausgebaut worden waren, um Gewicht für die Luxor-Sprungdüsen freizumachen. Verschwunden auch die dunkle Farbschicht, mit der er den Kampfkoloss hatte einpinseln lassen, um ihn vor dem Medienauftritt halbwegs präsentabel zu machen.

Die Skye-Tiger-Techs hatten dafür gesorgt, dass sein Mech eines lyranischen Favoriten würdig war. Die schlecht zusammenpassenden Abdeckungen waren entfernt und durch modellierte Panzerung ersetzt worden, die den kantigen Rumpf der *Banshee* stromlinienförmiger machte. Die LB/X-Autokanone war neu justiert worden und wirkte nicht mehr wie nachträglich angeflanscht. Eine der PPKs war in den linken Arm verlegt worden, was dem Mech auf der linken Seite ein größeres Bewegungsspektrum im Waffeneinsatz verlieh. Und anschließend hatten sie den ganzen Kampfkoloss Metallicblau lackiert – mit goldenen Glanzlichtern. Das Panzerglaskanzeldach hatte eine indirekte blaue Beleuchtung erhalten, ebenso wie die Innenseite beider PPK-Läufe. Die Abschussrohre der KSR-Viererlafette auf der rechten Schulter hingegen leuchteten grellrot. Sobald der Kampf einmal begonnen hatte und die Abgase der Raketen die Rohrmündungen mit Ruß verklebten, würde davon nichts bleiben, aber bis es so weit war, verlieh es der *Banshee* ein mörderisches Aussehen.

Victor musterte den Mech vom Boden aus mit kritischem Blick. Jerry Stroud wartete nicht weit entfernt mit Maria Utley, der ChefTech der Skye-Tiger, unter deren Aufsicht die *Banshee* überholt worden war. Irgendwo hasste Victor den BattleMech immer noch für dessen altertümliche Konstruktion. Selbst umgebaut und verschönert war die Maschine noch immer nicht von dem Kaliber, mit dem die Top-Titelbewerber normalerweise antraten. Aber sie gehörte ihm, und war eine der besten Kampfmaschinen, die er in seiner langen, wenn auch wenig bemerkenswerten Karriere besessen hatte.

»Sie ist perfekt«, stellte er mit einem Blick zu Maria fest. »Da gibt es nichts mehr, was sich noch verbessern ließe.«

Sie nickte lächelnd. Das hatte sie hören wollen, nicht des Lobes wegen, sondern weil es ihr die Möglichkeit gab, sich den anderen Arbeiten zu widmen, die auf sie warteten. Nach einem kurzen Händedruck verschwand sie schnellen Schritts, um ein anderes Projekt zu überwachen.

»Das wird dir noch besser gefallen«, erklärte Stroud und trat neben Victor. »Heute, Victor. Du trittst heute gegen ihn an.« Es war nicht nötig, näher darauf einzugehen, wer ›er‹ war.

»Searcy?« Der Name klang wie ein Fluch. »Er kommt nach Schlesien?«

Vier frustrierende Tage hatte Victor auf die Gelegenheit gewartet und die Umstände verflucht, die ihn im lyranischen Sektor banden, während Michael Searcy sich im Internationalen Bezirk austobte. Er hatte die Trividberichte gesehen und die Nachrichtenfaxe studiert, in denen sein Rivale dominierte und regelmäßig die Schlagzeilen bestimmte. Er war immer noch der Liebling der Medien. Selbst in Schlesien waren es Searcys Aktionen, die an vorderster Stelle rangierten, während Victor in seinen kurzen Interviews die Rolle des bedrängten Herausforderers spielte.

»Du wirst ihn dir holen«, erklärte Stroud. »Jetzt, da die 32. Lyrankische Garde hier ist, können wir uns verteidigen, sollten Cathay oder Montenegro einen Angriff starten. Es gibt Berichte, dass Overlord mit Sternenlicht zusammenarbeiten könnte, aber ich bin mir nicht sicher, ob diese Black-Hills-Typen davon so begeistert sind. Die harten Davionisten trauen Overlord nicht und befestigen ihre Westgrenze gegen seine Mechs.«

»Da wird auch Searcy sein«, wandte Victor ein. »An der Grenze zum Internationalen Bezirk. Selbst wenn ich ohne Probleme durch Cathay komme, werde ich mich erst noch durch Black Hills kämpfen müssen. Das ist ein einziges Feindgebiet.« Nicht dass Victor davor zurückschreckte. Er plante in Gedanken bereits seine Mission ins feindliche Heimatterritorium. »Wenn wir die überfluteten Tunnel unter Cathay benutzen können…«

»Nicht nötig«, unterbrach Stroud. »Searcy wird am Südrand von Black Hills sein, leicht zu erreichen. Du kannst Cathay im Süden durch die Brahma-Slums umgehen. Danach findest du ihn auf dem Gelände des Running Fox Country Club.«

Victor war entgeistert. »Haben Sie das arrangiert?«

»So würde ich es nicht sagen. Searcy ist heute im Grünen Haus, um Hasek-Davions Besitz zu bewachen, und die Nachrichtenteams sind eingeladen, ihn in seinem *Brandschatzer* zu filmen. Du wirst durch den Country Club ins Davionviertel eindringen. Der liegt nur Minuten vom Grünen Haus entfernt. Searcys Mech wird der nächste Kampfkoloss im Sektor sein. Er wird reagieren müssen, wenn er nicht vor den Medien als Feigling dastehen will.« Stroud nickte zufrieden. »Meine Leute haben einen Anruf von Hasek-Davion auf seinem Gut abgefangen. Durch die Position, aus der er angerufen hat, ist das Signal über eine von Allianz-Streifen kontrollierte Relaisstation gelaufen.«

»Das trifft sich.«

»Nein, das trifft sich nicht. Das war geplant. Hasek-Davion wusste, dass ich den Anruf abhören würde. Genau deshalb hat er ihn von da aus gemacht. Er will einen Wiederholungskampf zwischen euch beiden. So einfach ist das.«

»Und Trevor ist einverstanden.« Es war nicht als Frage gemeint. Trevor Lynch hielt sich sicher außerhalb der Stadt auf und tat von dort aus wenig mehr, als Jerry Stroud und den anderen lyranischen Stallbesitzern zu applaudieren, die in Schlesien die Festung hielten.

»Ehrlich gesagt: nein«, gab Stroud zu. »Lynch hat von der Lyranischen Garde gehört, dass weitere Truppen unterwegs sind. Auf direkten Befehl von Nondi Steiner höchstpersönlich. Er hat vorgeschlagen, dass wir uns bedeckt halten und auf das Militär warten, es den Truppen überlassen, jeden Widerstand gegen die Allianzregierung zu zerschlagen und dann wieder die Kontrolle über Schlesien übernehmen.«

Nein! So würde es nicht enden, und Victor war zu weit gekommen – durch fünf Tage des Großen Turniers und sechs weitere Tage offener Häuserkämpfe in den Straßen von Solaris City –, um untätig zuzusehen, wie irgendeine Einheit LAS-Grünschnäbel Schlagzeilen machte, die von Rechts wegen ihm zustanden. Oder irgendeinen Offizier das Kriegsrecht benutzen zu lassen, die Kontrolle über die Spielwelt zu übernehmen... sich zum *Champion* auszurufen. Nichts würde Victor daran hindern, sich Searcy zu holen.

»Trevor hat *vorgeschlagen*, dass wir warten?«

»So ist es, *vorgeschlagen*. Wir sind übereingekommen, dir die Entscheidung zu überlassen.« In Strouds Grinsen lag keinerlei Humor, es wirkte beinahe raubtierhaft. »Schließlich hast du uns hierher gebracht.«

»Wir holen uns Searcy«, sagte Victor.

»Ich habe nichts anderes erwartet. Ich gebe dir eine Lanze Skye-Tiger als Eskorte nach Black Hills mit. Sie können sich um alle Freunde kümmern, die Searcy im Schlepptau hat.« Stroud sah Victor in die Augen. »Danach bist du dran.«

Victor nickte. Keine Arenawände, die den Kampf blockierten, oder Kampfrichter, die seinen Gegner retten konnten. Heute würden er und Stormin' Michael Searcy sich wiedersehen.

Und diesmal würde Stormin' Michael Searcy sterben.

* * *

Megan Church marschierte mit entschiedenem Schritt geradewegs auf den Haupteingang von Jerry Strouds Gut zu. Sie war ihm vom Skye-Tiger-Zentrum, das sein Stall als separate Operationsbasis zusätzlich zu der unter dem Kolosseum benutzte, hierher gefolgt. Der Weg hierher hatte einige Zeit beansprucht, weil sie mehrere immer noch als unsicher geltende Abschnitte des lyranischen Viertels hatten umgehen müssen. Außerdem hatte sie sich vorsehen müssen, ihn weder zu verlieren noch entdeckt zu werden, und hatte sich immer wieder am Riemen reißen müssen. Vorsichtig, sie musste vorsichtig sein. Selbst wenn die Zeit drängte.

Besonders dann.

Sie hatte den gestohlenen Wagen eine Querstraße weiter auf der Inverness-Allee abgestellt und die schwarzgoldene paramilitärische Uniform einer Hollis-Wachbeamtin angezogen. Wie die meisten schlesischen Mechställe und anderen großen Betriebe hatte auch Stroud ein paar Abteilungen Hollis-Wachen verpflichtet, um seinen Werkschutz im Zentrum zu verstärken und innerhalb des Sektors Kurieraufgaben zu übernehmen. Man hätte denken können, der mit Handschellen an ihrem Arm befestigte Metallkoffer verschließe wichtige Dokumente, Berichte über die militärische Bereitschaft des Stalls oder den letzten Angriff auf Black Hills.

In Wahrheit enthielt er das Werkzeug und den Sprengstoff für ihre Aufgabe an diesem Nachmittag.

Megan gefiel das nicht. Es gefiel ihr ganz und gar nicht. Zum einen war alles viel zu kurzfristig. Sie war in den frühen Morgenstunden zu einem Sondertreffen in einem verlassenen Bürogebäude nahe Boreal Reach gerufen worden. Um aus der relativen Sicherheit Schlesiens zu dem Treffen zu gelangen, hatte sie Cathay durchqueren und sich anschließend quer durch Black Hills schlagen müssen, ein Weg, den man kaum als Routine bezeichnen konnte. Als sie eingetroffen war, hatte sie festgestellt, dass die Besprechung nur zwischen zwei Personen stattfand, ihr selbst und dem Teufel von Black Hills. Keine Wachen oder Posten, zumindest niemand, den sie bemerkt hätte. Manches blieb besser unter vier Augen, hatte er erklärt. Die Umstände waren beinahe zu gut gewesen, um wahr zu sein. Wenn sie eine Ahnung gehabt hätte…

Aber die hatte sie nicht gehabt. Und auch keine Zeit zur Improvisation. Ihr Auftrag war einfach. »In den letzten achtundvierzig Stunden hat sich die Situation mit der Ankunft des Bataillons der Lyranischen Garde auf Solaris VII geändert«, hatte er gesagt. »Außerdem bestehen Zweifel, was Michael Searcys Kooperationsbereitschaft betrifft. Die Planung muss schneller umgesetzt werden als erwartet.« Dann hatte er jenes selbstgefällige Lächeln aufgesetzt, das Zutrauen in Megans Fähigkeiten ausdrückte, aber auch das Wissen, dass sie gezwungen war, ihm zu gehorchen. »Ich möchte, dass Sie eine direktere Rolle in den Geschehnissen übernehmen.«

Zur Hölle mit ihm! Nicht, dass es ihr etwas ausgemacht hätte, sich bei einem Auftrag die Hände schmutzig zu machen, nicht, seit sie mit sechzehn als Kurier zwischen den Triaden gearbeitet hatte. Mit Geld ließ sich jeder Dreck hinterher wieder abwaschen, hatte sie entdeckt. Aber das war ein wenig extrem. Zu einem anderen Zeitpunkt hätte sie sich geweigert, aber der Druck, unter dem sie stand, ließ ihr keine Wahl.

Ihre Nerven waren zum Zerreißen gespannt, als sie sich dem Posten näherte und ihren Hollis-Ausweis zückte. »Ich werde erwartet«, stellte sie knapp fest und wurde durch eine Seitentür gewunken, deren Türöffner der Posten mit einem Knopfdruck betätigte. Falls jemand sie beobachtete, würde das viel zu leicht aussehen, dachte sie. Es hätte Fragen geben müssen, zumindest ein oder zwei. Und hätte die Wache nicht im Haus anrufen und Megan einen Begleiter mitgeben müssen?

Sie hätte über die Mauer klettern können, aber dazu hätte sie bis nach Einbruch der Nacht warten müssen, und Hasek-Davion hatte darauf bestanden, dass es noch heute geschehen musste. Und sie musste das Gelände vor sechzehn Uhr wieder verlassen haben. Bis dahin blieben ihr nur vierzig Minuten, weil sie auf dem Weg vom Skye-Tiger-Zentrum zu Strouds Gut Zeit verloren hatte. Über Tag riskierte sie aufzufliegen, und die Hast bei diesem Unternehmen machte Fehler möglich, die Menschenleben kosten konnten, ihr eigenes eingeschlossen. Aber falls sie beobachtet wurde, riskierte sie, die fragile Beziehung zu zerstören, die sie mit Hasek-Davion aufgebaut hatte, wenn sie es nicht wie geplant durchzog. Gerade, als sie ihm endlich so nahe gekommen war, wie sie wollte.

Er hatte sogar versprochen, ihr nach diesem Auftrag weg von Solaris VII zu helfen. »Ich wäre nirgends in der Welt mehr sicher«, hatte sie erklärt, in der Hoffnung, sich diesen Auftrag vom Hals schaffen zu können. »Selbst für jemand, die weiß, wann sie Katrina oder Prinz Victor zujubeln muss, wäre auf Solaris VII kein Platz mehr. Jerry Stroud ist zu wichtig, zu etabliert.«

»Er ist aber auch verwundbar, meine Liebe. Jetzt mehr denn je… Oder er wird es sein, sobald auf Solaris VII wieder Ordnung herrscht.« Hasek-Davion hatte keinen Widerspruch geduldet. »Sie haben selbst gesagt, es sei möglich.«

»Es ist möglich. Aber was mache ich danach? Ich kenne nur Solaris VII.«

Eines war bei Hasek-Davion garantiert, er kümmerte sich um seine Leute. Und je tiefer man unter seine Kontrolle kam, ein desto wertvollerer Besitz wurde man. »Ich verspreche Ihnen, das wird kein Problem sein. Wenn wir hier fertig sind, kann ich Ihnen Arbeit auf New Syrtis beschaffen, auf Robinson, selbst auf New Avalon.«

Megan erkannte die Namen aller drei Mark-Zentralwelten, besonders die letzte, die Zentralwelt der gesamten Vereinigten Sonnen. Sie fragte sich unwillkürlich, ob es ein Zufall war, dass er die Zentralwelt der Mark Capella zuerst genannt hatte, der traditionellen politischen Bastion der Haseks.

»Ich würde lieber im lyranischen Raum bleiben.«

»Wie ich früher bereits einmal sagte, meine Liebe: Nehmen Sie es nicht persönlich.«

Keine Bange.

Strouds Deuceman Blitz, ein großer Zweisitzer mit leistungsstarkem Motor, der sich auf einer Rennstrecke eher daheim gefühlt hätte als im Stadtverkehr, war in einer Garage hinter dem Haus abgestellt. Jerry Stroud verzichtete auf eine protzige Schweberlimousine mit Chauffeur. Er wollte selbst darüber bestimmen, was geschah, auch auf der Straße.

Megan war froh, dass der Wagen einen Verbrennungsmotor besaß. Einen Fusionsreaktor zu manipulieren, wäre weit gefährlicher gewesen. Sie löste die Handschellen und öffnete den Koffer. Dieser Teil des Unternehmens war der leichteste, solange sie niemand überraschte.

Sie schob sich unter das Heck des Wagens und platzierte innerhalb weniger Sekunden einen kleinen Block Pentaglyzerin in einer Lücke zwischen dem leicht gepanzerten Treibstofftank und der Karosserie auf der Fahrerseite. Dann drückte sie einen Zünder in das weiche Material, wobei sie genau darauf achtete, dass die Drahtenden noch in den Schutzhülsen steckten.

Dies war keine Holovid-Abenteuer-Bombe, die mit dem Zündsystem verkabelt war: Anlasser betätigen und Kabumm! Dazu hätte sie unter die Haube oder ins Wageninnere gemusst. Selbst ein einfacher Warnsensor hätte genügt, einen Alarm auszulösen, sobald ihr Körper unter die Ebene der Motorhaube drang oder die Wagentür passierte.

Sie benutzte einen kleinen, aber kräftigen Bohrer mit einer Karbitspitze, um ein kleines Loch ins linke Auspuffrohr zu bohren. Dann klebte sie mit handelsüblichem Sekundenkleber (für 1001 Gelegenheit) einen Sensor von der Größe eines Schraubverschlusses über das Loch. Noch ein paar Handgriffe – und alles war bereit. Ein kleiner Funke würde einen Kontakt auslösen, sobald der Druck im Auspuffsystem einen laufenden Motor signalisierte. Der Kontakt würde daraufhin mit einem kräftigen Funken den Plastiksprengstoff zur Detonation bringen. Megan zog vorsichtig die Schutzhülsen ab und verband die Drähte mit den Kontakten des Sensors. Damit war ihre Arbeit getan. Sie rutschte unter dem Wagenheck hervor, stand auf und klopfte die Uniform ab.

Bevor sie ging, bückte sie sich noch einmal kurz, um ihre Arbeit zu überprüfen. Der Sensor wirkte wie eine kleine, unregelmäßige Beule am Auspuff. Wenn man wusste, wo man suchen musste, war der Auslöser der Bombe leicht zu finden. Wenn nicht, würde ihn nur eine eingehende Suche entdecken. Und die brauchte Zeit.

Wenn Hasek-Davions Termin irgendetwas zu sagen hatte, war Zeit allerdings etwas, was Jerry Stroud gerade nicht haben würde.

Ein Gefühl drohenden Unheils begleitete Megan, als sie zurück zur Frontseite des Hauses ging und die scharfe Bombe unter dem Wagen hinter sich zurückließ. *Alles Teil des Jobs,* dachte sie. *Nichts weiter als ein Broterwerb. Aber sicher.*

Genauso, wie sie sich einredete, dass Hasek-Davion und Stroud ihre Machtspielchen weit über ihrem Kopf austrugen. Es spielte keine Rolle, wer gewann, solange sie mit weitgehend gutem Gewissen davon leben konnte. Auf dem Weg zurück zur Straße, den Koffer locker an der Hand schwingend, wusste sie, dass sie eine Linie überschritten hatte, dass sie hier an Jerry Strouds Haus einen weiteren Teil von sich verkauft hatte.

Und dass eine weitere Schuld zu bezahlen war. Bald.

* * *

»Ich zeichne einen *Rakshasa* im Westen und einen *Drachenfeuer* im Osten. Die nehmen mich hier auseinander!«

»Jemand muss Blau Fünnef entsetzen, bevor…« Schweigen. »Blake! Vergesst es. Aufrücken. Schließt die Lücke.«

Victor Vandergriff starrte auf das üppige Grün des Running Fox Country Club in Black Hills auf seinem Sichtschirm und presste die Zähne zusammen, bis die Kiefer schmerzten. Die Stimmen in seinem Helm stammten aus der weit zurück in Schlesien tobenden Schlacht. Die Signale waren schwach und wurden durch die Reflexion der Hügel von Black Hills von Störungen durchzogen, aber es klang ganz danach, dass die 32. Garde von einem Angriff aus dem Davionviertel überrollt wurde, der geradewegs auf das Skye-Tiger-Gut zielte. Die Gardisten versuchten Jerry Stroud zu evakuieren, aber in der Konfusion konnte niemand sagen, ob er schon mit Vollgas ins sicherere Skye-Tiger-Zentrum unterwegs war oder noch hinter den Mauern seines Wohnhauses in der Falle saß.

»Vorsicht, Herr Oberleutnant!« Mehrere Stimmen überlagerten sich zu einer undefinierbaren Kakophonie, aus der nur Bruchstücke von Wörtern an Victors Ohr drangen. Dann: »Der Oberleutnant ist ausgestiegen. Saubere Flugbahn.«

»Vandergriff von Tiger Eins.« Tiger Eins war die Vorhut der Lanze, die Victor an den südlichen Rand von Black Hills begleitet hatte. »Die werden abgeschlachtet. Drehen wir um?«

»Nein, das tun wir nicht«, antwortete Victor entschieden.

Das hier war wichtiger.

Victor war allein in den Country Club eingedrungen. Seine Eskorte hatte er außer Sicht hinter sich gelassen. Diesen Moment wollte er mit niemandem teilen müssen. Er hatte die *Banshee* über fünf Fairways des 18-Loch-Golfkurses gelenkt und stand jetzt auf dem ersten Green, in Sichtweite des opulenten Clubhauses. Beinahe sofort waren die ersten Nachrichtenteams aufgetaucht und hatten sich im Schatten des Gebäudes aufgebaut.

Von Michael Searcy war noch nichts zu sehen, aber er konnte warten. Wenn jemand die 32. rettete, würden es Verstärkungen aus dem Kolosseum oder vielleicht aus dem Skye-Tiger-Zentrum sein müssen. Selbst wenn er Black Hills mit seiner Eskorte in Höchstgeschwindigkeit verließ, hatten sie keine Chance, rechtzeitig nach Schlesien zu kommen, um das Kampfglück zu wenden. Also beschränkte er sich vorerst darauf, zuzuhören und abzuwarten.

Nervöser Schweiß perlte auf seiner Stirn. Es würde nicht mehr lange dauern, und der Wärmestau im Innern des Cockpits würde ihm den Schweiß in Strömen am Körper herablaufen lassen, aber er verließ sich darauf, dass sein neuer Kühlanzug sich bewähren würde. Das war der entscheidende Moment, der Kampf, der ihm vor sechs Tagen entgangen war. Das Duell, das entscheiden würde zwischen Champion oder Verlierer, Vandergriff oder Searcy, Steiner oder Davion. Victor kannte die Antwort bereits, aber er musste sie dem Rest von Solaris VII noch beweisen… und über die Trividbilder dem Rest der Inneren Sphäre. Auf dem Sichtschirm sah er am andern Ende des ersten Greens, wie sich Kamerateams aufbauten. Searcy konnte nicht mehr weit sein.

»Blau Sieben. Ich bin in den Gutshof gesprungen. Es sieht furchtbar aus. Die Crucier müssen schon hier gewesen sein. Ich sehe einen abgeschossenen *Enfield* in Skye-Tiger-Farben. Und etwas, das nach den Überresten einer Garage aussieht, mit einem, nein, zwei brennenden Wagen. Leute rennen vom Haus zum hinteren Ende des Guts, winken mir zu und deuten zurück zum Haus. Was zum… Jetzt hechten sie aus den Fenstern, selbst vom Ersten Stock.«

Victor streckte die Hand nach den Kommkontrollen aus, um den Sender von dem Privatkanal, den er sich mit seiner Eskorte teilte, auf die Frequenz der Lyranischen Garde zu schalten. Er wusste, was bevorstand, selbst wenn der unerfahrene MechKrieger, dessen Kommentar er gerade hörte, es nicht tat. Aber bevor er Blau Sieben warnen konnte, meldeten Victors eigene Mechsensoren ihm eine von links anrückende Bedrohung.

Es war ein BattleMech, und er war sich sicher, dass nur Searcy an den Kontrollen sitzen konnte. Noch hatte er keine sichere Ortung, aber auf der Rundumanzeige des Sichtschirms konnte er etwas Großes erkennen, das sich einen Weg durch das Wäldchen in der Biegung des vierten Fairways bahnte. Eine hohe Kiefer stürzte um und krachte mit einem Geräusch wie Gewehrschüsse zu Boden, als seine Äste an den Stämmen der anderen Bäume zerbrachen. In der Lücke erhaschte Victor einen kurzen Blick auf graue Panzerung. Es reichte seinem Computer noch nicht aus, die Maschine zu identifizieren, aber für sein geübtes Auge sah es nach einem kleinen Mech aus, einer kleineren Maschine als einem *Brandschatzer*. Es musste eine Sinnestäuschung sein, hervorgerufen durch die hohen Bäume, zwischen denen selbst Searcys Metallgigant klein wirkte.

»Beim Archon!« Das war wieder die Stimme Blau Siebens, aber Victor hatte keine Zeit, ihn vor dem Mech zu warnen, der *durch* das Haus auf ihn zukam. Dem Mech, vor dem die davonstürzenden und winkenden Hausbewohner ihn bereits zu warnen versucht hatten.

»Ein Blackstar-*Brandschatzer* hat gerade das Haus zertrümmert.« Die Stimme des Lyranischen Gardisten war einer Panik nahe. »Ich bin beschädigt. Versuche... Steige aus!«

Victor hatte die *Banshee* gedreht, um sich dem näher kommenden Mech entgegenzustellen, während er mit einer Hand das Geplapper aus Schlesien abstellte. Er verrenkte sich fast den Hals, als er den Kopf herumriss. Ein *Brandschatzer*? Blackstar hatte nur eine einzige Maschine dieses Typs.

Sie gehörte dem herausragendsten MechKrieger des Stalls.

»Searcy!«, brüllte er durchs Cockpit. »Das ist unmöglich! Du kannst nicht in Schlesien sein. Du bist hier!« Wie sonst sollte Victor den Mech erklären, der sich knapp außer Sicht in dem dichten Wäldchen versteckte. Er weigerte sich, die Meldung zu glauben, beschleunigte seine Maschine auf Gehgeschwindigkeit, rückte gegen seinen scheuen Gegner vor.

Dessen Scheu war verflogen. Ein vierzig Tonnen schwerer *Wachmann*, einer der leichtesten mittelschweren Mechs, erhob sich auf seinen Sprungdüsen in die Luft und stieg schräg nach rechts auf, bedacht, den Abstand zu Victor zu wahren. Am Scheitelpunkt der Flugbahn eröffnete der Mechpilot das Feuer und zog mit dem schweren Laser eine Schmelzspur über die Brustpartie der *Banshee*. Es war nur ein Kratzer, aber er verletzte Victors Stolz.

Jetzt verstand er. Das Ganze war eine Falle. Searcy war gar nicht zum Wachdienst für Hasek-Davions Gut eingeteilt! Stroud hatte den Anruf nicht abfangen können, weil der Blackstar-Stallmeister einen Wiederholungskampf zwischen Victor und dem Davion-Favoriten arrangieren wollte. Wenn überhaupt, war es ein Trick gewesen, um Victor aus Schlesien wegzulocken, damit Searcy Strouds Gut angreifen konnte. Ein Trick, um Victor zu verspotten, indem man ihn zwang, sich mit einem unwurdigen Gegner zu schlagen, während sein wahrer Feind weiter außer Reichweite blieb.

Seine Wut vermischte sich mit Bedauern. Erwarteten sie, dass er den schnelleren *Wachmann* über den Golfkurs hetzte und den Kameracrews das Schauspiel eines frustrierten Lyraners lieferte? Oder hofften sie darauf, dass er den VerSo-Mech ignorierte und nach Schlesien weitermarschierte? So oder so blieb es ein Verlustgeschäft für ihn, und die örtlichen Medien waren zur Stelle, um aufzuzeichnen, wie er hier wie bestellt und nicht abgeholt herumstand, während Searcy die nächste Schlagzeile schrieb.

Nicht, dass er den *Wachmann* einfach davonkommen lassen konnte, ohne wenigstens zu versuchen, das Feuer zu erwidern. Er senkte das Fadenkreuz über die Baumgruppe, bei der er den Crucier hatte landen sehen und presste die beiden Hauptfeuerknöpfe herunter. Die grellblauen Energiebahnen künstlicher Blitzschläge peitschten aus den Geschützmündungen der *Banshee* hinüber zu dem Wäldchen. Eine der Entladungen schlug ins Unterholz und setzte es in Brand. Die andere hätte ein Treffer werden können, aber der Pilot des *Wachmann* hatte offensichtlich kein Verlangen danach, Selbstmord zu begehen, indem er sich mit einem überschweren Kampfkoloss wie einer *Banshee* anlegte. Der Davion-Mech zog sich durch die Bäume zurück und kam in einem Spurt am entfernten Ende des Hains ins Freie, der ihn schnell davontrug.

Victors Wut war noch längst nicht abgeklungen. Er senkte das Fadenkreuz zwischen die Bäume ins dichte Gebüsch. Zwei weitere Blitzschläge zuckten auf, zerschmetterten Baumstämme und gruben Schneisen in den Boden, als sie mehrere Feuer entzündeten. Er marschierte den kompletten Fairway entlang, und die riesigen Metallfüße seines Mechs pflügten den makellosen Rasen um, während seine Energiewaffen wieder und wieder in die Waldstücke feuerten. Schweiß strömte über sein Gesicht und durchnässte den Kühlanzug, als die Temperatur in der Kanzel in die Höhe schoss. Alle paar Sekunden schlug Victor auf den Vetoschalter, um den Fusionsreaktor am Abschalten zu hindern und mit den Partikelkanonen noch mehr Energie in die Landschaft zu schleudern. Es dauerte nicht lange, bis ein Dutzend Brände auf dem Kurs des Clubs loderten und den Himmel verdunkelten, als sie einen beachtlichen Teil des Geländes verzehrten.

Als Victor das Clubhaus erreichte, befanden sich die Kamerateams auf hastigem Rückzug auf den Parkplatz, wobei mehrere Kameraleute allerdings noch im Laufen weiterfilmten. Victor kümmerte das nicht. Er ignorierte sie ebenso wie die protestierenden Systeme der *Banshee*. Er schlug einfach noch einmal auf den Vetoschalter und hoffte, dass die Kameracrews einen guten Blickwinkel hatten, als er das Clubhaus in einen qualmenden Schutthaufen verwandelte. Von dort aus konnte er sich alle noch auf dem Parkplatz stehenden Fahrzeuge vornehmen. Und danach würde es zum Grünen Haus gehen, bevor eine Mechstreife der Davionisten zur ernsthaften Gefahr werden konnte.

Er würde diesem verräterischen Davion-Schwein eine gebührende Heimkehr bereiten.

19

**Boreal Reach, Black Hills, Solaris City, Solaris VII
Freedom-Theater, Provinz Skye, Lyranische Allianz**

22. August 3062

Seit dem Überfall auf Schlesien am vergangenen Abend war das Treiben in den Tunneln unter Boreal Reach noch wesentlich hektischer geworden als schon zuvor. In den höhlenartigen Hangaren hing der beißende Geruch heißen Metalls und der Schweiß der Techs, die rund um die Uhr damit beschäftigt waren, die Maschinen kampfklar zu halten. Die anwesenden MechKrieger schliefen entweder, aßen oder machten sich für den nächsten Einsatz fertig. Keine Stunde verging, ohne dass BattleMechs durch die Hallen stampften und ihre dröhnenden Schritte die Wände zum Erzittern brachten, während sie durch die Tunnel patrouillierten oder an der Oberfläche den Feind in einen Kampf verwickelten.

Heute Morgen brauchten sie dazu nicht weit zu gehen. Ein paar Streifen bewachten die Westgrenze, denn die gemeinsame Black-Hills-Miliz wusste noch nicht so recht, was sie von den Sternenlicht-Overlord-Truppen zu erwarten hatte, die den Raumhafen kontrollierten und weiter völlige Funkstille hielten. Die meisten Mechs waren an den Ostrand des Sektors verlegt worden, wo die Schlesier in einer Serie von Attacken unter der Führung Victor Vandergriffs zum Angriff übergegangen waren. Die Kämpfe dort waren brutal. Durch die 32. Lyranische Garde verstärkt griffen die Lyraner mit fanatischer Wut an, seit die Nachricht von der Vernichtung des Skye-Tiger-Guts eingetroffen war und Jerry Stroud als vermisst und vermutlich tot geführt wurde. Cathay war keine Barriere mehr zwischen den beiden verfeindeten Stadtvierteln. Die Capellaner waren ganz mit ihren internen Querelen beschäftigt und ignorierten die durch ihr Gebiet marschierenden Steiner- und Davion-Einheiten, solange die ihre Kämpfe außerhalb der Grenzen Cathays ausfochten.

Zur Zeit verlief der Strom der Truppen höchst einseitig, und die Elendsviertel an der Nordostgrenze von Black Hills sahen aus wie die Ruinen einer alten, vom Krieg verwüsteten Stadt. Die ganze Nacht waren Wellen schlesischer Krieger eingetroffen und hatten eine Feuerschneise vom Solarisufer bis hinunter zum Danning-Street-Park errichtet, eine Trümmerlandschaft von über zwei Kilometern Länge und fünfhundert Metern Breite. Der Schutt und die Ruinen formten die größte Arena, die es auf Solaris VII je gegeben hatte, eine Arena unter den aufmerksamen (ferngesteuerten) Augen sämtlicher Medien der Spielwelt. Regelmäßig tobten heftige Kämpfe, ein von keinerlei Regeln oder Rücksichten gebremstes Abschlachten, das Mechs und Piloten verschlang, bis beide Seiten sich zur Reparatur und zum Sammeln der irgendwie noch zusammengeklaubten Verstärkungen zurückziehen mussten.

Michael hatte eine schwere Nacht hinter sich. Zum ersten Mal in drei Jahren hatte er die Hilflosigkeit des Entrechteten wieder kennengelernt. Drew hatte zumindest diesen Teil seiner Drohung wahrgemacht. Er hatte Michaels *Brandschatzer* für den Einsatz gegen das Skye-Tiger-Gut Aubry Larsen übergeben. Michael war entschlossen, darauf zu reagieren, ganz gleich, was ihn das kostete, aber er war gezwungen, ungeduldig zu warten, bis die Techs mit den Reparaturen an seinem Kampfkoloss fertig waren. Nach allen Berichten war das Kampfgeschehen an der Oberfläche sporadisch, aber brutal.

Angesichts dieses Gefühls der Hilflosigkeit fragte er sich, wann genau er angefangen hatte, sich in dem Netz der Lügen zu verfangen, das Drew Hasek-Davion so gekonnt spann. Als er angefangen hatte zu glauben, dass er und sein Medienimage von *Stormin'* Michael Searcy ein und dieselbe Person waren? Als er sich weisgemacht hatte, er würde sein Leben selbst bestimmen und könnte vom Cockpit seines Mechs aus ein ihm in seiner Vorstellung bestimmtes Schicksal erreichen? Michael war nach New Canton so verzweifelt darauf besessen gewesen, seine Ehre wiederherzustellen, dass er sich eingeredet hatte, dazu bräuchte er nur sein Talent unter Beweis zu stellen. Illusionen eines Sieges hatten ihn immer weiter gelockt, aber es war alles nur ein Trugbild seiner Phantasie gewesen.

Karls Abgang und Drew Hasek-Davions unübersehbare Manipulationen hatten diese Illusion zerschlagen. Jetzt sah Michael alles sehr deutlich, möglicherweise zum ersten Mal, seit er den Fuß auf die Spielwelt gesetzt hatte. Jetzt hatte er sich zu einer radikalen Kursänderung entschlossen. Von jetzt an würde er sein Talent dazu einsetzen, Solaris City aus den Klauen der brutalen Gewalt zu befreien, in deren Griff die Stadt zügig ihrem Untergang entgegentaumelte, statt nur seinen privaten Vorteil zu suchen. Das hatte nichts mit dem Kampf in den Arenen zu tun, nichts mit seinen Zielen. Er wollte nur helfen, dem Wahnsinn ein Ende zu machen.

Der subplanetare Hangar enthielt vier in separaten Wartungsgerüsten abgestellte BattleMechs. Einer wurde für Ersatzteile ausgeschlachtet, und Techs schwärmten wie Insekten über zwei andere, um sie kampfbereit zu machen. Nur Michaels *Brandschatzer* stand einsatzbereit an seinem Platz, elf Meter todbringenden bewegten Metalls, frisch gepanzert und bereit loszumarschieren. Selbst unter dem Stress der letzten zwölf Stunden hatte jemand die Zeit gefunden, die Lackierung instandzusetzen und um das Wappen der Vereinigten Sonnen zu erweitern. Das Sonnenschwertwappen nahm den gesamten Torso ein. Die Klinge erstreckte sich bis zum

Kopf des Mechs hinauf und ihre Spitze prangte knapp über dem Panzerglas des Kanzeldachs auf seiner gepanzerten ›Stirn‹. Eine gute Arbeit, und sehr passend für eine Maschine, die bis auf wenige ausgewählte Gelegenheiten keinen Kampfeinsatz bestreiten sollte.

Zu schade, dass Michael diese Pracht ruinieren würde.

In einem Overall, wie ihn die Techs und AsTechs rings um ihn herum auch trugen, blieb er unbemerkt, bis er den Gerüstlift betrat, der ihn zum Cockpit tragen sollte. Er befand sich sechs Meter über dem Boden, als ihn jemand rief. Es war ein Konstrukteur, der mit fragender Miene zu ihm hochsah.

»Nur etwa vier Minuten, Sir«, brüllte Michael wie in Antwort auf eine Frage zurück. Der Mann starrte immer noch zu ihm hoch, als Michael durch die Luke schlüpfte und sie hinter sich verriegelte.

Er beeilte sich, denn die Zeit war knapp. Es ließ sich nicht ausschließen, dass Drew Hasek-Davion den *Brandschatzer* bewachen oder Michael beschatten ließ. Und selbst wenn nicht, würde bald klar werden, was hier vor sich ging. Er streifte den Overall über seinem Kühlanzug ab. Dann zog er die Kapuze über den Kopf und vergewisserte sich, dass die Neurorezeptoren fest auf Stirn, Schläfen und Hinterkopf anlagen. Anschließend stieg er auf die Pilotenliege, schnallte die Fünf-Punkt-Gurte um und stöpselte die Kühlmittel- und Steuerleitungen in die entsprechenden Buchsen an seinem Anzug. Als Letztes setzte er den leichten Schutzhelm auf.

Die Aktivierungssequenz lief mit vertrauter Geschwindigkeit ab. Michael schauderte, als das Kühlmittel seine Körpertemperatur senkte, aber er wusste, dass er bald genug froh darüber sein würde. Als der Vlar-Fusionsreaktor im Torso des *Brandschatzer* wummerte, hastete er durch die Überprüfung der Waffen und Subsysteme. Schließlich konnte er den Bordcomputer für die Steuerbefehle und die Verarbeitung der Signale initiieren, die über die Neurosensoren an den Kreiselstabilisator des BattleMechs gingen.

Er hatte in der vergangenen Nacht eigenhändig das alte Sicherheitssystem wiedereingerichtet und dabei sehr genau darauf geachtet, außer Sicht aller Beobachter zu bleiben, die Hasek-Davion etwas davon hätten melden können. Dadurch akzeptierte der Computer seine Stimme, als er sich mit »Michael Searcy« identifizierte.

»Gegenprobe initiieren«, verlangte die körperlose Computerstumme nach seinem geheimen Kennsatz.

Die Worte blieben ihm im Halse stecken. Zu sehr erinnerten sie ihn an all das, was ihm widerfahren war. Der Medienzirkus seiner Aburteilung nach New Canton. Sein Mechrundeninterview mit Jarman Bauer. Der Pressetermin auf dem Viewpoint. Sein letztes Gespräch mit Drew Hasek-Davion.

»Es ist nicht wichtig, ob man gewinnt oder verliert, sondern nur, wer über das Spiel berichtet«, sagte er leise und hasste die Wahrheit, die in dieser Aussage lag. Denn ganz egal, ob seine Motive diesmal selbstloser Natur waren, seine Pläne hingen immer noch von den Medien ab. Auf Solaris VII war es unmöglich, sie zu ignorieren.

Das einzige Problem dabei war, dass man nie sicher sein konnte, auf welcher Seite eines Kampfes die Medien eingreifen würden.

* * *

»Ich wiederhole, unbestätigten Berichten zufolge hat Michael Searcy seinen Vertrag mit Blackstar gekündigt. Als Gründe soll er unüberbrückbare Differenzen mit dem Management angegeben haben. Aus anderen Quellen ist uns zugetragen worden, dass Searcy in seinem *Brandschatzer* auf die Straßen von Solaris City aufgebrochen ist. Stallbesitzer Drew Hasek-Davion war zu keiner Stellungnahme erreichbar. Zum jetzigen Zeitpunkt bleibt uns deshalb nur die Frage…«

In den Büroräumen in der Nähe von Boreal Reach, die er für seinen Bedarf mit Beschlag belegt hatte, schaltete Drew das Holovid ab und schnitt Adam Kristof mitten im Satz das Wort ab. Er war außer sich vor Wut. Was bildete sich Searcy ein? Das war so ziemlich die dreckigste Art, auf die sein Star-Kämpfer ihm die Kündigung überreichen konnte. Und jetzt nutzte er in den Medien aus, dass Drew bereits Zweifel an ihrer Beziehung gesät hatte. Zweifel, die Drew für den Fall angedeutet hatte, dass er es für notwendig erachtete, Michael fallen zu lassen – nicht umgekehrt!

Michael verließ sich darauf, dass seine Prominenz ihm in Black Hills freie Bahn garantierte und ihn vor jedem Versuch schützte, den abtrünnigen Krieger mit Hilfe der gemeinsamen Miliz zur Räson zu bringen, bevor seine weiteren Pläne publik wurden. Und Drew hatte keinen Zweifel daran, dass er weitergehende Pläne hatte.

Er hatte nur kurz mit dem Gedanken gespielt, nach Boreal Reach zu fahren, bevor er entschieden hatte, dass es die Mühe nicht wert war. Er hatte keinen Grund, an Kristofs Bericht zu zweifeln. Searcy war weg, hatte den *Brandschatzer* entführt, um seine Pläne in Gang zu setzen. Wahrscheinlich hatte er die Medien selbst von seinem Abschied informiert, um jedem Versuch Drews zuvorzukommen, diese Desertion zu seinem Vorteil zu kehren. Jetzt musste Drew hinterher hecheln. Es war eine Situation, die ihm nicht behagte, und er nahm sich vor, Michael dafür teuer bezahlen zu lassen.

»Ich hätte ihn gestern umbringen lassen sollen«, beschwerte er sich laut, griff sich den Kommunikator und wählte die Funkzentrale des Grünen Hauses an. Umbringen und die Leiche in die Trümmer des Skye-Tiger-Guts legen lassen. Ein Heldentod war einer Desertion in jedem Fall vorzuziehen.

Als sein HauptKommTech antwortete, befahl Drew, den Anruf durch die Hausanlage zu geben. Die Station war leistungsstark genug, in ganz Solaris City gehört zu werden, genauer gesagt sogar auf dem größten Teil des Kontinents. Searcy konnte sich nicht verstecken. Schlimmstenfalls konnte er sich weigern zu antworten. Drew rief ihn über die Frequenz an, von der er wusste, dass Michael Searcy und Karl Edward sie für Privatgespräche reserviert hatten. Es mochte genügen, Michaels Aufmerksamkeit zu erregen und Drew vielleicht sogar eine Chance zu geben, seine Freundschaft mit Karl weiter zu vergiften. Er dachte grundsätzlich zwei Schritte voraus.

»Michael, bester Junge, wo willst du denn hin?«

Einen Moment lang knisterte es nur in seinem Ohr, dann hörte er Michael antworten. »Sie haben ja wirklich keine Zeit verloren. Wann ist die Meldung rausgegangen, vor zwei Minuten?«

Drews Stimme wurde streng. »Ich habe eine Frage gestellt.«

»Was ich mache? Ich werde diesem Wahnsinn ein Ende bereiten. So oder so.«

Ein Ende der Kämpfe war genau das, was Drew ganz entschieden nicht wollte. Es waren noch zu viele Gelegenheiten ungenutzt, um die Situation vorzeitig zu einem Ende kommen zu lassen. Er wartete noch immer auf die Bestätigung, dass Stroud tot und die Skye Tiger zerschlagen waren. Erst dann würde *er* die Lage wieder unter Kontrolle bringen, natürlich als Sprecher der Stallbesitzervereinigung, aber eben doch auch als der Retter von Solaris VII. Er würde auf gar keinen Fall zulassen, dass Michael Searcy ihm diese Pläne durchkreuzte.

Also wurde es Zeit, den Schein aufzubauen.

»Du bist unterwegs nach Schlesien, Michael. Ich habe dir gesagt, du sollst dich von den Lyranern fernhalten. Hast du uns in der letzten Woche noch nicht genug Unheil gebracht?«

»Nicht schlecht«, gratulierte Searcy. »Bestimmt zeichnen Sie dieses Gespräch auf, und wenn sie endlich die Herrschaft über Solaris VII wiederhergestellt haben, wird es in den Medien und bei den Behörden bestimmt Eindruck machen. Natürlich nur, solange ich keine Gelegenheit bekomme, meine Seite der Geschichte zu erzählen.«

»Niemandem wird sie glauben, nicht bei deiner Vergangenheit. Überlege dir gut, was du tust, Michael. Denk daran, was du riskierst.« Drew konnte Michael beträchtlichen Schaden zufügen, falls der versuchte, sich ihm in den Weg zu stellen.

»Sie können mir nichts antun, was ich nicht schon einmal überlebt habe. Und wenn ich gewinne, wird es keine große Rolle spielen. Der Schein wird entscheiden. Das habe ich von Ihnen gelernt.«

»Es wird eine Rolle spielen«, knurrte Drew. »Ich werde dafür sorgen, dass es eine spielt. Du wirst nicht lange Gelegenheit haben, irgendeinen Sieg zu genießen.«

»Lange genug. Und wenn es bedeutet, dass Sie sich für den Rest Ihres Lebens jeden Tag daran erinnern müssen, dass ich Sie besiegt habe, reicht mir das als Genugtuung. Das wird ein Sieg sein, den Sie nicht für die Medien zurechtbiegen können.«

Drew stieß den Finger auf den Aus-Knopf und unterbrach die Verbindung. Er war kurz davor, die Beherrschung zu verlieren, aber das ließ er nicht zu. Blinde Wut hätte niemandem außer Searcy etwas genutzt. Kalte Berechnung, das war Drews Stärke. Wenn Michael mit den großen Jungs spielen wollte, würde Drew ihm ein paar abschließende Lektionen darüber erteilen, wer die Spielwelt wirklich regierte. Ein einzelner Mech-Krieger hatte keine Chance, nicht in Drews Arena. Als er seine verschiedenen Rückversicherungen durchging, besserte sich seine Stimmung wieder. Im schlimmsten Fall würde er nicht schlechter dastehen als jetzt.

Besonders, weil er einen Spieler in Michaels eigener Liga einsetzen konnte. Na schön, dann würde es nun eben heißen, Krieger gegen Krieger. Drew würde einen Weg finden, sich etwas von dem Prestige zurückzuholen, das sein aufmüpfiger Gladiator mitgenommen hatte.

* * *

Auf seinen nach hinten geknickten Beinen wuchtete der *Mahlstrom* vorgebeugt wie ein riesiger Raubvogel heran. Allerdings endete damit auch schon jede Ähnlichkeit mit einem Lebewesen. Die PPK im rechten Arm des avoiden Mechs spie einen tödlichen Strom von Energie aus, der sein Ziel weit verfehlte und ein großes Stück Stahlbeton aus dem Geländer der Gründerbrücke sprengte. Ein schwerer Laser im linken Unterarm schleuderte rubinrote Vernichtung in den Boden, wo keine Sekunde zuvor noch Garretts *Kriegsfalke* gestanden hatte.

Mit fünfundsechzig Stundenkilometern rannte Garrett schräg auf den wuchtigen *Mahlstrom* zu. Er spießte den Mech auf seinem Sichtschirm mit einem weit genaueren Fadenkreuz auf, als er es lange zur Verfügung gehabt hatte, und die Zwillings-PPKs im linken Arm der Kampfmaschine geißelten den BattleMech seines Gegners mit zwei tödlichen, elektrischblauen Energiepeitschen. Eine fraß die Panzerung von einem der Mecharme, die andere bohrte sich in die interne Struktur der rechten Rumpfseite.

Der *Mahlstrom* war dem Clan-OmniMech zwar an Panzerung fast gleichwertig, besaß aber eine weit schwächere Bewaffnung. Sein einziger Vorteil lag in seiner überlegenen Beweglichkeit. Aber der Kober MechKrieger in seinem Cockpit hatte sich verkalkuliert und seinen Angriff zu spät abgebremst, um zu verhindern, dass Garrett seine schweren Impulslaser einsetzen konnte. Saphirgrüne Nadeln aus gebündeltem Licht hämmerten in einem Stakkato reiner Energie auf den Kampfkoloss ein. Die ersten Lichtbolzen fraßen sich in die Panzerung über der Brustpartie der Maschine und gestatteten der Wolke verdampften Metalls, sich aufzulösen, bevor die nächsten Pfeile sich noch tiefer ins Innere des Mechs gruben. Der *Mahlstrom* erzitterte heftig, ein sicheres Zeichen von Gyroskopschaden, aber der Pilot hielt ihn aufrecht.

Zu spät wankte der draconische Mech zurück in die Deckung einer Ruine, in der sich einmal eine Spielhalle befunden hatte. Die ausgebrannten Mauern boten dem BattleMech Schutz, und Garrett zog sich augenblicklich zurück. Die Belastung des Fusionsreaktors durch die gewaltigen Energieanforderungen des Waffeneinsatzes hatten die Temperatur im Innern der Pilotenkanzel bereits um einige sengende Hitzegrade in die Höhe getrieben. Er kehrte ans Ende der Gründerbrücke zurück, statt in eine mögliche Falle zu stürmen. Es wäre nicht der erste derartige Versuch der Kombinatsställe gewesen, ihn in einen Hinterhalt zu locken, so laut sie auch von ihrem angeblich hohen moralischen Standard tönten.

Natürlich warteten sie noch immer auf den ersten, der Erfolg hatte.

Der Geisterparder. So nannten sie ihn jetzt. Den Rachegeist seines Clans. Unaufhaltsam. Einige der Amateurkrieger dieser Welt hatten sich beschwert, er setze möglicherweise einen Störsender ein, um ihre Sensoren zu blockieren. Daran war nichts wahr, auch wenn seine Erfolgsquote diesen Eindruck erwecken konnte. Seit er sich am Nachmittag des fünften Turniertags aus Ishiyama ins Freie gekämpft hatte, war Garrett noch von keinem Vorstoß nach Kobe mit ernsthafterem Schaden als einem beschädigten Aktivator zurückgekehrt. Na gut, einmal. An dem Nachmittag, als Karl Edward ihn überrumpelt und Garrett zum ersten Mal in seinem Leben bewusstlos geschlagen hatte. Beim nächsten Duell hatte er sich ziemlich schwer getan, und ein *Avatar* hatte den *Kriegsfalke* von der Schulter bis zur Hüfte aufgerissen, einen Teil der Reaktorabschirmung weggebrannt und es beinahe geschafft, sein Gyroskop zu zertrümmern. Wäre der DeLon-Krieger nicht so übereifrig darauf bedacht gewesen, seinen Vorteil auf der Stelle auszunützen…

In den Lautsprechern seines Neurohelms knisterte es. Dann hörte er eine Stimme. »Garrett, hier ist Hasek-Davion. Kehre sofort nach Black Hills zurück.«

Der Meister rief. Wurde von ihm erwartet, wie ein abgerichteter Surtax angehechelt zu kommen? Der *Mahlstrom* war noch nicht wieder aufgetaucht, was nur bedeuten konnte, dass Garrett besser ausgeteilt hatte, als er hatte einstecken müssen. Der Parder gab seine Beute nicht auf. »Neg. Ich bin hier noch nicht fertig.«

»Das wirst du aber bald sein, Garrett, wenn Michael Searcy etwas dazu zu sagen hat.«

Searcy? Was hatte Blackstars Champion mit seinem Privatkrieg zu schaffen? Ohne die Deckung des angeschlagenen *Mahlstrom* aus den Augen zu lassen, zog Garrett sich fünfzig Meter in die teilweise Deckung einer halbzerstörten Wachkabine zurück. »Erkläre mir das.«

»Er ist desertiert, Garrett. Er hat Blackstar verlassen. Ich nehme an, er hat vor, sich Karl Edward und den Sternenlicht-Kämpfern anzuschließen, die den Raumhafen kontrollieren. Dein *Mas-*… dein *Kriegsfalke* ist schneller. Du kannst ihn abfangen.« Eine Pause. »Du hast mich einmal um die Erlaubnis gebeten, Michael herauszufordern. Jetzt gebe ich dir mehr als das. Du bekommst meine volle Unterstützung. Du wirst alles bekommen, was du willst, um deinen Clan hier auf Solaris VII neu aufzubauen.«

Fast hätte Garrett sich geweigert, weil er das Blut des verwundeten *Mahlstrom* gerochen hatte. Ein Krieger kämpfte vor allem für sich selbst, diese Überzeugung hatten die letzten Tage, an denen er genüsslich einen MechKrieger Kobes nach dem anderen abgeschossen hatte, noch verstärkt. Aber jetzt, nachdem Searcys Beschützer ihn aufgegeben hatte, und er nicht mehr unangreifbar war, konnte Garrett ihn stürzen, und vielleicht Karl Edward gleich mit. Das war eine zu gute Gelegenheit, um sie wegzuwerfen.

Der Nebelparder *konnte* seine Beute aufgeben, wenn er eine bessere fand.

Ein Schritt rückwärts. Dann noch einer. Mit jedem Meter nahm der Hunger nach dem *Mahlstrom* ab. Kombinatskrieger würde er auch später noch jagen können. Aber das reichte nicht an den Ruhm heran, der damit verbunden sein würde, ein Monument der Spielwelt zu stürzen oder seinen Platz als Blackstars bester Kämpfer einzunehmen. Was wäre ihm dann noch verwehrt? Vor seinem geistigen Auge sah Garrett einen Mechstall seiner früheren Brüder, bereit, die Innere Sphäre zu ihren eigenen Regeln zu schlagen. Nichts konnte ruhmreicher sein.

Garrett hatte Michael Searcy und Karl Edward bereits auf seine Abschussliste gesetzt. Soviel zumindest hatten die Medien richtig erkannt: Er war nicht aufzuhalten.

Garrett musste es nur noch einmal unter Beweis stellen.

* * *

»Was soll das heißen, Sie wissen nicht, wo Vandergriff ist? Wir sollen ihn vierundzwanzig Stunden am Tag und sieben Tage die Woche im Auge behalten. Suchen Sie ihn! Und achten Sie auf Meldungen über den *Brandschatzer*!«

Julian Nero unterbrach die Verbindung und warf den Kommunikator seinem Assistenten zu, dann kippte er in seinem mit schwarzem Leinen bespannten Bürosessel nach hinten. Um ihn herum herrschte hektische Geschäftigkeit in der zweiten Nachrichtenredaktion des Senders, während er von seinem kleinen Reich aus Schlesiens Medienimperium regierte. Mehrere Nachrichtensprecher warfen ihm fragende Blicke zu. Einer sah ihn mit einer strengen Miene an, in der sich Neid und Neugierde mischten. Julian starrte sie alle nieder. Alle wollten sie wissen, was er vorbereitete. Wollten ihn nach zusätzlichem Material fragen, das sie in ihre Berichte und Kommentare einweben konnten. Aber niemand wagte es, ihn in seiner Dreißig-Minuten-Pause zu stören, und er konnte versuchen, zu einer Entscheidung zu kommen.

War heute *der* Tag?

Die Ereignisse spitzten sich zu. Das machten das Eintreffen der 32. Lyranischen Garde und das Eingreifen der gemeinsamen Streitmacht von Sternenlicht und Overlord deutlich. Dann war da noch die Feuerschneise, die Vandergriff an der Ostgrenze von Black Hills geschlagen hatte, und nicht zu vergessen Michael Searcys *mögliche* Desertion. Und das Gerücht, bisher unbestätigt, dass Garrett in Kobe ein Gefecht abgebrochen hatte und nach Black Hills zurückgerufen worden war. Es war nicht schwer, die Anzeichen einer bevorstehenden explosiven Konfrontation zu erkennen, aber es würde mehr nötig sein, um sie fundiert zu analysieren. Julian Nero, der Unfehlbare, der Mann mit dem Durchblick, musste an Hand von Informationen aus zweiter Hand und eines hastigen Gesprächs mit Drew Hasek-Davion die Entscheidung fällen.

»Kreuzigen Sie ihn.« Das war Hasek-Davions Vorschlag gewesen. Eigentlich konnte man es nur eine Forderung nennen. »Der wildgewordene Davionist, der nur seinem persönlichen Ruhm nachjagt. Stacheln Sie Ihr Publikum auf, bis alle MechKrieger Schlesiens nach Searcys Blut heulen. Und dann geben wir ihn Vandergriff.« Allen Anzeichen nach verlief alles nach Plan.

Nur ergab es von einem reinen PR-Standpunkt aus keinen Sinn zu glauben, dass Hasek-Davion diesen Bruch inszeniert hatte. Das nahm Blackstar jeden Anteil an dem Ruhm, den der Favorit der Vereinigten Sonnen angehäuft hatte. Dieser Schachzug ergab nur dann einen Sinn, wenn Hasek-Davion erwartete, dass Searcy unterlag. Oder aktiv gegen ihn arbeitete.

Die einzige Schlussfolgerung, die Julian aus dem Gewirr der Halbwahrheiten und versteckten Ziele ziehen konnte, war die, dass Hasek-Davions kleines Imperium vor dem Zusammenbruch stand. Irgendwie hatte Drew die Gewalt über Searcy verloren, und jetzt sollte Julian für ihn den Hass schüren, der zwischen Schlesien und Black Hills loderte. Und wenn Hasek-Davion den Kampf in Gang halten wollte, musste Searcy versuchen, ihn aufzuhalten. Die beiden befanden sich in einem Wettlauf darum, wer sein Ziel zuerst erreichte, der Stallbesitzer oder der Arenakrieger.

Julian Nero schnippte mit den Fingern und streckte die Hand nach dem Kommunikator aus, den sein Assistent für ihn bereithielt. Einen Grundsatz lernte man in diesem Geschäft schon sehr früh. Der Stall wurde mit einkalkuliert.

Gewettet wurde auf den Krieger.

20

Monorailbahnhof, Internationaler Bezirk, Solaris City, Solaris VII
Freedom-Theater, Provinz Skye, Lyranische Allianz

22. *August 3062*

Der *Cestus* hatte sich den Weg durch die von Schutt blockierten Straßen freigetreten und war an der Ruine des Monorailhauptbahnhofs der Stadt stehengeblieben. Der stumpfnasige Zug stand reglos auf der Hochtrasse, außer Betrieb, aber wunderbarerweise unberührt von der Verwüstung, die den Bahnhof verschlungen hatte. Er ging weiter die Hotelmeile hinab, an der einige der luxuriösesten Hotelbetriebe von Solaris City immer noch von Zuschauern der größten Show in der Inneren Sphäre vollbesetzt waren.

Als er in seinem aus den Trümmern geborgenen *Cestus* die Sicherheit des Raumhafens verließ, hatte Karl Edward keine Ahnung gehabt, was ihn an der Grenze des Internationalen Bezirks zu Black Hills erwartete. Hätte jemand ihm eine Wette angeboten, hätte er sicher nicht darauf gesetzt, geradewegs auf Garrett in dessen OmniMech zu treffen.

Aber da war er, der *Masakari*, mitten auf der Straße und blockierte Karls Weg, eingerahmt von der Monorailtrasse auf der einen Seite und dem Hotel Imperial auf der anderen. Zuschauer drängten sich an den Fenstern des Hotels, intelligent genug, um von der Straße wegzubleiben, aber zugleich dumm genug, sich einzubilden, die doppelt verglasten Fenster des Hotels böten irgendeinen Schutz. Sie schienen keinerlei Gedanken daran zu verschwenden, dass die Nebenwirkungen eines Mechduells ausreichen konnten, innerhalb von Sekunden die gesamte Hotelfassade zu verwüsten. Sie waren hierher gekommen, um eine Show zu sehen, und sie dachten nicht daran, sich das entgehen zu lassen.

»Ich hatte nicht erwartet, *dich* hier zu treffen, Garrett. Ich dachte, du wärst in Kobe.«

»Das war ich. Ich stand auch kurz davor, einen Sieg zu erringen, so wie immer.« Ein Augenblick der Stille, dann: »Der Unberührbare. So nennen die Krieger Kobes mich.«

Karl grinste. Aber es war im Augenblick wohl nicht ratsam, dem Clanner zu erklären, was dieses Wort in der draconischen Kultur bedeutete. Er bewegte den *Cestus* einen Schritt zur Seite, um Garrett aus der Nähe des Hotels wegzulocken. Der fünfundachtzig Tonnen schwere *Masakari* drehte den Torso in der Hüfte und hob warnend den linken Arm. Die Mündungen der Zwillings-PPK waren Drohung genug, Karl an einem zweiten Schritt zu hindern.

»Und warum bist du jetzt hier?«, fragte er. Karl musste wissen, wem er noch trauen konnte, wenn überhaupt jemandem.

»Ich bin hier, um mir zu holen, was mir zusteht. Wie es scheint, bin ich vor Searcy eingetroffen, aber das ist annehmbar. Wir beide haben noch eine Rechnung zu begleichen.«

Karl schmeckte nervösen Schweiß auf seiner Oberlippe. Der *Masakari* war ein Killer. Im Duell mit dem *Cestus* waren die Energiewaffen seiner momentanen Konfiguration in der Lage, Karls Panzerschutz innerhalb kürzester Zeit zu zerblasen. Das Einzige, was sich zu seinem Vorteil anführen ließ, war die Tatsache, dass Garrett anscheinend geradewegs aus einem anderen Gefecht kam, und an Torso und Armen des Omnis minimale Schäden erkennbar waren. Wenn Karl schnell genug handelte, konnte er diesen Schaden möglicherweise ausnutzen.

Aber die Implikation, dass Michael ebenfalls hierher

unterwegs war und Garrett ihn erwartete, verstörte ihn. Arbeiteten die beiden zusammen, der Clanner und der Champion? Hatte Michael der von Sternenlicht und Overlord zusammengestellten Einsatzgruppe den Krieg erklärt, weil er seine Stellung als Führer der Truppen von Black Hills bedroht sah? Karl hatte seinem Freund von den Plänen erzählen, hatte sich seiner Hilfe versichern wollen, aber Michael war nicht in der Stimmung gewesen, ihm zuzuhören. Er war zu einer Kreatur Drew Hasek-Davions geworden.

»Bist du deshalb hier, Garrett? Um mit mir abzurechnen?«

»Du überschätzt dich, wie die meisten Barbaren der Inneren Sphäre. Ich bin aus einem wichtigeren Grund hier, und eine bedeutendere Belohnung erwartet mich.« In der Stimme des Clanners lag ein Hauch von Belustigung. »Ein Angebot, das ich nicht abschlagen konnte. Sagt ihr Amateurkrieger das nicht so?«

»Gut genug«, spielte Karl auf Zeit. Er konfigurierte seine Armlaser in mittelschwere und schwere FLK-Kombinationen und legte sie auf die Primärfeuerknöpfe beider Steuerknüppel. Das Gaussgeschütz behielt er auf dem rechten Daumenauslöser. Er schaltete die Zielerfassung auf passiv. Er würde sich auf seine eigenen Fähigkeiten verlassen, nicht auf computergestützte Sensoren. Das war weniger treffsicher, hatte aber den Vorteil, dass Garrett nicht vorgewarnt wurde. »Du bist also zu einem echten Söldner geworden? Für den der Zahlmeister wichtiger ist als der Mensch?«

Karl reizte Garrett, und der Clanner schien den Köder zu schlucken. Er brachte seinen Mech drohend ein Stück näher. »Wir sind nicht unter Boreal Reach. Hier bist du kein Gegner für mich.«

Vorsichtig zog Karl das Fadenkreuz über die Silhouette des *Masakari*. Ohne Aktivortung veränderte das Symbol nicht die Farbe, um eine Zielerfassung anzuzeigen, aber auf so minimale Distanz zwischen zwei stillstehenden BattleMechs brauchte er nicht die Hilfe des Bordcomputers, um zu treffen. Andererseits war das Hotel zu nah, als dass er sich einen Fehlschuss hätte erlauben können, und jede Sekunde, die er länger zielte, erhöhte die Chance, einen sauberen Treffer zu landen. »Das war Michaels größter Fehler«, warnte er seinen Gegner. »Pass auf, dass du ihn nicht wiederholst.«

Der linke Arm des *Masakari* streckte sich und richtete die beiden PPKs auf den *Cestus*. Warnglocken meldeten Karl, dass die Sensoren der gegnerischen Maschine ihn erfasst hatten. Vielleicht lag es daran, dass Karl Michael Searcy erwähnt hatte, den Mann, dessen bloße Existenz in der Aufstellung von Blackstar Garretts Nemesis war. Oder vielleicht glaubte Garrett selbst, er sei ›unberührbar‹.

»Was soll ich nicht wiederholen?«, fragte er.

»Deiner eigenen Presse glauben«, sagte Karl und drückte die Auslöser durch.

Beide Mecharme des *Cestus* streckten sich dem Gegner entgegen und schleuderten dicke Bündel smaragdgrüner Lichtenergie. Breite Schmelzspuren öffneten den rechten Arm des OmniMechs, zogen sich über seine Brustpartie und hinunter zum linken Hüftgelenk. Panzerplatten fielen abgeschält zu Boden und öffneten eine Bresche in der rechten Torsoseite, durch die einen Sekundenbruchteil später Karls Gausskugel mit brutaler Gewalt donnerte. Der *Masakari* kippte unter dem Treffer nach hinten, hielt sich aber aufrecht.

»Du bist sehr berührbar«, stellte Karl grimmig fest, bewegte den Mech nach hinten und wartete darauf, dass seine Waffen neu aufluden. In der Zwischenzeit machte er sich auf den Feuersturm gefasst, der ihm aus den Geschützen Garretts bevorstand.

* * *

Der Angriff wuchtete das Gyroskop des *Kriegsfalke* außer Balance, trotz des Ausgleichsignals von Garretts Neurohelm. Der Mech kippte bedrohlich nach hinten und rang mit dem Zug der Schwerkraft, während der Clanner im Innern der Kanzel mit den Kontrollen kämpfte, um den fünfundachtzig Tonnen schweren Kampfkoloss auf den Beinen zu halten. Er grätschte die Mechbeine, um ihn stabiler zu machen und stieß die Mecharme als Gegengewicht nach vorne. Er duckte den Omni heftig ab, in der Hoffnung, dem Schlag die Wucht zu nehmen. All das waren instinktive Reaktionen auf die brutale Wucht des Angriffs, über lange Jahre antrainierte Reflexe. Und sie hatten Erfolg. Langsam brachte er den *Kriegsfalke* wieder unter Kontrolle und kippte ihn zurück in Kampfstellung.

Er würde sich nicht von der Eröffnungssalve dieses dreckigen Surats besiegen lassen.

Aber der Schaden war angerichtet. Rote und gelbe Warnlichter blinkten vor ihm auf der Konsole, und schrille Alarmtöne forderten Aufmerksamkeit für beschädigte Systeme. Diese eine Salve hatte gereicht, ihn auf fünfzehn Prozent Panzerung zu bringen. Der Rest lag als qualmende Schlackehaufen um den Mech herum auf dem Boden. Ein Wärmetauscher im rechten Torso war geborsten, was zusätzlich Abwärmeprobleme versprach.

Also würde er etwas stärker schwitzen. Garett zog das Fadenkreuz über die holografische Sichtprojektion, die der Bordcomputer des *Kriegsfalke* in sein Blickfeld warf. Das Symbol verschwand eine endlos scheinende Sekunde lang, bevor es wieder auftauchte und über die Sichtprojektion sprang, um sich schließlich über den im Rückzug befindlichen *Cestus* zu senken. Er zog den Abzug durch und schleuderte seinem Gegner eine doppelte Energiekaskade azurblauer Vernichtung aus der Zwillings-PPK hinterher. Die künstlichen Blitzschläge zuckten wild peitschend aus den Mündungen und auf den breitschultrigen BattleMech zu.

Und an ihm vorbei.

Die Entladungen verpufften nutzlos an einem Schutthaufen und jagten einen Geysir aus verkohlten Trümmern gen Himmel. Abgesehen von vereinzelten Stahlbetonbrocken, die vom Kopf des *Cestus* abprallten, richtete die Salve nichts aus.

Garrett starrte ungläubig auf den Sichtschirm und verschenkte durch den Schock gelähmt kostbare Sekunden. Ein zweiter Blick auf die Systemanzeige bestätigte, was der Aussetzer des Fadenkreuzes schon angedeutet hatte. Die Gausskugel war tiefer in seine Mechflanke eingedrungen, als er geglaubt hatte und hatte den Feuerleitcomputer zertrümmert. Ein unersetzliches Bauteil modernster Clantechnologie, in den ersten Sekunden des Gefechts verloren. Garrett war eiskalt erwischt worden.

Jetzt war er gezwungen, das wettzumachen. Er koppelte die Zielerfassung von dem zerschossenen Feuerleitcomputer ab. Von jetzt an würde er sich wieder auf direkte Sensordaten und seine eigene Zielsicherheit verlassen müssen. Diesmal sah er das Fadenkreuz golden aufleuchten, bevor er den Schuss auslöste und mit Partikelprojektorkanonen und den saphirgrünen Lichtpfeilen seiner schweren Impulslaser zuschlug.

Exakt im selben Augenblick feuerte auch Karl eine zweite Salve, die fast so effektiv war wie die erste, und nur um einen der schweren Laser schwächer. Der *Kriegsfalke* schüttelte sich unter den Einschlägen und verlor noch mehr Panzerung, als die Treffer über seinen Torso wanderten und sich diesmal auch tief ins linke Bein senkten. Die Temperatur im Cockpit schoss sprunghaft und brutal in die Höhe, als das Laserfeuer des *Cestus* einen beachtlichen Teil der Reaktorabschirmung verzehrte. In Verbindung mit der durch Garretts

Energiewaffen erzeugten Abwärme schlug die Innentemperatur mit einem Satz geradewegs durch den gelben Warnbereich der Wärmeskala in den roten Gefahrenbereich.

Garrett rang keuchend nach Atem und die glutheiße Luft brannte in seiner Brust, als er mit der Faust auf den Vetoschalter schlug, um eine automatische Abschaltung zu verhindern. Der normalerweise so leicht steuerbare *Kriegsfalke* bewegte sich nur noch störrisch, weil die Hitze seine internen Systeme beeinträchtigte. Warum hatte er Zeit damit verschwendet, zu reden und sich für die Zuschauer zu produzieren, die im nahen Hotel kauerten, und den Kameramann, den er im Schatten der Monorailtrasse bemerkt hatte? Schweiß lief ihm übers Gesucht und brannte in den Augen. Seine Sicht verschlechterte sich. Er blinzelte heftig. Das Bild, das sich ihm auf dem Sichtschirm bot, als er wieder klar sehen konnte, schien dazu angetan, seine Laune zu heben.

Der *Cestus* lehnte wie ein Betrunkener an einer Wand und wäre offensichtlich fast gestürzt. Ein Arm war kurz unterhalb des Schultergelenks sauber amputiert.

Garretts zweite PPK-Salve hatte getroffen. Die tödlichen Energiebahnen hatten sich vereint und erst die Panzerung zerschmolzen, um anschließend die darunter liegenden Titanstahlknochen zu durchtrennen. In einer einzigen Salve hatte er dem *Cestus* die Hälfte seiner Laser genommen. Es war eine erneute Erinnerung daran, wie tödlich die Maschine war, die Garrett steuerte. Das war kein gewöhnlicher BattleMech. Es war ein Clan-Mech. *Sein* ClanMech.

Trotzdem hätte die Schemazeichnung der Schadensanzeige auf dem Hilfsmonitor genügt, so manchem anderen MechKrieger den Mut zu nehmen, Kriegern ohne die Erfahrung von hundert Arenaduellen oder der genetischen Überlegenheit eines Clan-Wahrgeborenen.

Seine Panzerung war verwüstet und über der rechten Torsoseite durchschlagen, und die durch den Kampfkoloss wogenden Hitzewellen verursachten massive Systemausfälle. Schlimmer noch, der Fusionsreaktor stand kurz davor, seine Eindämmung zu sprengen.

Aber nichts davon hatte etwas zu sagen. Garrett würde niemals aufgeben. Er war aus härterem Material. Er war ein Clansmann und würde es ewig bleiben. Er schluckte ein wenig Feuchtigkeit zurück in die ausgedörrte Kehle und zog das Fadenkreuz wieder in Richtung des *Cestus*, gerade als die feindliche Maschine sich wieder aufrichtete, um den Kampf fortzusetzen.

Der *Kriegsfalke* reagierte zu langsam. Die Myomermuskulatur war durch die überhöhte Betriebstemperatur in ihrer Leistung beeinträchtig, und der *Cestus* hatte Zeit genug, aus der Schusslinie zu verschwinden. Garrett stieß die Auslöser durch und die Zwillings-PPKs schleuderten Fackeln höllischen Feuers über die Straße, in der Hoffnung auf einen weiteren Treffer. Mehr war es nicht: Hoffnung. Die schillernden Energielanzen zuckten über die rechte Schulter des *Cestus* und loderten harmlos über einigen Gebäuden in der Luft, bevor sie verblassten. Die einzelne Gausskugel, mit der Karl das Feuer erwiderte, sprengte noch mehr Panzerung von der linken Flanke des *Kriegsfalke* und öffnete auch auf dieser Seite eine Bresche.

Dann tauchte Karl Edward in Garretts Schussfeld und steuerte seine Maschine in einem Ausweichmuster auf den Omni zu, der den Kampf zu einem Wettlauf machte. Er hatte es ohne jeden Zweifel auf eine der ungeschützten Flanken des *Kriegsfalke* abgesehen und zählte darauf, dass der überhitzte ClanMech nicht in der Lage war, sich schnell genug zu drehen, um seine Pläne zu durchkreuzen. Garrett riss an den Kontrollen und kämpfte darum, dem Mech mehr Leistung abzuringen, als er unter derartigen Umständen zu liefern konstruiert war. Er zwang die Maschine in eine unbeholfene Drehung, rotierte den Torso bis an die Grenze des Möglichen und streckte den rechten Arm des Mechs aus.

Es reichte gerade aus, um die beiden Impulslaser direkt auf die Brustpartie seines Angreifers zu richten. Smaragdene Lichtbolzen hämmerten auf den Torso des *Cestus* ein und fraßen sich in die Durallexpanzerung. Ein grauer Nebel verdampften Metalls bedeckte seinen Rumpf, aus dem in hohem Bogen Schlacketropfen spritzten. Es genügte, die andere Maschine schwer zu beschädigen, nicht aber, sie aufzuhalten. Karl Edward hatte bei seinem Sturmlauf zu viel Schwung entwickelt. Zu spät erkannte Garrett, dass sein Gegner ihn rammen wollte.

Er stieß den Knüppel der Geschwindigkeitskontrolle so heftig vor, dass er eine der Rasten abbrach und teilweise aus der Halterung kippte. Der *Kriegsfalke* schaffte einen halben Schritt – nicht annähernd genug –, bevor der *Cestus* in seine geschwächte rechte Seite prallte.

Der Schlag schleuderte Garrett hart in die Sicherheitsgurte, die sich tief in Brust und Schultern gruben. Das Knirschen berstender Panzerplatten donnerte in seinen Ohren. Das Knie des *Cestus* streifte das rechte Hüftgelenk des *Kriegsfalke* und der ohnehin schon ungünstig nach hinten gestreckte Arm des Omnis zerrte am Schultergelenk. Dann grub der kleinere Mech seine Schulter in die zertrümmerte rechte Torsoseite und drückte die wuchtige Abschirmung des Fusionreaktors tief ins Rumpfinnere, wo sie auf den Kreiselstabilisator und den Reaktor schlug.

Als der ClanMech fest im Griff der Schwerkraft zurücktaumelte, gab es keine Rettung mehr für ihn. Selbst wenn er noch die Kraft besessen hätte, auf den Beinen zu bleiben, der Fusionsreaktor war zu schwer beschädigt, um ihn noch unter Kontrolle zu bringen. Schon versagten die Eindämmungsfelder. Goldenes Feuer leckte aus der eingedrückten rechten Flanke und brach durch beide Hüftgelenke. Die wenigen Überreste an Panzerung, die den Torso noch beschützten, zerschmolzen, sackten ein und fielen nach innen. Schwarzer Rauch quoll aus den Nähten um den Mechkopf.

Garrett roch das schmelzende Metall einen Sekundenbruchteil, bevor das entfesselte Inferno sich durch den Boden der Kanzel fraß. Dann fühlte er die sengende Hitze, die Metall und Fleisch verzehrte und den Raum um ihn herum mit einem grellen Licht erfüllte. Aber tief in seinem Innern, an einem Ort, den seine Schmerzensschreie nicht erreichen konnten, brannte ein letzter Funken des Stolzes, der Befriedigung. Sein Clan war tot. Er war mit ihm gestorben, auch wenn er sich geweigert hatte, es anzuerkennen. Und jetzt würde er endlich Frieden finden.

Frieden darin, dass er *diese* Schande nicht überleben würde.

* * *

»Ich habe immer gewusst, dass du das Zeug dazu hast.«

Michael steuerte seinen *Brandschatzer* vorwärts und achtete sorgfältig darauf, einen Bogen um das noch qualmende Wrack von Garretts *Masakari* zu machen, einer Maschine, die der Clanner grundsätzlich nur als *Kriegsfalke* bezeichnet hatte. Nach dem Bersten des Fusionsreaktors war nicht mehr viel davon übrig, was man noch wiedererkennen konnte, nur schwarze, verbogene Metalltrümmer. Ein paar der größeren Stücke waren über die Straße verstreut, dem Inferno entgangen, darunter auch ein Mecharm, der durch die Fassade des Imperial gebrochen war und den Kampf näher an die Zuschauer gebracht hatte, als die sich gewünscht hätten. Die meisten Fenster des Hotels waren geborsten. Die Leute, die er im und um das Gebäude sehen konnte, bewegten sich wie in Trance, langsam und ziellos, aber zumindest lebten sie noch. Jedenfalls die meisten.

Karl antwortete nicht. Der *Cestus* lag reglos auf der Seite. Unfähig, sich nach dem Aufprall des Rammangriffs und der Vernichtung des *Masakari* noch auf den Beinen zu halten, war er in die Trümmer des Monorailbahnhofs gestürzt. Michael machte sich Sorgen. Von der Wucht der Explosion über eine trümmerübersäte Straße geschleudert, mit nur einem Mecharm, um den Sturz abzufangen, bestand die Gefahr, dass sein Freund verletzt war. Schwer verletzt.

Michael senkte den *Brandschatzer* neben dem gestürzten *Cestus* in die Hocke, um nachzusehen. Ein nervöses Prickeln lief über seine Schädeldecke, dasselbe Gefühl der Angst, dass ihn schon in der Verwüstung des Sternenbundparks begleitet hatte.

Im Cockpit des anderen Mechs bewegte sich etwas.

»Dass ich wozu das Zeug habe?«, fragte Karl.

Michael lächelte erleichtert. Sein Freund lebte noch. »Zu einem Showauftritt«, antwortete er. »Dieser letzte Angriff war ein absoluter Showstopper. Das war ganz klar auf die Zuschauer gerichtet.«

Ein langes Schweigen antwortete ihm, so, als ob Karl sich nicht sicher war, ob das ein neues Spiel war. Schließlich sagte er einfach: »Es hat wehgetan.«

»Darauf wette ich. Niemand hat behauptet, es wäre einfach, Ruhm zu ernten, Kumpel.«

»Deshalb habe ich es nicht getan.« Der *Cestus* regte sich, drehte sich auf die Vorderseite und zog den ihm verbliebenen Arm unter den Rumpf.

Michael richtete den *Brandschatzer* auf und wartete, bis der *Cestus* selbst wieder auf die Beine gekommen war. »Ich habe es auch nicht dafür getan, jedenfalls am Anfang nicht. Aber auf Solaris VII kommt nach dem

Sieg der Ruhm, so sicher wie Journalisten eine Story wittern.« Er drehte den Kopf des *Brandschatzer* gerade weit genug, um eine Richtung anzudeuten. »Da drüben, im Schatten der Hochbahn. Ich habe mindestens drei verschiedene Crews gezählt. Ob es dir gefällt oder nicht, mein Freund, für die Medien bist du ab sofort der Parderkiller. In Kobe wirst du jede Menge Fans haben, schätze ich.« Michael war sich klar, dass er die Begriffe ›Kumpel‹ und ›Freund‹ überbeanspruchte, und er fragte sich kurz, wen er damit zu überzeugen versuchte, Karl oder sich selbst. Möglicherweise beide, entschied er schließlich.

Karl gab ihm nicht allzu viel Spielraum dafür. »Was tust du hier, Michael?«

»Ich war auf der Suche nach dir, Karl. Dir, Sternenlicht, Overlord. Obwohl ich nicht erwartet habe, dass es so einfach werden würde, dich zu finden. Oder, dass du so *beschäftigt* sein würdest.«

»Ich wartete auf dich, als Garrett entschied, eine alte Rechnung zu begleichen.« Pause. »Die ist jetzt bezahlt.«

»Woher wusstest du, dass ich komme?«

»Ein Vögelchen hat es mir gezwitschert.«

Michael runzelte die Stirn. Er verstand die Anspielung nicht. »Ein Vögelchen?«

»Na gut, ein fetter Geier, der auf dem falschen Kanal gekrächzt hat.«

Also *hatte* Karl das Gespräch zwischen Michael und Hasek-Davion mitgehört. Und er war allein gekommen, um Michael in Augenschein zu nehmen. Na gut. »Ich brauche deine Hilfe.«

»*Stormin'* Michael Searcy hat nie irgendjemandes Hilfe gebraucht«, gab Karl zurück.

»Doch, hat er«, antwortete Michael müde. »Er brauchte die Medien. Die Medien und Drew Hasek-Davion haben seinen Ruf aufgebaut. Aber es war ein Ruf, der ganz auf Hype und Zufall beruhte, selbst wenn er eine Weile selbst daran geglaubt hat.« Eine ganze Weile – viel zu lange. »Aber damit ist es jetzt vorbei.«

Als Karl sich wieder meldete, war sein Ton etwas freundlicher. Nicht, dass alles vergeben und vergessen war, aber zumindest hörte Michael eine gewisse Hoffnung heraus. »Und was bist du jetzt?«

Das war die Frage, die sich auch Michael immer wieder stellte. *Wenn ich kein Champion bin, was bin ich dann?* »Ich weiß es noch nicht. Aber wer auch immer Michael Searcy jetzt ist, er gehört hierhin, um zu versuchen, die Dinge wieder ins Lot zu bringen... falls das noch möglich ist.« Sein Blick wanderte über die Trümmerlandschaft, die sie umgab, und er wusste, dass es weiter im Osten, in Black Hills und Schlesien, noch schlimmer aussah. »Was habt ihr hier noch?«

»Der Kampf gegen die Lyranische Garde hat uns übel zugesetzt, aber zwischen Sternenlicht und Overlord und ein paar Einzelkämpfern, die wir angezogen haben, können wir zwei unausgewogene Bataillone auf die Beine stellen. Das reicht aus, um den Internationalen Bezirk oder wenigstens den Raumhafen zu halten, sodass keiner der beiden verfeindeten Sektoren sich die hier lagernde Ausrüstung holen kann.« Karl stockte, dann gab er zu: »Aber ich kann die Kämpfe nicht beenden. Black Hills allein kann ein Regiment oder mehr aufstellen, und das gehört Drew Hasek-Davion, auch wenn du ihm entkommen bist. Schlesien ist seit der Ankunft der Garde noch stärker. Keine der beiden Seiten denkt daran, uns bei der Suche nach einer friedlichen Lösung zu unterstützen.«

Michael legte nachdenklich die Stirn in Falten, dann nickte er. »Eine der beiden Seiten könnte man dazu bringen«, erklärte er zögernd. »Wenn man es richtig anfängt. Was dazu fehlt ist eine Speerspitze, jemand, der den Weg freimacht.«

»Immer vorneweg, was?«

Michael hörte die Schärfe in der Stimme seines Freundes, aber er war sich nicht sicher, ob es Sarkasmus oder trockener Humor war.

»Ein letztes Mal, Karl.« Er hörte selbst, wie müde seine Stimme klang. »Stormin' Michael Searcy hat noch einen letzten Auftritt zu absolvieren.«

21

Hazelwood Heights, Black Hills,
Solaris City, Solaris VII
Freedom-Theater, Provinz Skye, Lyranische Allianz

22. August 3062

Michael Searcy sah die vier Mechs der Lanze sich auf halber Höhe in einer lockeren Reihe über den Hang an der Regency Street verteilen. Auf der Kuppe des Hügels lag das Hauptpolizeirevier von Black Hills, ein monolithisches Bauwerk, das über Hazelwood Heights und weit dahinter bis in die Wohnslums blickte, die sich in die Ebene erstreckten, die irgendwann in die Cathaysenke überging. Obwohl es Platz für eintausend Polizisten bot, war das Revier nie mit mehr als einer leichten BattleMechlanze für Stadtkampfeinsätze ausgerüstet gewesen. Aber in den letzten Monaten hatten sich die Zeiten geändert.

Das waren keine leichten PolizeiMechs. Ein neuer *Vollstrecker III* und ein *JägerMech III* hatten sich knapp vor zwei *Centurion*s aufgebaut. Die ganze Lanze war von derselben Größe wie das Birkenwäldchen des kleinen Parks, in dem sie standen, und das dem Bezirk seinen Namen gegeben hatte. Die Panzerung aller vier Maschinen hatte gelitten, stellte Michael fest. Aber alle vier trugen mit Stolz das Symbol der Black-Hills-Polizei: das Sonnenschwertwappen der Vereinigten Sonnen auf einem goldenen Schild.

Er stoppte den *Brandschatzer* zweihundertfünfzig Meter entfernt. Aus seinem Cockpit hatte er einen guten Ausblick über die Dächer. Sein Computer identifizierte die Lanze als Sicherheitsstreife und markierte sie auf der Sichtprojektion in neutralem Blau. Das war gut und schön für den Computer, aber Michael war damit nicht zufrieden, solange er nicht sicher sein konnte, dass diese Mechs nicht unter der direkten Kontrolle Drew Hasek-Davions standen. Bis dahin waren sie für ihn Feindmaschinen.

Michael war unterwegs nach Boreal Reach, um sich mit der selbsternannten Black-Hills-Miliz auseinanderzusetzen, und von dort aus weiter nach Schlesien. Auf seinem Weg durch den Davion-Sektor hatte er bereits drei Posten getroffen, aber hier, im Schatten des Hauptreviers, war der Einsatz höher. Er hätte das Gebiet umgehen können, aber damit hätte er Drew Hasek-Davion die Autorität darüber zugesprochen. Stormin' Michael Searcy schreckte vor keiner Herausforderung zurück, aber wenn er in diesem Spiel auch nur einen Schuss abfeuerte, hatte er bereits verloren.

Er schaltete auf die Notruffrequenz für Black Hills, die ständig von den Polzeikräften abgehört wurde, und öffnete den Mund weit genug, um das Mikro zu aktivieren. »Personalien.«

»Anders herum wird ein Schuh daraus, Searcy«, kam augenblicklich Antwort. Der *JägerMech* bewegte sich leicht, um anzuzeigen, wer die PolizeiLanze anführte. »Hier spricht Lieutenant Rand von der Black-Hills-Polizei. Das ist mein Text, und ich möchte wissen, was Sie hier wollen.«

»Ich bin auf der Durchreise. Machen Sie Platz oder Sie werden dazu gezwungen.«

Ein nervöses Lachen. »Von wem?«

Michael wusste genau, dass Rand ebenso wenig auf einen Kampf aus war wie er. Die PolizeiLanze war ihm, bis jetzt, zahlenmäßig überlegen, aber Michael hatte eine weit kampfstärkere Maschine und drei Jahre Arenaerfahrung. Das glich das Kräfteverhältnis aus.

»Karl, zeigt euch«, sagte Michael.

Auf seiner Sichtprojektion traten die goldenen Symbole seiner Verbündeten aus den Ortungsschatten einiger hoher Gebäude. Hinter Mirabilis House, einer der prächtigen Villen, die Seite an Seite mit den übelsten Elendsvierteln existierten, tauchte Karl Edward an der Spitze einer Doppellanze Sternenlicht-Mechs auf. Dann erschien eine Overlord-Mechkompanie hinter der Davion Arms Wohnanlage im Süden. Weiter entfernt zeigte sich eine aus Mechs beider Ställe kombinierte Kompanie zwischen einigen der Wolkenkratzer im Bankendistrikt von Black Hills. In dieser letzten Gruppe befanden sich auch die drei Polizeiposten, die Michael auf seinem Weg aus dem Internationalen Bezirk bereits auf seine Seite gezogen hatte. Zwei der Mechs zeigten dasselbe Sonnenschwert-Schildwappen wie die Offiziere, denen er hier gegenüberstand.

Karl blieb an der Spitze des Bataillons, als es anrückte. Er lenkte immer noch seinen bei dem Duell mit Garrett beschädigten, aber weiter bewegungsfähigen *Cestus*. »Stören wir?«, fragte er über die offene Frequenz. Sein drohender Tonfall gehörte zu Michaels Bluff. Über einen abhörsicheren Kanal fügte er hinzu: »Ich hoffe nur, du weißt, was du tust, Searcy.«

Das hoffte Michael mit ihm. Als das Bataillon sich in einem weiten Halbkreis dreihundert Meter hinter dem *Brandschatzer* aufgebaut hatte, sagte er: »Beantwortet das Ihre Frage, Lieutenant?«

Rands nächster Funkspruch war zurückhaltender. »Ich zähle mindestens fünfzehn Lyraner in der Truppe.«

»Und Sie werden bemerken, dass ich Ihnen den Rücken zukehre. Bis jetzt hat noch keiner von ihnen auf mich geschossen.«

Eine längere Pause folgte. Vermutlich diskutierte Rand gerade entweder mit seinen Lanzenkameraden oder mit jemand Höherrangigem. Es war nicht schwer zu erraten, wer dieser Jemand sein mochte. Michael hatte auch ein As im Ärmel, aber er hoffte, es sich für später aufsparen zu können. Er trat mehrere drohende Schritte vor und hielt den *Brandschatzer* erst an, als dessen Ortung ihn vor der Zielerfassung durch mehrere BattleMechs warnte.

»Feuern Sie, oder machen Sie Platz, Lieutenant Rand. Ich habe keine Zeit für Diskussionen.«

»Ja, Sir, ich meine, nein, natürlich nicht. Aber… uns wurde mitgeteilt, dass Sie zu den Lyranern übergelaufen sind.« Die Worte brachen aus ihm heraus. »Zu *ihr*.«

Hasek-Davions Propagandamaschine war also schon vollauf damit beschäftigt, Michael als Überläufer zu Katrina zu brandmarken. Ein cleverer Zug, aber diesmal kämpfte Drew auch gegen das Image von Stormin' Michael Searcy, ein Image, das er selbst miterschaffen hatte. Der Lieutenant wollte ganz offensichtlich nicht daran glauben, dass Searcy ein Verräter sein konnte. Schein *und* Wirklichkeit. Diesmal waren beide auf Michaels Seite.

»Wenn Sie ehrlich glauben, ich könnte ein *Kaufmann* werden«, sagte er, und benutzte den gängigen Davion-Slangbegriff für einen Lyraner, »und den Vereinigten Sonnen den Rücken kehren, sollten Sie wirklich feuern.« Er setzte den *Brandschatzer* mit langsamer Gehgeschwindigkeit in Bewegung und ließ die Mecharme locker zur Balance pendeln, statt sie in Angriffsstellung zu heben. Er hatte nicht vor, auf diese Männer zu schießen.

Der überschwere BattleMech schlenderte mit sechs Meter langen Schritten auf die PolizeiLanze zu. Michaels Ortung beschwerte sich weiter über die Zielerfassungen und er spannte sich unwillkürlich an. Nervöser Schweiß perlte auf seinen Zügen. Das erste halbe Dutzend Schritte an den vier Polizisten vorbei schien eine Ewigkeit in Anspruch zu nehmen… reichlich Zeit für die Piloten, ihm aus kürzester Entfernung in den Rücken zu schießen. Das hätte Michael *und* den *Brandschatzer* so hart getroffen, dass es für keinen der beiden noch eine Hoffnung auf Überleben gegeben hätte.

Dann verklangen, einer nach dem anderen, die Warnglocken für die Zielerfassung.

Karls Stimme flüsterte in seinen Ohren. »Gut gespielt, Michael.«

Der Polizei-*JägerMech* reihte sich hinter dem *Brandschatzer* ein und seine drei Gefährten folgten ihm kurz darauf. Auch diese Lanze begleitete Michaels Truppen den Hügel hinab in den Wohnbezirk. Es war ein Sieg, aber Michael wusste, dass seine Sorgen noch nicht vorüber waren. Sie fingen gerade erst an.

Er hatte den Eindruck, wieder ganz am Anfang zu stehen. Er war der Davion-Favorit und einer der gefeiertsten Gladiatoren auf Solaris VII, aber im Augenblick war er so nervös wie am ersten Tag, als er einen zerbeulten *Totschläger* in eine der kleineren Arenen der Spielwelt gesteuert hatte. Sein Herz hämmerte, seine Kehle war ausgedörrt, in seinen Adern kämpfte Angst mit Adrenalin.

Er hatte sogar wieder Zuschauer, als er den Mech durch die Siedlung steuerte. Es waren Flüchtlinge, von dem erbitterten Angriff der Lyraner auf Black Hills aus ihren Häusern und Wohnungen vertrieben, die bei der Ausweitung der Feuerschneise verwüstet worden waren. Diese dehnte sich an der Ostgrenze des Davionviertels, am Übergang zu Cathay, immer weiter aus. Hunderte von Menschen begleiteten Michael und seine Leute, als sie tiefer in das Viertel vorstießen. Viele standen einfach nur da und starrten ehrfürchtig zu den Maschinenkolossen empor, die eine Woche zuvor noch die Arenen beherrscht hatten und jetzt die Straßen der Hauptstadt regierten. Ein paar warfen mit Steinen oder Flaschen aus dem in den Straßen herumliegenden Müll nach den Mechs, aber sie gingen schnell in der Menge unter, die winkte und jubelte, als sie den ohne Zweifel populärsten Mech in ganz Black Hills erkannte. In jeder Straße gab es ein paar, die versuchten, ein paar Sekunden mitzulaufen und glaubten, mit dem *Brandschatzer* mithalten zu können. Verglichen mit anderen Kampfkolossen war der überschwere Mech langsam, aber immerhin erreichte auch er eine Geschwindigkeit von zweiunddreißig Stundenkilometern, weit mehr, als ein Fußgänger schaffen konnte.

Die meisten gaben dann auch schnell auf, aber andere folgten im Kielwasser des *Brandschatzer*. Michaels Weg führte ihn die Danning Street hoch, dann bog er acht Querstraßen vor der Davion-Arena in den Marx Way ein. Das Bataillon blieb in respektvoller Entfernung hinter ihm und verschwand gelegentlich völlig im Schatten größerer Gebäude. Nur die PolizeiLanze blieb dicht hinter ihm, als offizielle Eskorte durch die Straßen, bis an den titanischen grauen Stahlbetonbunker der Boreal Reach.

Zwei Kompanien der Black-Hills-Miliz bewachten das Gebäude in einer fünfreihigen Keilformation. Aubry Larsens *Drachenfeuer* stand wie eine auf Michael gerichtete Pfeilspitze an der Spitze der Formation.

Nach dem Absuchen einer Palette von möglichen Kanälen peilte die Kommanlage des Mechs Larsens Stimme auf dem allgemeinen Kanal des Blackstar-Mechstalls an. »Ich hätte gutes Geld dagegen gesetzt, dass du zurückkommst, Michael. Aber Hasek-Davion war sich sicher.« Ihre Sendung war unverschlüsselt, was bedeutete: Sie wollte von den Medien aufgefangen werden. »Und er hat immer Recht, nicht wahr?«

Michael grinste bitter und machte sich bereit fürs Spiel. »So *scheint* es«, antwortete er. Die PolizeiLanze verteilte sich links und rechts von ihm, während Karl das Bataillon auf fünfhundert Meter heranführte. »Obwohl ich mehrere interessante Gerüchte über meine momentane Beziehung zum Blackstar-Stall gehört habe.«

»Du bist desertiert, Michael. Du hast uns für Sternenlicht und Overlord – Overlord! – im Stich gelassen, gerade, als wir dich am nötigsten hatten.«

»Es war notwendig, um Sternenlicht und Overlord ins Spiel zu holen«, gab er gelassen zu. »Das ist die einzige Chance, den Krieg zu beenden.«

Sie lachte verächtlich. »Auf Kosten Blackstars und des Davion-Sektors?«

Michael jubelte innerlich. Aubry hatte ihm soeben die Öffnung geliefert, die er brauchte, um sein As auszuspielen.

Wie aufs Stichwort drang Adam Kristofs Stimme über die Kommleitung. »Die meisten Leute würden sagen, ein Ende der Gewalt ist jeden Preis wert. Besonders diejenigen, die bereits Haus und Hof verloren haben. Oder wollen Sie damit sagen, Ms. Larsen, dass Drew Hasek-Davion kein Ende der Kämpfe will?«

Die Anschuldigung raubte ihr für fünf Sekunden die Sprache. Dann fragte sie: »Wer will das wissen?«

Kristof identifizierte sich und Michael grinste darüber, wie perfekt die Puzzleteile sich an ihren Platz fügten. Adam Kristof hatte eine der Nachrichtencrews angeführt, die über Karls Kampf gegen Garrett berichtet hatten. Michael hatte ihn mitgenommen. Der Übertragungswagen der Sun Times befand sich sicher inmitten des Sternenlicht-Kontingents, und insbesondere unter Karls persönlichem Schutz. Er hatte sich die Gelegenheit nicht entgehen lassen wollen, Hasek-Davion mit seiner eigenen Medienunterstützung das Maul zu stopfen.

Mit ein wenig Glück würde Drew daran ersticken.

Michael schaltete den Sender wieder ein, um den Druck aufrechtzuerhalten. »Und was hast du jetzt vor, Aubry?«

»Nichts«, erklärte sie ruhig.

Nichts? Michael hatte den Frontalangriff erwartet, mit dem Hasek-Davion ihm vor mehreren Tagen gedroht hatte, einschließlich der Aufdeckung seiner zweifelhaften Vergangenheit und der Anschuldigung, die Verantwortung für die Aufstände zu tragen.

»Solange du nicht versuchst, in Boreal Reach einzudringen«, fuhr sie mit ruhiger, gelassener Stimme fort, »bin ich angewiesen, dich nach Schlesien weiterziehen zu lassen. Aus welchem Grund du auch immer dorthin willst.«

»Der Grund ist, den Krieg zu beenden«, stellte Karl schnell fest. »Auf welche Weise wir nur können.«

»Ja, das behauptet ihr. Und solange ihr ein kleines lyranisches Kontingent mitbringt, könnten die Schlesier euch möglicherweise sogar glauben.«

Als Michael ihr zuhörte, fragte er sich, ob Drew Hasek-Davion ihm möglicherweise eine neue Falle stellte.

Kristof versuchte es noch einmal. »Sollte Drew Hasek-Davion nicht ebenfalls darum besorgt sein, die Gewalttätigkeiten zu beenden?«

»Natürlich sollte er das. Und er ist es!« Sie machte eine Pause. »Aber nicht, wenn andere Aufgaben dringlicher sind. Wie das Gerücht, dass die Lyranische Allianz heute Nachmittag ein weiteres Bataillon auf dem Raumhafen absetzen wird. Aber diesmal keine unerfahrenen Truppen. Die 17. Arkturusgarde, um genau zu sein. Oder finden Sie, Drew Hasek-Davion sollte die Sicherheit der Bürger der Vereinigten Sonnen außer Acht lassen?« Ihre Stimme wurde zu flüssigem Gift, als sie Kristofs Anschuldigung zurückschmetterte.

Michael lief es eiskalt den Rücken hinab. Wie hatte er ein derartiges Gerücht überhören können, wenn er noch vor ein paar Tagen die Black-Hills-Miliz befehligt hatte und gestern Nacht noch sämtliche Daten hatte einsehen können? Hasek-Davion konnte ihm diese Information nicht vorenthalten haben. Soweit er es wusste, war das Bataillon der 32. Lyranischen Garde bereits zum routinemäßigen Garnisonseinsatz auf Solaris VII unterwegs gewesen. War es denkbar, dass eine andere Einheit so schnell eintreffen konnte?

»Das ist mir neu«, stellte Kristof über eine Privatverbindung fest. »Aber es ist möglich. Es kommt darauf an, wie wild die Allianz ist, frische Truppen hierher zu verlegen, ob sie ein Sprungschiff einsatzbereit zur Verfügung hatte und das Risiko einzugehen bereit ist, noch einmal einen Piratensprungpunkt anzusteuern.«

Mehrere recht zweifelhafte Annahmen, die ganz davon abhingen, wie verzweifelt Katrina Steiner bemüht war, jede Herausforderung ihrer Macht auszuschalten. Besonders, wenn ihr abgesetzter Bruder von einer Niederlage profitieren konnte.

»Ein komplettes Bataillon oder selbst eine überschwere Kompanie mit Panzerunterstützung könnte ausreichen, die Lagerhallen zurückzuerobern«, warf Karl ein, der sich erkennbare Sorgen um das kleine Truppenkontingent machte, das sie im Internationalen Bezirk zurückgelassen hatten, um die Anlage zu bewachen. »Besonders, wenn sie diesmal Luft/Raumunterstützung mitbringen. Wir haben nur eine Minimalgarnison am Raumhafen gelassen.«

Und Michael hatte die Posten an der Westgrenze des Davion-Sektors seiner Truppe angegliedert und von ihren Stellungen abgezogen. Wenn tatsächlich neue Truppen eintrafen und Black Hills mit derselben Entschiedenheit angriffen wie die erste Welle, fehlten dem Sektor wichtige Verteidigungsmöglichkeiten. Er konnte die Posten zurückschicken, vielleicht noch ein paar Lanzen ausgliedern…

Und da war sie, Drew Hasek-Davions Hand, die das Geschehen so offen manipulierte, dass niemand sie wahrnahm. Michael fluchte innerlich. Ohne gezielt gegen seinen Gegner vorzugehen, schaffte Drew es, ihn in den Augen der anderen zu blamieren. Besonders, wenn der Bericht stimmte und er Michael vorwerfen konnte, die Verteidigung von Black Hills geschwächt zu haben. Er konnte es sich nicht leisten, den Bericht nicht zu glauben und seine Truppen nicht aufzuteilen, um der möglichen Bedrohung zu begegnen. Aber das erhöhte das Risiko für seine restlichen Kräfte in Schlesien, wo sie ohne Zweifel weitere Überraschungen des Blackstar-Stallmeister erwarten konnten.

Dem langen Arm Hasek-Davions war nicht leicht zu entgehen.

Schnell gab Michael alle Mitglieder der Polizeitruppen sowie zwei Lanzen der gemischten Kompanie des Bataillons frei. Zusammen ergaben sie eine verstärkte Mechkompanie, die er unter den Befehl Lieutenant Rands stellte.

»Warum *er*?«, fragte Aubry, die sich als neue Kommandeurin der Gemeinsamen Miliz wohl übergangen fühlte.

»Weil die Black-Hills-Polizei *Freund und Helfer* ist, nicht *Feind und Anstifter*.« Damit war seine Position für jeden klar, der den Funkverkehr abhörte, der mit Sicherheit von einigen Nachrichtensendern aufgezeichnet wurde. Aubry Larsen verzichtete klugerweise auf eine Antwort, aber soweit es Michael betraf, hätte sie besser gar nicht erst gefragt. Er befahl den Abzug seiner restlichen Einheiten.

Karl versuchte ihn aufzumuntern, als die Hauptstreitmacht Boreal Reach hinter sich ließ und in Richtung Cathay und Schlesien in die Feuerschneise zog. »Du hast es geschafft«, sagte er. »Und alles, ohne einen einzigen Schuss abzufeuern. Hasek-Davion hat versucht, uns zu Fall zu bringen, und wir haben ihn geschlagen. *Du* hast ihn geschlagen.«

Michael war anderer Ansicht. Die Truppe, mit der er nach Schlesien unterwegs war, war kleiner als die, mit der er im Internationalen Bezirk aufgebrochen war.

»Wir haben ein Unentschieden erreicht, nicht mehr. Was wir auch versuchen, er hat es vorausgesehen und seine Vorkehrungen getroffen. Sich gegen die Risiken abgesichert. Dafür gesorgt, dass er jede Verantwortung abwälzen kann. Möglicherweise ist ein Unentschieden das beste Ergebnis, auf das wir hoffen können.«

* * *

Drew Hasek-Davion lümmelte sich auf der Ledercouch, die er in den Medienraum des Grünen Hauses hatte bringen lassen und sah die Nachrichten. Seine zahlreichen Interessen bereiteten ihm kaum Vergnügen, nicht einmal der Kampf um die Macht, aber Wut verspürte er sehr wohl. Er genoss sie sogar wie ein Weinkenner ein erlesenes Bouquet.

Natürlich ließ er sich das nie anmerken. Nur sein Gehstock, dessen Knauf er mit weißen Knöcheln umklammert hielt und mit zunehmender Heftigkeit auf die Seite des Sofas schlug, zeigte seine Erregung, während er Adam Kristof beim Abschluss seiner Außenreportage zuhörte. Der Kommentator erlaubte sich mehrere kostbare Sekunden des Schweigens, als Michael Searcys zwei Kompanien zwischen den Gebäuden aus dem Bild verschwanden.

Den Gehstock wie ein Schwert schwingend, zerschnitt Drew die Luft vor dem Holovidschirm, als wolle er in das Bild eindringen und Michael persönlich niederstechen. Mit der anderen Hand betätigte er eine kleine Fernbedienung und schaltete auf einen schlesischen Nachrichtenkanal um. Er schaltete den Ton einer Werbeeinblendung für SeraVideos neuesten Holovidempfänger ab und ließ sich Searcys neuesten Schachzug durch den Kopf gehen.

»Nicht schlecht, mein Junge«, murmelte er. Er konnte nicht anders, als Michaels Attacken zu bewundern, so frustriert und wütend er zugleich auch über sie war. Wirklich nicht schlecht, aber unglücklicherweise – für Michael Searcy – konnte der MechKrieger ihm nicht wirklich gefährlich werden. Dafür hatte Drew schon früh gesorgt. Er vergaß nie, sich rückzuversichern. Im Laufe der Jahre hatten sich schon zu viele von Drew Hasek-Davions Marionetten gegen ihn gewandt, als dass er auf einen ausgeprägten Selbsterhaltungstrieb hätte verzichten können. Zu viele seiner Pläne waren verdorrt, bevor sie hatten Frucht tragen können.

Zum Beispiel die Sache mit dem Davion-Namen. Er hatte ihn benutzt, um in der Mark Capella der Vereinigten Sonnen eine begrenzte Machtbasis aufzubauen, aber das hatte sich als Fehlinvestition erwiesen, als der junge Morgan Hasek-Davion seine Linie wieder auf den alten Namen Hasek eingeschworen hatte. Danach hatte er versucht, Kapital aus dem Widerstand gegen das Vereinigte Commonwealth zu schlagen, war aber von anderen Stallbesitzern gestoppt worden. Schlechte Planung. Es hatte seinen Interessen in der Mark Capella mehr geschadet als genützt. Danach hatte Kai Allard-Liao seinen Plänen einen Riegel vorgeschoben. Als Nächstes hatte Garrett es nicht geschafft, die Spielwelt für seinen Meister im Sturm zu erobern. Und jetzt Searcy…

Michael Searcy. Was für einen Champion hätte er für die Vereinigten Sonnen abgegeben – und für Drew. Wie viel Zeit hatte er in ihn investiert, Zeit und Mühe. Und Drew war seinem Ziel so nahe gekommen. Für das nächste Mal würde er sich besser vorbereiten müssen. Das Gute an Fehlern war, dass er aus ihnen lernen konnte. Außerdem hatte er das meiste, was zu erreichen er angetreten war, inzwischen geschafft.

Stroud war mit ziemlicher Sicherheit tot. Megan Church hatte keinen Hinweis darauf gemeldet, dass er das Gut verlassen hatte. Und ihren Berichten zufolge waren die Skye Tiger ernsthaft angeschlagen. Noch nicht so schwer, dass sie sich realistischerweise nicht mehr davon würden erholen können, aber viel fehlte nicht daran. Mit dem Sturz von Strouds Mechstall und dem Aufschwung, den Blackstar in der letzten Woche erlebt hatte, würde kein einzelner anderer Stall, nicht einmal eine Kombination aus zwei anderen Ställen, in der Lage sein, ihn zu stürzen. DeLon und Tran Ky Bo mochten es versuchen, aber ihnen fehlte die dazu nötige Kraft. Die anderen Stallbesitzer ließen sich leicht genug gegeneinander ausspielen. Drew hatte gewonnen. Es war kein totaler Sieg, aber er reichte ihm. Vorerst.

Nur Michaels Anstrengungen gegen ihn verhinderten einen völligen Triumph. Der Junge war sich nicht bewusst, dass seine Aktionen keine Bedeutung mehr hatten. Drew war ihm immer einen Schritt voraus. Es war Zeit, dass die Unruhen ein Ende fanden, und er war darauf vorbereitet, die Verantwortung für das Geschehen in mehr als eine Richtung von Blackstar und seinem Besitzer abzuwälzen.

Auch der bevorstehende Showdown in Schlesien liess sich zu seinen Gunsten ausnutzen, gleichgültig, wie er ausging. Victor Vandergriff hatte sich zu sehr in seine Rivalität mit Michael verbissen, um sich mit weniger als einem Duell bis zum Tod zufriedenzugeben. Die Rivalität, an deren Aufbau Drew maßgeblich mitgewirkt hatte. Das würde einen Kampf geben, den man sich nicht entgehen lassen durfte, und es stand zu hoffen, dass Julian Nero oder ein anderer Reporter ihn auf Holovid bannte.

Die beiden Mechkompanien unter Searcys Befehl hatten keine Chance gegen die Kräfte, die Vandergriff ihnen entgegenwerfen würde. Falls… wenn Vandergriff Searcy erst erledigt hatte, würde sich der Hass zwischen den Steiner- und Davion-Anhängern sicher noch intensivieren. Vielleicht würde Drew die Gewalttätigkeiten sogar noch eine ganze Woche in Gang halten können, bevor *er* eingriff, um sie zu beenden.

Falls Michael gewinnen sollte… Nun, Megan Church *hatte* Interesse an einem neuen Auftrag gezeigt. Es gab immer einen Weg, mit einem MechKrieger fertigzuwerden.

So oder so.

22

AD-Studios, Schlesien, Solaris City, Solaris VII
Freedom-Theater, Provinz Skye, Lyranische Allianz

22. August 3062

Auf dem Wandbildschirm hinter Julian Nero war ein Stadtplan eingeblendet, auf dem das Viertel der planetaren Hauptstadt aufblinkte, über das er gerade sprach. Von den Berichterstattern des Senders beobachtete Mechgefechte in vier der Sektoren wurden durch mehrfarbige Pfeile illustriert. Die Rivalitäten zwischen den verschiedenen einheimischen Fraktionen in Cathay und Montenegro tobten sich weiter in heftigen Kämpfen aus, auch wenn es selbst heute zu mehreren Angriffen in beide Richtungen über den Fluss gekommen war. Nur Kobe war von den Kämpfen nicht berührt, aber die Draconier hatten eigene Probleme.

»Die Behörden des Viertels erklären, endlich alle Feuer unter Kontrolle zu haben, die seit Tagen durch die Mietsbaracken in dem Wohnbezirk wüten, der seiner problematischen sanitären Situation wegen als Gifthügel bekannt geworden ist. Den entscheidenden Beitrag im Kampf gegen die Feuersbrünste sollen seit kurzem wieder verfügbare BattleMecheinheiten mit dem Anlegen mehrerer Brandschneisen geleistet haben. Währenddessen wird der Lotusdistrikt weiter von Plünderungen bedroht, in denen sich die ärmeren Bewohner Kobes am Besitz ihrer wohlhabenderen Nachbarn schadlos halten. Sektorbürgermeister Osha Minawa versprach ein hartes Durchgreifen, um den Plünderungen ein Ende zu machen und die öffentliche Sicherheit wiederherzustellen.«

Sein vorbereiteter Text lief über den Teleprompter, aber zum größten Teil beachtete Julian ihn nicht. Der Große Nero brauchte derartige Hilfsmittel nicht. Viel wichtiger waren ein paar Sekunden Drama, als sich die Karte hinter ihm zu einem Bild des südwestlichen Stadtgebiets vergrößerte. Pfeile zeigten, wo die Davionisten nach ihren ersten empfindlichen Niederlagen in einer Gegenoffensive in den lyranischen Sektor vorgestoßen waren.

»Noch keine offizielle Stellungnahme zu Michael Searcys Marsch auf Schlesien an der Spitze einer starken Streitmacht. Abgefangene Funksprüche deuten darauf hin, dass der Favorit der Vereinigten Sonnen plant, die Kämpfe ›auf welche Weise er nur kann‹ zu beenden.«

Das Zitat stammte von Karl Edward, sonst aber hatte er verdammt wenig. Julian tobte innerlich darüber, dass seine Leute ihm bis jetzt noch nichts weiter hatten liefern können, aber er hatte vor, die Sache in Kürze selbst in die Hand zu nehmen. »Victor Vandergriff hat die Verteidiger Schlesiens aufgerufen, sich am Skye-Tiger-Gut zu versammeln. Danach will er sich in seinen eigenen Worten ›der neuesten Herausforderung der lyranischen Würde‹ stellen.«

Julian hasste sich selbst dafür, dass er es tat, aber er wusste, durch seine Betonung ließ er Vandergriffs Schwur mehr trotzig als verwegen klingen. Vermutlich war das nicht fair, aber zumindest tanzte er nicht mehr nach Hasek-Davions Pfeife. Was immer er jetzt tat oder sagte, es war seine eigene Entscheidung. Sein Instinkt riet ihm, auf Michael Searcy zu setzen, derselbe Instinkt, der ihn hierher gebracht hatte. Und er vertraute ihm.

»Und so nähern wir uns unvermeidlich der möglicherweise entscheidenden Konfrontation der beiden Giganten…, und das Schicksal von Solaris City hängt von deren Ausgang ab. Sie können sich darauf verlassen, dass ich Sie weiter informieren werde. Das ist ein Versprechen. Soviel für jetzt von Julian Nero, dem Mann mit dem Durchblick.«

Julian wartete nicht auf die Freigabe durch die Studiomannschaft. Das rote Licht an der Kamera war kaum erloschen, als er bereits auf den Beinen war und nach seinem Assistenten rief. »Wo ist der Hubschrauber, den ich bestellt habe?«

»Er wartet auf dem Dach, Herr Nero. Die Kameracrew ist schon an Bord.«

Julian nickte kurz und machte sich auf den Weg zu den Aufzügen. Er unterdrückte ein Auflachen, als er die schockierten Mienen seiner Kollegen sah. Julian Nero verließ seinen Thron? Wie viele von ihnen würden sich wohl jetzt um seinen Sendeplatz schlagen, ohne zu ahnen, dass er das Kommando aus dem Feld führen und dem Studio den Platz im Scheinwerferlicht rauben würde? Große Ereignisse warfen ihre Schatten voraus, und er dachte nicht daran, sich weiter auf Informationen aus zweiter Hand zu verlassen. Der Zeitpunkt war gekommen, heute war sein großer Tag. Dafür würde er schon sorgen. Einmal war Julian das Glück in den Schoß gefallen, als die Sensation sich zufälligerweise in seiner Wache ereignet hatte, praktisch fertig verpackt – und eine Garantie für sofortige Berühmtheit. Aber diesmal hatte er nicht vor zu warten, bis die große Story zu ihm kam.

Er würde sie sich holen und zu seiner Story machen. Das war…

* * *

Der Punkt, neben dem alles andere verblasste. Michael Searcy würde unter den Waffen seiner *Banshee* sterben. Auf dem Schlachtfeld besiegt, so wie Katrina Steiner ihren Bruder auf dem Schlachtfeld der Politik unterworfen hatte. Das würde Victor Vandergriffs Ruhm als Krieger nach den langen Jahren der Missachtung wiederherstellen und ihm seinen Platz unter den Besten zurückgeben.

Ein anderer Ausgang war nicht vorstellbar.

Zumindest sah Victor selbst das so, als er durch den Mechhangar des Skye-Tiger-Guts rannte, die Leiter zum Cockpit hinaufkletterte und sich hastig auf der Pilotenliege anschnallte. Was kümmerte es ihn, dass Adam Kristof Searcy als die Antwort auf die Probleme der Stadt feierte – oder dieser verfluchte Julian Nero den Eindruck erweckte, Victor wäre ein leerer Sprücheklopfer? Hatten sie seinen Überfall auf Black Hills schon vergessen? Den Angriff, der den Krieg ins Heimatgebiet der Davionisten getragen hatte, als seine Kräfte tief in deren Sektor vorgestoßen waren?

Nein, sie hatten ihn nicht vergessen. Die Medien hatten sich einfach entschieden, seine Siege zu ignorieren – so wie immer. Nachdem sie ihn eine Woche lang als den lyranischen Champion aufgebaut hatten, wahrscheinlich auch das nur, weil sie keinen besseren Kandidaten hatten, waren sie jetzt entschlossen, ihn zu demontieren. Vielleicht lag es daran, dass Jerry Stroud noch immer vermisst wurde, sodass niemand zur Stelle war, um die lyranische Propagandamaschine in Gang zu halten. Wie auch immer, es würde Victor den widerwilligen Respekt kosten, den er sich unter den lyranischen Fans und MechKriegern erworben hatte. Es wäre nicht das erste Mal, dass er erst von den Medien verraten und dann von Publikum und Kollegen verlassen wurde. Aber beim Archon, es würde das letzte Mal sein!

Er lockerte die beengenden Gurte etwas, dann zog er den wuchtigen Neurohelm über den Kopf auf die Schulterpolster des Kühlanzugs. Wenn er nur die Gelegenheit bekommen hätte, das Grosse Turnier zu beenden. Wie anders würde es jetzt aussehen. Seine Karriere wäre wiederhergestellt und die Medien würden ihn hofieren, so wie sie jetzt um ihren Davion-Goldjungen scharwenzelten. Searcy war erst seit drei Jahren auf Solaris VII, aber alle Welt tat so, als sei er unfehlbar. Was war das schon im Vergleich zu Victors fünfzehn Jahren in der Arena? Michael Searcy hatte keine Chance, jetzt, da Victor das Selbstvertrauen und den Stolz seiner früheren Jahre zurückgewonnen hatte.

»Heute bringen wir es zu Ende, Searcy.« Seine Stimme hallte in der Enge des Helms laut wider.

Die Initiierungssequenz des Computers ließ die Lichter auf der Steuerkonsole der *Banshee* blinzeln. Die Lämpchen erwachten blinkend zum Leben, während die verschiedenen Bordsysteme überprüft wurden, bevor sie mit stetem Leuchten deren einwandfreies Arbeiten bestätigten. Er fühlte das tiefe Wummern, mit dem der Fusionsreaktor des überschweren BattleMechs hochfuhr, mehr als dass er es hörte. Die Vibrationen drangen durch den Kanzelboden in seine Füße und die Beine empor. Dann legten sich die eisigen Hände des Kühlanzugs um seinen Leib. Er fühlte sich angeschlossen. Lebendig.

»Bitte identifizieren Sie sich«, forderte die synthetische Stimme des Bordcomputers ihn aus den Lautsprechern seines Neurohelms auf.

»Victor Vandergriff.« An dem Tag, als Jerry Stroud ihn von den Skye-Tigern an Trevor Lynch verkauft hatte, hatte er jeden Hinweis auf seinen Stall aus der Identifikation gestrichen.

»Stimm-Musterabgleichung bestätigt. Initiiere Sicherheitsüberprüfung.«

Victor musste plötzlich schlucken. Etwas an seinem Kennsatz ließ ihn stocken. Er schüttelte das plötzliche Unbehagen ab. »Battuero ergo sum. Ich kämpfe, also bin ich.«

Vor dem Hangar auf dem Hof wartete seine persönliche Lanze, einsatzbereit und wachsam gegen jeden möglichen Angriff. Searcys Angriff am Tag zuvor hatte Strouds Gut nahezu komplett verwüstet, aber der

Hauptmechhangar stand noch – und er war mit der besten Ausrüstung ausgestattet, die man für Geld kaufen konnte. Victor hatte sein Hauptquartier aus dem Skye-Tiger-Zentrum hierher verlegt, weil das Gut im Zentrum des Viertels lag. Das am Ostrand der Stadt gelegene Zentrum war zu abgelegen für eine schnelle Reaktion auf feindliche Attacken. Hier hatte er die Angriffe auf Black Hills organisiert, und von hier aus würde er jetzt ausrücken und Searcys Gegenangriff stoppen.

Auf der Inverness-Allee, nicht weit von den zertrümmerten Begrenzungsmauern des Guts, hielt eine volle Kompanie mittelschwere und schwere BattleMechs schweigende Wacht. MechKrieger der verschiedenen Steiner-Mechställe hatten sich zusammengetan. Manche standen bei Löwenstadt unter Vertrag, andere kamen aus unabhängigen Kooperativen mit einer Übereinkunft mit Lynch. Victor führte seine Lanze durch die Breschen in der Mauer und setzte sich an die Spitze einer Marschkolonne für den kurzen Weg zum Kolosseum. Zwei weitere Kompanien hatten sich um die Steiner-Arena versammelt, in deren Reihen die wenigen noch verbliebenen Mitglieder der 32. Lyranischen Garde Seite an Seite mit Stallkriegern standen. Bei seiner Ankunft formierten sie sich auf dem riesigen Parkplatzgelände. Es waren nur noch wenige Fahrzeuge zu sehen, zum größten Teil Wracks, die an dem Abend zertrümmert worden waren, an dem der Turnierkampf zwischen Victor und Searcy aus der Arena auf die Straßen ausgebrochen war.

Victor öffnete den Mund und aktivierte das Helmmikro. »Wer hat sie in der Ortung? Wo sind sie?«

Ein Löwenstadt-*Lichtbringer* trat vor. »Es wird nicht schwer sein, ihren Weg von hier aus zu verfolgen.« Ein Metallarm deutete nach Westen. »Wir brauchen nur ihre Eskorte im Auge zu behalten.«

Victor sah vier Helikopter über der Grenze zwischen

Schlesien und Cathay. Möglicherweise waren sie auch schon näher. Er war es nicht gewohnt, am Himmel Entfernungen einzuschätzen. Das mussten die Nachrichtenteams sein, die ausgeschwärmt waren, um den Kampf zu verfolgen, wo immer er sich abspielte. Sie verfolgten die anrückenden Truppen aus Black Hills. *Wie Aasfresser, die über ihrer Beute kreisen,* dachte Victor.

Eine der Maschinen war größer als die anderen, ein gepanzerter Militärhubschrauber. Wenigstens einer der Reporter zeigte ein Mindestmaß an gesundem Menschenverstand, was das Eindringen in eine potenzielle Gefechtszone betraf. Victor wählte diese Maschine als sein Peilobjekt aus. Als sie noch etwa einen halben Kilometer entfernt war, zog er alle Einheiten zurück in den Schatten des Kolosseums oder schickte sie über die Queralleen an die Flanken. Seine Mechs formierten sich zu drei Seiten eines riesigen Quadrats, das den offenen Parkplatz als eine Insel aus grauem Asphalt ihm allein überließ. So wollte er gesehen werden. Aufgezeichnet. Der Nachwelt überliefert.

Die Davionisten kamen die Luisenstraße herab, die sechsspurige Hauptstraße, die den Verkehr aus mehreren Zubringern auf den Arenaparkplatz kanalisierte. Sie rückten in Zweierreihe an, als gewaltige Marschkolonne. Der Boden erbebte unter den Schritten von fünfzehnhundert Tonnen belebten Metalls. An der Spitze der Formation marschierte Searcys *Brandschatzer* neben einem arg mitgenommenen *Cestus*. Das riesige Sonnenschwertwappen auf dem Rumpf des *Brandschatzer* wirkte frisch aufgemalt.

Victor ließ das Fadenkreuz über das Wappen driften, bis das golden leuchtende Symbol der Zielerfassung im Zentrum der Sonnenscheibe hing. Er war sich sicher, dass mindestens die Hälfte seiner Streitmacht den *Brandschatzer* anvisierte, und der Lärm der Warnsignale, die in Searcys Helm gellten, musste ohrenbetäubend sein. Trotzdem ignorierte der Mech die Lyraner und marschierte an der Spitze der Kolonne weiter auf den Haupteingang des Kolosseums zu. Der überschwere Kampfkoloss und sein zerschossener Begleiter kamen schließlich vor Victors *Banshee* zum Stehen, aber die Arme des *Brandschatzer* waren nicht in Kampfstellung erhoben. Der Rest der Davion-Truppen marschierte weiter, bis sie sich über die gesamte Länge der Luisenstraße verteilt hatten. Das unterzählige Bataillon aus Black Hills schloss das von Victors Einheiten gebildete Quadrat, das jetzt den gesamten Parkplatz einschloss.

Warum hatte niemand gefeuert?

Was das betraf, warum hatte er nicht gefeuert?

Plötzlich erkannte Victor, dass er sich von dem dramatischen Auftritt des Medienlieblings hatte in den Bann ziehen lassen, der wie ein Monarch zur Audienz geschritten war, während Victors Kämpfer wie Untertanen auf ihn zu warten schienen. Das machte ihn erst recht wütend. Hier hätten sie auf gleichem Fuß stehen müssen. MechKrieger-Champions. Blackstar und Lynch. Black Hills und Schlesien.

Davion und Steiner.

Victor wählte eine offene Frequenz aus. Er wollte diesen Moment für die Nachwelt erhalten. Er atmete tief durch und schlug einen harten, kalten Ton an. »Bereit zu Ende zu bringen, was wir angefangen haben?«

»Du klingst so selbstzufrieden, Victor. Kannst du ehrlichen Herzens begrüßen, was aus der Stadt geworden ist?«

Victors Blick stieg hinauf zu den über dem Parkplatz schwebenden Augen ihres Publikums. Searcy spielte mit Worten, um sich die Sympathien der Öffentlichkeit zu sichern. Er war ein Meister dieses Metiers.

Der Davion-Favorit sprach weiter, ohne auch nur auf eine Antwort zu warten. »Wir haben das nicht angefangen, Victor. Das haben andere für uns erledigt.« Searcy klang müde. »Wir haben nur mitgeholfen, die Situation zu eskalieren, bis sie außer Kontrolle war.«

Victor schlug mit der ersten Antwort zurück, die ihm in den Sinn kam. »Willst du dich aus der Verantwortung stehlen, so wie du dich aus unserem Kampf im Runing Fox gestohlen hast? So, wie du Blackstar im Stich gelassen hast? Ihr VerSo-Ratten habt echt ein Talent dafür, davonzurennen und dann mit dem Finger zu zeigen und anderen die Schuld zu geben.«

»Nein, nein, Victor, ich habe nicht weniger Schuld an diesem Zustand als du. Und die Stallbesitzer ganz genauso, die Arenamanager, die Buchmacher. Die Politiker genau wie die Medien. Alle haben mitgeholfen, die Explosion vorzubereiten. Wenn du und ich die Lunte nicht entzündet hätten, dann hätte jemand anders es getan. Die ganze Stadt war ein Pulverfass, das nur auf den Funken wartete.«

Was redete Searcy da? Wollte er die Sache beilegen? Nein, das konnte nicht stimmen. Michael Searcy musste ebenso versessen auf diesen Kampf sein wie er. Es sei denn, er glaubte, ihn nicht zu brauchen… nicht so sehr wie Victor. Aber warum sollte er darauf verzichten, nach der Krone zu greifen? Es sei denn…

Searcy hatte Angst! Jetzt lächelte Victor. Es konnte keine andere Antwort geben. Victor hatte einen zahlenmäßigen Vorteil von drei zu zwei, ganz abgesehen von der Möglichkeit, dass der Overlord-Mechstall sich wieder auf die lyranische Seite schlagen konnte, wenn der Kampf erst einmal begonnen hatte. Und möglicherweise glaubte Searcy nicht einmal daran, ein faires Duell gegen Victor gewinnen zu können. Vielleicht war er der Überzeugung, dass er das Turnierduell verloren hätte, wäre es normal weiterverlaufen. Der Glaube war ein mächtiges Werkzeug. Jetzt, da Victor ihn wiedergefunden hatte, war er entschlossen, ihn einzusetzen.

»Wir sind hier nicht in der ›Mechrunde‹, Searcy. Hier kannst du dich nicht rausreden.« Victors Finger spannten sich um die Auslöser und spürten den Widerstand. »Hier kann dir kein sympathisierender Reporter zu Hilfe kommen. Du bist mit einer Davion-Streitmacht in Schlesien einmarschiert, eine Tatsache, die hier und jetzt aus mehreren Kamerawinkeln dokumentiert wird. Erwartest du ernsthaft, dass irgendjemand dir glaubt, was du den Medien vorgegaukelt hast, dass du den Kämpfen ein Ende machen willst? ›Auf welche Weise du nur kannst‹, richtig? Nun, eine Möglichkeit gibt es, und wir wissen beide, wie die aussieht.«

»Ich werde nicht den ersten Schuss abgeben, Victor.«

Dafür gab es eine einfache Lösung. Victor drückte die Auslöser durch, und zwei Blitzschläge tödlicher Energie loderten über die kurze Distanz zwischen den beiden Mechs. Die PPK-Entladungen gruben sich tief in den Rumpf des *Brandschatzer*. Eine Salve Autokanonengranaten folgte dichtauf und zerschlug noch mehr von Searcys Schutzpanzer zu nutzlosem Schrapnell. Als der überschwere Kampfkoloss unter dem Angriff ins Wanken geriet und zerschmolzene Panzerung vom Rumpf der Maschine auf den grauen Asphalt tropfte, setzte Victor Vandergriff seine *Banshee* in Bewegung.

»Das«, sagte er, »dürfte kein Problem mehr darstellen.«

23

Kolosseum, Schlesien, Solaris City, Solaris VII
Freedom-Theater, Provinz Skye, Lyranische Allianz

22. August 3062

Der Doppelrotor des Hubschraubers wummerte laut über der Kabine. Die Geschwindigkeit, mit der er über den Parkplatz der Steiner-Arena jagte, ließ den Fahrtwind laut an der offenen Seitentür der Maschine vorbeipfeifen und an der Kleidung der auf ihren Plätzen angeschnallten Passagiere zerren. Der Wind peitschte kalt und feucht über Julian Neros bloße Haut und trug den Geruch von Rauch und Ruß in die Kabine, ein Aroma, das schon die ganze letzte Woche über der Stadt hing. Sein Gesicht schien in der Kälte von hunderten winziger Nadeln malträtiert, aber seine Ohren unter dem schweren Kopfhörer waren warm geblieben. Er konnte alle Gespräche der MechKrieger mithören, soweit sie über offene Kanäle erfolgten.

Das Kreischen und Krachen der Entladungen aus den Partikelprojektorkanonen der *Banshee* erreichte Julian trotz des Rotorlärms und der dämpfenden Wirkung des Kopfhörers. Zumindest schien es so. Nicht, dass es wichtig gewesen wäre, denn die Richtmikrofone seiner Kameracrew waren durchaus in der Lage, die Begleitgeräusche des Gefechts für die Zuschauer an den Monitoren einzufangen.

»Ein vernichtender Angriff Victor Vandergriffs, der offensichtlich jeden Versuch einer friedlichen Beilegung ablehnt«, kommentierte Julian ins Mikro. »Man muss Michael Searcy zugute halten, dass er den Versuch unternommen hat, aber er hat teuer dafür bezahlt. Die Panzerung des *Brandschatzer* fließt im wörtlichsten Sinne vom Rumpf.«

Die umgebaute *Banshee* bewegte sich schräg vorwärts, und die Autokanone in ihrem Torso spie eine Salve Bündelmunition aus. »Und jetzt setzte Vandergriff mit der LB-X-Autokane nach, gegen die er das serienmäßige Gaussgeschütz der *Banshee* eingetauscht hat. Der größte Teil der Splittermunition scheint den aus dem Gleichgewicht geratenen *Brandschatzer* jedoch verfehlt zu haben und stattdessen in Boi Yardiis italienisches Restaurant auf der anderen Seite der Luisenstraße einzuschlagen.«

Julian blickte kurz hinüber zu der Trümmerwolke, die an der Seite des Gebäudes herabregnete, aber die Geschosse schienen nicht bis ins Innere der Gaststätte durchgeschlagen zu sein, und er verzichtete auf eine weitere Erwähnung. Er hatte genug damit zu tun, sich den Hals zu verrenken, um die sich duellierenden Kampfmaschinen im Blick zu behalten, als der Helikopter den Kurs änderte. Er stieß den Piloten mit dem Ellbogen an und zeichnete einen Kreis in die Luft. Eine Hand über das Mikro vor seinem Mund gelegt, um zu verhindern, dass seine Stimme über den Sender ging, nickte er nach rechts. »Drehen Sie scharf ein und halten Sie die Mechs im Sichtfeld der Kameras.« Seine Stimme duldete keinen Widerspruch. Der Pilot stand auf der Gehaltsliste des Senders – und Nero hatte gesprochen.

»Searcy ist noch auf den Beinen, auch wenn es für ein paar Sekunden nicht danach aussah. Der *Brandschatzer* ist kein leichter Gegner, den man schon so früh im Kampf außer Gefecht setzen könnte, und Searcy ist kein Anfänger. Wir dürfen mit einem harten Gegenschlag rechnen, und da! Laserfeuer zuckt durch die Lücke zwischen Searcy und Vandergriff. Aber keine Gausskugeln! Michael Searcy verzichtet auf den Einsatz seiner furchtbarsten Waffen.«

Und Julian konnte sich nicht erklären, warum. Vandergriff erholte sich bereits von Searcys brutalem Lichtwerferschlag und steuerte die *Banshee* zurück nach rechts, um den Gegner im Visier zu halten. Ohne die Gaussgeschütze war der Kampf weit ausgewogener, als es sich selbst Julian gewünscht hätte. Der *unfehlbare* Nero hatte Michael Searcy – zur Hölle mit diesem unzuverlässigen Davionisten – bewusst freundlicher behandelt, um sich alle Optionen für den Fall offenzuhalten, dass der Kampf sich zu dessen Gunsten entwickelte. Er musste bereit sein, sich auf die Seite einer Friedensinitiative zu stellen, so seltsam es auch war, dass sie ausgerechnet von einem Solaris-Gladiator ausging. Vielleicht hatte der Augenschein getäuscht und Searcy war nicht darauf vorbereitet gewesen, seine Friedensentschlossenheit mit Waffengewalt zu stützen.

Was auch immer Searcy vorhatte, Julian musste es schnell durchschauen. Denn ohne irgendein Zeichen blieb ihm nur sein…

* * *

Instinkt. Darauf lief alles hinaus.

Kein Alarm hatte Michael vor dem bevorstehenden Angriff warnen können, denn sämtliche Warnsignale waren schon lange vorher durch die zahlreichen Zielerfassungen ausgelöst worden. Und die meisten Waffen der *Banshee* waren auch schon lange vorher auf den *Brandschatzer* ausgerichtet worden. Es hatte keine verräterischen Bewegungen gegeben, die das Abfeuern der PPKs ankündigten. Vandergriff hatte im Augenblick des Angriffs auch nichts gesagt und sich damit verraten.

Und trotzdem hatte Michael es geahnt. Vielleicht hatte er gespürt, dass sich die Weigerung, als Erster zu feuern, als Herausforderung missverstehen ließ. Möglicherweise sogar als Aufforderung. Vielleicht war es jener sechste Sinn gewesen, den die meisten Arenakämpfer irgendwann entwickelten. Was es auch gewesen war, irgendetwas hatte ihn gewarnt. Nicht rechtzeitig, um dem Hinterhalt zu entgehen oder ihm auch nur mit einem Präventivschlag zuvorzukommen, aber zeitig genug, um sich auf den Schlag vorzubereiten. Seine schnelle Reaktion hatte den *Brandschatzer* davor bewahrt, unter den brutalen Schlägen zu Boden zu stürzen, und die minimale Rumpfdrehung hatte sein Zielprofil verkleinert. Dadurch war Vandergriffs Autokanonensalve bis auf ein paar Bündelgeschosse, die von der Panzerung des Mechs abprallten, vorbeigegangen und hatte die Gebäude auf der anderen Straßenseite getroffen.

Michael stützte den Kampfkoloss auf dem leicht nach hinten gezogenen linken Bein ab und brachte ihn zurück in seine Gewalt. Er wählte und feuerte die Waffen mehr reflexartig als überlegt. Die Temperatur im Innern des Cockpits schoss unter den enormen Energiemengen, die seine Laserbreitseite verschlang, für einen Moment in die Höhe, und auf seiner Stirn brach Schweiß aus. Aber erst als die Sensoren auf dem Mechdiagramm der Sichtprojektion die Schadenswirkung, beziehungsweise das Ausbleiben ernsthafter Schäden an Victor Vandergriffs Maschine, zeigten, wurde ihm wirklich klar, welcher Fehler es gewesen war, die beiden Gaussgeschütze nicht einzusetzen. Er war sich immer noch nicht sicher, warum er sie nicht abgefeuert hatte.

Die *Banshee* kam auf Schrägrechtskurs heran, in einer Bewegung, die sie erst durch sein Schussfeld trug und dann durch das Karls. Vermutlich plante Vandergriff, den ohnehin schon beschädigten *Cestus* anzugreifen, einen Abschuss auf sein Konto zu verbuchen und die Kräfte seines bereits jetzt in der Unterzahl befindlichen Gegners um eine 65-t-Maschine zu reduzieren. Michael erkannte die Absicht, sah im Bruchteil einer Sekunde seine Chance und zündete die HildCo-Sprungdüsen des *Brandschatzer*. Ein überschwerer BattleMech von einhundert Tonnen Gewicht, der sich auf lodernden Plasmazungen dreißig Meter in die Luft erhob, musste alle Aufmerksamkeit auf sich ziehen, ganz besonders die eines nahen Gegners. Die Gefahr war zu groß, dass er in dessen Nähe wieder herunterkam. Schlimmer noch, der Pilot mochte sich entscheiden, *auf* dem Gegner zu landen, ein Manöver, das unter MechKriegern als ›Todessprung‹ bekannt war. Hundert Tonnen BattleMech, die auf den Kopf eines feindlichen Mechs stürzten.

Michael setzte den *Brandschatzer* rechts hinter Vandergriff hart auf und federte den Aufprall mit eingeknickten Mechknien ab. Die *Banshee* wirbelte wild herum, um ihre Waffen zum Einsatz zu bringen. Aber Michael stand so weit hinter dem Drehbereich des geschützturmkupplungsähnlichen Mittelgelenks, dass nur die Kurzstrecken-Raketenlafette am rechten Arm der Maschine weit genug herum reichte, um auf ihn zu feuern. Es war ein recht einseitiger Schusswechsel. Drei Raketen jagten aus den Abschussrohren der Armlafette und trafen auf ein Laserbombardement des *Brandschatzer*. Die Energiewalze kostete den lyranischen Mech weitere Panzerung an seiner rechten Rumpfseite. Im Gegenzug trafen Michaels Maschine zwei Raketen an der Brustpartie, und die Dritte detonierte auf dem gepanzerten Kopfwulst. Der Aufprall schleuderte ihn hart nach vorne in die Gurte, bevor er zurück auf die Liege schlug. Er schmeckte Blut von seiner aufgebissenen Zunge und ein reißender Schmerz zuckte durch seine Nackenmuskulatur.

Das Bild vor seinen Augen verschwamm, aber nicht so sehr, dass er hätte übersehen können, wie Karls *Cestus* einen Schritt nach vorne tat und den einen ihm noch verbliebenen Arm auf Vandergriffs *Banshee* richtete.

»Karl, nicht!«

Wieder reagierte Michael rein aus dem Instinkt heraus. Darin unterschied sich diese Entscheidung kaum von so vielen in der Hitze des Gefechts, in dem Bruchteile von Sekunden über Leben und Tod entschieden.

Nachdem seine ursprüngliche Absicht durchkreuzt war, stürzte Vandergriff sich jetzt mit einer Entschiedenheit auf Michael, die eines Arenachampions würdig war. Die beiden überschweren Maschinen umkreisten sich gegenseitig auf dem Parkplatz und entfernten sich dabei langsam voneinander, während ihre Waffensysteme weiter nach entscheidenden Schwachpunkten suchten. Vandergriff musste die Betriebstemperatur der *Banshee* genauer im Auge behalten, als Michael das in dem kühler laufenden *Brandschatzer* nötig hatte. Daran, wie sein Gegner routinemäßig die Autokanone oder zwei mittelschwere Laser an Stelle einer seiner PPKs einsetzte, erkannte Michael dessen Bemühungen, die Wärmekurve flach zu halten. Er selbst setzte nur die Laser ein und stellte damit selbst die bekannten Fähigkeiten der Wärmeableitung seines Mechs auf eine harte Probe, während er Vandergriff zurück in Richtung Kolosseum – und von allen MechKriegern – abdrängte, deren Loyalität den Vereinigten Sonnen gehörte.

Während Michael und Vandergriff über den offenen Parkplatz Geschützfeuer austauschten und sich auf die enormen Panzerreserven ihrer überschweren Maschinen verließen, fand Michael ein paar kostbare Sekunden Zeit, darüber nachzudenken, wie er in diese Lage gekommen war. Er war nach Schlesien gekommen, weil er gehofft, nein, sogar erwartet hatte, Victor Vandergriff könnte sich ihm bei seinem Friedensappell anschließen. Die Konfrontation mit den unangenehmen Wahrheiten der letzten Woche hatte gereicht, seine Illusionen zu zerschlagen. Die Wahrheit hatte ihm deutlich gemacht, dass der wahre Feind Drew Hasek-Davion hieß. Die lyranischen MechKrieger waren Mitbewerber in den

Arenen von Solaris City, keine Todfeinde. Solaris VII war nicht New Canton, und Michael stand nicht im Krieg, oder zumindest hätte er nicht im Krieg stehen dürfen.

Michael war gezwungen worden zu erkennen, dass seine Besessenheit von der Idee, sich beweisen zu müssen, ihn in jemanden verwandelt hatte, den er vor seiner Ankunft auf der Spielwelt verachtet hätte. Jemand, der nur an sich selbst dachte. Jemand wie seinen lyranischen Kommandeur auf New Canton, der mit seinen Lügen Michaels Militärlaufbahn beendet hatte, um seine eigene Haut zu retten. Oder vielleicht nicht einmal mit einer Lüge, nur mit einer voreingenommenen Sichtweise. Der Schein war tatsächlich ein gewichtiges Argument.

Aber während Michael sich erst seit drei Jahren auf Solaris VII befand, hatte Victor Vandergriff das Auf und Ab der Spielwelt schon seit längerer Zeit mitgemacht. Entsprechend schwieriger würde es für ihn sein, seine Illusionen aufzugeben. Und wer war der Einzige, der in der letzten Woche irgendeinen Versuch unternommen hatte, die Fantasien zu zerschlagen, die alle MechKrieger dieses Planeten hegten? Ausgerechnet Michael, der Mann, den Victor als seinen schlimmsten Feind ansah, der Davion-Favorit, der gekommen war, um das Minimum an Respekt zu vernichten, das er sich in dieser letzten Woche erkämpft hatte.

Michael erkannte, wie leicht er ebenso hätte enden können. Es konnte kein Zweifel daran bestehen, dass er auf dem besten Wege gewesen war. Und ohne den unersättlichen Ehrgeiz Hasek-Davions und die Freundschaft Karl Edwards wäre er heute noch auf diesem Weg in die Irre marschiert.

Ein PPK-Schlag der *Banshee* traf den *Brandschatzer* in der Mitte der Brustpartie, entdeckte einen Fehler in der Panzerung und stieß ins Innere des Kampfkolosses durch. Der künstliche Blitzschlag zerschmolz den Lauf seines einzelnen mittelschweren Lasers und ruinierte die Waffe, die jedoch zumindest noch als zusätzliche Panzerung über der Mittellinie des Mechtorsos dienen und verhindern konnte, dass der Energiestrahl der Partikelkanone sich tiefer fraß und den Kreiselstabilisator oder die Reaktorabschirmung beschädigte. Wie durch den gefährlichen Treffer und Michaels Gedanken an ihn Sekunden zuvor beschworen, drang durch ein kurzes Knistern die flüsternde Stimme seines Freundes an Michaels Ohr. »Michael, was ist los? Erledige Vandergriff, bevor er dich müde macht. Stimmt was nicht mit deinen Gaussgeschützen?« Ohne auf eine Antwort zu warten, fügte er hinzu: »Lass mich helfen!«

»Nein. Halt du dich da raus, Karl.«

Nach Karls Funkspruch fiel Michael auf, dass niemand, weder auf der crucischen noch der lyranischen Seite, einen Schuss abgefeuert hatte, während er und Vandergriff unter den wachsamen Augen der Medienhubschrauber aufeinander einschlugen. Es war fast, als wären die beiden zur Schlacht angetretenen Seiten jetzt damit zufrieden, die Entscheidung ihres Konflikts den beiden Anführern zu überlassen. Davion und Steiner standen sich in einem gigantischen Quadrat gegenüber. Ihre Gefolgsleute rahmten den weiten Parkplatz des Kolosseums ein und formten eine riesige improvisierte Arena für die beiden Gladiatoren. Selbst wenn ein vorbeigehender Laserschuss einen der zuschauenden Mechs traf, gab es keine Reaktion.

Aber ein Laser konnte einen BattleMech ohnehin nicht mit einem Schuss köpfen, konnte ein Cockpit nicht so brutal eindrücken, dass der Krieger im Innern keine Chance mehr hatte, sich zu retten. Und jetzt wurde Michael plötzlich klar, warum er seine Gaussgeschütze nicht eingesetzt hatte. Es waren *Kopfjäger*-Waffen, gehörten zu den gefährlichsten Geschützen, mit denen ein BattleMech ausgerüstet werden konnte. Mit den Gaussgeschützen konnte Michael dieses Duell mit Vandergriff vorzeitig und endgültig abschließen. Aber das hätte das um sie herum angetretene lyranische Bataillon in einen Vergeltungsrausch gestürzt, und niemand konnte vorhersagen, wie die Nachrichtenteams, die in ihren Helikoptern über dem Parkplatz hingen, das ausgelegt hätten. Hätte es ausgereicht, eine neue mörderische Offensive gegen Black Hills auszulösen? Selbst ein Sieg, bei dem Vandergriff überlebte, war keine Garantie gegen eine militärische Vergeltung. Nicht, wenn ein einziger lyranischer MechKrieger, der das Gefühl hatte, nichts zu verlieren zu haben und die Möglichkeit einer verheerenden Niederlage abzuwenden hoffte, genügte, um eine offene Feldschlacht auszulösen.

Aber auch wenn Michael es sich nicht leisten konnte zu siegen, konnte er es sich ganz sicher erst recht nicht leisten zu verlieren. Vandergriff als Sieger an der Spitze einer großen lyranischen Streitmacht war keine attraktive Option. Also hatte Michael bis jetzt eine Hinhaltetaktik verfolgt, auf den Einsatz seiner Hauptwaffensysteme verzichtet und auf Zeit gespielt. Aber als die nächste elektrischblaue Energieentladung weitere Panzerung vom linken Arm seines Mechs schälte, erkannte er, dass er sich dieses Zögern nicht mehr lange leisten konnte. Langsam aber sicher fraßen sich die Waffen der *Banshee* und des *Brandschatzer* durch die Schutzpanzer. Der Kampf würde nur noch Minuten dauern.

Bestenfalls. Ein mittelschwerer Laserschuss schlug seitlich in den Kopf des *Brandschatzer* ein, wo er Michael mehr Panzerschutz kostete und ihn wieder wie ein Blatt im Sturm durchschüttelte. Die Zeit lief ihm davon. Er wählte die Gaussgeschütze an und legte sie auf einen seiner Hauptauslöser. Er würde auf den richtigen Moment warten müssen, um Vandergriffs Maschine aus dem Kampf zu werfen. Er musste ihr Duell privat halten. Nur so ließ sich verhindern, dass die ringsum angetretenen Truppen Zuschauer blieben und der Kampf nicht wieder zu einer offenen Schlacht eskalierte.

Dann kam ihm die Idee. Was, wenn sie den Konflikt zwischen zwei Kriegern austragen konnten, wie in der Arena? Schließlich wusste es jeder,…

* * *

So lief es auf der Spielwelt.

Julian Nero erkannte Michael Searcys Problem, als der Karl Edwards zurückschickte. Searcy versuchte ein Blutbad zu verhindern, während er das einzige Hindernis – Vandergriff – ausschaltete, das einem Waffenstillstand im Wege stand. Das war nur möglich, wenn der Kampf auf sie beide beschränkt blieb. Searcy konnte keine Hilfe annehmen.

Natürlich hätte Victor Vandergriff seine Leute in den Kampf befehlen können, aber damit war jetzt nicht zu rechnen. Er war zu sehr darauf konzentriert, seinen Gegner zu überwältigen. Julian schüttelte verwundert den Kopf. Da unten hatte Vandergriff genug Rückendeckung, um die Expeditionstruppen aus Black Hills bis auf den letzten Mann zu vernichten und mit dem Recht des Eroberers den Titel des Champion zu beanspruchen, aber stattdessen ließ er sich auf die Bedingungen seines Gegners ein.

Julian hatte schon immer gewusst, dass Victor Vandergriff keinen Einsatz lohnte.

»Wir erleben hier im Schatten des Kolosseums einen Schlagabtausch von brutaler Härte«, kommentierte er, während unter ihm auf dem Parkplatz die beiden überschweren Kampfkolosse einander beinahe ausschließlich mit Energiewaffen beharkten. »Obwohl Michael Searcy auf seine Gaussgeschütze zu verzichten scheint,

Waffen, deren Einsatz das Kampfglück massiv zu seinen Gunsten beeinflussen würden, ist es ihm doch gelungen, Vandergriff zurückzudrängen, sodass die *Banshee* inzwischen aussieht, als stünde sie in der Warteschlange für den Einlass in die Steiner-Arena. Dorthin, wo die Rivalität dieser beiden am Tag 5 des Großen Turniers ihren Anfang nahm. In einem Duell, das bis heute keinen Abschluss fand.«

Es war nicht viel, aber die anhaltende Bevorzugung Searcys bei der Kommentierung dieses Kampfes war das Beste, was Julian Nero anzubieten hatte. Es gab Grenzen für seine Bereitschaft, seinen Ruf aufs Spiel zu setzen, und es überraschte ihn schon, dass er überhaupt bereit war, so viel für einen Gladiator der Vereinigten Sonnen zu tun. Besonders nach seiner eigenen Rolle in Hasek-Davions Plänen, die zum Anheizen der Gewalt beigetragen hatte.

Aber es musste ein Ende haben, auch wenn der Krieg seinen Bekanntheitsgrad erheblich gesteigert hatte. Hasek-Davion selbst hatte Julian daran erinnert, wie viel die Medien dazu beigetragen hatten, die Lage bis zum offenen Bürgerkrieg eskalieren zu lassen. Die Kämpfe der letzten Woche waren zu einer Mediensensation geworden, einem Ereignis, das reichlich Fahrzeuge, Badeschaum und Holodisks verkauft hatte.

Jetzt war es an der Zeit, dem Publikum eine Rückkehr zur Vernunft zu verkaufen.

»Nicht ein anderer Krieger hat auch nur einen einzigen Schuss abgegeben oder den geringsten Versuch unternommen, sich in dieses spektakuläre Mechduell einzumischen.« *Den Schwerpunkt verschieben*, ermahnte er sich. *Vielleicht ihre Neutralität betonen, für den Fall, dass mich von den MechKriegern da unten jemand hört.* »Was wir hier erleben, ist keine Invasion. Das ist vielmehr der erbittertste Revanchekampf, den die Spielwelt je gesehen hat. Ein Krieg, ja, das ist es, aber ein sehr persönlicher Krieg, ein Privatkrieg. Nicht ein Ruf zu den Waffen im Dienste Archon Katrina Steiners *oder* Victor Davions, sondern ein Duell zwischen zwei Champions, zwei Bewerbern um den Thron der *Spielwelt*.«

Und wenn er seinen Zuschauern *das* verkaufen konnte, würde der *Große Nero* etwas Bedeutendes geleistet haben. Und er würde auch weiter der Mann mit dem Durchblick bleiben. Der Unfehlbare Nero. Denn…

* * *

Jetzt war alles sonnenklar. Der Einsatz für diesen Kampf und was nötig war, ihn zu gewinnen.

Victor Vandergriff hatte zugehört, wie Julian Nero ihn verraten hatte. Neben den vereinzelten Warnungen und Anfeuerungen seines Bataillons hatte die Kommanlage der *Banshee* auch den Kampfbericht des AD-Kommentators aufgefangen. Er hatte die versteckten Anspielungen gegen ihn gehört, mit denen Nero die lyranischen Zuhörer gegen Victor beeinflusst hatte. Er ließ durchblicken, dass der Kampf nur deswegen so ausgeglichen war, weil Michael Searcy sich zurückhielt, dass Searcy es geschafft hatte, Victor zurückzudrängen, obwohl er die Hauptwaffen seines *Brandschatzer* nicht einsetzte.

Ihn zurückgedrängt! Der Gedanke ließ Victor verächtlich spucken. Nero mochte ganz gut sein, wenn es darum ging, dic Bcobachtungen anderer zu kommentieren, aber vom Gewerbe eines Kriegers verstand er gar nichts. Victor hatte Boden gegen Beweglichkeit eingetauscht, hatte sich bewusst zu einem schwierigeren Ziel gemacht, für den Fall, dass der heimtückische Davionist seine Killergeschütze doch noch ins Spiel brachte. Er hatte die Beweglichkeit der *Banshee* eingesetzt, um die schwerere Bestückung und Panzerung des *Brandschatzer* auszugleichen. Die größere Manövrierfähigkeit seines Kampfkolosses war Victors einziger Vorteil, und der verdammte Julian Nero war zu blind, das zu erkennen. In den langen Minuten, die ihr Duell bereits dauerte, hatte Victor nach seiner eigenen Einschätzung eine um zwanzig Prozent höhere Treffsicherheit erzielt als Searcy. Bei einigen seiner Salven hatte der Crucier nicht einen einzigen Treffer gelandet! Und die Schadensanzeigen, die sein Bordcomputer für beide Maschinen generierte, meldeten, dass er den Panzerungsvorteil seines Gegners inzwischen auf eine einzige Tonne reduziert hatte. Nicht, dass seine *Banshee* sonderlich gut dastand, aber zumindest lag sein Sieg in Reichweite.

Seine Ehrenrettung.

Mit diesem Gedanken brachte Victor beide Arme der *Banshee* hoch und richtete die Sekundärwaffen auf Searcy. Die Anzeige der Wärmeskala stand tief im gelben Bereich und das Innere des Cockpits glich einer Sauna. Die Abwärme drohte auch, seiner Maschine ihre kostbare Beweglichkeit zu nehmen, denn in derart hohen Temperaturen verlor die Myomermuskulatur ihre Leistungsfähigkeit. Er entschied sich, auch die Autokanone einzusetzen und eine weitere Salve seiner schon sehr limitierten Bündelmunition zu verschießen, eines von nur noch vier Magazinen.

Searcy sah die Bewegung, erkannte richtig, dass Victor sich auf seine leichteren Waffen verlassen wollte und sprang neunzig Meter nach hinten, um die Zielerfassung zu stören. Ein erfolgreicher Schachzug, der allerdings auch seine eigene Treffsicherheit reduzierte. Victors Raketen verfehlten ihr Ziel deutlich, und beide Lichtwerfer im linken Mecharm brachten nur den Asphalt über dem Stahlbeton der Parkplatzoberfläche zum Kochen. Aber die an eine überdimensionale Schrotladung erinnernde Splittermunition der Autokanone breitete sich weit genug aus, um den *Brandschatzer* zu treffen und noch mehr seiner immer dünner werdenden Schutzpanzerung abzuscheuern.

Im Gegenzug traf nur ein mittelschwerer Laser die *Banshee*, als Victor aus Searcys Schusslinie trat, sich weiter in Richtung Kolosseum zurückzog und die noch immer recht gut geschützte linke Rumpfseite in den Angriff drehte. Er fing den blutroten Strahl gebündelter Lichtenergie mit dem Mecharm ab und beschützte den stärker beschädigten Torso. Victor steuerte den Mech rückwärts zwischen zwei der gigantischen neoromanischen Säulen, die den Nordeingang der Arena flankierten, bereit, den Lasern des *Brandschatzer* mit seinen weiter reichenden Waffen zu antworten.

Beweglichkeit, das wichtigste Konzept professioneller Kriegsführung.

Aber auch wenn Nero die Taktik – die *Kunst!* – nicht begriff, hatte er doch zumindest den Preis klar erkannt, um den es hier ging. Er hatte ihn den Thron von Solaris VII genannt. Und der bedeutete weit mehr als nur den Thronsessel in Walhalla. Er bedeutete Respekt. Anerkennung. Es würde die Krönung seiner Berufslaufbahn werden. Genugtuung für zehn Jahre Anstrengung, sechs davon unter herablassenden und verächtlichen Blicken und Bemerkungen der Fans und übrigen Krieger. Jener kaum erreichbare Triumph:

Der Titel des *Champions*.

Victor spießte den *Brandschatzer* mit dem Fadenkreuz auf und jagte ihm eine neue Salve aus PPK- und Laserfeuer entgegen. Er erwischte Searcy mitten in einer rechten Drehung, in der Hoffnung, durch die extrem dünne Panzerung über der linken Flanke der Maschine zu stoßen. Nur hatte der VerSo noch ein, zwei Tricks in Reserve. Er riss die einhundert Tonnen seines Mechs in eine härtere Drehung, die ausreichte, dem Angriff der *Banshee* dessen Rücken zuzukehren.

Ein altes, aber erprobtes Manöver. Die Rückenpanzerung eines BattleMechs war zwar generell seine Schwachstelle, aber bei einem überschweren Mech war sie immer noch dick genug, ein Bombardement zumindest aufzuhalten. Die blauschillernden Energieblitze der PPKs zogen tiefe Schmelzspuren durch die Panzerung, die knapp einwärts der linken Schulter ansetzten und sich hinunter bis zur Mitte der Taille zogen. Große, rotorange glühende Klumpen Metall spritzten aus den Breschen wie Blut aus einer aufgeschnittenen Schlagader, aber die Feuerwalze aus Victors Geschützen zerkochte nichts Wichtigeres als Kompositpanzerung. Das war sicherlich nicht genug Schaden, um den überschweren Kampfkoloss ernsthaft zu verletzen, und der vermaledeite Schwertler hatte sich wieder Zeit erkauft, näher zu rücken.

Victor haderte mit seinem Schicksal. Er wusste nur zu gut, was dieser Angriff gegen die verwüstete Panzerung an der Frontseite des *Brandschatzer* hätte auswirken können. Unter der Belastung des Fusionsreaktors durch die Energiewaffenbreitseite hatte die Innentemperatur die Skala in den roten Gefahrenbereich getrieben. Eine Hitzewelle schlug durch die Kanzel. In der erstickenden Hitze konnte er nur noch stoßweise Luft in die schmerzenden Lungen ziehen, und blitzartig verdunstender Schweiß hinterließ eine Salzschicht, die auf den Lippen und in den Augenwinkeln brannte.

Der *Brandschatzer* beendete eine 360°-Drehung, die Arme weit ausgestreckt. Victor hatte keine Möglichkeit mehr, nach hinten auszuweichen. Falls er nicht durch die Stahl-und-Glas-Fassade des Arenaeingangs brechen wollte, hatte er nur die Wahl zwischen einem Einsatz der Sprungdüsen oder der Möglichkeit, sich dem Angriff zu stellen. Ebenso wie es Searcy kurz zuvor getan hatte, drehte Victor sich, um Searcys Lasern die makellose Rückenpanzerung zuzukehren. Die *Banshee* verfügte über eine stärkere Rückenpanzerung als der

Brandschatzer. Zum ersten Mal hatte Victor einen Panzerungsvorteil und er plante bereits die nächste Salve, als zwei silbrig glänzende Lichtblitze aus den Torsomündungen der Gaussgeschütze des *Brandschatzer* zuckten und mit brutaler Gewalt in den Rücken der *Banshee* einschlugen.

Eine der auf Überschallgeschwindigkeit beschleunigten massiven Nickeleisenkugeln traf den Mech exakt auf der Mittellinie des Torsos. Sie zertrümmerte die Rückenpanzerung nahezu bis zum letzten Gramm, schaffte es aber nicht, bis zum verwundbaren Titanstahlskelett unter der Rumpfhülle durchzuschlagen. Die zweite Kugel traf die rechte Hüfte der *Banshee*, zerschlug die Panzerung über dem Gelenk und trieb mehrere Stützstreben durch die sperrige Abschirmung um den extraleichten Fusionsreaktor der Kampfmaschine. Dann setzte Searcy nach und feuerte auch die Laserwaffen auf den Rücken der *Banshee* ab. Der schwere Laser schoss vorbei und schlug in die Arenafassade, aber beide mittelschweren Lichtwerfer hämmerten auf die verwüstete Rückenpanzerung ein und suchten nach lebenswichtigen Bauteilen.

Verrat! Davion-Hund! Victor hatte das unverwechselbare Aufleuchten der Gauss-Spiralen auf der Rundumanzeige des Sichtschirms gesehen und erkannt, dass er Searcy geradewegs in die Hände gespielt hatte, noch bevor der Aufprall ihm die Pilotenliege hart in den Rücken trieb. Er kämpfte mit den Kontrollen, versuchte verzweifelt, fünfundneunzig Tonnen in humanoide Gestalt gepresstes Metall gegen die Schwerkraft aufrecht zu halten. Vergebens. Die *Banshee* kippte nach vorne, brach mit Kopf und Schultern durch den Eingang, der bis zur vorigen Woche täglich tausenden von Fans die Gelegenheit geboten hatte, sich als Zuschauer eines der Arenaduelle zu versammeln.

Victor fing den Sturz ab, indem er hastig die Mecharme ausstreckte, aber die Bewegung kostete ihn fast eine Tonne von den Armen geschürfte Panzerung und einen zertrümmerten Handaktivator, als die rechte Hand der *Banshee* abrutschte, und das Handgelenk teilweise zerquetscht wurde. Dann schlug der Schaden an der Reaktorabschirmung durch. Die Innentemperatur des Cockpits schoss in die Höhe. Vor seinen Augen verschwamm die Umgebung und mit jedem keuchenden Atemzug schienen sich glühende Nadeln in seine Brust zu bohren. Er sackte in die Gurte, schüttelte den Kopf, um die Nachwirkungen des Sturzes und der Hitze abzuschütteln. Dann hebelte er die *Banshee* hastig wieder auf unsichere Beine. Julian Nero brüllte aufgeregt in seine Ohren. Victor schaltete ihn mit einem schnellen Knopfdruck auf der Kommkonsole ab.

Während die Betriebstemperatur der *Banshee* auf gefährliche Werte anstieg, kam der *Brandschatzer* mit für die nächste Salve aufladenden Waffen näher. Victor reagierte auf die einzige Weise, die ihm blieb. Er zog sich in die prächtigen Eingangshallen zurück, die den eigentlichen Arenabereich des Kolosseums umgaben. Jeder Schritt versetzte ihm einen neuen Stich, weil er schon wieder auf der Flucht vor Michael Searcy war. Er musste fliehen, wenn er nicht untergehen wollte. Aber er würde nicht weit oder lange fliehen. Er wechselte nur den Schauplatz. Er dachte nicht daran, *diesen* Kampf aufzugeben.

Diesmal würde Victor nicht klein beigeben. Er würde nicht verlieren. Er *konnte* nicht verlieren! Er griff die Knüppel der *Banshee* fester, bis die Muskeln schmerzten und seine Finger taub vor Anstrengung waren.

Das war alles, was ihm noch geblieben war.

24

Kolosseum, Schlesien, Solaris City, Solaris VII
Freedom-Theater, Provinz Skye, Lyranische Allianz

22. August 3062

Julian Nero zuckte zusammen und erwartete jeden Moment einen Zusammenstoß, als der Hubschrauberpilot einen anderen Helikopter vom Landefeld auf dem Dach des Kolosseums abdrängte. Fast hätte er ihn angefahren, aber dann besann er sich noch rechtzeitig eines Besseren und lehnte sich für den restlichen Landeanflug mit geschlossenen Augen zurück. Der Mann war ein Angestellter von Antenne Donegal und ein Profi, der nur seine Arbeit tat, so wie Julian die seine.

Er beschützte die Interessen des Senders.

Julian sprang aus der Maschine und rannte über das Dach zum Treppenhauseingang, kaum dass die Kufen das kreisrunde Landefeld berührt hatten. Während das Kamerateam hastig seine Ausrüstung auslud, öffnete er mit seiner Hauptschlüsselkarte die Tür. Die donnernden Rotoren fegten dichte Staubwolken über das Dach, dann hob die schwere Maschine wieder ab und ging über dem Landeplatz in Stellung, um Julian Neros Exklusivbericht zu beschützen. Keiner der leichten Nachrichtenhubschrauber der anderen Sender würde es wagen, sich mit dem Piloten des gepanzerten Militärhelikopters auf ein potenziell tödliches Katz-und-Maus-Spiel einzulassen. *Er* würde einen Zusammenstoß beinahe garantiert überleben…

Ihre Schritte hallten hohl durch das Treppenhaus, als Julian mehrere Etagen abwärts in die Kontrollräume der Arena vorauslief. Rote Notbeleuchtung zeigte den Weg und lieferte zumindest einen schwachen Trost in der kalten, toten Leere des menschenleeren Gebäudes. Die Stille war gespenstisch. Verschwunden war das dumpfe Gemurmel tausender Gespräche, gedämpft nur durch die beinahe schalldichten Fenster, ebenso wie das Zittern des Bodens unter den Schritten sich bewegender BattleMechs. Und, was Julian als besonders seltsam empfand: Man hörte keine Kampfgeräusche.

Er ging hinüber zum Hauptfenster in die Arena. Jahrelang hatte er von hier die Mechduelle in Schlesiens Arena kommentiert. Seine Leute bemühten sich, die Monitorbänke zu aktivieren, während Julian durch das dunkle Panzerglas in die geisterhafte Arena hinabsah, die nur von den rotleuchtenden Notausgangschildern erhellt wurde.

Eines der Schilder bewegte sich!

Dort, am westlichen Ende der Arena, dem BattleMecheingang genau gegenüber. Der blaue Glanz des *Banshee*-Cockpits war von dem harschen roten Licht überdeckt worden, das die Raketenlafette umgab. Aber jetzt hatte Julian den Mech entdeckt, und wusste, wo er zu suchen hatte. Er konnte die kantigen ›Wangen‹ des *Banshee*-Kopfes eben in der Dunkelheit ausmachen, und das sanftblaue Leuchten an den Mündungen der beiden PPK-Läufe.

Es war Victor Vandergriff, zurück in der Arena, in der alles angefangen hatte. Er wartete auf seinen Gegner.

»Wir haben begrenzten Zugriff auf Licht und Ton, Herr Nero«, stellte einer seiner Leute fest. »Tut mir leid, aber wir müssen unsere eigenen Kameras benutzen.«

Warum entschuldigte er sich dafür? Julian hatte den Eröffnungskampf dieser letzten Woche ganz ohne Bilder kommentiert. Wenn sie jetzt keine vollen Bildkapazitäten hatten, würde er eben mit dem auskommen, was sie hatten. »Einen Scheinwerfer auf die *Banshee*.« Seine Anweisungen kamen leise, fast ehrfürchtig. Er deutete mit einem Nicken hinaus in die Dunkelheit.

»Und haltet einen anderen für den Mecheingang bereit. Und aufgepasst! Jetzt dauert es…«

* * *

»Nicht mehr lange.« Michael flüsterte es immer wieder, wie ein beruhigendes Mantra. Gerade hatte er das Loch gefunden, das Vandergriff in den Zugangstunnel der Arena geschlagen hatte.

Links von ihm neigte sich der gigantische Korridor in das Bereitschaftszentrum und die Reparaturhangars, wo er mit dem Tunnelsystem unter der Stadt verbunden war. Auf seiner Rechten ging es in die eigentliche Arena. Ein schlauer Hinterhalt Vandergriffs wäre es gewesen, sich bis knapp hinter die Ortungsreichweite nach unten in die Tunnel zurückzuziehen, um Michael von hinten zu überrumpeln, während er in das formelle Kampfareal unterwegs war. An jedem anderen Tag vor diesem und bei jedem anderen Gegner hätte Michael sich Sorgen über diese Möglichkeit gemacht. Aber nicht heute. Nicht nach dem Anfang ihres Duells auf dem Parkplatz. Er war sicher, dass Victor in der Arena auf ihn wartete.

Dorthin gehörte ihr Kampf, ob Vandergriff sich dessen bewusst war oder nicht.

Als er den *Brandschatzer* in den Tunnel lenkte, wurde Michael kurz geblendet, als ein Scheinwerfer über der Arena aufflammte und seinen Kegel über Vandergriffs Mechs bewegte. Er machte die *Banshee* unübersehbar, zeichnete jede Einzelheit der humanoiden Kampfmaschine nach. Der Mech seines Gegners hatte eine gewisse kosmetische Behandlung hinter sich, aber sein kantiges Äußeres gab ihm noch immer ein unbeholfenes Aussehen. Der Torso ragte über einem an einen Geschützturm erinnernden Drehgelenk auf, die Beine waren kantig rechteckig und die Geschützläufe der

Torsowaffen schienen nachträglich an den Rumpf geschweißt. Wie grundverschieden von der Designperfektion seines *Brandschatzer* mit der elegant geschwungenen Panzerung und den integrierten Waffen. Auf Michaels Ortungsanzeige sah die *Banshee* kaum besser aus. Die Panzerung wies breite Risse auf, die Michael ausnutzen konnte, und die Infrarotsensoren zeigten in der rechten Torsohälfte Hitzewellen, die durch die beschädigte Reaktorabschirmung drangen.

Michael nahm die Finger von den Auslösern des *Brandschatzer* und öffnete den Kanal, den Victor und er während ihres Turnierkampfes geteilt hatten. Der Kanal war für Herausforderungen, Beleidigungen und Kapitulationen gedacht, aber im Augenblick war er ihre einzige Möglichkeit für eine private Unterhaltung. Die Chancen, dass Vandergriff ihm zuhören würde, standen schlecht, selbst wenn er den Kanal noch in seinem Kommsystem einprogrammiert hatte, aber Michael musste den Versuch unternehmen.

»Es ist noch nicht zu spät, Victor«, stellte er fest und stoppte den *Brandschatzer* am Eingang zur Arena. »Noch können wir beide aus eigener Kraft wieder hinausgehen.«

Natürlich hatte Vandergriff diese Frequenz noch eingestellt. Sie hatten ihr Duell nicht beendet. »Das Angebot fällt dir sicher nicht schwer, *Davion*, nachdem du deine Reporterfreunde vorgeschickt hast, um meine Kapitulation festzuhalten.« Der Hass in seiner Stimme war unverkennbar.

Ein Reporterteam in einem der Kontrollräume der Galerie? Michael konnte sich denken, wer das war. Das erklärte den Scheinwerfer auf der *Banshee*. Jetzt flammte noch ein zweites Licht auf und sandte einen Lichtkegel hinab in die Dunkelheit, um den Eingang und seinen *Brandschatzer* einzurahmen. Zwei kleine Inseln aus Licht in einem schwarzen Ozean.

»Keine Kapitulation. Ein Unentschieden. Keine Verlierer.«

»Ich verliere, wenn ich nicht gewinne!« Vandergriffs Stimme überschlug sich fast. Nicht einmal der neutralisierende Effekt der Funkübertragung konnte die Wut, den Hass und das Selbstmitleid verbergen, die sich in seinen Worten Bahn brachen. »Du hast nie verstanden, was das bedeutet. Aber das wird sich gleich ändern!«

Das war ein Fehler gewesen, bis zum Angriff die Funkverbindung aufrecht zu erhalten. Diesmal wusste Michael, was kam, wusste, dass Vandergriff mit dem letzten Wort feuern würde. Hastig zog er sich vom Tor zurück und verschwand kurz aus dem Scheinwerferkegel. Zwei schillernd gleißende Energiebahnen peitschten an ihm vorbei, schlugen krachend durch den Eingang und verloren sich in den Tiefen des Tunnels.

Die *Banshee* bewegte sich vorwärts und verließ den Lichtkegel ebenfalls, um den mageren Schutz der Dunkelheit zu suchen. Aber immerhin reichte er aus, Michael von einem Einsatz der Gaussgeschütze abzuhalten. Er sah sich von denselben Bedingungen in seinen Aktionen gehemmt wie zuvor. Er konnte es sich nicht leisten zu gewinnen, besonders dann nicht, wenn der Preis dafür Vandergriffs Leben war. Er konnte es sich aber auch nicht leisten zu verlieren. Die Tatsache, dass ihr Duell von Kameras verfolgt wurde, verkomplizierte jede mögliche Lösung. Zur Hölle mit diesem Nero!

Die Rubinlanze seines schweren Lasers erwiderte den Angriff, begleitet von drei kleineren Smaragddolchen. Sie stießen in die linke Flanke der *Banshee*. Zwei der mittelschweren Lichtwerfer schossen knapp vorbei, der Rest zerstörte zusätzliche Panzerung an Arm und Rumpf. Michael bewegte sich auf einer Kreisbahn weiter nach rechts, fort vom Licht des Scheinwerferkegels.

Dunkelheit. Beide Scheinwerfer erloschen gleichzeitig. Finsternis hüllte die MechKrieger ein und zwang sie, sich auf die Ortungsgeräte ihrer Kampfkolosse zu verlassen. Michael akzeptierte eine teilweise Zielerfassung und löste eine weitere Laserbreitseite aus. Die Energiestrahler verfehlten ihr Ziel komplett, als die *Banshee* die Sprungdüsen aktivierte, um sich auf ihrem bisherigen Weg wieder zurück zu bewegen – ohne umzudrehen. Michael drehte ab, bereit, die nächste Salve an der Panzerung des *Brandschatzer* abprallen zu lassen. Er ging davon aus, dass Vandergriff weiter auf Autokanone und Laser setzte, um einen Teil des Hitzestaus abzubauen, den der Einsatz der Partikelkanonen in Verbindung mit dem Schaden an der Reaktorabschirmung verursacht hatte.

Er irrte sich.

Vandergriff feuerte die Autokanone, das ja. Und gleichzeitig seine Laser, Raketen *und* PPK. Die verzweifelte Breitseite badete die abgedunkelte Arena einen Augenblick in einem grellbrillanten Feuerwerk, das den Raum zwischen den beiden riesigen Kampfmaschinen ausfüllte. Der Lichtblitz zeigte den von einem PPK-Treffer geschüttelten *Brandschatzer* und einen Schauer von Funken, wo die Bündelmunition der Autokanone die Panzerung abscheuerte. Die AK-Salve riss die rechte Torsoseite des überschweren Mechs auf und zertrümmerte die letzten verbliebenen Reste von Schutz. Die übrigen Minigranaten der Bündelsalve hämmerten in einem tödlichen Stakkato auf das Metallskelett des BattleMechs ein, auf die Myomerbündel seiner künstlichen Muskulatur und auf die interne Hülle eines der Gaussgeschütze.

Das Einzige, was der grelle Energieblitz nicht zeigte, war die einzelne Rakete, die nach dem wilden Energieangriff einschlug, und deren Explosion die Geschützhülle aufbrach und durch die voll aufgeladenen Gauss-Spiralen schlug. Die in den Spiralen gespeicherte Energie, ausreichend, eine massive Nickeleisenkugel innerhalb weniger Meter auf Überschallgeschwindigkeit zu beschleunigen, entlud sich blitzartig in einer Sekundärexplosion, deren Druck- und Hitzewelle die Waffe auseinanderriss und einen großen Teil der Reaktorabschirmung des *Brandschatzer* ebenfalls zerstörte. Gleichzeitig verursachte sie eine gewaltige Rückkopplung in den Neuroschaltkreisen des Mechs, dem System, über das der angeborene Gleichgewichtssinn des Piloten an die Steuerung seines titanischen Kreiselstabilisators angeschlossen war.

Die Rückkopplung traf Michaels Hirn mit schockierender Wucht. Benommen, desorientiert und plötzlich nicht nur gegen den Zug der Schwerkraft ankämpfend, sondern zugleich gegen die drohende Ohnmacht, reagierte er wieder rein instinktiv. Er drehte den *Brandschatzer* so, dass er nach vorne fiel – und benutzte die Mecharme dazu, den Aufprall abzufedern und weitere Verletzungen zu verhindern. Trotzdem schleuderte der Sturz ihn hart in die Gurte, und beinahe hätte er seinen Kampf gegen die Bewusstlosigkeit verloren.

Im schwachen Licht des Cockpit glaubte Michael fast, er hätte einen Blackout gehabt, als plötzlich grelle Helligkeit durch das Kanzeldach flutete. Die volle Arenabeleuchtung hatte sich eingeschaltet.

»Noch... nicht...« Seine Stimme war unsicher, aber ihr Klang half ihm, sich zu konzentrieren. »Kann nicht gewinnen...« Seine Hände schlossen sich fester um die Steuerknüppel des *Brandschatzer*. »Kann nicht *verlieren.*«

Er stieß beide Arme des *Brandschatzer* nach vorne und hob den Kopf des Mechs gerade weit genug an, um in die Arena zu blicken und die *Banshee* auf unsicheren Beinen vorwärts straucheln zu sehen. Dünne graue Rauchfäden stiegen aus Rissen in ihrer Panzerung auf, aus den Gelenken und aus der klaffenden Bresche, die Michaels Gausskugel in die Torsoseite des

Mechs geschlagen hatte. Auf der IR-Anzeige leuchtete Vandergriffs Kampfmaschine grell in der Kühle der Arenafläche. Ein grell weißgelber Hitzekern in ihrem Zentrum strahlte orangerot in Kopf und Glieder aus.

Während Michael seinen Gegner beobachtete, schlugen zwei künstliche Blitze aus den PPKs der *Banshee* – zur Hölle mit der Abwärme –, um noch einmal auf den am Boden liegenden *Brandschatzer* einzudreschen. Es konnte kein Zweifel bestehen,...

* * *

»Victor Vandergriff hat das als Gnadenstoß geplant. Searcy bewegt sich, aber er hat sichtlich Mühe, sich von diesem vernichtenden Angriff zu erholen. Eine der PPKs schießt über seine Maschine hinweg. Doch der zweite künstliche Blitzschlag peitscht und brennt noch mehr Panzerung vom rechten Bein des *Brandschatzer*. So wie es aussieht, kann kaum noch etwas übrig sein. Die Hitze im Cockpit der *Banshee* muss unvorstellbar sein! Glauben Sie mir, mir bricht hier schon fast der Schweiß aus.«

Trotz der Kälte im seit Tagen unbenutzten Kontrollraum lief Julian Nero tatsächlich der Schweiß übers Gesicht, so hatte ihn die Erregung gepackt, als er Michaels Sturz mitansehen und dem Rest der Welt mitteilen musste. So hatte er sich den Verlauf dieses Duells nicht vorgestellt. Und obwohl er deutlich der lyranischen Seite zuneigte, hatte er sich einen solchen Verlauf auch ganz und gar nicht gewünscht. Er hatte entschieden, Searcys Initiative für ein Ende der Gewalt und des Wahnsinns zu unterstützen, die über Solaris City hereingebrochen waren. Und der Große Nero konnte sich nicht geirrt haben.

Er war der Mann mit dem Durchblick!

»Noch ein doppelter PPK-Schlag. Und beide Entladungen gehen vorbei! Möglicherweise ist die Zielerfassung der *Banshee* im wahrsten Sinne des Wortes ausgebrannt. Es kann jedenfalls kein Zweifel daran bestehen, dass die Hitze nicht nur Vandergriffs Verstand angreift, sondern auch seine Ausrüstung. Tatsächlich scheint er mit diesem letzten Feuerstoß den entscheidenden Schritt zu weit gegangen zu sein. Die *Banshee* ist wie erstarrt, kann sich vor Überhitzung kaum noch bewegen.« Julian trieb sich die Fingernägel der geballten Faust ins Fleisch, ohne es zu bemerken, während Michael Searcy in seinem *Brandschatzer* endlich wieder auf dic Beine kam, wenn auch äußerst schwerfällig.

»Wird Vandergriff zurückstecken? Wird er riskieren, unterzugehen?« Zwei weitere blauschimmernde Energieentladungen zuckten mit tödlicher Bestimmung durch die Arena. »Er greift immer noch an! Glaub es, Solaris. Victor Vandergriff spielt um…«

* * *

Alles oder Nichts.

Es war kein Fehler. Es war weder Ehrgeiz noch Ungeduld, sondern pure Verzweiflung, die Victor Vandergriff über die Möglichkeiten seines Mechs hinaustrieb und ihn zwang, der restlos überhitzten Kampfmaschine noch einen Schlag abzutrotzen. Seine Hand hämmerte rhythmisch auf den Vetoschalter, noch während jeder neue Angriff die Anzeige der Wärmeskala höher in den roten Gefahrenbereich trieb. Die kochende Luft schnürte ihm die kratzende Kehle zu und schien seine Lungen von innen zu versengen.

Es war ein echtes Verzweiflungsmanöver, klassischer Vandergriff-Stil. In diesem Augenblick, in der Dunkelheit, als der *Brandschatzer* deutlich nicht versucht hatte auszuweichen, hatte Victor gewusst, dass Searcy durch einen Überraschungsangriff verwundbar war. Das Glück war auf seiner Seite gewesen, aber nicht endgültig. Er hatte der gegnerischen Maschine einige solide Treffer beibringen können, hatte den Mech entscheidend beschädigt und den mächtigen Davion-Favoriten zu Boden geschickt. Das musste Searcys Ego einen gewaltigen Schlag versetzt haben, aber es war nicht tödlich gewesen. Es war nicht genug gewesen, um den Kampf zu gewinnen.

Dann knisterte es in der Leitung und er hörte Searcy murmeln: »Kann nicht gewinnen. Kann nicht verlieren.«

Victor bezweifelte, dass sich sein Gegner darüber im Klaren war, dass seine Worte über den Sender gegangen waren. Er konnte an Searcys Stimme hören, dass er von der Explosion des Gaussgeschützes und dem Sturz durcheinander war. Aber er hörte auch die Entschlossenheit seines Gegners heraus. Genau wie er selbst würde auch Michael Searcy wieder aufstehen, solange noch ein Atemzug in seinem geschundenen Körper war, ganz egal, wie viel er über ein Ende der Kämpfe palaverte. Die Zuordnung übernahm er selbst. Searcy stellte fest, dass *er* – Victor – nicht gewinnen, dass *ich* – Michael – nicht verlieren konnte.

Seine nächste Salve traf das rechte Bein des *Brandschatzer*, ein guter, aber kein kampfentscheidender Treffer. Und wieder schoss die Temperatur der *Banshee* so in die Höhe, dass die Myomermuskulatur den Dienst verweigerte. Der Mech schaffte es kaum, sich auf den Beinen zu halten, war absolut unfähig, auch nur einen einzigen Schritt zu tun. Schweiß strömte über Victors Gesicht und verdunstete zu einer Salzkruste, noch bevor er auf den Kühlanzug tropfen konnte. Der Overall, der seine Körpertemperatur in lebensfähigen Grenzen hielt, war bis an die Grenze seiner Möglichkeiten belastet. Die Abschaltwarnung klang auf, und wieder schlug seine Hand auf den Vetoschalter, um den Alarm zu stoppen und die Sicherheitsstilllegung zu verhindern.

Der *Brandschatzer* hatte ein Bein unter den Rumpf gezogen, um sich wieder aufzurichten, als Victors nächste Partikelstrahlen durch die Dunkelheit zuckten. Einer der künstlichen Blitze hinterließ eine Schmelzspur in der Arenawand weit hinter dem überschweren Kampfkoloss Searcys, aber der zweite brannte sich seinen Weg in den linken Mecharm, schnitt durch die letzten Panzerreste und durchtrennte Titanstahlknochen und Laserläufe. Der Arm hing noch am Rumpf, aber er baumelte kraftlos herab, mit zertrümmerten Lasern und irreparabel zerschmolzenem Schulteraktivator.

Searcy erwiderte das Feuer mit seinem verbliebenen Gaussgeschütz, dessen Mündung silbrig aufschimmerte. Die Kugel jagte so schnell heran, dass Victor den Angriff erst registrierte, als sie bereits in den linken Mecharm eingeschlagen war und mit einem übelkeitserregenden Kreischen gequälten Metalls die Schutzplatten der Panzerung zertrümmert und das Innenleben von zwei Armaktivatoren verschrottet hatte. Dann stieß der Rubinstrahl des rechten Armlasers in die linke Torsoseite der *Banshee* nach, bohrte sich durch die Panzerung und in das darunterliegende Gehäuse der Autokanone. Auf Victors Kontrollen blinkte ein rotes Warnlicht auf. Die Waffe war zerstört.

Nutzlose Munition herumzuschleppen war nie gut, erst recht nicht in einem überhitzten Mech, aber Victor hatte drängendere Sorgen als den Abwurf der AK-Munition. Wieder musste er auf den Vetoschalter hämmern, um das ständig aussetzende Fadenkreuz erneut auf die Sichtprojektion zu rufen. Und da kam der *Brandschatzer*. Er stand wieder auf den Beinen und kam langsam geradewegs auf seine *Banshee* zu.

Victor feuerte hastig beide PPKs und schoss erneut vorbei. Wieder wurde er von Searcys Gegenschlag durchgeschüttelt, wieder knallte seine Faust auf den Vetoschalter, wieder feuerte er.

Diesmal trafen beide Waffen wie durch ein Wunder ihr Ziel. Oder vielleicht war es auch kein echtes Wunder, wenn man bedachte, dass der *Brandschatzer* bis nahezu auf Minimalreichweite herangekommen war. Was der überschwere Mech noch an Panzerung über der Torsomitte besaß, sog die Energie der Partikelstrahlen ab, und was ins Innere der Maschine durchschlug, traf keine lebenswichtigen Komponenten. Fluchend trieb Victor die Faust in einen Hilfsbildschirm und gewann eine gewisse Befriedigung aus dem Krachen des berstenden Bildschirms und selbst aus den stechenden Schmerzen in seiner zerschnittenen Hand.

Dann traf das Laserfeuer des *Brandschatzer* den Kopf der *Banshee*, schnitt über deren Stirnpartie und badete das Panzerglasdach der Kanzel in blutrotem Licht.

In die Gurte geworfen, die ihn auf der Pilotenliege hielten, musste Victor fast laut auflachen, dass Searcys Gegenfeuer es geschafft hatte, die einzige unversehrte Panzerung zu treffen, die ihm noch blieb. Es war eine gefährliche Freude, denn es war kaum noch etwas von dem Schutz übrig, der den MechKrieger selbst beschirmte. Aber hier ging es um alles oder nichts. Dafür hatte er sich schließlich selbst entschieden. Er musste siegen, was es auch kostete.

Seine Haut warf Blasen, wo sie nicht vom Kühlanzug bedeckt war, und die verzweifelt nach Sauerstoff ringenden Lungen sogen krampfhaft und unter Schmerzen sengend heiße Luft in seine Brust. Victor blinzelte die Geisterbilder weg, die der Laserangriff Searcys in seinen Augen hinterlassen hatte, und spießte den *Brandschatzer* mit dem Fadenkreuz auf, während in seinen Ohren das Heulen der Abschaltwarnung gellte. Eine Hand löste sich vom Fahrthebel, um auf den Vetoschalter zu schlagen. Es war die Hand, mit der er den Hilfsmonitor eingeschlagen hatte. Sie war blutverschmiert und mit Brandblasen bedeckt, als sie sich wieder um den Knüppel legte.

Seine andere Hand schloss sich um den Auslöser und feuerte seine letzte PPK-Salve.

Die Energiewalze krachte in die rechte Rumpfseite des *Brandschatzer*, brannte sich durch Arm und Schulter, stieß tief ins Innere der überschweren Kampfmaschine vor, während im Innern des *Banshee*-Cockpits ein Alarm um den anderen aufgellte. Abschaltwarnungen. Fehlfunktionen. Kühlsystemausfall. Gluthitze brandete durch das Innere der *Banshee*, zerschmorte Myomerfasern und zerriss über alle Designgrenzen beanspruchte Wärmetauscher. Es war eine Kettenreaktion, die den Hitzestau in Bereiche trieb, die der Bordcomputer nicht mehr messen konnte. Über alle Konstruktionsgrenzen hinaus.

Über alle Möglichkeiten hinaus, ihn einzudämmen.

Als Erstes explodierten die Reste der Autokanonenmunition in einem Stakkato von Detonationen, das die *Banshee* durchschüttelte, noch während es die linke Rumpfseite des Mechs ausweidete und zusätzliche tödliche Energiewellen ins Herz des Torsos schleuderte. Dann flogen seine KSR-Packs in die Luft, erst nur vereinzelt, ausgelöst von der Explosion der AK-Granaten. Aber schnell baute sich ein Inferno der Vernichtung auf, als sich die Sprengköpfe zu einem einzigen, riesigen wogenden Feuerball vereinigten. Die Rückkopplung der Neuroschaltkreise durch die nahezu gleichzeitigen Munitionsexplosionen flutete in Victors Geist, brannte sich schmerzhaft tief in sein Hirn und sandte Stromstöße durch sein Rückenmark. Aber bei alledem blieb er sich gnadenlos der Vernichtung bewusst, die er selbst über sich gebracht hatte, als die *Banshee* um ihn herum auseinanderbrach. Explosionen rissen die Mechglieder ab und zertrümmerten die Magnetflasche, in der die Fusionreaktion des Reaktors ablief. Goldenes Feuer breitete sich durch die Trümmer des BattleMechs aus. Es verzehrte die Metallschichten zwischen Reaktor und Cockpit und verwandelte die winzige Befehlszentrale des Mechpiloten in einen vorgefertigten Krematoriumsofen.

Aber noch als der Schmerz des Feuers ihm seinen Todesschrei abrang, sah Victor durch das geborstene Kanzeldach der *Banshee* auch den *Brandschatzer* zu Boden gehen. Und nichts anderes war von Bedeutung, solange Victor seinen Gegner mit in den Tod reißen konnte. Die reaktionslosen Feuerknöpfe seines Mechs drückend, kämpfte er um sein Bewusstsein, stemmte sich gegen die Schmerzen, weigerte sich, aufzugeben.

Das waren die letzten Sekunden im Leben des Victor Vandergriff.

Das war alles, was ihm noch geblieben war.

Wir-ei Wir-ei
Wir sind frei...

25

Solaris-Raumhafen, Internationaler Bezirk,
Solaris City, Solaris VII
Freedom-Theater, Provinz Skye, Lyranische Allianz

25. August 3062

»Ich finde immer noch, du solltest Hasek-Davion zerquetschen«, stellte Karl fest. Er grinste Michael böse an. »Vorzugsweise mit einer Gausskugel.«

Michael sah sich hastig im Wartebereich der Raumhafenhalle um, um sich zu vergewissern, dass niemand ihr Gespräch belauschen konnte, auch nicht zufällig. Zum ersten Mal seit seiner Ankunft auf Solaris hatte er keinen Bedarf nach Publikum. Es erwies sich als erheblich einfacher, als er es erwartet hätte, besonders in *dieser* Menge.

Der 3.-Klasse-Bereich des Raumhafens war überfüllt mit Reisenden. Der Andrang war größer als je zuvor. Die meisten waren gerade erst angekommen, um selbst das düstere Abenteuer zu erleben, das die Holovids, Reisebüros und insbesondere die jüngsten Nachrichtensendungen versprochen hatten. Manche wirkten verärgert über die Begleiterscheinungen langer Raumreisen, aber auf den Gesichtern der meisten sah Michael den begeisterten Ausdruck, den er nur zu gut verstand. Mit leuchtenden Augen suchten sie nach dem nächsten Wettautomaten oder einem berühmten Gladiator. Immer wieder glitten ihre Blicke über Michael und wanderten sofort weiter, ohne ihn zu erkennen.

Wie konnten sie auch, nachdem er sein blondes Haar bis an den Schädel geschoren hatte und ein Bart sein Gesicht verdeckte? Es war das Beste, was er so kurzfristig anbieten konnte, aber die Verkleidung schien zu wirken. Außerdem trug er eine gelbgetönte Brille von der Art, wie sie in Polizei- und Militärkreisen als ›Schützenbrille‹ bekannt war. Und dann die Krönung: Der ehemalige Favorit der Vereinigten Sonnen reiste in der Uniform der Solaris-Gendarmerie, einer *lyranischen* Polizeieinheit. Er schien nichts weiter als ein Streifenpolizist, der irgendwo möglichst weit weg von der populärsten Touristenfalle der Inneren Sphäre auf Urlaub wollte. Die Verkleidung war Karls Idee gewesen, und der schwarze Humor, der darin steckte, war Michael keineswegs entgangen.

So würde Michael Searcy Solaris VII, die Spielwelt, verlassen. Drei Jahre älter, möglicherweise ein wenig weiser. Aber wieder ein *Entrechteter*.

»Drew Hasek-Davion weiß, wann es Zeit wird, sich bedeckt zu halten«, antwortete er. Die wenigen anderen Passagiere, die auf das Abflugsignal warteten, schienen nicht das geringste Interesse an Karl und ihm zu haben. Sie wirkten bedrückt und mit ihren eigenen Sorgen beschäftigt. Vielleicht hatten sie nicht gefunden, was sie auf Solaris VII gesucht hatten. Oder hatten sie es zu reichlich gefunden?

»Er hat jahrelange Erfahrung darin, die Propagandamaschinerie des ganzen Planeten zu manipulieren.« Michael seufzte leise. Seine Stimme klang beinahe verbittert. »Ich beherrsche die Schritte, aber er ist ein Meisterchoreograf.«

Karl rang sich ein widerwilliges Nicken ab. »Indem er Aubry Larsen mit der 17. Arkturusgarde einen Waffenstillstand aushandeln ließ, hat er sich den Rücken gedeckt. Und ich vermute, die zögernde *Anerkennung* des Archons für seine Mithilfe bedeutet, dass sie ebenfalls nichts gegen ihn unternehmen wird.« Er schüttelte traurig den Kopf. »Ja, er hat dir wirklich die Wärmetauscher gesprengt.«

Michael schauderte. Der alte MechKriegerausdruck erinnerte ihn zu direkt an Victor Vandergriffs letzte Sekunden. Er hatte gesehen, wie das goldene Feuer des geborstenen Fusionsreaktors die Pilotenkanzel der *Banshee* verzehrt hatte, als er den *Brandschatzer* der Schwerkraft überließ. Konnte nicht gewinnen. Konnte nicht verlieren.

»Aber der Waffenstillstand ist nur eine temporäre Lösung, das wissen wir alle«, stellte er fest. »Die Beziehungen zwischen den verschiedenen Sektoren bleiben angespannt, besonders zwischen den Davion- und Steiner-Loyalisten. Würde ich jetzt öffentlich auftreten, lebend und bei bester Gesundheit, nachdem Julian Nero meine und Victors gegenseitige Vernichtung so hochgespielt hat, könnte das eine neue Welle lyranischer Gewalt und ein neues Erstarken der VerSo-Propagandisten auslösen. Also belassen wir es bei einem Unentschieden.«

Er lächelte, als er die plötzliche Neugierde seines Freunds bemerkte. Karl hatte es nicht geschafft, sich die Frage nach den letzten Sekunden des Duells zu verkneifen. Hatte Victors letzte Salve den *Brandschatzer* tödlich getroffen oder war es Michaels Sturz gewesen, der das Gyroskop zertrümmert hatte? Hatte Stormin' Michael Searcy den Sieg weggeworfen, um ein Unentschieden zu retten?

Das Einzige, was Michael darauf bereit war zu antworten, war, dass *Stormin'* Michael Searcy so etwas nie getan hätte. Es war nicht nötig, dass irgendjemand außer ihm erfuhr, was in jenen schicksalhaften Augenblicken geschehen war.

»Besser, ich bleibe tot. Ich werde lange genug in dieser Identität reisen, um eine Welt zu finden, auf der Michael Searcy einen neuen Anfang machen kann.«

»Und du traust dem ›Mann mit dem Durchblick‹, dein Geheimnis zu wahren?«

Michael zuckte die Achseln. »Habe ich eine Wahl? Außerdem ist Nero Schlesier. Er verspürt kein brennendes Verlangen, Black Hills einen Helden zu liefern.«

»Mag sein«, gestand Karl ihm zu. »Aber es ist trotzdem nicht richtig, dass Hasek-Davion schadlos davonkommt.«

»Sind das deine Worte oder die von Tran Ky Bo?«

Auf Karls Stirn zeigten sich ein paar ärgerliche Falten. »Ich sage nur das, was ich selbst denke, Michael. Das war schon immer so.«

Michael zuckte verlegen zusammen. »Ich weiß, Karl«, sagte er leise. *Er* war derjenige von ihnen gewesen, der häufig die Meinung eines anderen nachgeplappert hatte. Er war die Marionette Hasek-Davions gewesen und hatte sich dabei eingebildet, seine eigenen Interessen als Stormin' Michael Searcy zu vertreten. Und in beiden Fällen wäre der Schein fast zur Wirklichkeit für ihn geworden.

Er entschied, dass es keinen Zweck hatte, diesen Gedankengang weiterzuverfolgen und wechselte das Thema. »Tritt Tran Ky Bo weiter gegen Drews Forderung nach einem neuen Großen Turnier ein?«

Karls Miene erhellte sich sichtlich. »Er und Thom DeLon haben bei den anderen Stallbesitzern eine Weile an Boden verloren, aber inzwischen haben sich einige der besten Kämpfer der Spielwelt hinter sie gestellt. Die Mitglieder der Top 20, die noch leben: Larry Acuff, Kelley Metz. Und Srin Odessa hat es auch überlebt, selbst wenn er eine Beinprothese brauchen wird. Momentan sieht es eher nach einer Top 12 aus, und die meisten davon weigern sich teilzunehmen.« Er versuchte, sich den Stolz auf seine Gladiatorenkollegen nicht allzu deutlich anmerken zu lassen, dann wurde er wieder ernst. »Acuff hat es wohl am besten ausgedrückt: ›Diesmal haben wir alle verloren.‹«

»Diesmal haben wir alle verloren«, wiederholte Michael und wusste, dass es die Wahrheit war.

Der Lautsprecher an der Hallendecke rief seinen Flug auf und er stand auf. Karl folgte ihm.

»Mach dir keine Sorgen um Hasek-Davion«, sagte er. »Inzwischen haben ihn zu viele Leute durchschaut und lassen ihn nicht mehr aus dem Auge. Früher oder später wird er einen Fehler machen – und dann wird er tief stürzen. Das ist das Problem, wenn man sein Reich auf Schein baut. Man fängt an, seine eigenen Illusionen ernst zu nehmen, und früher oder später verhebt man sich.« Er ging nachdenklich ein paar Schritte weiter. »Und die größte Illusion ist die von einem Sieg, für den man keinen Preis bezahlen muss.«

Karl blieb stehen und reichte Michael die Hand. »Wir bleiben in Verbindung?«

Michael drückte die Hand fest und einen Deut länger als gewöhnlich. »Ganz sicher, mein Freund. Und ich behalte dich im Auge. Ich erwarte Großes von dir, und nicht zuletzt, dass du die anderen ehrlich behandelst.« Er lächelte wehmütig. »Glaub mir, sie haben es nötig.«

Karl warf einen Blick hinüber zu den anderen Passagieren, die bereits auf dem Weg über das Startfeld waren, dann sah er Michael wieder an. »Was wird aus dir?«

»Ich werde das Beste aus mir machen, was ich kann, Karl. Immer nur das Beste.«

Ein letzter Druck, dann gab Michael die Hand seines Freundes frei. Er drehte sich um und ging allein weiter, ohne sich umzusehen. Er war nach Solaris VII gekommen, um sich zu beweisen, indem er die größte Ehre errang, die diese Welt anzubieten hatte. In mancher Weise hatte er in den Arenen das Leben eines Helden geführt, aber dazu hatte er sein Leben auch danach einrichten müssen, was andere von ihm dachten. Er hatte den Titel des Champions nicht gewonnen, aber er hatte ein paar harte Lektionen gelernt, Lektionen, die er nirgends sonst hätte lernen können als in den Arenen der Spielwelt. Es war teuer erkauftes Wissen, doch es war ein Preis, den ihm niemand je würde nehmen können.

Wenn nicht Champion, was dann? hatte Karl ihn gefragt. Wenn er nicht Stormin' Michael Searcy sein konnte, wer war er dann?

Michael hatte sein ganzes Leben Zeit, das herauszufinden.

EPILOG

Grünes Haus, Black Hills, Solaris City, Solaris VII
Freedom Theater, Provinz Skye, Lyranische Allianz

31. August 3062

Am Tor stand ein *Drachenfeuer* Wache und beschützte das Grüne Haus, obwohl die Aufstände und Plünderungen seit einer Woche vorbei waren. Der Mech trat beiseite und das Tor rollte automatisch zurück, um der Luxuslimousine den Zugang freizugeben. Die Pilotin des BattleMechs beobachtete den Wagen nur auf der Ortungsanzeige, statt ihn auf dem Sichtschirm ins Zentrum der Rundumanzeige zu holen. Dadurch entgingen ihr Einzelheiten, die sie mit dem bloßen Auge nicht übersehen hätte.

Insbesondere bemerkte sie die Gestalt nicht, die tief geduckt am Heck des Luxusschwebers hing und sich auf Inline-Skates mitziehen ließ, wie schon seit der letzten Querstraße.

Es war ein Plan von bestechender Einfachheit. Megan Church ließ sich von Drew Hasek-Davion persönlich auf dessen Gelände eskortieren. Als der Avanti sich auf die Gummischürzen senkte, benutzte sie ihn als Deckung vor den Überwachungskameras. Dann duckte sie sich hinter eine Wartungskonsole. Sie rieb sich den Dreck aus dem Gesicht, den die Hubpropeller des Wagens aufgeschleudert hatten. Es war eine schmerzhafte Fahrt gewesen, aber ein geringer Preis für ihr erstes erfolgreiches Eindringen in das Grüne Haus, seit sie in die Dienste Hasek-Davions getreten war.

Sie verstaute ihren kleinen Rucksack in der Garage

und wartete, bis der Hausherr in seinem leeren Herrenhaus verschwunden war.

* * *

Drew bemerkte Megans Anwesenheit beim zweiten Anstoß. Die Spielkugel rollte vorbei und prallte von der Seitenbande ab, bevor sie die wartenden Kugeln traf. Er spürte sie mehr als dass er sie sah. Erst war es nur eine winzige Bewegung aus dem Augenwinkel, die Ahnung, dass jemand sich gegen den Stützpfeiler des offenen Durchgangs lehnte. Das war seltsam, denn heute stand das Haus bis auf seinen Fahrer und den Posten im Überwachungsraum verlassen. Dann hörte er das Schaben von Leder auf der Oberfläche der Säule, und das schemenhafte Bild verdichtete sich zu Megan Church.

Er sah stirnrunzelnd auf den Billardtisch, dann hinüber zu Megan. Er hatte sie erwartet, deshalb war das Haus praktisch leer, aber er hätte zumindest eine Vorwarnung erhalten müssen. Der Posten an den Kameras konnte für diese Fahrlässigkeit mit einer saftigen Rüge rechnen. »Sehr gut, Ms. Church, auch wenn diese kleinen Spielchen nicht mehr notwendig sind. Meine…« Er stockte. »…*Angestellten* dürfen den Vordereingang benutzen.«

Megan zuckte die Achseln. »Ich ziehe Diskretion vor, wo immer es möglich ist. Auf lange Sicht ist das sicherer.« Sie lächelte. »Und man weiß nie, welche Möglichkeiten sich bei einer unbemerkten Ankunft eröffnen.«

Drew ignorierte, was immer sie damit gemeint haben mochte und warf sein Queue auf den Tisch. »Darf ich bitten?« Er deutete mit der offenen Hand auf den Türbogen zum Salon, dann nahm er seinen an der Wand lehnenden Gehstock und folgte Megan ins

Nachbarzimmer. Er legte den Stock auf eine Ecke des Schreibtischs, den silbernen Löwenkopfknauf dicht neben seiner Hand, und zog einen kleinen Stoß Papiere aus einer Schublade. »Pass. Ausweis. Landungsschifftickets. Alles, was Sie für die Reise nach New Syrtis brauchen. Ich habe reichlich Arbeit für Sie dort. Wir werden die wachsenden Unruhen ausnutzen, die George Hasek unter Kontrolle zu bringen versucht.«

Die Provokateurin schüttelte knapp den Kopf. »Wir sind das bereits durchgegangen. Ich ziehe es vor, in der Allianz zu bleiben. Um genau zu sein, habe ich vor, auf Solaris VII zu bleiben.«

»Ich habe Ihnen schon einmal gesagt, dass die Gesichter und die Nationalität keine Rolle spielen sollten. Sie haben ihre Sache hier auf Solaris VII gut gemacht. Jetzt wird es Zeit für eine größere Rolle.« Sein schulmeisterlicher Ton machte deutlich, wie wenig ihm Megans Halsstarrigkeit behagte. »Nehmen Sie Ihre Arbeit nicht zu persönlich.«

»Aber meine Arbeit ist von Natur aus sehr persönlich, Mr. Hasek-Davion. Und auch wenn die Vorstellung, auf New Syrtis Unruhe zu stiften, einen gewissen Reiz hat, bleibt Solaris VII, bleibt die Allianz mein Zuhause.«

Störrische Kuh! Nach allem, was Drew für sie getan hatte, bei allem, was er ihr anbot, machte sie ihm immer noch Schwierigkeiten. Hier auf Solaris VII würde er eine Weile zurückhaltend operieren müssen, aber in der Mark Capella konnte sie beinahe so effektiv sein wie bei der Eskalation der Gewalt auf der Spielwelt. »Man sucht nach Ihnen, Megan. Bis jetzt kennt niemand Ihren Namen… bis jetzt.« Die Drohung kam unverhüllt, aber er betrachtete sie als notwendig. Er war entschlossen, sie nach New Syrtis zu verfrachten. »Freunde und Bekannte des verblichenen Mr. Stroud.«

Sie winkte ab. »Die haben mich schon gefunden. Tatsächlich haben sie mich zuerst gefunden. Vor etwa einem Jahr.«

»Vor einem Jahr? Aber Sie arbeiten erst seit…«

Die Drohung in ihrer Eröffnung rann mit Eiseskälte Drews Rückgrat hinab. Er schauderte. Ihre gelassenen Weigerungen, Megans unbemerktes Eindringen. Zum ersten Mal bedauerte er entschieden den Verlust Garretts, der bei all seinen Besprechungen mit Megan Church zugegen gewesen war, und nicht minder die Abwesenheit seiner Sicherheitsleute. Nur ein Mann im Kontrollraum und Aubry Larsen auf Posten an der Straße. Wenn er irgendwie Hilfe rufen konnte…

Das Klingeln seines Kommunikators unterbrach Drews Gedankengang – und der Hüne zuckte erschrocken zusammen.

»Gehen Sie ran«, forderte Megan ihn auf.

Mechanisch zog er das kleine Gerät vom Gürtel und hob es ans Ohr, ohne die gefährliche Frau in seinem Salon aus dem Auge zu lassen. Er nahm sich weit genug zusammen, um sich mit kräftiger Stimme zu melden. »Hier ist Drew Hasek-Davion.«

»Nicht mehr lange«, antwortete eine kalte Stimme. Stroud! Er lebte und kehrte seine eigene Waffe gegen ihn. »Auf gleicher Höhe, Drew. Zeit für die Abrechnung.« Es knackte, und die Leitung war tot.

Nichts in seinem Leben bereitete dem Besitzer des Blackstar-Mechstalls wirkliche Freude, aber Angst fühlte Drew deutlich genug. Sie lähmte seine Muskeln und stieß seine Gedanken auf eine Schleuderpartie an einer Serie vergangener Fehlschläge vorbei bis zu diesem katastrophalen Höhepunkt. Bis jetzt hatte er nie verstanden, was es bedeutete, wenn jemand seine Welt um sich herum in Trümmer gehen sah. Aber Jerry Strouds Stimme, aus dem angenommenen Grab auferstanden, und ihr Versprechen der letzten Abrechnung zerschlug alles, was er in der letzten Woche erreicht zu haben geglaubt hatte. Und schlimmer noch. Die anderen Stallbesitzer würden ihn ausbluten, bis Blackstar nur noch ein verblasster Schatten einstiger Größe war. Wenn sie den Stall überhaupt weiterexistieren ließen.

Und selbst das nur, wenn es ihm gelang, der Falle zu entkommen, die hier, in seinem eigenen Haus auf ihn lauerte. Stroud hatte das Endspiel eingeläutet, und Drews Leben war der Einsatz, ohne einen Champion, der es verteidigte.

»Ich kann Ihnen mehr zahlen als Stroud.« Er schmeckte den metallischen Biss der Angst auf der Zunge, als sein Atem stockte. Er hoffte, sich den Weg freikaufen zu können. Die einfache Lösung. Schließlich hatte jeder seinen Preis.

Aber der bestand nicht immer aus Geld. Megan schüttelte den Kopf. »Es geht mir nicht ums Geld, Mr. Hasek-Davion. Das ist *persönlich.*« Sie stockte, als ob sie sich nicht sicher war, was sie als Nächstes sagen sollte. Dann: »Da ist etwas, das Sie nie begriffen haben. Ich habe Ihre Anweisungen ausgeführt, weil es eine Gelegenheit war, Cruciern zu schaden. Nie einem Lyraner, jedenfalls nicht direkt. Ich brauchte kein Theater zu spielen, wenn ich in der Rolle einer Steiner-Loyalistin den Aufruhr geschürt habe. Das war echt, durch und durch echt.« Sie lächelte mitleidig. »Sie haben nur gesehen, was Sie sehen wollten.«

Ihre Worte lösten die Lähmung, die Drew befallen hatte. Sie verspottete Drew, weil er Schein und Wirklichkeit verwechselt hatte. Und das mehr als einmal. Er hatte Nero und Searcy und Garrett verloren, und sein ganzes Leben waren alle seine Pläne fehlgeschlagen. Aber diesmal waren die Konsequenzen ernster. Zu ernst. Aus Entsetzen geborene Kraft strömte durch seine Glieder und er packte den Gehstock, den er nie außer Reichweite ließ. Ein schneller Zug, und die Schwertklinge glitt aus der im Innern des Stocks versteckten Scheide. Er richtete die Waffe auf Megan und schnitt durch die Luft zwischen ihnen, als er sich rückwärts zur Tür des Salons zurückzog. Der Silberknauf fühlte sich in seiner schweißnassen Hand rutschig an, aber er umklammerte ihn mit aller Kraft, die seine Muskeln aufbringen konnten.

»Meine Versicherung!«, bellte er sie an. »Ich habe immer eine Möglichkeit zur Hand, mich zu beschützen. *Das* ist etwas, was die wenigsten bedenken, meine Liebe. Und wie ich bereits sagte, noch kennt niemand Ihren Namen, Ms. Church, aber das wird sich ändern. Ja, das wird es.«

Drew floh aus dem Zimmer und zog sich immer noch rückwärts den kurzen Flur hinab zurück, bis er um eine Ecke bog, dann drehte er um und rannte in den Kontrollraum. Die Tür stand offen, ein klarer Bruch seiner Befehle. Er stoppte in der Tür. Sein Brustkorb hievte unter der jähen und ungewohnten Anstrengung. Leer! Abgeschaltet. Die dunklen Monitore starrten ihn aus leeren, blinden Augen an. Megan war ihm zuvorgekommen!

Er keuchte, wischte sich den Angstschweiß vom triefnassen Gesicht. Sein Atem ging stoßweise und ein Eisenring schien seine Brust einzuschnüren. Im Geiste hörte er Megans Schritte hinter sich durch das Haus hallen wie das donnernde Stampfen von BattleMechs. Sie verfolgten ihn, hetzten ihn den langen Gang zum Westeingang des Hauses hinab. Flucht war der einzige Gedanke, den er hatte, als er in die Garage stürzte und zu seiner Avanti-Schweberlimousine rannte. Immer mehr Schritte dröhnten in seinen Ohren. Wurden immer lauter. Marschierten die Skye-Tiger gegen sein Haus? Was war aus Aubry Larsen in ihrem *Drachenfeuer* geworden? Er sah wild um sich.

Kein Chauffeur. Keine Spur von einer Menschenseele. Nur lauerte irgendwo hinter ihm im Grünen

Haus Megan Church. Sie machte Jagd auf ihn. Alle machten Jagd auf ihn.

Drew riss die Fahrertür auf und sah, dass die Schlüsselkarte noch im Armaturenbrett steckte. Mit einem letzten ängstlichen Blick zurück zur leeren Tür kletterte er auf den Fahrersitz. Ein stechender Schmerz zuckte durch seine Brust, bohrte sich in sein hämmerndes Herz. Selbst jetzt gab Drew nicht auf. Er würde es seinen Feinden nie so leicht machen.

Er drückte den Starterknopf, bis zum letzten Moment unerbittlich.

* * *

Was für ein Kinderspiel.

Megan stand in sicherer Entfernung vom Haus, am Rand eines Heckenlabyrinths, als das Donnern der Explosion sie erreichte. Sie hörte das Röhren der Flammen, als das Feuer die Garage verzehrte, Rauch und Trümmer durch die offene Tür schleuderte, das Grüne Haus in Brand setzte. Es war Drew Hasek-Davions Scheiterhaufen. Der Teufel von Black Hills. Soweit es sie betraf, hätte es keinen Würdigeren treffen können.

Der Fahrer und der Wachmann lagen hinter dem Haus im Garten. Da waren sie sicher genug, und man würde sie bald entdecken. Wenn es nicht die Feuerwehr war, die auf die Explosion reagierte, deren Leute sie fanden, würden es Hasek-Davions Sicherheitsdienst oder die Schaulustigen aus der Nachbarschaft sein, diejenigen, die sich keine neue Ablenkung entgehen ließen.

Der *Drachenfeuer* war natürlich als erster zur Stelle, und Megan tauchte im Labyrinth der Gartenanlage unter, bevor der Mech sie bemerkte. Sie machte sich schnell auf den Weg zur hinteren Gartenmauer und kletterte auf die Straße hinaus, sicher, dass niemand sie gesehen hatte. Sie klopfte sich den Staub von der Jacke und schlenderte zurück zur Vorderseite des Guts. Nur Schuldige ergriffen die Flucht. Sie mischte sich unter die Schaulustigen, die sich bereits um das Tor drängten, und begutachtete ihr Werk.

Natürlich war Hasek-Davion zu seinem Wagen geflohen. Der Mann war ein Feigling, das hatte sie sofort erkannt, als sie ihn vor Monaten kennengelernt hatte. Er kauerte hinter seinem Netz aus Sicherheitsvorkehrungen und griff alles an, was er als mögliche Bedrohung wahrnahm. Und er war verweichlicht, schickte Boten, wann immer seine Anwesenheit nicht unbedingt erforderlich war, um die nötige Geheimhaltung zu sichern, und ließ sich von seinem Mechstall das Leben aus zweiter Hand liefern. Es war klar gewesen, dass er nur so weit laufen würde, wie unbedingt nötig, wenn er sich bedroht fühlte.

Und die Wahl einer Schweberbombe hatte er selbst getroffen. Jerry Stroud hatte sie an dem Abend vorhergesagt, als das Duell zwischen Searcy und Vandergriff aus dem Kolosseum in die Straßen ausgebrochen war. Mit seinem Plan, Stroud zu töten, hatte der Meister Blackstars seinen eigenen Tod besiegelt. Sie erinnerte sich noch gut an ihr Gespräch mit Stroud.

»Hasek hat es auf mich abgesehen, Megan«, hatte er gesagt. »Und ich bin sicher, er wird Sie dafür einsetzen. Falls er diesen Fehler begeht und meinen Tod befiehlt, werden Sie augenblicklich die nötigen Schritte in Bewegung setzen, ihn auf exakt die Weise zu erledigen, die er mir zugedacht hat. Auf gleicher Höhe. So, wie er es gewollt hat.«

Megan wich mit dem Rest der Neugierigen zur Seite, als der erste Polizeiwagen mit Sirenengeheul vorbeijagte. Ja, sie hatte für diesen Einsatz einen weiteren Teil ihres Lebens an Jerry Stroud verkauft, aber irgendwie musste sich jeder vor einer höheren Autorität verantworten. Zumindest hatte sie das im Dienste ihres Volkes getan. Sie war eine Solaranerin, eine Schlesierin.

Eine Lyranerin.

Ab und zu machte sie sich die Hände schmutzig, aber ihre Arbeit verlangte es, und sie kassierte gutes Geld dafür.

Und so, gab sie Drew Hasek-Davion in Gedanken mit auf den Weg, war nun einmal das Leben auf Solaris VII.

GLOSSAR

ARROW-IV-RAKETENARTILLERIESYSTEM: Das Arrow IV ist ein autarkes Lafettensystem, das darauf ausgelegt ist, Raketensalven zur Unterstützung konventioneller Artilleriegeschütze wie *Long Tom*, *Sniper* und *Klopfer* abzufeuern. Der Hauptvorteil des Arrow IV ist sein relativ geringes Gewicht – verglichen mit anderen Artilleriesystemen. Allerdings ist seine Munition äußerst teuer. Dies gilt besonders für die Clan-Version dieser Waffe, die noch kostspieliger ist als die der Freien Inneren Sphäre.
Das Arrow-IV-System benutzt zwei Grundtypen von Raketen. Die häufigere und (etwas) billigere Version ist die Standard-Arealeffektrakete, die nicht auf ein bestimmtes Ziel abgefeuert wird, sondern auf ein Zielgebiet, in dem sie jedem Objekt in einem Umkreis von 45 Metern um den Explosionspunkt massiven Schaden zufügt. Der zweite Raketentyp ist die zielsuchende Rakete, die sich auf ein spezifisches Zielobjekt richtet, das von einer auf dem Schlachtfeld befindlichen vorgeschobenen Beobachtereinheit mit Zielerfassungssystem markiert wird. Zielsuchende Raketen richten außer bei ihrem Zielobjekt kaum Schaden an.

ARTEMIS-IV-FEUERLEITSYSTEM: Das Artemis-IV-Feuerleitsystem erhöht die Treffsicherheit normaler Raketenlafetten. Das in einer seitlich an der Lafette montierten Kuppel untergebrachte Artemis-FLS erfasst ein Ziel, markiert es mit einem Infrarotstrahl und feuert eine Raketensalve ab. Entsprechend den durch die Infrarotmarkierung errechneten Daten wird der Flug der Raketen konstant über eine Mikrowellenstrahlverbindung korrigiert, sodass eine größere Anzahl von Raketen das Ziel trifft.

AUTOKANONE: Eine automatische Schnellfeuerkanone. Leichte Fahrzeugkanonen haben Kaliber zwischen 30 und 90 mm, während eine schwere Mechautokanone ein Kaliber von 80 bis 120 mm oder mehr besitzen kann. Die Waffe feuert in schneller Folge Panzer brechende Hochexplosivgranaten ab.

BANSHEE: Ein serienmäßig nicht sprungfähiger, überschwerer BattleMech von 95 Tonnen Masse mit einer Höchstgeschwindigkeit von 65 km/h. Er ist bestückt mit einer sechsrohrigen KSR-Lafette im rechten Arm, zwei mittelschweren Lasern im linken Arm, zwei Extremreichweiten-PPKs auf der rechten Torsoseite, einem Gaussgeschütz im linken Torso, einem leichten Laser in der Torsomitte und einem weiteren leichten Laser im Kopf, sowie zwei mittelschweren Lasern an der rechten und linken Seite des Rückens.

BARGHEST: Ein nicht sprungfähiger schwerer vierbeiniger BattleMech von 70 Tonnen Masse mit einer Höchstgeschwindigkeit von 86 km/h. Er ist bestückt mit zwei schweren Extremreichweiten-Lasern auf der linken und einer überschweren LB-X-Autokanone auf der rechten Rumpfseite.

BATAILLON: Ein Bataillon ist eine militärische Organisationseinheit der Inneren Sphäre, die in der Regel aus drei Kompanien besteht.

BATTLEMECH: BattleMechs sind die gewaltigsten Kriegsmaschinen, die je von Menschen erbaut wurden. Diese riesigen humanoiden Panzerfahrzeuge wurden ursprünglich vor über 500 Jahren von terranischen Wissenschaftlern und Technikern entwickelt. Sie sind in jedem Gelände schneller und manövrierfähiger, besser gepanzert und schwerer bewaffnet als jeder Panzer des 20. Jahrhunderts. Sie ragen zehn bis zwölf Meter hoch auf und sind bestückt mit Partikelprojektorkanonen, Lasergeschützen, Schnellfeuer-Autokanonen und Raketenlafetten. Ihre Feuerkraft reicht aus, jeden Gegner – mit Ausnahme eines anderen BattleMechs – niederzumachen. Ein kleiner Fusionsreaktor liefert ihnen nahezu unbegrenzt Energie. BattleMechs können auf Umweltbedingungen so verschieden wie glühende Wüstenei und arktische Eiswüsten eingestellt werden.

BEAGLE-SONDE: Die Beagle-Sonde ist eine wertvolle Systemerweiterung für Scouteinheiten, da sie es ermöglicht, selbst abgeschaltete und getarnte Einheiten auf weit größere Entfernung zu entdecken und zu identifizieren, als dies mit normalen elektronischen Spürgeräten möglich ist.

BLAKES WORT/COMSTAR: Das interstellare Kommunikationsnetz ComStar wurde von Jerome Blake entwickelt, der in den letzten Jahren des Sternenbunds das Amt des Kommunikationsministers innehatte. Nach dem Zusammenbruch des Bundes eroberte Blake Terra und organisierte die Überreste des Sternenbund-Kommunikationsnetzes in eine Privatorganisation um, die ihre Dienste mit Profit an die fünf Häuser weiterverkaufte. Seitdem hat sich ComStar zu einem mächtigen Geheimbund entwickelt, der sich jahrhundertelang in Mystizismus und Rituale gehüllt hat, bis es nach der Entscheidungsschlacht gegen die Clans auf Tukayyid unter Prima Sharilar Mori und Präzentor Martialum Anastasius Focht zur Reformation des Ordens und Abspaltung der erzkonservativen Organisation Blakes Wort kam.

BLITZ-KURZSTRECKENRAKETEN: Blitz-KSR enthalten Zielsuchgeräte, die ein Abfeuern erst gestatten, wenn die in die Lafette geladenen Raketen ein Ziel erfasst haben. Ist dies einmal geschehen, treffen die Raketen das Ziel automatisch.

BRANDSCHATZER: Ein überschwerer BattleMech von 100 Tonnen Masse mit einer Höchstgeschwindigkeit von 54 km/h und einer Sprungreichweite von 90 Metern. Er ist bestückt mit einem schweren Laser im rechten Arm, zwei mittelschweren Lasern im linken Arm, zwei weiteren mittelschweren Lasern im Kopf und in der Torsomitte sowie zwei Gaussgeschützen an der rechten und linken Torsoseite.

CASE (ZELLULARES MUNITIONSLAGER): Das zellulare CASE-Munitionslager ist eine Schadenskontrollvorrichtung, mit deren Hilfe die Druck- und Hitzewellen interner Munitionsexplosionen durch speziell verstärkte Seiten- und absprengbare Rückpaneele aus dem Innern des Mechs geleitet und der Schaden dadurch begrenzt wird.

CESTUS: Ein nicht sprungfähiger schwerer BattleMech von 65 Tonnen Masse und einer Höchstgeschwindigkeit von 65 km/h. Er ist bestückt mit je einem schweren und mittelschweren Laser in beiden Armen und einem Gaussgeschütz im Torso.

CHAOS-MARKEN: Die als die Chaos-Marken bekannte Region des Weltalls war ursprünglich über Jahrhunderte Teil der Konföderation Capella und fiel im 4. Nachfolgekrieg als Mark Sarna des Vereinigten Commonwealth an die Truppen Haus Davions bzw. wurde als Freie Republik Tikonov für mehrere Jahre unabhängig, bevor dieses Gebiet ebenfalls in der Mark Sarna aufging. Erst der Krieg zwischen der

Liga Freier Welten und dem Vereinigten Commonwealth Mitte 3057, der unter anderem zur Teilung des Commonwealth führte, als Archon Katrina Steiner die lyranischen Distrikte als Lyranische Allianz vom Reich ihres Bruders Victor abspaltete, bot dem mit der Liga verbündeten capellanischen Kanzler Sun-Tzu Liao Gelegenheit, mit seinen Truppen in die Mark Sarna einzufallen, mit dem Ziel, sie für die Konföderation Capella zurückzuerobern. Sein Feldzug kam jedoch zum Stehen, als Generalhauptmann Thomas Marik nach Erreichen seiner Kriegsziele einen Separatfrieden schloss. Ohne dessen Unterstützung konnte Liao den begonnenen Eroberungskrieg nicht zu Ende führen und die Mark Sarna zerfiel in ein Niemandsland einander bekämpfender Allianzen. Ein weiter Bereich von Systemen in größerer Nähe der capellanischen Grenze unterliegt jedoch besonders ausgeprägtem capellanischem Einfluss und wird gelegentlich als von den übrigen Chaos-Marken separates Gebiet mit dem Namen Umstrittenene Territorien bezeichnet.

CLANS: Beim Zerfall des Sternenbundes führte General Aleksandr Kerensky, der Oberkommandierende der Regulären Armee des Sternenbundes, seine Truppen beim so genannten Exodus aus der Inneren Sphäre in die Tiefen des Alls. Weit jenseits der Peripherie, mehr als 1300 Lichtjahre von Terra entfernt, ließen Kerensky und seine Leute sich auf fünf wenig lebensfreundlichen Welten nahe eines Kugelsternhaufens nieder, der sie vor einer Entdeckung durch die Innere Sphäre schützte. Innerhalb von fünfzehn Jahren brach unter ihnen jedoch ein Bürgerkrieg aus, der drohte, alles zu vernichten, für dessen Aufbau sie so hart gearbeitet hatten.

In einem zweiten Exodus führte Nicholas Kerensky, der Sohn Aleksandrs, seine Gefolgsleute auf eine der Welten im Innern des Kugelsternhaufens, um dem Krieg zu entfliehen. Dort, auf Strana Metschty, entwarf und organisierte Nicholas Kerensky die faschistoide Kastengesellschaft der Clans.

CRUCIER: Bezeichnung für Bewohner der Vereinigten Sonnen/des Vereinigten Commonwealth, basierend auf dem von diesem Sternenreich beanspruchten Teil des Alls und dem Crucis-Pakt, aus dem die Vereinigten Sonnen hervorgingen, die anderen umgangsprachlichen Bezeichnungen wie Vereinigte, VerSos oder dem auf das traditionelle Sonnenschwertwappen der Region anspielenden Schwertler häufig vorgezogen wird.

DIVISION: Eine – von der Mechkampfstärke in etwa dem Regiment entsprechende, aber Truppen verschiedener Waffengattungen umfassende – Einheit der ComGuards, des militärischen Arms ComStars, und der BlakeGuards, des militärischen Arms von Blakes Wort.

DONNER-LANGSTRECKENRAKETEN: Donner-LSR erzeugen Streuminenfelder. Die ›Donner‹-Kennzeichnung ist die in der Freien Inneren Sphäre gebräuchliche Bezeichnung für FA-(Feldartillerie-)Streuminen-Gefechtsköpfe. Die Clans benutzen praktisch identische Gefechtsköpfe.

DOPPELTER WÄRMETAUSCHER: Doppelte Wärmetauscher leiten Wärme durch eine spezielle Kühltechnik doppelt so schnell ab wie Standardwärmetauscher und kühlen einen BattleMech erheblich effektiver ab. Sie haben dasselbe Gewicht wie Standardwärmetauscher, sind aber erheblich wuchtiger gebaut und beanspruchen dadurch mehr Platz im Innern eines BattleMechs. Auf Grund dieser sperrigen Bauweise können doppelte Wärmetauscher nicht wie Standardwärmetauscher in den Beinen eines Mechs montiert werden.

DRACHENFEUER: Ein nicht sprungfähiger schwerer BattleMech von 75 Tonnen Masse mit einer Höchstgeschwindigkeit von 65 km/h. Er ist bestückt mit einer schweren LB-X-Autokanone im rechten Arm, einem Gaussgeschütz im linken Arm, einem schweren Laser in der Torsomitte, je einem mittelschweren Impulslaser im Kopf und an der linken Torsoseite sowie einer Wächter-ECM-Störsenderphalanx.

ELEMENTARE: Die mit Kampfanzügen ausgerüstete Eliteinfanterie der Clans. Diese Männer und Frauen sind wahre Riesen, die speziell für den Einsatz der von den Clans entwickelten Rüstungen gezüchtet werden.

ENDOSTAHL: Endostahl wurde speziell für den Bau von Mechskeletten entwickelt. Mit Hilfe von Null-g-Produktionstechniken, die eine gleichmäßige Vermischung von hochverdichtetem Stahl mit Titan und Aluminium ermöglichen, wurde auf Kosten erhöhten Platzbedarfs ein Material mit der doppelten Belastbarkeit üblicher Mechskelette hergestellt. Die Clans haben die Endostahlproduktion weiter verfeinert, während die Nachfolgerstaaten beim Einsatz von

Endostahl durch den Mangel an Orbitalfabriken stark behindert werden.

EXTREMREICHWEITEN-LASER: Bei diesen Waffen handelt es sich um verbesserte Versionen des normalen Lasers, mit überlegenen Fokussier- und Zielerfassungsmechanismen. In der Clan-Ausführung haben diese Waffen eine deutlich größere Reichweite als normale Laser und erzielen einen etwas höheren Schaden. Allerdings verursachen sie dabei eine um 50% höhere Abwärme. In der Freien Inneren Sphäre befindet sich die ER-Lasertechnologie noch im Entwicklungsstadium. Bisher machen Umfang und Größe der benötigten Ausrüstung eine Anwendung nur bei schweren Lasern möglich. Zudem erreicht der schwere ER-Laser der Freien Inneren Sphäre zwar eine größere Reichweite als ein schwerer Normallaser, der Reichweitengewinn fällt jedoch geringer als bei entsprechenden Clan-Waffen aus, und die Schadenswirkung ist nicht höher als bei einem normalen S-Laser. Die Wärmeentwicklung ist jedoch ebenso groß wie bei einem schweren Clan-ER-Laser.

EXTREMREICHWEITEN-PPK: Ebenso wie bei den Laserwaffen haben die Clans auch eine erheblich verbesserte Version der Partikelprojektorkanone entwickelt. Diese Extremreichweiten-PPK ist kleiner, leichter und leistungsfähiger als die Normalversion, mit größerer Reichweite und höherer Durchschlagskraft. Allerdings ist auch die Wärmeentwicklung erheblich größer, was beim Einsatz dieser Waffe zu einem Problem werden kann. Die Freie Innere Sphäre besitzt ebenfalls eine ER-Version der PPK, diese Waffe ist jedoch weniger hoch entwickelt. Größe und Gewicht entsprechen denen einer Normal-PPK, ebenso wie die Schadenswirkung, während Reichweite und Abwärme in etwa denen der Clan-Version entsprechen.

FERROFIBRIT: Ferrofibritpanzerung ist eine verbesserte Version der normalen BattleMech-/Fahrzeugpanzerung, die aus verwobenen Ferrostahl- und Ferrotitanfasern gefertigt wird. Ebenso wie für Endostahlskelette gilt jedoch, dass Ferrofibrit sperriger ist als die Standardpanzerung desselben Gewichts.

GAUSSGESCHÜTZ: Ein Gaussgeschütz benutzt eine Reihe von Elektromagneten, um ein Projektil durch den Geschützlauf in Richtung des Ziels zu beschleunigen. Obwohl sein

Einsatz mit enormem Energieaufwand verbunden ist, erzeugt das Gaussgeschütz nur sehr wenig Abwärme, und die erreichbare Mündungsgeschwindigkeit liegt doppelt so hoch wie bei einer konventionellen Kanone.

GEIER (BLUTHUND): Ein nicht sprungfähiger schwerer Clan-OmniMech von 60 Tonnen Masse mit einer Höchstgeschwindigkeit von 86 km/h. Er ist in seiner Primärkonfiguration bestückt mit je einem und einem mittelschweren Impulslaser an beiden Armen und je einer überschweren (20-rohrigen) LSR-Lafette an der linken und rechten Torsoseite.

IMPULSLASER: Ein Impulslaser verwendet einen Hochfrequenz-Hochenergiepuls zur Erzeugung gepulster Laserstrahlen. Der Effekt ist vergleichbar mit MG-Feuer. Diese Konstruktion erhöht die Trefferwahrscheinlichkeit des Laserangriffs und erzeugt einen größeren Schaden pro Treffer, allerdings unter Inkaufnahme erhöhter Hitzeentwicklung und verringerter Reichweite.

INNERE SPHÄRE: Mit dem Begriff ›Innere Sphäre‹ wurden ursprünglich die Sternenreiche bezeichnet, die sich im 26. Jahrhundert zum Sternenbund zusammenschlossen. Derzeit bezeichnet er den von Menschen besiedelten Weltraum innerhalb der Peripherie. Der nicht von den Clans besetzte Teil der Inneren Sphäre wird auch als ›Freie Innere Sphäre‹ bezeichnet.

K^3-COMPUTER: Das K^3-Computersystem (Kommando/Kontrolle/Kommunikation) steht nur Einheiten der Freien Inneren Sphäre zur Verfügung. Es ist für den Einbau in Befehls- oder Scout-Mechs bzw. -Fahrzeuge vorgesehen und soll den Einheitskommandeur bei der Koordination von Aktivitäten auf Lanzen- und Kompanieebene unterstützen, indem es angeschlossenen Einheiten gestattet, das Zielerfassungssystem einer beliebigen anderen Einheit des K^3-Netzwerks zu benutzen.

KOMPANIE: Eine Kompanie ist eine militärische Organisationseinheit der Inneren Sphäre, die aus drei BattleMech-Lanzen oder bei Infanteriekompanien aus drei Zügen mit insgesamt 50 bis 100 Mann besteht.

KRIEGERHÄUSER: Die Kriegerhäuser sind ordensartige, nur dem jeweiligen Haus-Meister und Haus Liao loyalen Vereinigungen von Elitekriegern in der Konföderation Capella, deren Mitglieder leicht an dem zu ihrer Uniform gehörigen

Damdaoschwert erkennbar sind. Kandidaten für die Mitgliedschaft in einem Kriegerhaus werden vom jeweiligen Haus-Meister ab einem Alter von 12 Jahren persönlich ausgewählt. Die Mitgliedschaft gilt als große Ehre. Kriegerhausschüler führen ein Leben in einer abgeschlossenen, eigenen Welt, die bis zu seinem Tod für die Bedürfnisse, die Ausbildung, das Training und das Privatleben eines Mitglieds sorgt. Alle Häuser bemühen sich, ihren Schülern neben spezifischer politischer und militärischer Ausbildung auch Grundlagen in Philosophie und Disziplin zu vermitteln. In den halbreligiösen Orden werden von jedem Mitglied zahlreiche Eide verlangt, unter anderem persönliche Treueschwüre auf den Staat und die Person des Kanzlers.

KRÖTEN: Die in der freien Inneren Sphäre übliche Bezeichnung für mit Kampfanzügen ausgerüstete Eliteinfanterie, eine zuerst bei den Clans entwickelte Waffengattung. Diese so genannten Elementare sind wahre Riesen, die speziell für den Einsatz der von den Clans entwickelten Rüstungen gezüchtet werden. Die freie Innere Sphäre ist bei der Entwicklung ähnlicher Gefechtsanzüge deutlich im Hintertreffen, nicht zuletzt, da als Träger dieser Anzüge nur normale Menschen zur Verfügung stehen.

KSR: Abkürzung für ›Kurzstreckenrakete‹. Es handelt sich um ungelenkte Raketen mit hochexplosiven oder Panzer brechenden Sprengköpfen.

LANDUNGSSCHIFFE: Da Sprungschiffe die inneren Bereiche eines Sonnensystems generell meiden müssen und sich dadurch in erheblicher Entfernung von den bewohnten Planeten einer Sonne aufhalten, werden für interplanetare Flüge Landungsschiffe eingesetzt. Diese werden während des Sprungs an die Antriebsspindel des Sprungschiffes angekoppelt. Landungsschiffe besitzen selbst keinen Überlichtantrieb, sind jedoch sehr beweglich, gut bewaffnet und aerodynamisch genug, um auf Planeten mit einer Atmosphäre aufzusetzen bzw. von dort aus zu starten. Die Reise vom Sprungpunkt zu den bewohnten Planeten eines Systems erfordert je nach Spektralklasse der Sonne eine Reise von mehreren Tagen oder Wochen.

LANZE: Eine Lanze ist eine militärische Organisationseinheit der Inneren Sphäre, die in der Regel aus vier BattleMechs besteht.

LASER: Ein Akronym für ›Light Amplification through Stimulated Emission of Radiation‹ oder Lichtverstärkung durch stimulierte Strahlungsemission. Als Waffe funktioniert ein Laser, indem er extreme Hitze auf einen minimalen Bereich konzentriert. BattleMechlaser gibt es in drei Größenklassen: leicht, mittelschwer und schwer. Laser sind auch als tragbare Infanteriewaffen verfügbar, die über einen als Tornister getragenen Energiespeicher betrieben werden. Manche Entfernungsmessgeräte und Zielerfassungssensoren bedienen sich ebenfalls schwacher Laserstrahlen.

LB-X AUTOKANONE: Die LB-X (Large Bore-Extended, Großkaliber-erweiterte Reichweite) Autokanone ist eine verbesserte Version der gewöhnlichen Autokanone, bei der durch den Einsatz leichter, wärmeableitender Legierungen Gewicht und Wärmeentwicklung reduziert worden sind. Die eingesetzten Materialien machen die Waffe teurer als eine gewöhnliche Autokanone, aber die Vorteile wiegen die höheren Kosten auf. Die LB-X kann Bündelmunition abfeuern, die sich mit Schrotmunition im BattleMechformat vergleichen lässt. Nach Verlassen des Laufs zerfällt eine Bündelgranate in kleinere Geschosse. Dadurch wird die Chance auf einen Glückstreffer erhöht, gleichzeitig jedoch der erzielte Schaden über das gesamte Zielgebiet verteilt statt auf einen Punkt konzentriert. Bündelmunition kann nur in LB-X Autokanonen eingesetzt werden.

LSR: Abkürzung für ›Langstreckenrakete‹, zum indirekten Beschuss entwickelte Raketen mit hochexplosiven Gefechtsköpfen.

MAHLSTROM: Ein nicht sprungfähiger schwerer BattleMech von 75 Tonnen Masse mit einer Höchstgeschwindigkeit von 86 km/h. Er ist bestückt mit einer Extremreichweiten–PPK im rechten Arm, einem schweren Extremreichweiten-Laser im linken Arm, einem mittelschweren Impulslaser im Kopf sowie einem mittelschweren Impulslaser und einem leichten Laser in der Torsomitte. Er ist mit einem Zielerfassungssystem ausgestattet.

MASAKARI (KRIEGSFALKE): Ein nicht sprungfähiger überschwerer Clan-OmniMech von 85 Tonnen Masse mit einer Höchstgeschwindigkeit von 65 km/h. Er ist in seiner Primärkonfiguration bestückt mit einer schweren LB-X-Autokanone im rechten Arm, zwei schweren Extremreichweiten-Lasern und einer schweren (15-rohrigen) LSR-Lafette im rechten Torso. Er ist mit einem Feuerleitcomputer ausgestattet.

MASKIROVKA: Der Geheimdienst der Konföderation Capella, dessen Name das russische Wort für Finte ist, ging aus einem früheren Geheimdienst namens Deimosis hervor. Die Maskirovka dient gleichzeitig als interner Staatssicherheitsapparat.

MYOMERAKZELERATOR-SIGNALCODIERUNG (MASC): MASC gestattet einem BattleMech kurze Sprints mit einer normalerweise nicht erreichbaren Geschwindigkeit, was allerdings die Beinaktivatoren in Gefahr bringt. Beim Einsatz der MASC werden die Signale an die künstlichen Myomermuskeln der Mechbeine verstärkt, sodass diese sich schneller an- und entspannen, als im Normalfall möglich. Dies erhöht die Geschwindigkeit, aber die Belastung der Aktivatoren und Myomerfasern kann zu einem Totalausfall führen, besonders nach längerem MASC-Einsatz. Die Myomerakzelerator-Signalcodierung wirkt ausschließlich auf die Beinmuskulatur.

NACHFOLGERFÜRSTEN: Die fünf Nachfolgerstaaten werden von Familien regiert, die ihre Herkunft von einem der ursprünglichen Lordräte des Sternenbunds ableiten. Alle fünf Hausfürsten erheben Anspruch auf den Titel des Ersten Lords. Sie kämpfen seit Ausbruch der Nachfolgekriege im Jahre 2786 gegeneinander. Ihr Schlachtfeld stellt die riesige Innere Sphäre dar, bestehend aus sämtlichen einstmals von den Mitgliedsstaaten des Sternenbunds besetzten Sonnensystemen.

NACHFOLGERSTAATEN: Nach dem Zerfall des Sternenbunds wurden die Reiche der Mitglieder des Hohen Rats, die sämtlich Anspruch auf die Nachfolge des Ersten Lords erhoben, unter dem Namen Nachfolgerstaaten bekannt. Die Nachfolgerstaaten bestehen aus derzeit fünf Herrscherhäusern: Haus Kurita (Draconis-Kombinat), Haus Liao (Konföderation Capella), Haus Steiner-Davion (Lyranische Allianz/Vereinigtes Commonwealth) und Haus Marik (Liga Freier Welten). Zusätzlich existieren zur Zeit zwei kleinere Staaten, der am Ende des 4. Nachfolgekriegs von der Konföderation Capella abgespaltene St. Ives-Pakt Haus Allard-Liaos und die einige Jahre später zwischen dem Lyranischen Commonwealth (der heutigen Lyranischen Allianz) und dem Draconis-Kombinat unabhängig gewordene Freie Republik Rasalhaag Haus Magnussons. Hinzu kommen die seit wenigen Jahren in zahllose Klein- und Kleinststaaten zerfallenen Chaos-Marken zwischen Terra und der Konföderation Capella. Die Clan-Invasion unterbrach die Jahrhunderte des Krieges seit 2786 – die Nachfolgekriege – einstweilen. Die Nachfolgerfürsten setzten ihre Streitigkeiten aus, um der Bedrohung durch den gemeinsamen Feind, die Clans, zu begegnen. Die trügerische Ruhe seit Abschluss des Waffenstillstands von Tukayyid hat diese Solidarität jedoch inzwischen sehr brüchig werden lassen, und im Jahre 3057 brechen die Kämpfe innerhalb der freien Inneren Sphäre wieder aus.

NARC-RAKETENBOJE: Das NARC-Raketenbojensystem, kurz auch einfach als NARC-Boje bezeichnet, ist eine weitgehend umgebaute Raketenlafette, die spezielle, als NARC-Module bezeichnete, Raketen abfeuert. Diese verfügen über eine hinter einem Magnetkopf untergebrachte leistungsstarke Funkbake. Trifft die Rakete ihr Ziel, beginnt diese Bake ein Peilsignal für Raketen, die auf das NARC-Signal eingepegelt sind, auszustrahlen. Wie das Artemis-IV-System erhöht auch die NARC-Boje die potenzielle Zahl von Raketentreffern. Das NARC-System ist dem Artemis IV insofern überlegen, als eine einmal erfasste Zielpeilung nicht mehr verloren gehen kann. Die Peilbake sitzt am Ziel fest und kann nicht zerstört werden.

PERIPHERIE: Jenseits der Grenzen der Inneren Sphäre liegt die Peripherie, das weite Reich bekannter und unbekannter Systeme, das sich bis in die interstellare Nacht erstreckt. Die einstigen terranischen Kolonien in der Peripherie wurden durch den Zerfall des Sternenbunds technologisch, wirtschaftlich und politisch verwüstet. Derzeit existieren in der Peripherie drei größere Nationalstaaten, die an der Grenze zwischen dem Draconis-Kombinat und dem Vereinigten Commonwealth gelegene Außenweltallianz Haus Avellars, das zwischen dem Vereinigten Commonwealth und der Konföderation Capella gelegene Tauruskonkordat Haus Calderons und das zwischen der Konföderation Capella und der Liga Freier Welten gelegene Magistrat Canopus Haus Centrellas. Der Rest der Peripherie ist größtenteils

Zufluchtsort für Banditenkönige, Raumpiraten und Ausgestossene.

PPK: Abkürzung für ›Partikelprojektorkanone‹, einen magnetischen Teilchenbeschleuniger in Waffenform, der hochenergiegeladene Protonen- oder Ionenblitze verschießt, die durch Aufschlagskraft und hohe Temperatur Schaden anrichten. PPKs gehören zu den effektivsten Waffen eines BattleMechs.

RAKETENABWEHRSYSTEM: Ein Raketenabwehrsystem ist ein Schnellfeuerflak-MG, das anfliegende Raketen selbsttätig verfolgt, unter Beschuss nimmt und vernichtet. Der Hauptnachteil dieses sehr effektiven Defensivsystems ist sein hoher Munitionsverbrauch. Dies gilt für Clan-Anlagen ebenso wie für solche der Freien Inneren Sphäre, allerdings benutzen die Clans Schrapnellmunition, was die Anzahl der Salven pro Tonne Munition verdoppelt.

REGIMENT: Ein Regiment ist eine militärische Organisationseinheit der Inneren Sphäre und besteht aus zwei bis vier Bataillonen von jeweils drei oder vier Kompanien.

SBVS: Die Sternenbund-Verteidigungsstreitkräfte SBVS waren der größte Militärapparat aller Zeiten. Zur Hochzeit des alten Sternenbunds umfasste die Reguläre Armee fast 15000 Regimenter, die Raumflotte ebenso viele Kriegsschiffe und Transporter. Die SBVS waren die unangefochtene Macht hinter den Gesetzen des Sternenbunds. Mit Neugründung des Sternenbunds 3058 wurden – hauptsächlich für den Kampf gegen die Clans – auch die SBVS wieder gegründet, allerdings bestehen sie in ihrer neuen Inkarnation nur über Einheiten, die von den Mitgliedsstaaten auf Verlangen des Hohen Rats und/oder des Ersten Lords an den Sternenbund abgestellt werden.

SCHWARM-LANGSTRECKENRAKETEN: Schwarm-LSR sind Raketen mit zielsuchenden Mehrfachsprengköpfen, die sowohl das anvisierte Primärziel als auch in dessen Nähe befindliche Einheiten angreifen.

SPLITTERKAPSEL: Splitterkapseln sind gerichtete Minen an den Unterschenkeln eines BattleMechs – also genau dort, wo Infanterie-Mechabwehrtruppen angreifen, um Sprengladungen an den empfindlichen Aktivatormechanismen anzubringen. Wird eine Splitterkapsel ausgelöst, stößt sie eine Schrapnellwolke mit einem effektiven Radius von 15 Metern aus. Der Effekt gegen Fußtruppen, die sich im Augenblick der Explosion im Wirkungsbereich der Splitterkapsel aufhalten, ist verheerend.

SPRUNGSCHIFFE: Interstellare Reisen erfolgen mittels so genannter Sprungschiffe, deren Antrieb im 22. Jahrhundert entwickelt wurde. Der Name dieser Schiffe rührt von ihrer Fähigkeit her, ohne Zeitverlust in ein weit entferntes Sonnensystem zu ›springen‹. Es handelt sich um ziemlich unbewegliche Raumfahrzeuge, die aus einer langen, schlanken Antriebsspindel und einem enormen Solarsegel bestehen, das an einen gigantischen Sonnenschirm erinnert. Das gewaltige Segel besteht aus einem Spezialmaterial, das gewaltige Mengen elektromagnetischer Energie aus dem Sonnenwind des jeweiligen Zentralgestirns zieht und langsam an den Antriebskern abgibt, der daraus ein Kraftfeld aufbaut, durch das ein Riss im Raum-Zeit-Gefüge entsteht. Nach einem Sprung kann das Schiff erst weiterreisen, wenn es durch Aufnahme von Sonnenenergie seinen Antrieb wieder aufgeladen hat.

Sprungschiffe reisen mit Hilfe ihres Kearny-Fuchida-Antriebs in Nullzeit über riesige interstellare Entfernungen. Das K-F-Triebwerk baut ein Raum-Zeit-Feld um das Sprungschiff auf und öffnet ein Loch in den Hyperraum. Einen Sekundenbruchteil später materialisiert das Schiff am Zielsprungpunkt, der bis zu 30 Lichtjahre weit entfernt liegen kann.

Sprungschiffe landen niemals auf einem Planeten und reisen nur sehr selten in die inneren Bereiche eines Systems. Interplanetarische Flüge werden von Landungsschiffen ausgeführt, Raumschiffen, die bis zum Erreichen des Zielpunktes an das Sprungschiff gekoppelt bleiben.

STERNENBUND: Im Jahre 2571 wurde der Sternenbund gegründet, um die wichtigsten nach dem Aufbruch ins All von Menschen besiedelten Systeme zu vereinen. Der Sternenbund existierte annähernd 200 Jahre, bis 2751 ein Bürgerkrieg ausbrach. Als das Regierungsgremium des Sternenbunds, der Hohe Rat, sich in einem Machtkampf auflöste, bedeutete dies das Ende des Bundes. Jeder der Hausfürsten rief sich zum neuen Ersten Lord des Sternenbunds aus und innerhalb weniger Monate war die gesamte Innere Sphäre im Kriegszustand. Dieser Konflikt hielt drei Jahrhunderte an, bis zum Überfall durch die Clans. Die Jahrhunderte nahtlos ineinander übergehender Kriege werden in toto als die ›Nachfolgekriege‹ bezeichnet. Erst die Gefahr durch die Clan-Invasion führte 3058 bei der ersten Whitting-Konferenz auf Tharkad zur Neugründung des Sternenbunds und zur auf vier Jahre befristeten Wahl des capellanischen Kanzlers Sun-Tzu Liao zum neuen Ersten Lord.

ST. IVES-PAKT: Bevor diese Nation gegen Ende des 4. Nachfolgekrieges entstand, war sie als Kommunalität St. Ives Teil der Konföderation Capella. Vorher wie nachher wurden die 18 Systeme dieses Staates von Candace Liao regiert, der ältesten Tochter und bis zu diesem Zeitpunkt voraussichtlichen Thronerbin des capellanischen Kanzlers Maximilian Liao, die sich von der Konföderation Capella lossagte und Justin Xiang Allard heiratete, einen engen Vertrauten Hanse Davions, den sie kennen und lieben gelernt hatte, während er mit einem Geheimauftrag den capellanischen Geheimdienst Maskirovka unterwanderte. Ihr kleines Reich ist eng mit dem Vereinigten Commonwealth verbunden, dessen Streitkräfte mehrere Regimenter zu seiner Verteidigung beitragen.

STURMWIND: Ein nicht sprungfähiger überschwerer BattleMech von 80 Tonnen Masse und einer Höchstgeschwindigkeit von 65 km/h. Er ist bestückt mit einer mittelschweren Autokanone im linken Arm, einer Partikelprojektorkanone im rechten Torso, einem schweren Laser im linken Torso, zwei mittelschweren Lasern in der Torsomitte und einem weiteren mittelschweren Laser im Kopf.

TODESKOMMANDOS: Die Todeskommandos sind eine ursprünglich von Kanzler Maximilian Liao gegründete capellanische Eliteeinheit außerhalb der normalen Rangstruktur des Capellanischen Heeres, deren handverlesene Mitglieder bei Eintritt in die Einheit einen Bluteid auf die Person des Kanzlers leisten und ihr Leben der Eliminierung aller Feinde seiner Person (und damit der Konföderation Capella) widmen. Die Todeskommandos erhalten besondere Ausrüstung und Waffen. Zu ihren Missionen zählen neben Infiltration und Zerstörungsaktionen hinter den feindlichen Linien auch die Sabotage gegnerischer Kommunikationszentren, Attentate auf politische Gegner sowie Geiselnahme und Terroranschläge gegen feindliche Städte. Neben ihrer

Kampfausbildung erlernen ihre Mitglieder Spionage, Kryptografie, planetare Gesellschaftsstrukturen und Politik, die Anwendungen von Giftstoffen und archaischen Waffen sowie deren Improvisation.

ULTRA-AUTOKANONE: Mit einem kurzen, glatten Lauf, einem modifizierten Kammermechanismus, einer Schnellladevorrichtung und spezieller Munition ist die ursprünglich von den Clans entwickelte und erst seit kurzem auch in der Freien Inneren Sphäre eingeführte Ultra-Autokanone eine weit vielseitigere Waffe als die üblichere normale AK. Die Clans besitzen Ultra-Autokanonen in allen Standardgrößen, die sämtlich in Gewicht und Hitzeentwicklung den Standardmodellen entsprechen, aber ein verbessertes Leistungsprofil besitzen, das zu reduzierter Minimal- und erhöhter Maximalreichweite führt und das Feuern mit normaler oder doppelter Feuergeschwindigkeit gestattet. Die Ultra-AK-Modelle der Nachfolgerstaaten sind weit effizienter als eine Standard-AK, aber bei weitem nicht so technisch fortgeschritten wie die Clan-Waffen.

WÄCHTER-ECM-STÖRSENDER: Der Wächter-ECM-Störsender ist eine Breitband-Stör- und ECM-(Electronic Countermeasure) Phalanx, die darauf ausgerichtet ist, die Wirkung gegnerischer Langstreckenortungs- und -überwachungsapparaturen zu reduzieren.

WAFFENSTILLSTAND VON TUKAYYID: Der Waffenstillstand von Tukayyid hat eine fünfzehnjährige Waffenruhe zwischen den Clans und der Inneren Sphäre begründet. Khan Ulric Kerensky, ilKhan der Clans, vereinbarte mit dem Präzentor Martialum ComStars, Anastasius Focht, auf dem Planeten Tukayyid eine Entscheidungsschlacht. Bei einem Sieg der Clans verpflichtete sich ComStar, ihnen Terra auszuhändigen, bei einem Sieg ComStars verpflichteten sich die Clans zu einem fünfzehnjährigen Waffenstillstand. Der nach einem überwältigenden Sieg der ComGuards auf Tukayyid unterzeichnete Vertrag etablierte eine Grenzlinie, die durch den Planeten Tukayyid verläuft. Die Clans dürfen diese Grenzlinie bis zum Ablauf des Waffenstillstands nicht überschreiten.

WEGWERFLAFETTEN: Gelegentlich sind Fahrzeuge und BattleMechs mit Wegwerfversionen einer Standardraketenlafette ausgerüstet. Solche Lafetten benötigen keinen Munitionsvorrat, da sie bereits fertig geladen montiert werden und keinen Nachlademechanismus besitzen. Sie entsprechen in allen sonstigen Leistungsmerkmalen normalen Systemen der betreffenden Version und Munition.

XL-(EXTRALEICHT-)REAKTOR: Fortschritte in der Abschirmungstechnologie für Fusionsreaktoren haben es möglich gemacht, Standardreaktoren nachträglich mit neuen, leichteren Abschirmungen zu versehen, die das Reaktorgewicht erheblich verringern. Allerdings sind diese extraleichten Reaktoren weit sperriger als die kompakter gebauten Standardmodelle und dadurch bei einem Bruch der Torsopanzerung anfälliger für Beschädigungen. Die Clan-Versionen der XL-Reaktoren fallen jedoch deutlich kleiner als die bisher in der Freien Inneren Sphäre entwickelten Maschinen aus.

ZIELERFASSUNGSSYSTEM (ZES): Ein Zielerfassungssystem wird von einem vorgeschobenen Beobachter benutzt, um ein Ziel für den Angriff durch Ziel suchende Raketen eines Arrow-IV-Raketenartilleriesystems zu markieren.

ZUG: Ein Zug ist eine militärische Organisationseinheit der Inneren Sphäre, die typischerweise aus etwa achtundzwanzig Mann besteht. Ein Zug kann in zwei Abteilungen aufgeteilt werden.

Deutsch-Englische Namensliste

Da im neuesten Spiel der auf dem BattleTech-Universum aufbauenden MechWarrior-Computerspielreihe sowie in den neueren im Verlag Fantasy Productions zum BattleTech-Universum erscheinenden Spielen und Spielhilfen in Abkehr von der früheren Praxis durchgängig die englischen Typennamen erscheinen, folgt als Verständnishilfe eine Liste der entsprechenden deutschen und englischen Typenbezeichnungen aller uns derzeit bekannten Maschinen.

BattleMechs der Freien Inneren Sphäre

ADL-2M Adlern	EGL-2M Eagle
AKU-1X Akuma	AKU-1X Akuma
ALB-3U Albatros	ALB-3U Albatross
ALI-1A Alliance	ALI-1A Alliance
AMB-3M Amboss	ANV-3M Anvil
SA-AS Ansturm	SA-OS Onslaught
APL-1M Apollo	APL-1M Apollo
AS7-D/-K Atlas	AS7-D/-K Atlas
ATN-21/-23 Attentäter	ASN-21/-23 Assassin
AV1-O Avatar	AV1-O Avatar
BLT-5N/-7M Ballista	TBT-9E/-7M Trebuchet
BNDR-01A Bandersnatch	BNDR-01A Bandersnatch
BNC-3E/-5S Banshee	BNC-3E/-5S Banshee
BGS-1T Barghest	BGS-1T Barghest
BEO-12 Beowulf	BEO-12 Beowulf
BRZ-A3 Berserker	BRZ-A3 Berserker
BSN-3K Bishamon	BSN-3K Bishamon
BKW-7R Black Watch	BKW-7R Black Watch
BTZ-3F Blitzschlag	BTZ-3F Blitzkrieg
BBD-010 Bombarde	BMB-010 Bombard
BMB-12T Bombast	BMD-12D Bombardier
BRS-3Z Brandschatzer	PLG-3Z Pillager
BD9-R/-S/-O Brandstifter	FS9-H/-S/-O Firestarter
BSW-X1 Bushwacker	BSW-X1 Bushwacker

CES-3R Caesar	CES-3R Caesar
CTF-1X/-3D Cataphract	CTF-1X/-3D Cataphract
CN9-A/-D Centurion	CN9-A/-D Centurion
CR-V2 Cerberus	MR-V2 Cerberus
CTS-6Y Cestus	CTS-6Y Cestus
CGR-SB Challenger	CGR-SB Challenger
CLN-7V Chamäleon	CLN-7V Chameleon
CHP-1N Champion	CHP-1N Champion
CDA-2A/-3M Cicada	CDA-2A/-3M Cicada
CLNT-2-3T/-3U Clint	CLNT-2-3T/-3U Clint
CL-P3 Colossus	CL-P3 Colossus
CRK 5003-1/-2 Crockett (auch: Katana)	CRK 5003-1/-2 Katana (Crockett)
DAD-3C Daedalus	DAD-3C Daedalus
DAI-01 Daikyu	DAI-01 Daikyu
DMO-1K Daimyo	DMO-1K Daimyo
DW-6M/-7D Derwisch	DV-6M/-7D Dervish
DST-2 Destruktor	DVS-2 Devastator
DON-1L Donner	THR-1L Thunder
DNR-1A Donnerfalke	SCR-1A Screaming Hawk
DNR-5S/-7MD Donnerkeil	TDR-5S/-7MD Thunderbolt
DOR-N Dorn	THE-N Thorn
DGR-3F Drachenfeuer	DGR-3F Dragon Fire
DRC-1N Dracon	DRG-1N Dragon
D9-G9 Duan Gung	D9-G9 Duan Gung
DKF-2L/-5M Dunkelfalke	SHD-2H/-5M Shadow Hawk
END-6Q Enfield	END-6Q Enfield
Epimetheus	Epimetheus
EXC-B1 Excalibur	EXC-B1 Excalibur
EXT-4D Exterminator	EXT-4D Exterminator
FLK-4E/-4P Falke	FLC-4N/-4P Falcon
FKN-8R Falkner	FLC-8R Falconer
FLB-3L/-5M Fallbeil	GLT-3N/-5M Guillotine
FNG-5W Fang	TLN-5W Talon
FNG-1 Fangeisen	WFT-1 Wolf Trap
FBL-7D Feuerball	ALM-7D Fireball
FBZ-P2 Feuerblitz	FLS-P2 Flashfire
FFK-1/-3M Feuerfalke	PXH-1/-3M Phoenix Hawk
FUR-FK2 Feuerfalken-FLUM	PHX-HK2 Phoenix Hawk LAM
P1-FS Feuersturm	P1-WF Wildfire
FRT-8L Feuerteufel	FLS-8K Flashman
FLO-4/-17 Floh	FLE-4/-17 Flea
FBT-3R Freibeuter	BCN-3R Buccaneer

GAL-1GLS Gallowglas	GAL-1GLS Gallowglas
GRM-01A Garm	GRM-01A Garm
GFT-9K Giftzahn	SDR-9K Venom
GFZ-2G/-3E Giftzwerg	IMP-2E/-3E Imp
GLD-3R Gladiator	GLD-3R Gladiator
GOL-1H/-3M Goliath	GOL-1H/-3M Goliath
GHR-5H/-5J Grashüpfer	GHR-5H/-5J Grasshopper
GRF-1N/-3M Greif	GRF-1N/-3M Griffin
GRM-S-TR29 Grimmer Schnitter	GRM-R-PR29 Grim Reaper
DRC-5K Großdracon	DRG-5K Grand Dragon
GRS-S-01-KRZR-T Großkreuzritter	GRN-D-01-CRSD-R Grand Crusader
T-IT-N10M Großtitan	T-IT-N10M Grand Titan
HBFK-9K Habichtsfalke	FNHK-9K Falcon Hawk
HMR-3M Hammer	HMR-3M Hammer
HTM-27T Hatamoto-Chi	HTM-27T Hatamoto-Chi
HA1-O Hauptmann	HA1-O Hauptmann
HS-1 Heckenschütze	HM-1 Hitman
HEL-3D Helios	HEL-3D Helios
HRK-LS-9000 Herkules	HRC-LS-9000 Hercules
HER-1S Hermes	HER-1S Hermes
HER-2S/-5S Hermes II	HER-2S/-5S Hermes II
HSC-1K/-3M Heuschreck	LCT-1V/-3M Locust
HGN-732 Highlander	HGN-732 Highlander
HOL-N3 Holländer	BZK-F3 Hollander
HOP-4C/-4D Hoplit	HOP-4C/-4D Hoplite
HRN-3S/-5M Hornisse	STG-3R/-5M Stinger
HRN-F5 Hornissen-FLUM	STG-A5 Stinger LAM
HML-151/-171 Hummel	HNT-151/-171 Hornet
HUR-O4L Hurone	HUR-WO-R4L Huron Warrior
HSR 200-D Husar	HSR 200-D Hussar
MPR-6A Imperator	EMP-6A Emperor
INI-02 Initiat	INI-02 Initiate
JM6-S/-DD JägerMech	JM6-S/-DD JagerMech
JM6-D3 JägerMech III	JM6-D3 JagerMech III
JR7-D/-K Jenner	JR7-D/-K Jenner
JN-G8A Jinggau	JN-G8A Jinggau
SA-JG Juggernaut	SA-JG Juggernaut
KBO-7A Kabuto	KBO-7A Kabuto
KM-K305 Kampffalke	BH-K305 Battle Hawk
KP-HD-02FC Kampfhund	WR-DG-02FC War Dog
KMS-3Z/-5M Kampfschütze	RFL-3N/-5M Rifleman
KMT-1N/-3M Kampftitan	BLR-1G/-3M BattleMaster

KNB-1OOT Kanonenboot	GUN-1ERD Gunslinger
KPLT-C1 Katapult	CLPT-C1 Catapult
KLE-1B Keule	CDG-1B Cudgel
KTO-19/-20 Kintaro	KTO-19/-20 Kintaro
KOM-2D/-5S Kommando	COM-2D/-5S Commando
KMO-2 Komodo	KIM-2 Komodo
KBE-02 Königskobra	CBR-02 Cobra
KGK-000 Königskrabbe	KGC-000 King Crab
K-SK1 Kosak	C-SK1 Cossak
KT-P2 Koto	KT-P2 Koto
KRB-27 Krabbe	CRB-27 Crab
KRZ-3R/-5M Kreuzritter	CRD-3R/-5M Crusader
KGB-1N Kriegsbeil	AXM-1N Axman
KHM-6R/-7M Kriegshammer	WHM-6R/-7M Warhammer
KPR-KP-002 Kupferkopf	CPR-HD-002 Copperhead
LNC 25-01 Lancelot	LNC 25-01 Lancelot
LR1-O Läufer	SR1-O Strider
LTB-4D Lichtbringer	PTR-4D Penetrator
LND-5M Lindwurm	WVE-5N Wyvern
LGB-8C/-OW Longbow	LGB-8C/-OW Longbow
LUC-5S Luchs	LYN-5X Lynx
MSK-6S Mackie	MSK-6S Mackie
MTR-5K Mahlstrom	MTR-5K Maelstrom
SA-MN Mantis	SA-MN Mantis
MAR-3D/-5D Marodeur	MAD-3R/-5D Marauder
MAR-4A/-5A Marodeur II	MAD-4A/-5A Marauder II
MHL-X1 Marshal	MHL-X1 Marshal
MER-2S Merkur	Mercury (Hermes-II-Variante)
MRS-97/-99 Merkurius	MCY-97/-99 Mercury
MLN-1A Merlin	MLN-1A Merlin
MR-P1 Morpheus	MR-P1 Morpheus
MUN-66 Mungo	MON-66 Mongoose
NTF-2Q Nachtfalke	NTK 2Q Night Hawk
NTS-4S Nachtschatten	NGS-4S Nightsky
NSR-9J Nachtstern	NSR-9J Nightstar
NG-C3A Naginata	NG-C3A Naginata
SLT-1R Nainokami (gelegentlich: Schlagetot)	MAL-1R Mauler
NXS-1A Nexus	NXS-1A Nexus
NDA-1K No-Dachi	NDA-1K No-Dachi
KW1-NP2 No-Pasaran	KW1-LH2 Lineholder
OBK-M10 O-Bakemono	OBK-M10 O-Bakemono
MS1-O Men Shen	MS1-O Men Shen

ON1-K/-M Orion	ON1-K/-M Orion
OSR-2C/-2D Ostroc	OSR-2C/-2D Ostroc
OTT-7J/-7K Ostscout	OTT-7J/-7K Ostscout
OTL-4D/-5M Ostsol	OTL-4D/-5M Ostsol
OW-1 Owens	OW-1 Owens
PLD-4N/-5M Paladin	QKD-4G/-5M Quickdraw
PNT-9R/-10K Panther	PNT-9R/-10K Panther
P1 Perseus	P1 Perseus
PFL-3S Pfeil	DRT-3S Dart
PRS-3F/-5M Pirscher	STK-3F/-5M Stalker
PF1 Polarfuchs	AF1 Arctic Fox
PST-04 Posten	SNT-04 Sentry
Prometheus	Prometheus
QSM-4D/-5M Quasimodo	HBK-4G/-5M Hunchback
RAB-1X/-3L Rabe	RVN-1X/-3L Raven
RJN 101-A Raijin	RJN 101-A Raijin
RAK-1A Rakshasa	MDG-1A Rakshasa
RBV1-O Raubvogel	RTX1-O Raptor
RTS-M2 Rittersmann	PAL-2A Paladin
RD-1R Roadrunner	RD-1R Roadrunner
SA-RN Ronin	SA-RN Ronin
SLM-5S Salamander	PPR-5S Salamander
SQS-TH-001 Sasquatch	SQS-TH-001 Sasquatch
SH-KL-1532 Schakal	JA-KL-1532 Jackal
SRC-3C Schirokko	SRC-3C Sirocco
SLG-11E Schläger	THG-11E Thug
SCL-1E Schlange	SNK-1V Snake
SLC-1D Schleicher	STH-1D Stealth
SHT-2Z/-4M Schütze	ARC-2R/-4M Archer
SW6-RTR Schwarzer Ritter	BL6-KNT Black Knight
SFKU-O Schwarzfalke-Ku	BHKU-O Black Hawk-Ku
SHG-2E/-2F Shogun	SHG-2E/-2F Shogun
ST-8A Shootist	ST-8A Shootist
SJA-7D Shugenja	SJA-7D Shugenja
SGR-2A Sieger	VQR-2A Vanquisher
SKB-9A Skarabäus	SCB-9A Scarabus
SKP-1N/-10 Skorpion	SCP-1N/-10 Scorpion
SP1-O Spalter	SD1-O Sunder
SPT-N1 Spartaner	SPT-N1 Spartan
SPR-10R/-10P Speerschleuder	JVN-10N/-10P Javelin
SPR-5F Spector	SPR-5F Spector
SPN-5V/-7M Spinne	SDR-5V/-7M Spider
SP1 Spuk	TR1 Wraith

ST-K60/-K63 Stadtkoloss	UM-R60/-R63 UrbanMech
STP-6W/-7D Steppenwolf	WVR-6R/-7D Wolverine
STY-3C Sternenkiller	STY-3C Starslayer
STX-7T Streitaxt	BTX-7K Battleax
STR-1R1/-3K Streitross	CGR-1A1/-3K Charger
STR-3M Sturm	TMP-3M Tempest
STF-7X Sturmfalke	TDK-7X Thunder Hawk
STW-2C Sturmwind	STC-2C Striker
TSH-7S Tai-Sho	TSH-7S Tai-Sho
TRN-1L Tarantel	ZPH-1A Tarantula
TSN-1C Tessen	TSN-1C Tessen
TL-1 Teufel	TZ-1 Devil
TSG-9H Ti Ts'ang	TSG-9H Ti Ts'ang
TDS-8T/-9M Todesbote	AWS-8Q/-9M Awesome
TMH-3F/-5S Tomahawk	HCT-3F/-5S Hatchetman
TG-1/-2/TG2-O Totschläger	BJ-1/-2/BJ2-O Blackjack
TYM-1A Toyama	TYM-1A Toyama
TRP-1 Trooper	TRP-1 Trooper
TS-P1 Tsunami	TS-P1 Tsunami
VLK-QA/-QD Valkyrie	VLK-QA/-QD Valkyrie
VRN-1R/-2A Vernichter	ANH-1A/-2A Annihilator
VTD-1R/-3L Verteidiger	VND-1R/-3L Vindicator
VTR 9B/-9K Victor	VTR 9B/-9K Victor
VOL-4R/-5D Vollstrecker	ENF-4R/-5D Enforcer
VOL-6M Vollstrecker III	ENF-6M Enforcer III
VL 2-T/VL-5M Vulkan	VL 2-T/VT-5M Vulcan
WCH-4M Wachmann	WTC-4M Watchman
WCT-3R/-3M Wächter	STN-3L/-3M Sentinel
WTS-1B Weitschuss	LNG-1B Longshot
WRW-LF-004 Werwolf	WRW-LF-004 Werewolf
WSP-1A/-3M Wespe	WSP-1A/-3M Wasp
WSP-105 Wespen-FLUM	WSP-105 Wasp LAM
WTH-1/-2 Whitworth	WTH 1/-2 Whitworth
WKG-2F Wikinger	VKG-2F Viking
WLF-1/-2 Wolfshund	WLF-1/-2 Wolfhound
YMN-6Y Yeoman	YMN-6Y Yeoman
Y-H9G Yu Huang	Y-H9G Yu Huang
ZCK-4A/-4B Zecke	FFL-4A/-4B Firefly
ZEU-6S/-9S Zeus	ZEU-6S/-9S Zeus
ZP 10-C/11-A Zyklop	CP 10-Z/11-A Cyclops

Clan-Mechs

(Zur leichteren Auffindung sind Mechs mit einem separaten FIS-Codenamen sowohl unter ihrer Clanbezeichnung als auch unter diesem Codenamen aufgeführt, wobei der jeweils andere Name in einfachen (Clan) bzw. eckigen [FIS] Klammern folgt.)

Armbrust	Crossbow
Blutaspis	Blood Asp
Bluthund (Geier)	Mad Dog (Vulture)
Blutmilan	Blood Kite
Canis	Canis
Corvis	Corvis
Daishi [Höhlenwolf]	Daishi [Dire Wolf]
Donnerross	Thunder Stallion
Drescher	Thresher
Dunstadler (Habicht)	Mist Hawk (Goshawk)
Eismarder (Fenris)	Ice Ferret (Fenris)
Eissturm	Icestorm
Eisteufel	Hellion
Eisvogel	Kingfisher
Feldeggsfalke	Black Lanner
Felsrhino (Koloss)	Stone Rhino (Behemoth)
Fenris [Eismarder]	Fenris [Ice Ferret]
Feuerfalke	Fire Falcon
Feuerskorpion	Fire Scorpion
Feuervogel (Sprinter)	Fire Moth (Dasher)
Frostfalke [Uhu]	Peregrine [Owl]
Füchsin [Incubus]	Vixen [Incubus]
Galahad [Glasspinne]	Galahad [Glass Spider]
Galeere [Gargoyle]	Man O'War [Gargoyle]
Gargoyle (Galeere)	Gargoyle (Man O'War)
Geierfalk	Night Gyr
Geier [Bluthund]	Vulture [Mad Dog]
Gladiator [Henker]	Gladiator [Executioner]
Glasspinne (Galahad)	Glass Spider (Galahad)
Gletscherfuchs	Snow Fox
Grauluchs (Koshi)	Mist Lynx (Koshi)
Grendel	Grendel
Grizzly	Grizzly
Ha Otoko	Ha Otoko
Habicht [Dunstadler]	Goshawk [Mist Hawk]

Hankyu	Hankyu
Henker (Gladiator)	Executioner (Gladiator)
Heuler (Pavian)	Howler (Baboon)
Höhlenwolf (Daishi)	Dire Wolf (Daishi)
Höllenbote (Loki)	Hellbringer (Loki)
Höllenfeuer	Hellfire
Höllenhund [Magicker]	Hellhound [Conjurer]
Incubus (Füchsin)	Incubus (Vixen)
Jagdspinne	Stalking Spider
Kampfdämon	Cauldron-Born
Kampfkobra	Battle Cobra
Katamaran [Waldwolf]	Mad Cat [Timber Wolf]
Kobra [Schwarzpython]	Viper [Black Python]
Kodiak	Kodiak
Koloss [Felsrhino]	Behemoth [Stone Rhino]
Koshi [Grauluchs]	Koshi [Mist Lynx]
Krake [Ruin]	Kraken [Bane]
Kriegsfalke (Masakari)	Warhawk (Masakari)
Libelle [Viper]	Dragonfly [Viper]
Loki [Höllenbote]	Loki [Hellbringer]
Magicker (Höllenhund)	Conjurer (Hellhound)
Mandrill	Mandrill
Masakari [Kriegsfalke]	Masakari [Warhawk]
Matador	Matador
Naga	Naga
Natter (Puma)	Adder (Puma)
Nemesis (Thor)	Summoner (Thor)
Nobori-Nin	Nobori-Nin
Nova (Schwarzfalke)	Nova (Blackhawk)
Novakatze	Nova Cat
Pavian [Heuler]	Baboon [Howler]
Phantom	Phantom
Piranha	Piranha
Polarwolf	Arctic Wolf
Puma [Natter]	Puma [Adder]
Raubkojote	Savage Coyote
Raubtier	Predator
Rotfuchs (Uller)	Kit Fox (Uller)
Rudeljäger	Pack Hunter
Ruin (Krake)	Bane (Kraken)
Ryoken [Sturmkrähe]	Ryoken [Stormcrow]
Schattenkatze	Shadow Cat
Schwarzfalke [Nova]	Blackhawk [Nova]

Schwarzpython (Kobra)	Black Python (Viper)
Schwergewicht	Linebacker
Silberlöwe	Cougar
Springteufel	Pouncer
Sprinter [Feuervogel]	Dasher [Fire Moth]
Sturmkrähe (Ryoken)	Stormcrow (Ryoken)
Sturzfalke	Stooping Hawk
Supernova	Supernova
Teufelsdrache	Great Wyrm
Thor [Nemesis]	Thor [Summoner]
Turkina	Turkina
Uhu (Frostfalke)	Owl (Peregrine)
Uller [Rotfuchs]	Uller [Kit Fox]
Ursus	Ursus
Viper (Libelle)	Viper (Dragonfly)
Waldwolf (Katamaran)	Timber Wolf (Mad Cat)

Clan ProtoMechs

Gorgo	Gorgon
Harpyie	Harpy
Hydra	Hydra
Minotaurus	Minotaur
Rok	Roc
Satyr	Satyr
Sirene	Siren
Zentaur	Centaur

Luft/Raumjäger

AHB-443 Ahab	AHB-443 Ahab
AD-11 Adler	Eagle
Avar	Avar
Bashkir	Bashkir
Batu	Batu
CHP-W5 Chippewa	CHP-W5 Chippewa
DRZ-4K Dreizack	TRN-3T Trident
DR-7 Drossel	TR-7 Thrush

DRV-G4 Donnervogel	Thunderbird
Dschengis	Jengiz
ESN-BS1 Eisenbeiß	IRN-SD1 Ironsides
FRC-63 Francesca	THK-63 Tomahawk
F-10 Gepard	F-10 Cheetah
GTHA-500 Gotha	GTHA-500 Gotha
HMR-HI Hammerhai	HMR-HD Hammerhead
HL-C6 Hellcat	Hellcat
HCT-213B Hellcat II	HCT-213B Hellcat II
Jagatai	Jagatai
KL-15 Killer	SL-15 Slayer
Kirghiz	Kirghiz
KSR-V12 Korsar	CSR-V12 Corsair
LGT-G4 Lightning	Lightning
LZF-R15 Luzifer	LCF-R15 Lucifer
MSG-606 Mauersegler	SWF-606 Swift
MT-13 Missetäter	TR-13 Transgressor
OP-9 Optio	Centurion
RPR-100 Rapier	RPR-100 Rapier
SB-30 Sabre	Sabre
Sabutai	Sabutai
F-500 Schnitter	F-100 Riever
Scytha	Scytha
SYD-21 Seydlitz	SYD-21 Seydlitz
SL-17 Shilone	SL-17 Shilone
SL-21 Sholagar	SL-21 Sholagar
SPD-502 Spad	SPD-502 Spad
SPR-B5 Sperber	SPR-H5 Sparrowhawk
F-90 Stingray	F-90 Stingray
STR-133E Streuner	RGU-133E Rogue
STU-K5 Stuka	STU-K5 Stuka
Sulla	Sulla
TR-10 Transit	TR-10 Transit
Turk	Turk
V12M Wüstenfalke	Sand Hawk
Vandal	Vandal
Visigoth	Visigoth
ZRO-114 Zero	ZRO-114 Zero

Landungsschiffsklassen

Achilles	Achilles
Breitschwert	Broadsword
Claymore	Claymore
Excalibur	Excalibur
Festung	Fortress
Freibeuter	Buccaneer
Gazelle	Gazelle
Hamilcar	Hamilcar
Hannibal	Hannibal
Herkules	Hercules
Kondor	Condor
Konföderation	Confederate
Kuan Ti	Kuan Ti
Leopard	Leopard
Leopard JT (Jägertender)	Leopard CV (Carrier Vessel)
Leviathan	Behemoth
Löwe	Lion
Lung Wang	Lung Wang
Mammut	Mammoth
Maultier	Mule
Miraborg	Miraborg
Modell 97 ›Oktopus‹	Model 97 ›Octopus‹
Monarch	Monarch
Nagumo	Nagumo
Noruff	Noruff
Okinawa	Okinawa
Overlord	Overlord
Overlord-C	Overlord-C
Rächer	Avenger
Rose	Rose
Sassanid	Sassanid
Störenfried	Intruder
Sucher	Seeker
Titan	Titan
Träger	Carrier
Triumph	Triumph
Union	Union
Union-C	Union-C
Vergeltung	Vengeance
Zorn	Fury

Sprungschiffsklassen

Aar	Eagle
Ægis	Aegis
Agamemnon	Agamemnon
Befreier	Liberator
BEM	Bug-Eye
Cameron	Cameron
Chimeisho	Chimeisho
Comitatus	Comitatus
Eroberer	Conqueror
Dante	Dante
Essex	Essex
Fox	Fox
Feng Huang	Feng Huang
Fredasa	Fredasa
Gigantic	Leviathan
Händler	Merchant
Impavido	Impavido
Inazuma	Inazuma
Invasor	Invader
Jäger	Hunter
Kirishima	Kirishima
Kongress	Congress
Kyushu	Kyushu
Lola	Lola
Magellan	Magellan
McKenna	McKenna
Monolith	Monolith
Nightlord	Nightlord
Odyssee	Odyssey
Potemkin	Potemkin
Schwarzer Löwe	Black Lion
Scout	Scout
Sowjetski Sojus	Sovetskii Soyuz
Starlord	Star Lord
Suffren	Suffren
Tatsumaki	Tatsumaki
Texas	Texas
Thera	Thera
Tramp	Tramp
Vincent	Vincent
Wirbelwind	Whirlwind

Wolga	Volga
York	York
Zechetinu	Zechetinu

Gefechtsfahrzeuge der Freien Inneren Sphäre

Alacorn (Schwerer Panzer)	Alacorn
Bandit (Schwerer Schwebepanzer)	Bandit
Beagle (Leichter Scoutschweber)	Beagle
Behemoth (Schwerer Panzer)	Behemoth
Beschützer (Abfangjäger)	Guardian
Blizzard (Schwebetransporter)	Blizzard
Brutus (Sturmpanzer)	Brutus
Bulldog (Panzer)	Bulldog
Bumerang (Spähflugzeug)	Boomerang
Burke (Schwerer Panzer)	Burke
Cavalry (Kampfhubschrauber)	Cavalry
Challenger X (Kampfpanzer)	Challenger X
Chaparral (Artillerieraketenpanzer)	Chaparral
Chevalier (Leichter Panzer)	Chevalier
Cyrano (Kampfhubschrauber)	Cyrano
Dachs (Truppentransporter)	Badger
Dämon (Panzer)	Demon
Drillson (Schwerer Schwebepanzer)	Drillson
Frettchen (Leichter Flugscout)	Ferret
Fulcrum (Schwerer Schwebepanzer)	Fulcrum
Fury (Schwerer Panzer)	Fury
Gabriel (Leichter Scoutschweber)	Gabriel
Galleon (Leichter Panzer)	Galleon
Gladius (Panzer)	Gladius
Goblin (Schwerer Schützenpanzer)	Goblin
Habichtsmotte (Kampfhubschrauber)	Hawk Moth
Harasser (Fahrbare Raketenlafette)	Harasser
Hetzer (Sturmgeschütz)	Hetzer
Hi-Scout (Drohnenträger)	Hi-Scout
Horndämon (Panzer)	Horned Demon
Hunter (Raketenpanzer)	Hunter
J. Edgar (Leichter Schwebepanzer)	J. Edgar
Kampfrichter (Schwebepanzer)	Regulator
Kanga (Schwerer Sprungpanzer)	Kanga

Karnow (Transporthubschrauber)	Karnov
Klopfer (Artillerie)	Thumper
Kondor (Schwerer Schwebepanzer)	Condor
Kröte (Panzerspähwagen)	Skulker
Landhecht (Sturmgeschütz)	Pike
Leguan (Spähflugzeug)	Chameleon
Lightning (Schwebepanzer)	Lightning
Long Tom (Mobile Artillerie)	Long Tom
Mantikor (Schwerer Panzer)	Manticore
Mantis (Leichter Kampfhubschrauber)	Mantis
Maultier (Truppentransporter)	Maultier
Maxim (Schwerer Truppentransporter)	Maxim
MechKiller (Kampfflugzeug)	MechBuster
Melchior (Schwerer Schützenpanzer)	Magi
Monitor (Patrouillenboot)	Monitor
Myrmidon (Panzer)	Myrmidon
Nachtschatten (Gefechtsscouthelikopter)	Nightshade
Neptun (U-Boot)	Neptune
Ontos (Schwerer Panzer)	Ontos
Packratte (Langstreckenspähwagen)	Packrat
Padilla (Schwerer Artilleriepanzer)	Padilla
Partisan (Schwerer Flakpanzer)	Partisan
Patton (Panzer)	Patton
Pegasus (Scoutschwebepanzer)	Pegasus
Pilum (Schwerer Panzer)	Pilum
Pinto (Kampfhubschrauber)	Pinto
Plainsman (Schwebepanzer)	Plainsman
Planetlifter (Transportflugzeug)	Planetlifter
Po (Schwerer Panzer)	Po
Puma (Schwerer Panzer)	Puma
Rhino (Schwerer Panzer)	Rhino
Ripper (Truppentransporthubschrauber)	Ripper
Rommel (Panzer)	Rommel
Rotunda (Scoutwagen)	Rotunda
Saladin (Gefechtsschwebepanzer)	Saladin
Saracen (Schwebepanzer)	Saracen
Savannah Master (Luftkissenboot, auch: Savannenkönig)	Savannah Master
Scimitar (Schwebepanzer)	Scimitar
Sea Skimmer (Tragflügelboot)	Sea Skimmer
Schiltron (Artilleriepanzer)	Schiltron
Schreck (PPK-Sturmgeschütz)	Schrek
Schukow (Schwerer Panzer)	Zhukov

Scorpio (Leichter Panzer)	Scorpion
Sniper (Artillerie)	Sniper
Sprint (Scouthubschrauber)	Sprint
Stechinsekt (Kampfhubschrauber)	Yellowjacket
Striker (Leichter Panzer)	Striker
SturmFeuer (Schwerer Panzer)	SturmFeur
Taru (Fahrbare Artillerielafette)	Marksman
Tausendfuß (Scoutwagen)	Centipede
Thor (Fahrbare Artillerielafette)	Thor
Tokugawa (Schwerer Panzer)	Tokugawa
Turmfalke (Transporthubschrauber)	Kestrel
Taifun (Straßenkampfpanzer)	Typhoon
Vedette (Panzer)	Vedette
Von Luckner (Schwerer Panzer)	Von Luckner
Wanderfalke (Kampfhubschrauber)	Peregrine
Warrior (Kampfhubschrauber)	Warrior
Wieselflink (Scoutwagen)	Swift Wind
Zephyr (Schwerer Schwebepanzer)	Zephyr
Zerstörer (Schwerer Panzer)	Demolisher

Gefechtsfahrzeuge der Clans

Anhur (Transportflugzeug)	Anhur
Ares (Panzer)	Ares
Asshur (Artilleriescout)	Asshur
Athena (Scharfschützenpaner)	Athena
Donar (Kampfhubschrauber)	Donar
Epona (Jagdpanzer)	Epona
Hachiman (Artilleriepanzer)	Hachiman
Huitzlopochtli (Sturmpanzer)	Huitzilopochtli
Indra (Truppentransporter)	Indra
Ishtar (Schwerer Artilleriepanzer)	Ishtar
Ku (Radsturmpanzer)	Ku
Mars (Sturmpanzer)	Mars
Mithras (Leichter Panzer)	Mithras
Odin (Scoutpanzer)	Odin
Oro (Schwerer Panzer)	Oro
Shamash (Erkundungsfahrzeug)	Shamash
Swantowit (Schützenpanzer)	Svantovit
Zorya (Leichter Panzer)	Zorya

Gepanzerte Infanterie (Elementare/Kröten)

Achiläus	Achileus
Faultier	Sloth
Gnom	Gnome
Grenzgänger	Infiltrator
Kanazuchi	Kanazuchi
Läuterer	Purifier
Longinus	Longinus
Nighthawk	Nighthawk
Salamander	Salamander
Sylphe	Sylph
Undine	Undine

BATTLETECH®

Michael A. Stackpole: Kalkuliertes Risiko · 06/5148
Peter Rice: Fernes Land · 06/5168
James D. Long: Black Thorn Blues · 06/5290
Victor Milan: Auge um Auge · 06/5272
Michael A. Stackpole: Die Kriegerkaste · 06/5195
Robert Thurston: Ich bin Jadefalke · 06/5314
Blaine Pardoe: Highlander Gambit · 06/5335
Don Philips: Ritter ohne Furcht und Tadel · 06/5358
William H. Keith jr.: Pflichtübung · 06/5374
Michael A. Stackpole: Abgefeimte Pläne · 06/5391
Victor Milan: Im Herzen des Chaos · 06/5392
William H. Keith jr.: Operation Excalibur · 06/5492
Victor Milan: Der schwarze Drache · 06/5493
Blaine Pardoe: Der Vater der Dinge · 06/5636
Nigel Findley: Höhenflug · 06/5655
Loren Coleman: Blindpartie · 06/5886
Loren Coleman: Loyal zu Liao · 06/5893
Blaine Pardoe: Exodus · 06/6238
Michael Stackpole: Heimatwelten · 06/6239
Thomas Gressman: Die Jäger · 06/6240
Robert Thurston: Freigeburt · 06/6241
Thomas Gressman: Feuer und Schwert · 06/6242
Thomas Gressman: Schatten der Vernichtung · 06/6299
Michael Stackpole: Der Kriegerprinz · 06/6243
Robert Thurston: Falke im Aufwind · 06/6244

DIE CAPELLANISCHE LÖSUNG:

Loren Coleman: Gefährlicher Ehrgeiz · 06/6245
Loren Coleman: Die Natur des Krieges · 06/6246

Thomas Gressman: Die Spitze des Dolches · 06/6247
Loren Coleman: Trügerische Siege · 06/6248